THE GRAND CANAL

大运河传

夏坚勇 著

对京杭大运河作现实、历史考察后的史诗性作品

江苏凤凰文艺出版社

图书在版编目（CIP）数据

大运河传 / 夏坚勇著. — 南京：江苏凤凰文艺出版社，2018.8（2022.9 重印）
ISBN 978-7-5594-0894-5

Ⅰ.①大… Ⅱ.①夏… Ⅲ.①散文集－中国－当代 Ⅳ.①I267

中国版本图书馆 CIP 数据核字(2017)第 174130 号

书　　　名	大运河传
著　　　者	夏坚勇
责 任 编 辑	张　黎
出 版 发 行	江苏凤凰文艺出版社
出版社地址	南京市中央路 165 号，邮编：210009
出版社网址	http://www.jswenyi.com
印　　　刷	徐州绪权印刷有限公司
开　　　本	880 毫米×1230 毫米　1/32
印　　　张	10.25
字　　　数	247 千字
版　　　次	2018 年 8 月第 1 版
印　　　次	2022 年 9 月第 3 次印刷
标 准 书 号	ISBN 978-7-5594-0894-5
定　　　价	55.00 元

（江苏文艺版图书凡印刷、装订错误可随时向承印厂调换）

目 录

001	序 篇	
009	第一章	
	空间篇	
009	一	江南
014	二	六朝旧道
018	三	苏州
023	四	吴越风情
	时间篇	
030	1	《春秋》中的密码
031	2	行进在"⊐"形航道上的舰队
038	3	冤家
043	4	主奴之间
047	5	邗沟
056	6	铁血残阳

062	第二章
	空间篇

062	五　水、女人和歌谣
065	六　扬州
072	七　生命的风景——里下河
079	八　雄浑与苦难的记忆
084	九　清溪馆与清晏园

时间篇

091	7　千秋功罪
093	8　杨广的目光
100	9　南方的诱惑
108	10　千里长河一旦开
116	11　雄视四方
123	12　盛世
132	13　江都

139	第三章
	空间篇

139	十　与黄河的纠缠
143	十一　生命的风景——中运河
151	十二　两位老人的目光
158	十三　东昌
167	十四　临清的砖

时间篇

174	*14 从上都到大都*
178	*15 马背上的民族*
183	*16 巨人的对峙*
192	*17 水！水！！*
199	*18 会通河*
208	*19 通惠河*
216	*20 贾鲁的悲剧*

222	第四章
	空间篇

222	十五 生命的风景卫河
230	十六 永乐的气魄与迷失
236	十七 沧州雪
242	十八 杨柳青
248	十九 天后宫的钟声
253	二十 京师

时间篇

262	21 庸才时代
269	22 憔悴的老妇人
279	23 道光十九年
286	24 血色中的曙光
296	25 美丽的脆弱
302	26 长河悲风
309	27 最后的绝唱

序篇

　　山影远远地，虽只是天际间的一抹黛色，却作龙马奔腾状，极富于气势和动感。那是八达岭，燕山山脉西段军都山的主峰，而号称京师"北门锁钥"的居庸关便雄踞于此。"天门骁开虎狼卧，石鼓昼击云雷张。"元代诗人萨都剌笔下的那种大场面虽过于久远，但游牧民族的马蹄确曾在关外踢腾出漫天的烟尘。关山如海，残阳如血，掩映着莽莽苍苍的古长城——那是中华民族最伟硕的雄性徽章。

　　我站在昌平城东南凤凰山下的荒野中，脚下是原始的阡陌和披离的衰草，曾相伴过秦时明月汉时关的古长城就在一望之内，而我在寻找——水。

　　不，我是在寻找——河，寻找那曾滋润了华夏民族的生存状态和生命情调，世世代代流淌在我们血脉中的母亲河——京杭大运河。

　　北国的冬日，萧瑟是不必说的，山色树影总带着苍凉的意味，所谓黄叶村舍的暖色，也只是农家门楣旁几串色彩明艳的灯笼椒，还有那一簇簇被当地人称为"檐枣"的——在深秋时从树枝上带着枣码掰下来，集成枣簇，红通通地挂在屋檐下，成为冬日农家的风景。——但一进入野外，烟树人家便成了远方的点缀，又值薄暮时分，四处阒然无声，只有脚步踩在落叶上的絮响。我突然想到，寻找历史大抵就该是这种声音吧，行行复行行，在散漫中透出庄严和执着。

这里有山，有树，有北方黄土地上的一应野趣，偶尔也有几声鸡鸣狗吠，但唯独没有水。

白浮泉这名字原本是与水有关的，至今，那草丛中仍孤傲地伸出九个石雕的龙头，那是水的滥觞。细细寻去，附近还残存着龙泉岛的石碑，只是字迹已漫漶难辨，但当初那种恣肆奔涌的水势可以想见。现在，这石雕龙头和古碑已成了荒野中孤独的守望者，它们因守望而孤独，因孤独而矜持。

这就是四千里长河最北端的源头么？如今，去何处寻觅那曾经维系了一代又一代王朝兴衰的沧浪之水？又该去何处寻觅那艄公纤夫的歌谣和艨艟连翩的浩大景观？

遥望西北，八达岭正逶迤在沉沉暮霭中，此刻，长城上该还有留连观光的游人吧？他们能不能看到白浮泉，看到这里的石雕龙头和古碑呢？老夫聊发少年狂，我禁不住朝着那边呼喊起来，喊声拖着长长的尾音，在暮色中一波接一波地传送。少顷，又一波接一波地回过来。我坚信那声波曾抚摸过长城，因为回声中挟带着苍古的风尘气息，甚至还传递着长城堞口那特有的顿挫有致的质感。在这一瞬间，我惊栗了，一种异乎寻常的大感情溢满胸际：我站在大运河的源头向着万里长城呼喊，而作为中华民族最具文化生命和魅力的两大工程原来竟靠得这样近，近得几乎一跺脚、一弯腰就可以牵手共舞。这究竟是天造地设还是鬼使神差？昊天无言，大音希声，就在这咫尺之间，古老的运河与同样古老的长城默默对视了几多春秋。这是雄迈与坚韧的对视，是高远与深邃的对视，是冷峻与妩媚的对视，是阳刚与阴柔的对视，是铁马秋风与杏花春雨的对视，是石破天惊的伟烈与世俗生活常态的对视。伟大也是有级别的，其他任何人工构建的伟大都无法与它们比肩。在它们对视的眼波中，有倾慕，有祝福，有幽怨的诉说和相濡以沫的厮守，但绝对没有嫉妒，因为它们本身太强大了，它们有足够的自信，而嫉妒从本质上讲只属于弱者。那么，它们之间有没有对手感呢？当然会有的。没有对手感的对视终究会厌倦，即使恩爱伴侣也是如此。它们都曾和中国历史上的一些最具影响力的封建帝王的名字联系在一起，这些名字让人们更多地想到某种同一性：他们都是强梁霸悍型的，即使是人格缺陷，也只有残暴，没有慵懦；只有荒淫，没有昏聩。但有意思的是，这些强者的毕生之力，一般也只能在运河和长城两者中眷顾一方，唯一将目光注视它们两者，既开凿了运河又修造了长城——的人只有一个，那就是隋炀帝杨广。

　　这里是昌平城东南的白浮泉，也是大运河与万里长城差一点牵手共舞的地方。在我们民族的精神文化史上，只有它们够资格这么长久地互相对视，因为无论是体魄还是精神上，它们都处于同一档次。从外形上看，大运河和长城有着很多相似之处，它们都有一种奔腾向前的动感，对于长城，那是崛起于山脊的伟岸；对于运河，那是穿越于原野的浩荡。它们的造型中都有一种单纯的成分，单纯得令人一目了然。单纯是一种美的经典形态（例如《诗经》和汉代画像砖、壁画、陶俑之类），它无须雕琢和修饰，也不屑于卖弄什么。它突出的是异常单纯简洁的整体形象，以其粗犷而飞扬流动的轮廓线条，表现出力量、运动以及由之而形成的气势之美。你看我们的长城和运河，它们就把那么一大片朴素的原始形态——古拙也罢、残破也罢——展示在你面前，让你在惊悸中叹为观止。它们和所处的山川大地融为一体，似乎它们原本不是人工所为，而是天生就该在那里，或者说是上苍的安排。你欣赏它们，就必须和它们周围的一切天空、阳光、旷野、山梁和风沙——一起欣赏，因为它们原本就是彼此的一部分。至于它们内在的典雅、华丽和万千气韵，那是懂得美的人解读出来的，你读出了什么就是什么，你总是对的，但你永远不可能读出全部。

我想起了那些赞颂长城的歌谣，其中最著名的当数那首《长城长》，作者很懂得解读长城，"大漠"、"边关"、"冷月"之类的背景虽然被人们重复了千百年，却仍然一如既往地煽情。长城总能给人以沉雄冷冽的情感冲击，那是一种关乎历史、民族和人生的忧患意识。

但至今没有一首歌是唱给大运河的。

或许是大运河不够古老吧？一翻历史，不对了，公元前486年，吴王夫差在江淮大地上热火朝天地开挖邗沟时，北方诸国还在凭借拙笨的战车和胡人来去如风的骑兵对垒，根本没有想到可以在荒原上筑一堵高墙以自守。万里长城的前身——燕长城、赵长城、秦长城的修筑，是此后一百多年的事。至于秦始皇将各国的长城拾掇成一道大景观，则还要更晚些。可以毫不客气地说，在大运河面前，长城只能道一声"余生也晚"吧。但长城总是摆出一副老资格的样子，它雄视千古，饱经沧桑，而且从不掩饰自己的苍老与破败。它是历史偶像，是唯美主义者，是倚老卖老的精神导师。它远离现实世界的人间烟火。长城的魅力是一种距离的魅力，距离产生神秘感，也产生崇拜。它只出现在徽章的图案、博物馆的雕塑和慷慨激昂的演说中。它在凄厉的寒风和如血的残阳下板着面孔，等待着你风尘仆仆地去朝拜，也等待着你去修缮。这就是长城。而大运河却更愿意微笑着走进你的生活，它拒绝苍老，尽管它已经不堪重负，尽管它完全有资格充当"太祖母"。但它的精神是鲜活的，富于世俗的生活情调；它那热情的天性驱使着它总是欢快地流动。它更多地被人们看作日常生活的一部分——灌溉之源、舟楫之利、浣衣淘米以至爱情的孳生地——而不是一段僵硬的历史。人们对自己生活中的伟大总是熟视无睹的,时间长了,反倒有一种"本该如此"的心安理得。大运河对生活太投入了,它的光环因此消解在生活的寻常色调之中。

　　长城是军事防卫的产物——哦,那真是一堵举世无双的高墙——它的基调是悲慨苍凉的。长城意味着大漠穷秋的荒寒和碧血黄沙的戍守。战争和死亡历来是人类精神中最动人心魄的篇章。人们歌颂长城,是出于对生命情调中阳刚之气的呼唤,但人们却往往忽略了,大运河原先也是一项军事工程,它最初的构想是标记在军用地图上的,而且比之于长城,那线条更具有进攻性。正是战争,首先在江淮原野——那低洼的散发着腐殖质气息的黑土地上,那原始的河湖港汊之间,那芦苇和蒿草孤寂的吟唱中——撬动了开挖浩浩长河的第一锹土。而大运河也以它的通畅和快捷酬报了战争。在初始阶段,大运河确曾是强权和征服的一部分,那时候,北方的各诸侯国也许曾在战栗中诅咒——这南方扑来的野性的祸水!

　　但大运河很快就背叛了战争,这几乎是世界上最美丽的背叛,犹如婴儿背叛那曾孕育过他的充满了血腥气的子宫。它进了饮食男女的生活之中,因为它毕竟不是拔剑而起的伟丈夫,它不具备那种冷峻与强悍。如果说,长城是一种压迫,它体现着某些历史场景中的悲壮与无奈,那么运河则是一种默默的滋润,一种生活的鲜活,一种从容舒展的生命信号。只要粗略地翻一下历史就可以知道,长城在相当长的历史时期内其实只是废弃无用的摆设,特别是在隋代以后的七百余年间,几乎从来不曾有人关心过它,甚至还嫌它妨碍交通,终至毁圮荒漠。直到朱明王朝时,才从风沙的埋沉中踏迹寻根,重新擘划,修建成比秦皇汉武更大的模样。而后随着明王朝的灭亡,它又再次被遗弃边陲,只能在夕阳和寒风中苦捱自己的风烛残年。这中间有一种颇具意味的巧合,在长城遭遇冷落的几个时期，恰好正值历史上几个烈火炙油般的王朝盛世（例如唐朝和清朝），也正值大运河容光焕发、最富于风韵和魅力的时期。那是怎样一脉富足、通达而又懂得解读风情的生命之水啊！它的两岸流动着升平年代的日常岁月，莺飞草长也罢，斜风细雨也罢，画船箫鼓也罢，引车卖浆也罢，全都是一派活泼泼的真性情，充满了农业文明特有的古意和温馨。大运河让北国和江南、荒漠和大海、西域和东瀛、太平洋和印度洋甚至地中海牵起手来，共同演绎着跨越东西方文明的灿烂史诗。在差不多穿越大半个地球的漫漫长途上，驼铃清脆，帆影连云，弦歌嘈杂，灯红酒绿，那是怎样一种令人神往的盛世风华！不要说京师，连地处江淮腹地的扬州也成了华夷杂处的国际大都市。"胡商离别下扬州，忆上西陵故驿楼。为问淮南米贵贱，老夫乘兴欲东游。"运河的通畅让杜甫这样的古板人也潇洒起来，似乎只是为了打听淮南的米价，他一滑脚就下了江南。在我老家的方言中，至今还保留着"波斯献宝"、"识宝回子"之类的说法，那是当年西域的珠宝商人在扬州的痕迹——这痕迹不是镂刻在伊斯兰风格的寺庙或墓地的石碑上，只是不经意地在市井方言中留下了这么几句，却历经千年仍生机勃勃，这就是所谓流风遗韵吧。

　　当大运河在盛世风华中仪态万方时，北方的长城却在孤独中悄悄地坍塌。运河兴则长城废，反之亦然，在隋唐以来的一千四百多年中，这两位巨人很少联袂演出。它们总是在历史舞台的入口处擦肩而过。当一方粉墨登场时，另一方则在某个角落里黯然神伤。这种错位原也不难理解，运河意味着安定和丰足，它是王朝的血脉，血脉流畅则通体强健，这是王朝鼎盛的标志；而在大修长城的背后则往往是边关的烽火和塞上的狼烟，它意味着外患频仍，国势萎靡。王朝鼎盛则威震外夷，万国衣冠拜冕旒，长城遂成为一道闲适的风景。国势萎靡则边关示警，子女玉帛皆从属于干戈（或用于和亲，或用于输款），哪里还有心思去调理运河？这中间，稍微特殊一点的是明代。明代是中国历史上少有的长城与运河并重的王朝，这本身似乎就可以说明，明王朝其实并不曾真正强盛过，一个以闭关锁国（不光是长城，还有海禁）拒绝八面来风的王朝，一个除了残暴就是靡废的病态人格的王朝，一个没有生气没有色彩没有气度也没有生命精神的王朝，只是在压抑和无奈中力图振作而已。一般人都不怎么喜欢明王朝，大致都是因为不喜欢那种封闭、压抑和苍白的时代氛围。而且它也始终没有形成大一统的格局，比起后来的清朝，它的疆域实在算不上辽阔。

把大运河和长城硬拉在一起比较是件很尴尬的事，但如果一定要比较的话，我只能这样说：长城是一尊僵硬的雕塑，而大运河则是一派灵动的生活；长城更多的是一种精神象征，而大运河则是实实在在的滋润；长城保卫了汉民族的休养生息，而大运河则孕育了整个中华民族的强健和鲜活。

是的，我只能这样说。

二十世纪的最后一个冬天，五十岁的我踏上了考察大运河的旅程。

一个在古运河边长大的农家子弟，终于又向运河走来了。少小离家老大回，从少年到中年，正值人生中一段最为华彩的生命乐章。那是仰天大笑出门去，恨不得拥抱整个世界的年华。但不管怎样意气风发，我都从来不曾对大运河说过什么——我是不敢。因为它太恢弘博大了，也太宽厚慈祥了。而且更重要的是，它虽然古老，却至今仍然没有风化为僵硬的古董，仍然在默默地濡养我们，孕育着生命的鲜活。它流进菜花、渔歌和船队的汽笛；也流进丝绸、陶瓷和文人的山水画；最后流进了母亲澎湃的乳汁和喜悦的泪花中。面对着它，你只能由衷地感慨一个古老生命的坚韧伟大，就像儿时依偎在母亲身边那样，扯着她的衣襟泪眼迷离，哪里还敢故作高深地洒狗血？如今，眼看着自己一步步从生命的早春走进了萧瑟的秋景，大半辈子的风雨人生，使我开始懂得了宽厚、责任和爱；也理解了苦难和奉献的美丽。而这些品格，千百年来就一直流淌在大运河的血脉里。生活的重轭是一本教科书，拂去风尘才见出深沉睿智的诗行。情怀已然苍老，却有如秋容，有如宋词，那是夏日浮躁后的灿烂与宁静，显示出理性的饱满。我正在走近运河，从远眺它的帆影到解读它的帆影到解读它的古老而年轻的低吟。于是，带着几分跃跃欲试的自信，也带着一种朝圣般的向往，五十岁的我踏上了考察大运河的旅程。

那么就上路吧，整理一下背上的行囊，用我不再矫健的脚步走近大运河那令人心旌摇荡的风景、传奇、哲学、史诗和生命空间，让我书生的青衫在它的数千里风尘中旗帜一般的飞扬……

第一章 空间篇

一 江南

江南是中国文人的梦境,更是这里的气候、水土、植物和古代先民的生活艺术完美结合的诗篇,它使人们想到的是——水、月光和女人。

人们形容这里的女人,用得最多的一个词是:水色,这自然是最精妙不过的了。其实又何止于形容女人,江南的一切,原都可以用水色来形容的。这里地滨大海,又加湖沼星罗,河港密布,一年四季的大部分日子里,空气中总浮动着潮滋滋的水气。很难想象,一个没有水的江南会憔悴成什么样子。诗人笔下关于江南的典型意象都是与水联系在一起的,所谓"杏花春雨江南"和"小桥流水人家"自是不必说的;即使是"春风又绿江南岸"或"吹面不寒杨柳风"那样的句子,虽然没有说到烟水气,但那和畅春风中的湿润也是可以想见的。再看看晚唐诗人李涉的那首"暮雨潇潇江上春",就连绿林豪客也在暮雨中变得那样彬彬有礼。水之对于江南,不仅仅是一道清秀明丽的风景,更是一种具有本质

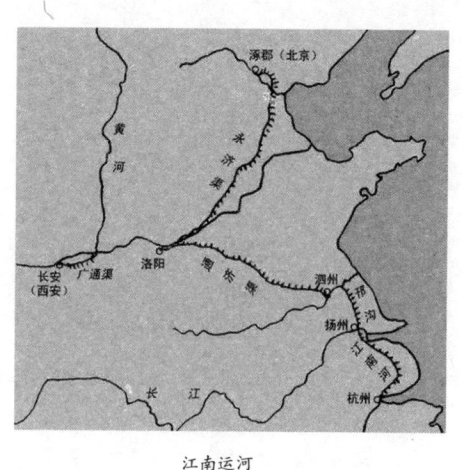

意义的生命情调。

江南运河就在这情调中娉娉婷婷地流过,从杭州到镇江,这段六百余里的航程虽然只占京杭大运河的六分之一,但是就美学风貌而言,却是最具魅力的一段。杭州、嘉兴、吴江、苏州、无锡、常州、丹阳、镇江,只要看看这一串名字,就可以令人想到吴越文化的天生丽质和那种近乎无助的娇娆。

这里的河面时窄时宽,大都呈示出天然河道未经雕琢的形态。水是柔软绵长的,一如江南人的性格,有一种婉约温顺的叙事风格。但水位却很高,白亮亮地从远方浸漫过来。航船走在水里,也走在平原上远近的视线里。高高的船帆须得仰视,船上的居家生活亦历历在目;若是空载,你甚至可以看到船底上寄生的苔藓和螺贝之类,还有舵板上部和下部深浅不同的色泽——那是由于水的浸泡程度不同形成的。水势盈盈欲泼,所谓的河床便被挤压成柔弱的两条,似乎一不小心,那河水就会溢入两岸的灌木丛、桑园或菜花中去。河坡是壁陡的,那是土质的造化。南方的黏土,可以烧制很好的青砖也可以烧制陶瓷的,太阳一晒硬邦邦得有如石头;水一泡,又显出一种固执的韧性。因此,那河岸虽也见出嶙峋的模样,却在水的冲刷下经年不坍。村前宅后,那洗衣淘米的石阶也只有两三级,村姑们坐在河岸上,可以映照自己姣好的面影,也可以调皮地用脚丫撩拨水花;若头上戴的野花掉在水里,也是可以舒展身姿去拾取的。江南的水,天生具有一种亲和的品格,总能给人以适时的舒心快意。

水边最常见的是芦苇，它们是大运河一路上的仪仗，亦是大运河风情的眉眼，如果问一声"画眉深浅入时无"，那实在称得上是极富于创意的，或苍黛，或萧疏，或浓妆，或淡抹，把大运河的四时情态勾画得很传神。在大运河的生命中，没有什么比芦苇更忠贞地相伴始终了——不仅仅是江南运河，而是近四千里长河的全程。它那平民化的品格，原本就与大运河很投契的。但江南的芦苇，却又尤为有声有色，那是源于它对季节变换的敏感，在波光云影下摇曳生姿的表现力，以及执着地楔入生活底层的温存。当然，在有的时候，它也不失浩大的气势，那是在运河与湖沼的交汇处，澎湃起好大一片芦荡。每年端午节的前几天，孩子们便钻进芦荡去剥芦叶。剥芦叶俗称"打箬子"，虽说是"打"，却并不轻狂肆虐，每根健壮的苇秆上只拣一张最嫩的，用心细细地剥下来。扎芦叶用的是柔韧的菝草，他们固执地认为，若用别的东西，便坏了芦叶的嫩香。芦荡深邃而幽远，天上地下全是望不透的绿色，人入其中，仿佛五脏六腑也被染绿了。打箬子的孩子如同一群小鱼游进了无垠的大海，既为它的神奇而陶醉，又因它的幽深而恐怖。因此，他们先用芦叶卷一支芦号，长可尺许，屏起力气吹一声，其声粗犷如老牛，二三里之内都听得到。若有在满眼绿色中辨不清归途的，将芦号一吹，四处便马上响起接应的号声，那声音此落彼起，甚有气势，惊得芦苇丛中的水鸟扑簌簌地飞去。芦号传到远近的村舍里，家家便开始张罗包粽子了。"闻到粽子香，三岁小囡学莳秧。"一年中最为繁忙的季节就在芦叶和糯米的芳香中拉开了序幕，只要嗅一口那气息，你就会知道江南的先民是多么懂得生活，那是一种善于把眼前的寻常物事和日日生计咀嚼出诗意，让劳作和困厄消解在乡土韵致中的大艺术。

待到秋风萧瑟时，芦花便纷纷扬扬地飘舞起来。于是，偶尔便可以看到腰肢丰满的少妇在运河边采撷芦花，那举止神态，流溢着一种母性的柔静。芦花是预备给新生儿充填小枕头的，芦花枕松软、温存，它和孩子的乳名连在一起，也和童年的歌谣连在一起，它是水乡儿女的第一个保姆，从小枕着它，编织着有如水波和月光一般软软的梦，长大了，走到哪里他也是一个江南人。

又过了些日子，冬的脚步便悄悄临近了。落叶上又敷了一层清霜，被西北风赶得无处栖身，枯黄的野草有一种凄凉的色调，芦苇也像庄稼一样收割登场了。当它把挺拔的芦秆交给农家，变成乌篷船的顶篷、贫寒之家的柴门和篱笆墙之后，那曾飞舞出满天秋色的芦花也被和着稻草编成了御寒的芦花靴。芦花靴绝对是水乡的产物，它那朴实得略显拙笨的形象有点像水乡的小船，又有点像居家的小屋，从中你可以体味到一种在憨厚节俭中蕴含的精致和想象力。如果一定要说这中间有什么隐秘性的话，那就是芦苇把它坚韧的根系——关于温情、质朴和创造的美丽——延伸到每位先民的脚下，让他们在劳作和休憩中也体现出一种特有的审美情调。

除了富于浪漫色彩的芦苇，和大运河忠贞不渝地一路同行的，还有纤道——它那裸露在烈日下或寒风中的瘦骨嶙峋的形象，还有纤夫那极具雕塑感的身影，都凸现着某种生命意味，令人想到人类意志力的坚韧和生活中永无尽头的困厄与无奈。

江南运河的纤道又称为塘路，那是人工修筑的河堤，傍着古运河迤逦而行。塘路最精彩的段落在于大运河穿越湖沼隘口时，纤道如长虹卧波，那种典雅与从容让人总忍不住要多看几眼的。若是晴和日子，长堤在水中的倒影仪态万方，连同纤夫的身影都有点吴带当风的味道。这种纤道一律是石块砌成的，上面铺着石板，虽是在清波碧水中款款而过，却也时有起伏，连缀起一座座精巧的桥拱，于是那一溜长堤中便有了上坡和下坡，也有了几许天然的巧趣。这固然是为了在下面让出泄水的通道，恐怕也是为了让纤夫们在单调的跋涉中不时有一种新鲜的视觉感受吧。修筑这纤道的都是最底层的劳动者，他们当中或许也有纤夫或其家人的，这种悲悯情怀不可能不渗入他们的审美意识。江南不少有名的古石桥，其实原先就是塘路的一部分，例如苏州的宝带桥和吴江的垂虹桥，前者长三百余米，五十三孔；后者长四百余米，八十五孔。可以想见，那是何等的壮观，又是怎样一种吴侬软语般的雅致，似乎那桥孔里随时可以流出不绝如缕的洞箫声，是昆曲和苏州评弹的韵味。它们都算得上是中国桥梁史上的杰作，也是历代文人雅士们吟咏不衰的题材。像米南宫的"垂虹秋色满东南"和姜白石的"小红低唱我吹箫"都是人们所熟知的名句，同时熟知的还有那些风流放达的浪漫故事。其实对于大运河来说，塘路实实在在的功用是为了解决挽纤、驿运和航行中的风涛之险。所谓大美，从来都是人类在争取生存权利的劳动中诞生的，人们在劳动中"依照美的规律来造型"（马克思语），使自然人格化，也使人的目的——包括审美——对象化，从而最终实现了一种自由的形式。在我看来，这种"自由"乃是美的最高境界。江南的"白玉长堤路，临河古戏台，乌篷小画船"历来是大运河畔一道令人醉神迷的风景，它们都是水乡先民们生活中最寻常的创造和拥有，但它们却无愧于美的经典。

  正是这如诗如梦的江南，孕育了如梦如诗的江南运河，现在，它落落大方地启程了。

二　六朝旧道

北纬30°，东经120°——杭州。

首先听到的是涛声，隐隐地如九天罡风，又有如荒原巨兽。天空是钢蓝的，潮头势若奔马，起初却并不作腾跃状，只看见巨大的浪涌在层层推进中起伏，那是大会战前的盘马弯弓。但会战的诱惑是难以抗拒的，浪涌渐渐按捺不住了，渐渐变得拥挤起来，并在争先恐后中破坏了原先的序列。旌旗亮出来了，盔甲在阳光下明晃晃地闪耀——那是浪峰上跃跃欲试的浪沫。层层推进的浪涌转瞬间演变成澎湃的巨涛，冲撞、呐喊、桀骜不驯，张扬着生命的激情，终于在防波堤前高高跃起，发起了决定性的一击。原先那罡风巨兽似的吼声，随之雷霆一般炸开——巨涛被炸成了碎片，幻化出灿烂的七色虹彩。但天空仍然是钢蓝的，不动声色地注视着呼啸而来的第二拨、第三拨潮头……

这就是钱塘潮，为了给大运河壮行，钱塘江铺排了这样堪称惊世奇观的盛典。

严格地说，大运河是没有上游和下游的，杭州只是它最南部的端点，它在这里终结，也在这里启程。因此，它的每一次启程，实际上也带着上一次远行的风尘气息：燕赵大地的慷慨，齐鲁苍原的古朴，还有那旖旎的维扬风华和姑苏烟水，这些都成了它生命的一部分。它已经听到了钱塘湾的涛声，那是长川和大海的鸣奏。在它四千里的风尘跋涉中，它还从来没有和大海这样亲近过。在北方的津门，它曾远眺过大海那苍茫的姿影，甚至嗅见了那辽阔的水腥气，但与生俱来的使命感却驱使着它扭头南下。现在，它又上路了。它不惊不乍，不卑不亢，依然是淡淡妆、天然样。它的生命似乎注定了与苍茫辽阔无缘，也不习惯于那种大肆铺排的隆重和盛大，宁愿在引车卖浆的市声人语中，悄悄地松开钱塘江的手臂。——这里是杭州城西南一处叫大通桥的地方，离钱塘湾还有好远一程。

江南好，风景旧曾谙；江南忆，最忆是杭州。不知是城市的风情熏染了运河，还是运河的性格软化了城市，杭州历来被人们视为一座富于女性情调的都市。在这里，大运河洗却了北地的风尘，大泽的浮躁，出落得越发楚楚可人，淡秀天然。它徜徉在古老的巷坊间，闲看杭城的画桥烟柳、风帘翠幕，静听春雨楼头那一缕若有若无的箫声。更有那十里荷花的倩影，夕阳黯淡了湖畔的歌尘。所有这些可以称之为软性美的情调，都和它有着先天性的亲和。"一样江南好山水，如何到此便缠绵。"这是哪一位古人说的呢？记不清了，但肯定是一位诗人，不然不会有这等境界和性情。

抬头看山色。这里的山不高，却秀；不奇，却雅；不险峻，却妩媚。它还从来没有这样仔细地看过山。在北上或南下的一路上，它常常是看到山的影子便悄悄地绕开，因为它总是有着太多的负载，总是太匆忙，它不能像别的天然河道那样，信马由缰地一任放荡，和大山遭遇那么多的缠绵与决裂。那是怎样一种欲生欲死而又轰轰烈烈的遭遇啊！缠绵时则形影相随，山重水复，一颦一笑皆顾盼生姿；决裂时又呼天抢地，悲声号啕，扬长一去便不复回头。结果往往是既伤害了山（那深创剧痛谓之峡谷）；又伤害了水（那悲喜落差形成瀑布）。其实，既然不能和人家终身厮守，又何必要发生那么多的浪漫呢？它是良家女子，理智、忠诚、富于责任感。对山，它是倾慕的，她远远地欣赏他，却又不敢亲近他，更不敢放慢自己的脚步，只能默默记取那伟岸的身影，作为自己的里程牌。正是在这种若即若离的顾盼中，它完成了爱的升华：她和他分享着一切的美好，也分担着一切的苦难，这就够了。爱是什么？

奋不顾身地投怀送抱固然是爱的经典，但默默地以心相许难道不是一种更加坚贞伟大的爱吗？它就这样行色匆匆地一路向前，既没有多大的落差，也没有多少野性的艳情。有的只是平和从容的女儿本色，虽风鬟雨鬓却难掩天生丽质的高贵。

现在，它走出了杭州。能在这里开始自己的旅程，甚好！对着钱塘清波舒展一下身姿，理一理自己平民化的荆钗布裙，蓦然回首，但见西湖如镜，吴山媚好，水巷深处飘出淡淡的桂香，它很喜欢这座富于女性情调的江南名城。

出杭州德胜门向东北，大运河带着这个城市热情的天性和妩媚的水色上路了，杭州的姿色它用不着太留连，因为前方的每一程都有着各自的风景，足够它看的。它消消停停地一路北上，很舒展也很悠闲。从杭州到镇江，这段运河大体上还是六朝时的旧道，隋炀帝开江南运河时，实际上只是在六朝运河的基础上加以疏浚整理而已，此后的十几个世纪中便很少改道。是的，为什么要改道呢？六朝和隋炀那个时代的旖旎风华一直掩映在波光帆影里，让整条运河都流溢着一股明艳的秀色。这一带正当太湖平原，地势低平，水源充沛；又加山清水秀，物阜民丰，大运河优游其间，处处都能见出滋润和丰足。也正是由于这种滋润和丰足，使历朝历代总习惯于因循旧道。当然小的修改也不是没有，例如从杭州到嘉兴那一段，原先是经由临平的。临平是杭州北门外的重镇，在南宋小朝廷定都杭州那阵子，它是见识过不少历史大场面的。靖康之难后，宋高宗从扬州逃到杭州，以及他后来屡次亲征视师，御舟均停泊临平；宋金双方使臣往来，也都在临平设馆迎送。南宋德祐二年（1276年），元军进屯皋亭山，宋丞相文天祥出使元营及被扣亦是在这里。但到了元朝末年，张士诚割据苏南浙西，军船往来于苏杭之间，常常取道塘栖一线。自明正统七年江南巡抚周忱拓宽河道后，漕运、驿传、商旅等，便舍临平而走塘栖。这大概是后人对六朝故道仅有的一次修改。塘栖亦因此繁华，一度成为杭州府市镇之甲。

从塘栖向北，远眺了嘉兴的南湖烟雨，大运河直趋苏州。这一路大体上是绕着太湖走的。古城苏州梦一般的幽静，这里的人们是真正懂得享受生活的一群，连引车卖浆者也算得上精神贵族。他们习惯于静静地品味生活，不喜欢喧闹和浩阔（像虎丘那样热闹且格局大一些的所在只能坐落在城外）。那么就别打搅他们，悄悄地绕城而过吧。流过了西南城角的水陆盘门，流过了飞絮如雨的横塘古驿，又流过了张继诗中吟咏过"月落乌啼霜满天"的枫桥，大运河又扭头西去，身后是寒山寺流韵千古的钟声。但在经过无锡和常州时，她都是穿城而过的，这两座城市都是江南的商业重镇，市井中流溢着精明开化的商业气息，不像杭州和苏州那样，总带着几分怀旧和伤感。大运河穿行其间，正好吐纳百货交易土仪，也正好领略这里的商界行情。城区的河道很窄，舟楫壅塞，摩肩接踵，好不容易出了常州西门，回首望去，但见三万六千顷太湖烟波渺渺，多么浩阔的一片水呵！从嘉兴到常州，还没有走出她那包孕吴越的怀抱。

常州古称延陵，既称陵，自然是高地了。大运河过了常州，便渐渐失却了先前那明丽坦荡的风格，变得单调且逼仄起来：两岸是沙性的、土质不那么坚密的黄土冈地；河岸很高，风景中有一种干燥的、带点野性的成分；河水浅窄，不再有那种盈盈欲泼的气象，也不再有天生丽质的妩媚。似乎一切都有点萧索，不那么繁茂；有点粗犷，不那么精致；有点苍黄，不那么清秀。感觉上仿佛进入了北方，但这里仍然是传统意义上的江南。宁镇山脉的余脉延伸至此，形成了江南运河的分水岭——丹北分水岭。在常州以南，大运河的水源来自太湖；到了这里，水源来自练湖。在江南运河中，这一段其实是资格很老的，"初，秦以其地有王气，始皇遣赭衣人三千凿破长陇，故名丹徒。"（《元和郡县图志》）秦始皇的原始动机并不是为了国计民生，而是要挖断所谓"王气"，这我们不去说他。反正他很早在这里开凿了一段运河，而且是江南运河中最为艰涩的一段。

但好在离长江已经不远了。似乎是为了酝酿情绪，大运河踌躇满志地激动起来。它已经听到了长江的呼唤，那是从昆仑绝域浩歌而来的兄长对袅娜于江南烟水中的小妹的呼唤，是激情对温顺的呼唤。在北上的这一路上，它一直都是平和从容的，它还从来没有见过这么大的排场，当然也从来没有这样激动过。清纯淑女的激情往往是最疯狂的，从分水岭向北，它就毫不吝惜自己并不充沛的水量，迫不及待地扑向大江，以至原先清丽的面容也显出了几分风尘之色。于是，人们不得不用曲折的河道和堰闸来抑制它的情绪，因为，练湖的"水柜"是经不住它这样奔流直下地挥霍的。

大运河在京口汇入长江。遥望江北，过了瓜洲就是古老的邗沟了。

三　苏州

对于江南运河来说，苏州大致处于中点的位置，南下杭州和北上镇江的距离都差不多。镇江的对岸就是扬州。杭州、苏州、扬州，这三座城市恰恰体现了文化江南的典型神貌，又恰恰在大运河边几乎等距离地排列着。但苏州的文化性格并不是杭州与扬州的中和，它比这两者都更精致。杭州与扬州虽然也很精致，但前者的精致中有一种皇家贵族的没落情调，后者的精致中有一种盐商和小市民的卑俗，它们都有显摆的意味。苏州的精致则是一种居家过日子的滋润，它潇潇洒洒，不卑不亢，以骨子里的书卷气和自在平和的真性情酿造着诗化的生活，即使是怀旧，也只是像寒山寺的钟声在微烟渔火中的几许喟叹，大致不会很激烈的。

没有苏州，江南会平庸不少，江南运河也会逊色不少。

在人们的印象中，苏州似乎只是一个休憩的所在，这里山温水软，有巧夺天工的园林和白如凝脂的美女，有讲究的菜肴和小吃，更有那如幽如兰的小巷，缠绵得令人销魂。从地理位置上看，这里正好是上海的后院，达官贵人和大亨富豪们在十里洋场厮混得累了，便到苏州来歇歇脚，买一处旧家园林，置一房姨太太，在这里将息得精神了，再去上海滩闯荡——这大致是晚清和民国年间的景观。再往前，苏州则几乎是京师的后院，那些在京城有头有脸的主儿，不管是不是苏州人，赋闲之后，都喜欢把家安到苏州来。他们在这里怡颜养性，享受生活，也注视着京师的政治风云，一旦气候对自己有利，便抖一抖衣袖启程往京城去。——官船就停在河房的石阶下，橹桨一动便进了大运河，很方便的。看看苏州的那些街巷名称，该有多少是与当初的王公贵族有关的。都说侯门如海，其实它们就静静地隐藏在这些貌似平朴的小巷深处，一点也不张扬。因为这里的豪门大户太多了，说不定从哪座不起眼的门脸里，就会走出个品级相当不低的人物来。冠盖云集，藏龙卧虎，谁都得学会收敛着点。你看，光是所谓"衙"，就有"文衙弄"、"沈衙弄"、"王衙弄"、"申衙弄"、"包衙前"、"吴衙前"等等。还有什么"太师巷"、"尚书里"、"状元弄"、"相王弄"、"乔司空巷"、"王洗马巷"、"金太史巷"，几乎可以据此编一本中国古代的"职官表"了。在这些林林总总的街巷背后，曾经的玉堂金马、衣香人影，演绎过多少有声有色的故事，退隐与复出，淡泊与执着，优游山水与周旋官场。苏州人讲机巧，亦讲性情；有风姿，亦有壮采。他们能屈能伸，亦雅亦俗，把生命的热力挥洒成不拘一格的人生风景。

苏州人王献臣，明弘治进士，嘉靖年间曾任监察御史。官场失意后回归故里，筑拙政园以自居。"拙政"二字取自潘岳的《闲居赋》："灌园鬻蔬，以供朝夕之膳，是亦拙者之为政也。"住着这么好的园林，一边过着神仙般的日子，一边却要作出一副可怜巴巴万念俱灰的样子：唉，有什么办法呢？浇浇园子，卖卖菜，养家糊口啊，这就是我这个笨人所从事的政事了。什么叫苏州人的生存智慧，这就是。当然也有不怎么"智慧"的，例如清朝初年那个叫王永康的主儿。王永康并非王献臣的后人，他之所以入住拙政园，中间还有一段颇具传奇色彩的故事。王永康本是苏州的一个破落户子弟，父亲早年去世，永康遂漂泊无依，到了三十多岁还讨不上老婆。一日在家中却偶然发现了一张结亲的帖子，原来王父当年在军中供职时，与一个叫吴三桂的同僚相处得很好，吴三桂答应把女儿嫁给尚在襁褓中的王永康为妻，并且立下了红帖。这个吴三桂就是当时权倾一方的平西王，驻节昆明。王永康看了帖子，自是喜出望外，他决定去云南碰碰运气。在昆明，他堂而皇之地写了一封子婿的帖子到府门求见，整整等了三天，门胥才让他进去了。吴三桂见了他，沉吟了好久（他都想了些什么呢？），最后还是认了这个潦倒落魄的穷瘪三。也许在他看来，穷一点并没有什么大不了，自己给一份陪嫁就足够了。他给的这份陪嫁也着实丰厚，摆在明处的就有：一处公馆，三品官的顶戴，加之成亲的全套妆奁用具。这还只是云南那一头的。吴三桂同时又移檄江苏巡抚，嘱他代买良田三千亩，大的房屋一所。这所"大的房屋"就是拙政园。没多久，王永康偕新妇回苏州，穷汉乍富，挺胸凸肚，自是神气得不得了，也很过了几天好日子。后来吴三桂失败，王永康的下场自然可以想见，拙政园又换了新的主人，这些就不去说了。

　　我想，以吴三桂当时的权势，他是完全可以拒绝这门亲事的，之所以在"沉吟了好久"之后又答应把女儿嫁给王永康，想必王永康身上也有几分不俗之气吧，例如，苏州人特有的儒雅，以及那种软绵绵的固执。既然不能干什么大事，那么就让他在苏州的园林里享享清福吧。享福也有档次之分，并不是什么人都能像苏州人那样消受得滋润且风雅的。吴三桂的想法或许不错，苏州园林确实称得上滋润风雅的所在，在这里，山、石、林、泉，大自然中美的几大要素一应俱全，而且全都很温驯也很艺术地圈养在自己的围墙内，任是雾失楼台，烟迷芳草；或是舞低杨柳，歌尽桃花，想怎样消受就怎样消受。但圈养的结果是：野性不见了，雄浑不见了，极目苍茫的风云之气不见了，剩下的只有精致。小家碧玉式的精致软化了生命的质感，风月情怀冲淡了江山气度，这就是苏州人。

　　但原先的苏州人并不是这样的。

　　原先的苏州人，也曾呼啸起"轻死易发"的壮士雄风。在中国古代，北方的壮士有荆轲，南方的壮士有要离。要离以不满三尺的侏儒之躯，挺身搏击有万人之力的公子庆忌，比之于荆轲刺秦，虽然稍逊"易水悲风"的排场，却更胜勇武气概和生命的亮色。因此陆放翁诗曰："生拟入山随李广，死当穿冢伴要离。"要离者，苏州人也。

　　原先的苏州人，也曾醉心于削铁如泥的三尺青锋。中国古代最为精良的青铜兵器大都出自吴国，连屈原《国殇》中也有"操吴戈兮被犀甲"的诗句。所谓"吴戈"和"吴钩"后来亦因此成为冷兵器的代名词，它是与男儿本色维系在一起的。而干将、莫邪所铸的宝剑更是闻名天下，那是用生命的血光和智慧铸就的无敌之剑。干将莫邪者，苏州人也。壮士和宝剑，这就是苏州人奕奕风神的写照，也是苏州人血性命脉的古老源头。那时候，他们——就精神的强度和浓烈而言——都无愧于一流。很难想象，今日操着吴侬软语，温文尔雅的苏州人的祖先，却是凸现着勇武与力量的强悍之辈。想当初，"吴会轻悍"难治，曾令刘汉的历朝统治者忧虑重重。到了西晋的时候，大才子左思所作的《吴都赋》中，仍有"士有陷坚之锐"的描写。左思是到吴地游历过的，这块土地上浓烈的尚武风气，使他的笔下很难见出旖旎的色调。

由好勇而柔慧，由尚武而崇文，苏州人性格的流变似乎是随着大运河的通达而开始的。

大致从隋唐以后，全国的经济中心便开始向江南转移。南北大运河的开通，带来了三吴地区区域经济环境的改善：大规模水利工程的修建，农业、商业和手工业的兴盛，加之北方人口大量南移，江南人气渐旺，造物主为人们提供的生存环境开始变得丰饶而美丽。这里偏于东南一隅，远离政治重心所在的中原和西北，也远离了政治、军事冲突的漩涡。地域的偏远往往使这种冲突的震荡成为强弩之末，当北方人在频繁的战乱和权力更替中颠沛流离时，江南人却一门心思忙于稻粱之谋。因此，在相当长的时间内，这里无烽火之警，无逃亡之艰，亦无饥馑之患。江南真是幸运：它独享着动乱年代的安谧，也消受着升平年代的福祉。丰韵而富足的江南——青青的山、柔柔的水、软软的吴语——不知不觉地托起了一个文化的苏州。这是韦应物、白居易、刘禹锡诗中秀润清丽的苏州；是沈周、唐寅、文徵明画中文采风流的苏州；也是桃花坞木版年画中充满了世俗的喧嚣和情趣的苏州。

于是人们看到，从苏州出发沿着大运河北上的航船中，除去大米、丝绸、刺绣、织锦、茶叶和陶瓷而外，还有书画、文玩、版本、梨园子弟和络绎不绝的举子。自唐宋以后，熙来攘往的苏州举子便成了大运河上一道令人艳羡的风景。长天秋水之间，那飘然的青衫撩起了多少悲喜人生！仰望着科举顶峰上的无限风光，他们那"弱水蓬山路几重"的期盼是何等殷切，那"杏花一色春如海"的狂喜又是何等放达。当然，更多的还是落第后"秋风何处说文章"的颓唐。不过颓唐尽管颓唐，过了几年，他们还会再来的。北上赴考的士子一拨接一拨地过去了，又一拨接一拨地回来了，人们总是惊奇，他们中有那么多人说着软软的苏州话，而朝廷中那些操着同样方言的"柔性政治家"就是从他们中间走出去的。苏州人干什么都比别人干得精致出色，如同当年醉心于削铁如泥的三尺宝剑一样，如今他们向往的是状元及第的功名。那四年一度的金榜也似乎对苏州人格外青睐，光是一个清代，从顺治三年开科取士到光绪三十一年废除科举，二百六十年间全国共出状元一百十四名，而苏州一府即有二十六名，差不多占了全国的四分之一。于是便发生了《瓜剩续编》中的这个故事：某日，在京的各地官僚聚在一起，互相夸耀家乡的特产，轮到最后，当苏州人慢悠悠地说起苏州特产"绝少"——只有状元时，众人初则一愣，随后皆"结舌而散"。

这个苏州人叫汪琬，他说话的神态和幽默感，以及那种表面上谦逊，骨子里的自傲，也完全是苏州式的。望着那些自惭形秽的身影悄然离去，他惬意地呷了一口清茶，毕竟是大运河从苏州流来的水呵，直往心里甜。

苏州人哪！

四　吴越风情

《白蛇传》是一出典型的江南世俗生活剧：水、女人和爱情，还有雷峰塔下永恒的幽怨，很凄婉也很美丽。我总觉得，其中的白娘子就是江南运河的化身。一出戏，从江南运河的起点（杭州）演到终点（镇江），最后又终结于西湖边的雷峰塔下。一头镇着雷峰塔，一头镇着金山寺，这就是剧中白娘子悲剧性的生命历程。白娘子其实只是要做一个凡俗的贤妻良母，她有情有义，珍视爱和哺育，也懂得追求和奉献。她身上所体现的这种柔性美和母性品格，同样也是属于江南运河的。作为蛇仙的白娘子无疑是水的精灵，《白蛇传》剧情中的几个重大关节，也都是与水有关的：在沾衣欲湿的雨幕中，男女主人公因借伞而相识并相恋，一个极富于江南情调的世俗生活场景，成为故事的缘起；白娘子因喝雄黄酒（酒亦是水的一种形态）而显出真形，吓坏了懦弱的许仙，这是情节的一大逆转。接下来，最令人惊心动魄的倒不是水漫金山那样恣肆的大场面，而是《盗仙草》一幕中，白娘子用澎湃涌动的产妇之血吓走了白鹤童子。产妇之血是最充沛而原始的生命之水，可以孕育一切也可以征服一切。最后的结局是人伦服从于俗理的无奈，但背景仍然是水：许仙的儿子中了状元回来，要对镇在雷峰塔下的母亲拜三拜，据说这样一来塔就要倒。雷峰塔倒，西湖水干，杭州人怎么也不让他拜。于是，西湖照样水光潋滟，但一个美丽而多情的女子却永远被镇在雷峰塔下。江南的水，是温柔清丽的，但在这背后又潜藏着多少苦难和牺牲呢，白娘子也好，江南运河也好，都因此而美得有几分凄婉。

　　白娘子与许仙的情缘开始于一把油纸伞，这是很有意味的情节。古往今来，有多少浪漫故事是因为男女共用一把油纸伞而引发的呢？我以为，以这种形式开头的故事，其过程和结局大都不差，不是说一定会有皆大欢喜的归宿，而是说那感情的质地。你看那潇潇细雨中，一把油纸伞撑起了一方诗意的空间，四周是纷披的雨帘，氤氲的雾气朦胧恍惚，营造出一种与外部世界的疏离感。这时候，大致谁也不会大呼小叫的，最宜耳鬓厮磨的悄悄话。或者干脆缄默不语，听雨声疏密有致地敲打伞面，那真是"嘈嘈切切错杂弹，大珠小珠落玉盘"，让你的心里纤尘不染。即使是轻薄之徒，在这种情境中也会变得斯文起来，断然不会有非分之念的。江南的油纸伞是一种寻常的精致，亦是一种寻常的诗意，这诗意孕育的情感，是江南人的性格底色和诗化生活的一部分。

　　油纸伞最宜浮动在幽深的小巷里，或斜倚在瘦瘦的船头上，那是很从容也很含蓄的风景。

　　雨中的小巷总是特别素净，连砖缝中的苔藓也嫩得可爱。清新得很好闻的泥土和草木的气息，连日阴雨浸渍出的老房子的霉味，还有谁家小院里飘来的花香——茉莉和玉兰的香气是淡淡的，而蔷薇、栀子花的香气则要野得多——这些都被雨丝梳理得十分熨帖。那油纸伞就是这时候走来的，背景是两边人家的高墙（使人联想到一个旧式大家庭中的种种恩怨故事），青灰色的瓦檐有一种古朴的沧桑感。若是小雨，那持伞的身姿便有一种很悠闲的意味，似乎那油纸伞不过是一件掩映可人的道具，为的只是一种姿态。姿态自然是极好的，或娉娉婷婷，或潇潇洒洒，鞋跟磕击着砖石路面，很清脆地款款而过，然后在一座带砖雕的老式大宅门前停下来，收拢起油纸伞走进去，如同走进了鸳鸯蝴蝶派小说中的某个人们熟知的情节，"吱呀"一声的关门声在静静的小巷里传得很远。再听听门外的雨声，似乎越发地潇疏有致了。

　　至于那斜倚在船头的油纸伞，则又是另一种浪漫。江南的雨，江南的船，江南的石拱小桥，江南的芳菲秀色，还有江南人特有的那份亲和自然的天性，都成全了这种浪漫。那持伞的人或许是为了欣赏远近的水光山色，或许是为了体味"斜风细雨不须归"的古典情致，或许干脆只是为了充当这风景中的一个角色，反正她消消停停的很优雅。那船尾摇橹的汉子自然是蓑衣竹笠，自然也是消消停停的，一边有一搭没一搭地和船头拉话，潺潺的水声中夹着雨点轻柔的弹奏，有如梦幻一般。这时候，即便是"寒雨连江夜入吴"的冬季，那阴冷中也自会有一份温馨。若小船悠悠地穿过石桥，油纸伞在圆形的桥拱下便恰好成一道剪影，很圆满也很精致，谁见了都会怦然心动的。斜倚在船头的油纸伞也有在晴天遮阳用的，那时的情调就要明朗多了，油纸伞也更具装饰性。青山隐隐，绿水迢迢，正是江南最丰韵的季节，两岸是繁茂的桑园和稻菽，一簇簇野花云霞一般灿烂。采桑女的身影永远是活泼泼的，笑声亦放浪得很。若有喊着号子车水的壮汉，则必定打着赤膊，那油纸伞便会侧过身去，于是对岸挑野菜的村姑便会向她走来，随同她们走来的还有一首古老的民谣：

荠菜马兰头，
姊姊嫁在门后头……

这首在江南流传很广的民谣，说不上有什么意思，但又绝非没有意思。与那些充满了火辣辣的质感和呼天抢地般诉求的北方民歌不同，它温丽含蓄，有一种清新柔婉的乡野气息。这就是吴歌。荠菜和马兰头是江南最常见的野菜，可以上得豪门的盛宴，也可以为饥民果腹的。你当然可以说这是一种比兴，也可以说它有上古民谣的遗风（例如《诗经》中的《采薇》和《蒹葭》）。它究竟是体现了某种审美趣味，或者只是展示了某种世俗风情，似乎很难说得清。反正，江南的先民就是唱着这样的歌谣从桑间陌上走来的。乡野间寻常可见的野菜，小户人家的婚嫁习俗和姊妹亲情，粗茶淡饭中的欢悦和期盼，还有几许淡淡的惆怅，这一切都笼罩在一种平民化的生活情境之中，足以令人想到许多。

那一群活泼泼的、笑得很放浪的女人从桑园中出来了，桑枝轻摇，叶片拂着女人的粉脸,那影子也是绿的。阳光歌吟一般,在每一片绿叶和女人的花布衫上倾诉热情。她们提着装满桑叶的竹篮——那竹篮的提把很高,陶瓷艺人制作的提梁壶就是从中得到灵感的吧——呼朋引类地向村里走去,那一片水边的桑园便成为她们身后的背景。到了村头,却突然一个个都屏息凝神起来,全不像方才那般张狂。村庄里弥漫着神圣和肃穆的气氛,蚕花已经起身,那是阿娘将蚕种焐在胸口孵出来的,老话称之为"暖种"。暖种期间,阿娘浑身上下都收拾得清清爽爽的,独自宿在一间小屋里,整天少言寡语,一举一动都透出神圣,也透出拘谨,连咳嗽也不敢大声。一个乡村少妇就这样用她全部的温情和美丽的憧憬,催生了那一撮菜籽大的娇客。蚕花一起身就见风长,几乎一天一个样。它由蚕花变成了蚕宝宝,啃起桑叶来一片小雨淋漓的沙沙声。这些天,蚕乡仿佛沉睡了一般,但又透着股惴惴不安的气氛。家家闭门闭户,停止一切的交际活动。村坊间行人寥落,连官府的差役也不来打扰。至于那言谈举止中的忌讳,更是森严得步步为营。当然,这中间最忌讳的还是男女之事。在茅盾的《春蚕》中,那个叫荷花的女人被全村人都视为灾星,避之唯恐不及,仅仅只是因为她的风骚。一切的忌讳都出自人们的恐惧和期盼,蚕宝宝娇贵哩,江南农家的收成,一多半出自养蚕,容不得闪失的。谁能想到,诗人笔下那"应是天台山上月明前,四十五尺瀑布泉"的新丝,那"织为云外秋雁行,染作江南春水色"的绸缎,原先的孕育竟这般神神鬼鬼的如履薄冰。

　　当然,蚕农们也有展颜一笑的时候,那是在蚕儿上山以后。"山"是用麦秸秆搅成的,那是蚕宝宝告别演出的舞台。蚕宝宝上山了,一副踌躇满志的样子,它用银白色的丝以自己为中心画弧。当一道道弧线织成一张椭圆形的纱幕时,纱幕中的蚕娘便仿佛出嫁的新妇,美得有如一首朦胧诗。女孩子们常常用绵纸剪出鞋垫或手帕之类的小玩意,把蚕放在上面吐丝。蚕丝在绵纸上编织得有经有纬，绵纸仍然是原先的形状，但质地却变成了光洁柔软的夹心绸。这是蚕乡的女孩子们最别致的艺术结晶。也是她们在一个季节的辛劳之后最可心的收获。

蚕完成了它的告别演出，变成了茧。茧子从山上摘下来，装进河埠头的乌篷船。乌篷船悠悠地摇进了河汊，穿深柳、拂青云，向城里摇去，咿咿呀呀的桨声中满是欢悦的情调。而对面，春台班的"绍兴船"已经过来了，班主站在船头上，大大咧咧地和摇橹的男人打招呼。那嗓子是吊过的，音域很宽，吐字行腔的韵味俨然舞台上的铜锤花脸。每年一次的春台戏就要开场了。

春台戏俗称草台戏。一场草台戏能让附近的村子陶醉好几天。那几天是村民们盛大的节日，走亲访友的红男绿女自不必说了，光是河埠头的船就足够闹猛：草台班的戏船，有钱人家雇的帐船，摇生意的快船，接送远路观众的"长摆渡"船，还有农家那秀如豆荚的乌篷船，挤挤轧轧，蔚为大观。戏文是当地有头脸的人物随意点的。在有的时候，点戏也有忌讳，例如在平望镇的西木乡，有一出《钓金龟》是不让唱的，因为这里古代有个权势人物叫"金贵"。一代一代传下来，到后来为什么不让唱，已没有人能说得清了。吴江黎里镇有一姓蒯的人家，这里的台脚不准唱《杨乃武与小白菜》，因为蒯家的先人蒯世馨审理过杨乃武案件，后来翻案前畏罪自杀。但这些只是特例，知道了就行。而等到戏班一走，百舸散去，各家的缫车和织机就开始忙碌起来。且看吴地《竹枝词》中的这种描写：

阿蛮小小已多姿，
十岁能牵机上丝。
漫揭轻裙上楼去，

试看侬撷好花枝。

《竹枝词》的作者大多是些生活底层的小文人，他们笔下的风情自然很真切的。再看：

郎起金梭妾起花，
丝丝朵朵著人夸。
无端北客嫌轻去，
贱煞吴绫等苎麻。

丝贱伤农。小儿女的娇憨和欢悦中，又渗进了不绝如缕的叹息。

欢悦也好，叹息也罢，它们都是属于江南的。说不尽的多情山水，道不完的吴侬风韵，这就是江南高贵的血统。

江南运河就在这中间款款有致地流过。春江花月，秋水伊人，如歌的行板，朱唇一启就是千年……

时间篇

1 《春秋》中的密码

公元前505年,在中国历史上是周敬王十五年,岁在丙申。这一年从周王室到各诸侯国都发生了不少事情,《春秋》经文中也都辑要记载。这中间,有一句看似平常的话说得有点不明不白,给后人留下了一头雾水。

这句话只有五个字:

夏,归粟于蔡。

根据《公羊传》和《穀梁传》的考证,这一年的夏天,不仅是鲁国,中原的大多数诸侯国都向蔡国提供了粮食援助,这一年又并没有蔡国受灾的报道。人们不禁要问:这么多粮食,源源不断地运往弹丸之地的蔡国,究竟是派什么用的?在这场大规模国际援助的背后,究竟掩藏着哪些深层次的因素？这些因素又将对后来的历史产生什么影响？

这是一句密码。所谓春秋笔法，微言大义，果然了得！

破译这句密码或许要等到自那时的二十年以后，也就是吴王夫差在江淮大地上开挖邗沟的时候。但在当时，人们如果关注一下蔡国的周边形势，也是可以见出端倪的。在这期间，吴国的远征军正在楚国作战，春秋战事中有名的"柏举之战"就发生在此前不久。

2 行进在"⊐"形航道上的舰队

在春秋晚期那个时代，各诸侯国之间的战争是常有的事，开始时还要打一面堂而皇之的旗号，今天是"代天征讨"，明天是"吊民伐罪"，后来索性连这样的借口也不要了，反正天下已经礼崩乐坏，弱肉强食就是最大的理由，有时为了一个长得漂亮点的女人或一块成色不错的玉璧就可以兵戎相见。例如这次吴楚之战的直接起因，就源于楚国首相子常的一次索贿事件。

蔡国是中原的一个小国，南面与强大的楚国接壤，以小事大，处处都得赔着小心，日子很不好过。不久前，蔡昭侯访问楚国时，楚国首相子常因向他索要皮大衣和玉佩未成，就把昭侯扣留起来。这两个传统盟国遂由此交恶。

蔡昭侯回国后，曾想利用周王室召开列国多边峰会的机会，策动晋国伐楚。但天下乌鸦一般黑，晋国出席会议的代表也向蔡昭侯索取贿赂。蔡昭侯这个人偏偏手气不大，又没有接受上次在楚国的教训，仍是一毛不拔。你不给好处，人家自然就不肯帮忙，只是在会议宣言的签字仪式上象征性地安慰了一下蔡国，让他们的签字顺序排在卫国之前。这种结局让蔡国很寒心。于是，他们又把求助的目光转向南方新近崛起的吴国。蔡昭侯不惜把自己的儿子送到吴国去当人质，换取了吴王阖闾出兵伐楚的承诺。

吴王阖闾是一位很有作为的政治家。政治家最重要的素质就是善于掌握行动的最佳时机，该出手时就出手。正是在这一点上，阖闾显示了他的雄才大略和传奇色彩。春秋战国历史上最有名的几次暗杀事件，其中就有两件是他一手策划的，而且都干得很漂亮。一次是派专诸把剑藏在鱼腹里，在宴席上刺杀了吴王僚，夺取了王位；一次是派要离去卫国刺杀了在那里政治避难的公子庆忌，消除了王权的隐患。吴国崛起，得力于阖闾手下有一批出类拔萃的人才。春秋晚期是个"小国寡民"的分裂时代，也是生命、个性、人格和才华大觉醒的时代。大一统的格局固然很不错，但大有大的难处，首先是统治难，这时候最发达的往往是统治术，而统治术又无一例外地诉诸高压和强权。因此，中国历史上的百家争鸣只能产生于"小国寡民"时代，那灿若繁星的精英才俊也往往在这时候脱颖而出。在阖闾那个时代，后来被人们尊为文圣和武圣的两个人物已经走到了历史的前台，文圣孔丘在北方的鲁国当司法部长，当时还不怎么显山显水。武圣孙武则在吴国主持军队的训练，倒是干得有声有色。他不但向长于水战的吴国军队传习北方的车战射御之术，而且把中原文化中的冷静和早熟融入进江南文化的浪漫情怀中。例如，为了严明军纪，连吴王最宠爱的两个妃子也被他砍了脑袋。两颗美人头挂在宫城前的演兵场上，淋漓的鲜血涂抹成《孙子兵法》最初的篇章。和孙武站在一起的是著名的悲剧英雄伍子胥，这位楚国的叛臣来到吴国后，就向阖闾提出了"三师以肆"的对楚用兵战略，即以分兵骚扰的战术消耗对方，在积极的拉锯战中逐渐改变双方的力量对比，最后选择有利时机给予决定性的一击。这样,到了蔡昭侯求助吴国时,吴国已经具备了对楚发动"决定性一击"的力量,阖闾要出手了。

"带长剑兮挟秦弓,操吴戈兮被犀甲。"长于水战的吴军理所当然地选择了由水路进发。这些喜欢断发文身、赤膊跣足的南方汉子生来就是"混江龙"和"浪里白条"一流人物。在水中,他们有一种犹如婴儿在母亲子宫中的亲和感;水是放纵的、透明的,又是极富于智慧的,它几乎蕴藏着对一切谶言的解释,例如人们与生俱来的对平等和自由的期盼。水中不宜谄媚,更不宜下跪。水漠视你华贵的衣冠和显赫的品级,所有的人在水中都只能还原成来自父母的赤子,凭借你自身的素质力去挣扎扑腾。水成全了南方女子的千种风情,也成全了南方汉子的万般豪举。背负着夏日的蓝天,用肩头撞开水面,扑向洋洋洒洒的阳光,这是南方汉子生命的浪漫。所谓"以船为车,以楫为马,往若飘风,去则难从"更是他们风神的写照。现在,他们要出征了——他们操着当时各国军队中最锋利的刀剑,个个皆骁勇敏捷,动如脱兔。他们要去的地方是遥远的中原和荆楚大地,他们当然不会意识到,这将是他们在此后数十年中旷日持久的远征的开始:他们不知道北方的枳树和南方的橘树是不是同源同种;也不知道北方的籁和他们拨弄的木扁鼓、木琴有什么不同的情调。但他们知道北方有辽阔的土地、华美的宫室和丰腴性感的女人,作为出征的将士,这些诱惑就足够了。那么,就把车仗马匹、旗鼓军械、粮秣衣甲,还有庆功用的大酒瓮装入舰船吧。告别了熟悉的江南山水,庞大的吴国舰队启航了。长风万里送远帆,浩阔的江面上旌旗蔽日,鼓角震天。这是泰伯奔吴以来吴国军队第一次大规模的远征,自"西门和约"开辟了由晋、楚两霸共同主宰国际事务四十余年后,吴国终于要发出自己的声音了。

吴国的都城在姑苏,而楚国的腹地则在汉水流域。吴军伐楚,即使在现代也可以称之为一场远征。吴国的舰队从姑苏出发，先沿长江顺流而下，出了长江口后即扬帆北上，经历了南黄海的风涛之险，再转棹进入淮河，沿淮水干流上溯至中原的蔡国境内。然后舍舟登岸，从陆路行进至豫章附近，与楚国军队隔着汉水对峙。

战争的过程就不去细说了，因为对于许多战争来说，过程似乎并不重要，胜负其实早在双方短兵相接前就已经解决了。这中间，统帅的智慧是决定性的，而那些血流漂杵的大场面不过是这种智慧的演绎罢了。至于演绎得简洁还是冗繁，那是由将士们的素质力和牺牲精神决定的，一般来说与结局无关。但是当我们审视发生在公元前506年的这场吴楚之战时，有一个细节却不应被忽视。战争初期，楚其实是完全有机会打败吴国的，当时，楚军中有一位姓戍的司法总监，这位戍某人很有军事头脑，即使是站在孙武和伍子胥这样的对手面前，他也并不怯场。但问题是他的上司偏偏是没有头脑，比猪还要愚蠢的首相子常。司法总监曾向子常建议：吴军劳师远征，后勤保障线很脆弱，楚军应避实就虚，以少量兵力在正面和吴军周旋，主力部队则迂回到吴军后方，先烧毁他们的舰船，切断他们的后路和供给，再一举摧垮吴军。应该说，司法总监的这一建议是很有战略眼光的，但子常偏偏没有采纳他的建议，原因则简单得近乎可笑，他怕司法总监抢了他的风头。子常的可悲就在于贪婪，和平年代贪财好货，到了打仗时又贪功邀赏。有这样的首相，楚国不配有更好的命运。

结果是可想而知的，楚军先是在豫章失利，接着又在柏举一败涂地，被吴军长驱直入，一直追到郢都。楚昭王带着妹妹仓皇出逃，忠勇且富于谋略的司法总监壮烈战死，另一位大忠臣申包胥则逃往秦国去搬取救兵。而那位因贪婪而误国，罪该万死的首相子常却没有死，他在乱军中收拾细软，跑到郑国当寓公去了，依旧活得很滋润。这种人总是有着足够的生存智慧。

进入郢都后，吴军从上到下都陶醉在前所未有的胜利之中，弹冠相庆自是不必说的。功臣伍子胥迫不及待地忙于复仇，他把死去的楚平王的坟墓掘开，鞭尸三百。而自阖闾以下的大小将领则忙着享受楚国权贵的宫室器物和妻妾女眷，这中间当然也包括楚昭王的大小老婆。这并没有什么值得大惊小怪的，无论是在战场还是官场上，自古以来的胜利者都是这样干的，女人从来就是一种战利品。说起来，今天这位把老婆扔给人家作战利品的楚昭王，其太上祖母也曾是一件战利品，当年楚文王并吞了息国后，首先就跑到后宫把美丽的息夫人揽入怀中，且带回楚国为他生了两个儿子，其中有一个就是后来的楚成王。但息夫人在楚国的几十年中却从来没有说过话，"细腰宫里露桃新，脉脉无言几度春。"女人虽然身不由己，却也有自己的人格，不说话，就是一种无言的反抗。但尽管如此，这位可怜的女人还是受到了后人的诟病，"千古艰难唯一死，伤心岂独息夫人。"国亡不死，夫辱再嫁，你为什么不自杀殉情呢？这样的评价实在很不厚道。

攻占郢都把吴军伐楚的胜利推向了巅峰，同时也使吴军陷入了持久战的泥淖。在此后的大半年中，战争进入了胶着状态。

现在轮到楚国用"三师以肆"的战术来对付吴国了。溃散的楚军在四处重新结集，并组织了抗战政府，用游击战骚扰和阻击吴军。而跑到秦国去求援的申包胥也不辱使命，他在秦国的宫墙前一边哭诉，一边绝食，如斯者七天，这就是历史上有名的"申包胥哭秦廷"。秦哀公被感动了，因为楚昭王毕竟是秦国的外甥，"姑舅亲，辈辈亲，打断骨头连着筋。"更何况从郢都又传出了吴军将领企图逼奸楚昭王的母亲——也就是秦国公主——的说法。政治联姻的作用现在显示出来了，秦国终于答应出兵援楚，这是吴楚战争的一大转折。

郢都宫殿前的落叶已被寒风扫荡殆尽，随着冬季的来临，吴王阖闾也从当初那横扫千军的狂热中冷静下来。这里的冬天不像江南，江南的地气中蕴含着温润，犹如丰腴健朗的少妇，纵使是雨鬓风鬟，那韵致终是不减，很难见出憔悴的。在那里，芦花可以到冬至而不败，经霜的红叶亦可以保持几个月的生命。西北风刮过了，雪花也飘过了，原野上的草色顶多不过成了赭色，根边总带着些许绿意的，只待一夜春风就可以苏醒。即使在最严寒的冬日，江南的晴空下总有一种明朗的情调。哪像这里的冬天，一阵寒风就吹尽了满天秋色，冬天说来就来，满眼都是肃杀之景。刚进入郢都时，还觉得这里的宫殿宽敞得很排场，不愧王者气象。待到西风扑面，落叶生悲，却只有大而无当的感觉。特别是夜晚歌舞过后，曲终人散，燃烧的烛火一盏盏地熄灭了，空旷的大殿阴森森的有如古墓，没有一点生气，只有侍卫和宫女的身影鬼魅一般。郢郡，亦如同这里的女人，在被他粗暴地揽进怀里揉搓了一顿后，已觉得没有多大意思了。

这些当然不很重要，重要的是，随着冬季的来临，吴军的供给日渐困难起来。衣衫褴褛的将士们在冰天雪地里浴血苦战，还常填不饱肚皮。江南那明朗而温丽可人的冬日，已成了遥远的梦境，军队的士气亦有如这里的天气一般，一天比一天晦黯。他们离后方太远，数万大军的日用衣食都得仰仗江南，每一粒粮食，每一寸战略物资，都要历经江、河、海、陆的重重周转。冬日的南黄海无异于死亡之路，淮河也开始封冻了，阖闾只能求助于北方诸国，这些国家对楚国的怨恨由来已久，但自己又不愿出头讨伐楚国，他们当然有义务援助吴国。但人家既然没有对楚国公开宣战，援助便只能偷偷摸摸地搞暗箱操作，即打着援助蔡国的旗号，先把粮食运到蔡国境内。到了第二年的夏季，随着战局的糜烂，这种援助也达到了高峰。《春秋》经文中因此留下了这么一句看似没头没脑的记载：

夏，归粟于蔡。

在郢都的宫殿里，阖闾吞咽着盟国提供的品质很差的陈年谷米，批阅着前方战事吃紧的奏报，陷入了前所未有的困惑之中，当初的心雄万夫和气吞万里都化作了眼下痛苦的思考。他曾无数次对着地图上那个令人沮丧的"⊐"形发呆，那是吴国伐楚的进军路线，也是后来的后勤运输线，两条横线是长江和淮河，右侧的竖线是风涛莫测的海上航程：这似乎是上苍的安排。自远古以来，人们就见惯了日西落，水东流，泱泱吴楚，沃野千里，竟没有一条河流是南北方向的。如果江淮之间有一条便捷的水道，吴军何至于要兜这么一个"⊐"形的大圈子？又何至于傻乎乎地跑到南黄海去受风浪之苦。天不助吴，时乎？命乎？

阖闾的叹息中透出一种历史的无奈，而所谓历史的智慧往往就隐藏在由这种无奈而引发的异想天开之中。也许就在这时候，一条沟通江淮的人工运河开始了他最初的构想。

吴楚战争历时一年，最后以吴国的失败告终。从表面上看，吴军失败的原因是：一个强大的第三者——秦国——的介入，吴国自家的内乱（阖闾的弟弟夫概在国内自立为王），以及越国趁机入侵。但深层次的原因还在于吴国劳师远征，陷入了旷日持久的消耗战，后勤供应无法保障。溃败的吴军仍旧是从原路回国的，一路上的仓皇狼狈可以想见。疲惫不堪的将士早已归心似箭，千疮百孔的征帆再也鼓荡不起当初那席卷千军的豪气了。舰队沿着淮河顺流东去，广袤而蛮荒的江淮大地坦荡在青天碧落之下，蒹葭苍苍，白露为霜，湖沼草泽间弥散着苦艾野性的香味和泥土中腐草的气息，这是一片人类的斧斤和犁铧未曾触及过的苍原。此刻，壮心不已的阖闾肯定会想到许多，列国之间的争霸战方兴未艾，一次战争的失败当然算不了什么，江东子弟多才俊，重整旗鼓，逐鹿中原，吴军还会再来的。他日卷土重来，吴军肯定不会重蹈这次的路线了，让地图上那个令人沮丧的"⊐"形见鬼去吧。这江淮之间的千里沃野，既然可以放缰驰马，为什么就不能扬帆泛舟呢？如果在这里新辟一条南北方向的水道，让吴国的舟师和战略物资直接由江入淮，然后再沿荷、泗、沂、沭诸水北上，一举抵达燕赵齐鲁，吴国称霸的日子还会远吗？

荒原无言，多少世纪以来，它就这样一直在无言中等待。九月的阳光懒懒地流淌，天高云淡，秋风惆怅。荒原，在死一般的静谧中演绎着沧桑的含义。

为了战争，一条沟通江淮的伟大工程已经呼之欲出了。

请不要诅咒战争，因为它从来就是人类最迅捷的交流方式，也是人类文明最原始的助产婆，虽然它充满了毁灭、血腥和惨绝人寰的呼喊，但谁能否认，正是战争与和平的相互濡沫（请注意，是濡沫），才推动了人类文明的历史进程呢？

时在公元前505年，吴王阖闾十年。

3 冤家

现在，本剧中的另一个主角——越国——悄然登场了。

中国历来是个政治智慧十分丰富的国度，许多政治谋略至今仍被蹈袭不衰，例如关于地缘政治中的"远交近攻"。吴越是有着相同的语言、习俗和地域特征的邻国，所谓"江南"的含义，也主要是指吴越一带。吴山千古秀，越女天下白，这里的橹声花影，绮罗香泽，大概久已有之吧，不然不会走出西施那样倾城倾国的美女。从地缘政治上讲，最危险的敌人永远在自己身边。在两个相邻的国家之间，争夺是绝对的，所谓世代通好最多不过是弱者的一厢情愿。吴越两国起初都曾是别人棋盘上的棋子，而弈者的策略思想就是远交近攻。在晋楚争霸期间，晋国用扶植吴国来牵制和削弱楚国；楚国则投桃报李，让越国在吴国背后搅事生非。晋楚双方的策略可谓成败参半，既给对手制造了不少麻烦，同时也让两个不入流的化外之邦羽翼丰满起来，成了新一轮竞争中自己的对手，这当然是后话。吴军伐楚期间，越王允常利用吴国精锐尽出，后方空虚的机会举兵入吴，这使得阖闾大伤脑筋，也认识到不先把"卧榻之侧"的越国摆平，争霸中原就无从说起。因此，在此后的数十年中，吴国只得暂时收敛起北上的雄心，把战略重点转向对越国的攻守，双方摩擦不断，战事逐步升级。吴越春秋向来以一种瑰丽凄恻的情调见诸史册，但其中最令人心旌摇荡的篇章——屈辱与复仇，江山与美人，阴谋与爱情，权力的兴衰与人格的畸变——却主要是由阖闾和允常之后的第二代领导来演绎的。

公元前497年，越王允常病殁，勾践即位。

第二年，吴越之间发生了槜李之战，吴师败绩，阖闾被越军砍断了脚趾，死于回师途中，夫差即位。

就这样，勾践和夫差这一对冤家，差不多同时被推到了历史的前台。

他们即位时都正值青葱饱满的生命年华，这是他们的福分。中国历史上的好多王者之所以碌碌无为，很重要的一点就是他们的父辈死得不是时候。或死得太早，让他们小小年纪就跻身王位，成为宫廷内外一班女人和老人们手中的傀儡，由此造成的心理变态使得他们日后只能有两种选择：懦夫与虐待狂。或死得太迟，当他们苦苦等待了大半辈子才接过权杖时，已错过了生命力的旺季，灵性和锐气已被惰性和暮气所取代,声色犬马尚且力不从心,更遑论经邦济国了。因此,历史上有些领导人物的成功,其实并不在于自己有什么过人的才智,只是因为他们的前辈死得适逢其时,在给他们提供了一块足以施展的舞台后,自己便消失了,这样的领导者真是幸运。夫差和勾践就属于这样的幸运儿。

那么,就让他们放开手脚施展一番吧。

但问题是,作为对手,夫差和勾践所接受的精神遗产并不是等量的。

阖闾是一代雄主,他在位期间,吴国由一个化外小邦一跃而厕身于大国行列。他一生经历的政治风涛堪称惊心动魄:叔侄火并,五步喋血;兄弟阋墙,阴谋糜生;一次又一次的南征北讨,在铁马金戈中凸现着生命的强悍。他几乎是踩着刀尖上的血光走过来的,这些,作为王子的夫差都曾耳濡目染。特别是阖闾那沟通江淮北上争霸的构想,肯定也曾让夫差心驰神往过。现在阖闾死了,他是以一种极端的方式——捐躯疆场——而死去的,在所有的死亡中,这是最壮烈,也是最具震撼力的。这种死法本身就是留给后人的一笔精神遗产——那铭心刻骨的国恨家仇。请看他们父子交接的最后一幕:

阖闾问道:"你会忘记勾践杀了你父亲吗?"

夫差回答:"不敢忘记。"

阖闾又连问几遍,夫差也一遍又一遍地回答"不敢忘记",直到父亲溘然逝去。

这就是夫差的即位典礼。吴山高,越水长,在杭州湾畔的荒野里,败退的吴军偃旗息鼓,倾听着新一代君主在为复仇而宣誓。

而且,这样的宣誓仪式还要继续下去。

夫差即位后,又派人每天站在庭院里,只要夫差从那儿进出时,那人便大声问道:"夫差,你忘了勾践杀害你父亲的仇恨吗?"

夫差每次都得恭恭敬敬地回答:"不敢忘记。"

我们不知道夫差每天要从庭院里进出多少次,也无法想象一个国家元首被下人直呼其名地斥问时心里是什么滋味。反正在阖闾死后的最初几年里,夫差就一直是在这种"不敢忘记"的警策中生活的。如果说夫差的吴国在历史上也曾强大过,那么首先就应归结于这句"不敢忘记"。没有什么精神力量比仇恨更强大的了。仇恨是一种无形的痛苦和枷锁,它可能是动物性的,也可能体现出更深刻的人性。它有着巨大的跨度,从原始的沉沦到精神的升华。它能聚集起令人不可思议的爆发力,就像人们在危急关头常常能作出某种惊人之举一样,正是在那特定的情势下,它调动了生命全部的潜能——生理的、意志的甚至还有超越极限的神来之力。而这些,人们在平常的日子里是根本无法做到的。正是仇恨,使夫差从失败的废墟中站立起来,那个血色黄昏的每一个细节都将成为他生命的支点。他的目光燃烧着矢志不渝的复仇之火,那是吴国军民的精神旗帜。在这一点上,夫差应该感谢勾践。

那么勾践呢?

勾践的精神遗产来自槜李之战。从允常去世到槜李之战,这中间只有几个月时间。几个月时间还没来得及完成从王子到国君的心理转换,勾践就迎来了一场胜利。这胜利来得太容易了,几乎是唾手可得,几乎如探囊取物,几乎在羽扇纶巾谈笑间。太轻易的获得常常并不是什么好事,它会使当事人处于一种失重状态,滋生出诸如轻浮、飘飘然、不知天高地厚之类的感觉。那是一种笼罩着不祥之感的心理骚动,一种生命中不能承受之轻。其实,轻浮也好,飘飘然也好,不知天高地厚也好,全都是因为自身没有足够的分量。勾践还年轻,他还不能承受一场势如破竹的胜利。一时间,他那没有多少阅历的头脑里几乎全是胜利后的轻松,还有自己无所不能的优越感。看来经邦济国也没有什么大不了的,自己一不留神不就打败了吴国吗？一个没有丝毫危机感和忧患意识的君王还能有什么作为呢？因此，当夫差在庭院里一遍又一遍地重复着复仇的誓言时，勾践却整日沉湎于声色犬马。"阖闾既殁，吴不足惧也。"那么就刀枪入库马放南山吧，以潇洒的姿态拭去刀刃上的血迹，让手势的优雅和刀刃上的寒光组成轻捷的线条，这是刀枪入库时胜利者的一种精神享受。南山放马同样也能演化出不少乐趣，骑射游猎、寻花问柳，可以消解无所事事中的寂寥。风雨楼头尺八箫，何日归看浙江潮，太平君主的滋味实在不错。现代科学证明，每个人的拳头都和自己的心脏具有同等的体积，如果我们把拳头视为一种生命本体的素质力，把心脏视为一种思想和精神的强度，这个等式大致也是成立的。勾践的心脏已经萎缩，还能指望他的拳头吗？

　　槜李之战的结局是，勾践在军事上胜利了，但在精神上失败了。

　　精神的失败必然导致军事的失败，人类的历史生生不息，无论是喜剧还是悲剧，其中都维系着一条精神力量的因果长链。三年后，槜李之战的血迹已经干涸，被野草的根系所接受；捐躯的将士也成了农夫犁铧下空洞的骷髅。吴越在夫椒再次开战。夫椒不再是槜李的翻版，散漫的越军一败涂地。在复仇的大旗下，吴国三军用命，直捣越都会稽。要不是夫差在最后关头的妇人之仁，越国已经从春秋列国的地图上消失了。

　　到此为止，夫差和勾践算是打了个平手，双方都因自己的精神和信念得到了报偿：复仇是复仇者的通行证，屈辱是屈辱者的记功碑，轻狂是轻狂者的墓志铭。现在，他们正好换了个位置，把自己原先承担的角色让给了对方。命运又将如何捉弄他们呢？

　　根据双方的议和条件，勾践将带着老婆去吴国为奴。这无疑是一次充满了屈辱和凶险的远行。出发那天，越国的群臣都来到浙水边，为自己的君王饯行，大夫文种首先为勾践奉献祝词，词曰：

皇天祐助，前沉后扬。祸为德根，忧为福堂。威人者灭，服从者昌。王虽牵致，其后无殃。君臣生离，感动上皇。众天悲哀，莫不感伤。臣请荐脯，行酒三觞。

文种不愧是"文种"，这篇祝酒词不仅情辞并茂，文理交融，更难得的是充满了历史和人生的辩证法。所谓成败祸福原是转瞬即逝的。"祸为德根，忧为福堂。"这不光是冠冕堂皇的恭维话，让勾践宽心，其中也潜藏着一种韬光养晦，伏机待起的长远战略。勾践听了当会有很多感慨的。他现在知道了，自己是在为当初的荒唐付出代价，追悔和痛惜是没有什么意义的，成者为王败者贼，权力争逐的舞台上从来不相信眼泪。那么就让旧日的勾践死去吧，一个新的灵魂将从这里起步，走向在屈辱和痛苦中复仇中兴的漫漫长途。

三觞酒罢，勾践带着老婆和范蠡凄然北去。风萧萧兮浙水寒，这一去，凶吉难料，生死未卜，但有一点是可以肯定的，他要不就回不了越国，回到越国的就是一个在精神上堪当大任的伟丈夫。

4　主奴之间

在姑苏的宫殿里，夫差面对着自己昔日的对手，自傲和轻蔑中不免带着几分怜悯。勾践是那样谦恭，有如一匹驯服的瘦马，任你鞭笞、任你骑跨。在这一瞬间，夫差很为自己能生出几许怜悯而自得，只有胜利者才有资格怜悯，而胜利者的怜悯又是多么高贵。他安排勾践在宫中养马，自己出行时，便让勾践手执干戈，充当仪仗。车辚辚，马萧萧，吴王出行的车驾是何等排场！透过缤纷的黄罗紫盖，夫差偶尔也会打量一下仪仗队里那个卑贱的身影，在他看来，这个人已经再没有资格当他的对手了。现在，自己哪怕是一瞥不经意的目光对他都是一种征服和威慑，而他却不敢随便看自己一眼，更不用说对视了。伍子胥真是有点老糊涂了，居然三番五次地撺掇他把勾践杀掉。为什么要杀他呢？砍头不过碗大的疤，最多也不过给你瞬间的快感，能有多大意思？就这样让他当寡人的奴仆，不是比杀了他更让他难受吗？自己现在是胜利者，胜利不仅是盛大的凯旋仪式和为所欲为的处置权，更重要的是那种如坐春风般的心理感觉，它能洗尽以前所有的仇恨和屈辱，也能让一切日常性的举动都暗合自己的征服欲和优越感。胜利的感觉真好！夫差自负地一笑，把目光投向远方虚无飘渺的山影，车驾浩浩荡荡地出了宫城。

其实，夫差最大的失策就在于让勾践到吴国来当他的奴仆。

他忽视了最基本的一点：对人的尊严的摧残是很危险的游戏。在有些人身上，施虐者似乎取得了成功，这些人在摧残下彻底丧失了尊严，他们像狗一样地活着，看主人的脸色，为主人的一点施舍而摇尾乞怜。其实问题不在于他们活得多么卑贱猥琐，更重要的是他们对这一切已处之泰然，失去了痛苦的感觉，当然也就更谈不上悲剧意识了。这种人即使日后自由了，但尊严已无从寻觅，成了没有脊梁骨的软体动物。但施虐者的这种成功其实只是一种假象，因为这些人原本就没有尊严，或者说不怎么把尊严当回事，他们原本就是流氓、暴君和庸主，例如陈叔宝、刘阿斗和泼皮牛二那样的人物。向他们的尊严施虐，无异于堂·吉诃德向风车叫阵一般可笑。但另一些人则不同，他们是有尊严有思想的汉子，只不过迫于处境，把尊严深深地藏匿起来，表面的卑贱谦恭掩盖了他们内心那长风豪雨般的激情。施加于他们的每一点摧残，都会让他们的心灵流很多很多的血；摧残愈甚，复仇的欲望便愈是炽烈。痛苦感是一个人的内在深度，痛苦中的生命远比在漫无节奏的松弛中消失的生命更为精彩结实。正是在痛苦中他们在重建自己的誓言和期望，生命的支撑比任何时候都更加坚实有力。这是一些富于忍耐力和意志力的人，他们把经受的屈辱和苦难都作为人生的财富，让它们在心底积聚、膨胀、蓄发而蕴变，成为撼天动地的意志力量。这时候，施虐者恰恰为他们设置了一座人生的炼狱和精神的砥石，所谓"知耻而后勇"说的就是这一类人，而勾践无疑也是应该归入此列的。现在，在吴国的宫城里，夫差实际上充当了一个可悲的陪练者，他在用各种极端手段磨砺对手的意志，让对手在精神上重新站立起来，最终把自己打倒。写到这里，我不由得要奉劝天下的权势者，千万不要把摧残别人的尊严当作快事，当你们扬起手中的鞭子时，可曾想到这是一种多么丑陋的愚蠢，虐人者自虐，何苦来哉？慎之，慎之！

姑苏城里正在大兴土木，新的宫殿次第落成，馆娃宫、姑苏台、响屟廊，只要一提到这些名字，后来的人们便会想到那种艳丽的脂粉气和奢华无度的生活情调。在歌舞的间隙里，夫差一抬眼便可以望见不远处勾践夫妇居住的石室。勾践穿得破破烂烂的，一副樵夫装束，正忙着砍树枝、割野草、喂养马匹；他老婆穿的是不修边幅的短褂，在一旁提水、除粪、洒扫不停。看着这些，夫差当然不愿去多想什么，他也来不及多想，因为新的一轮歌舞又开场了。但后人却不能不想，后人以《吴宫词》为题的诗作很多，其中有这样一首：

展廊移得苎萝春，
沉醉君王夜宴频。
台畔卧薪台上舞，
可知同是不眠人。

"可知同是不眠人。"问得很有意思。夫差的不眠是因为沉湎于奢云艳雨中的享乐,而勾践的不眠则是源于那报仇复国的耿耿情怀。姑苏台上的歌舞声声在耳,勾践听得出那中间有来自越国的"野音",他想仰天大笑,想引颈号呼,甚至想痛痛快快地骂娘,但是他没有,因为他没有这样的权利。什么东西只有失去了才会感到珍贵,被普通人视若平常的嬉笑怒骂,现在对于他都成了一种不切实际的奢侈。那么就老老实实地干活吧,他一边默默地牵开马,让老婆清扫粪便,一边想着:那边的歌舞该是第几轮了呢?

跌倒容易站起来难哪!中国历史上有名的"卧薪尝胆"的典故,就是以勾践为主角的,这里且不去说它。东汉人范晔所著的《吴越春秋》中,还记载有夫差生病,勾践为之尝粪的情节。我总觉得这样的情节过于离奇,用品尝别人的大便来取悦对方,这样龌龊的事情实在令人难以置信,有点寓言的味道。寓言者,假托之事也,为了阐明某种道理,是可以把故事推向荒诞的(就像韩非和庄子的许多寓言那样)。但比之于寓言,《吴越春秋》中的描写又显得更为饱满生动,且看勾践尝了夫差的大便后,那一番关于大便气味的高论是何等精彩:

粪便的味道和五谷一样,若逆着节气,便死;顺着节气的,便生。臣私下尝了大王的粪便,味道苦而且酸,这种味道正应了眼下春夏季节的气。臣所以知道大王的病就会好起来的。

你别说,他还真的讲出不少道道来了,这中间有天时物候、生老病理,有似是而非的伪科学,亦有曲意逢迎的拳拳之忧,不由得夫差不相信。马屁拍到这份上,也算是登峰造极了。由此我才相信,这样的故事大抵不会假的,如果是后人编造的寓言,用不着编得这样丰润鲜活,富于人情世故。它留给人们的警示是：当对方用糟蹋自己人格的方式向你效忠时，你千万要警惕。因为，敢于拿人格做交易的人，要不就是没有人格的势利之徒，要不就是不择手段的阴谋家。

但夫差不这样想，他想到的是，一个能给寡人尝大便的人，还会再成为自己的对手吗？于是，他潇洒地一挥手，放勾践回越国去了。从公元前492年到公元前490年，勾践在吴国当了三年的奴仆，这三年的屈辱与苦难、观察与思考、铭心刻骨的教训与不共戴天的仇恨，都足够他受用一辈子的了。姑苏台下养马的石室，成了勾践再生的圣殿，也成了他精神的演武场，在这一点上，他真应该感谢夫差。

勾践千恩万谢地去了，一个叫西施的美女又走进了吴王的宫殿，这些都是让夫差很开心的事。"苎萝山下如花女，占得姑苏台上春。"女人还是新鲜的好，况且又被调教得这样仪态万方，风情万种。由西施的好处，夫差又想到勾践的忠诚，遥望南天，越国那边是用不着操什么心了。那么，就把目光转向中原吧。

5 邗沟

就在勾践归越的第二年，夫差举兵北伐。

吴国的水师仍旧是经由南黄海北上的。夫差为什么没有实践阖闾生前的遗愿，取道江淮原野呢？这是因为不久前他刚刚得到齐景公病故及齐国政局不稳的情报，这无疑是出兵的天赐良机。而开挖运河决非一日之功，兵贵神速，岂容坐等？但老爸那沟通江淮的宏大构想，夫差是一直耿耿于怀的，随着他争霸中原的步伐日益加快，古老的江淮原野不会再等待多久了。

吴军一路势如破竹，陷陈国，败齐师，退楚兵（其实是被吓退的，楚昭王被吓死在军中）。现在，夫差的自我感觉好极了，在北伐的一路上，中原诸国闻风震悚，沿途的小国纷纷凑上来拍马屁，例如在路过宋国时，夫差居然受到了"百牢"级别的盛宴招待。牢者，牲畜也，牛、羊、猪三牲齐备为太牢，那么，"百牢"就是牛、羊、猪各一百头了。根据周礼的规定，诸侯享受的宴会不得超过"十二牢"，因为这是天道的极数，"百牢"显然大大超出了规格。我们今天无法想象那用一百头牛、一百头羊和一百头猪置办的宴席是什么样子，反正宋人的这一桌大菜确实把夫差的胃口吊上来了，也使得他的虚荣心极度膨胀。于是，在艾陵重创齐军后，他决定试探一下自己的号召力。在鲁国一个叫鄫城的地方，他自说自话地通知鲁国元首前来会盟，这引起了鲁国的一片恐慌。当时的鲁国，孔丘已经下野，带着一帮弟子恓恓惶惶地周游列国去了，朝政被以"三桓"为代表的贵族势力所操纵。"三桓"一方面抛出傀儡元首前往鄫城应付，一方面进行战争动员，做好了应付突发事件的准备。鲁哀公一到鄫城，夫差就趾高气扬地要鲁国用"百牢"级别的盛宴招待他。其实那"百牢"有什么意思呢？不就是多上了几盆大肉吗？台面上摆得再多，你也只有一个肚皮，说到底也只是好看罢了。但夫差不这样认为，他觉得这是一种规格，一种派头，一种别人无法企及的排场。可见古往今来的暴发户都是一样的心态，我就不相信当今那十万八万元一席的豪宴真的有什么可吃的，无非就是把银子不当回事，吃个排场、吃个稀罕而已，到了肚皮里都是一样的货色：蛋白质、脂肪、碳水化合物。"百牢"宴吃过了，夫差嘴巴一抹，又拉着鲁哀公去签订和约。可怜的鲁哀公笔尖一抖，原本追随鲁国的邾国被划入了吴国的势力范围。

都城和约签过不久,秋天的脚步就伴随着漫天飘舞的落叶来临了。远征的南方汉子对秋风特别敏感,他们的铠甲下没有冬衣——他们也不喜欢穿着笨重的冬衣跋山涉水,那有悖于他们的天性,他们的天性中有一种与土地与阳光的亲和,那是打着赤膊,光着脚板,在山林草泽间敏捷得有如猿猴一般的身姿。习惯了江南的湿润与明朗,他们在北方干冷的秋风中先自萎靡了几分。不光是将士思归,统帅部也有了班师之意,姑苏台上的歌舞和美人已经久违了,那是让夫差梦寐难忘的。"苏台月冷夜乌栖,饮罢吴王醉如泥。"想起那样的狂欢之夜,"百牢"宴又算得了什么呢?悲者秋之为气也,南归的大雁已经开始一队队掠过天幕了,那么就打点行装,回江南老家去吧。正是好风好水,西北风鼓荡着凯旋的风帆,吴国的舰队浩荡南归。启程时草木摇落,回到江南就该是满目萧疏的冬日了。

当吴国的舰队在南黄海上颠簸时,鲁国就开始毁约了。在春秋晚期那个时候,列国之间的和约太多了,什么东西多了,就容易贬值,屁股一转又毁约的事也并不少见。从地图上看,邾国就好比一块飞地,距鲁国的都城曲阜只有半天路程。把邾国划入吴国的势力范围,就如同吴国向鲁国的心脏打了一根楔子,这是鲁国无论如何不能接受的。因此,吴军前面刚走,鲁国就发动了对邾国的战争——其实用"战争"这个词是太抬举邾国了,邾国太弱小了,根本没有资格成为鲁国在战场上的对手,那么就叫入侵吧。当入侵的鲁军兵临城下时,居然听到城内传出乐钟的演奏声。邾国的官员请求元首停止娱乐,向吴国告急。邾隐公说:"鲁国敲梆子的声音都能传到邾国,吴国却离我们有二千里远,没有三个月的时间不能赶到,怎么能顾及我国呢?"既然没有办法,那么就及时行乐吧。谁让自己是小国呢?就像一个弱女子,索性从一而终,哪怕委身于一个恶棍,倒还有一点安全感。最怕的是夹在几个壮汉中间,你争我夺,自己连投怀送抱的权利也没有,那日子就难过了。可见国际上若是没有霸主,对小国未必是一件幸事。

这位懦弱的国君说得不错,吴国的中心在江南,离中原太远了,再加上绕道南黄海的周折,远水实在解不了近渴。正因为如此,鲁国才敢于和他们玩这种耗子逗猫的游戏。游戏的结果是,吴鲁之间又签订了新的莱门和约。这次是吴国兵临曲阜,情急之下,鲁国政府的代表背着和约的文本——那该是多重的一捆竹简——气喘吁吁地赶到莱门,那种狼狈和匆忙可以想见,所谓"城下之盟"这个词就是由此而来的。而且比之于鄑城和约,这次的条款更为苛刻。但鲁国似乎并不在乎,签就签吧,当着你的面什么都好说;你一走,我再毁约。反正你来一趟也不容易,而且来了也不可能待得很久。后来,连齐国也学会了和吴国玩这种游戏。就在吴鲁之间签订了莱门和约,吴国退兵不久,齐国派使者来到江南,约请吴军联合伐鲁(鲁国首相季康子居然要赖婚,不肯把妹妹嫁给齐王做老婆)。等到第二年春天,吴国这边厉兵秣马准备得差不多了,齐国又派人来说,撤销此前的请求,因为季康子的妹妹正在齐王的后宫里得宠呢。这不是拿吴国寻开心吗?夫差拂袖而起,冷着面孔对齐国的使者讲了这样一番话:

去年本元首已经接受了命令,现在你们又更改了,我真不知道应该以哪一个为准。过一段时间,鄙人准备亲自进见贵国元首,当面接受命令。

你听听这口气,分明是要兴师问罪了。

但吴国这次并没有马上就兵戎相见。夫差是聪明人,他知道在这种游戏的背后,无非是欺负吴国偏于东南一隅。这几年,吴军虽然在中原战场上频频得手，但他们对国际社会的影响力仍然是季节性的，每年随着海洋性的东南季风扬帆北上，又随着干冷的大陆性季风偃旗南归。自己既然把战略重心放在北方，就不能不正视这种地缘形势。夫差似乎又听到了阖闾当年的叹息：天不助吴，时乎？命乎？老爸那注视江淮原野的目光是何等殷切！吴国疆域的北界大致在淮泗一线，其中包括长江以北的千里沃野。江、淮，皆水也；江淮原野亦遍布湖沼水泊，但江淮之间却没有一条可以通达的内河水道。考究起来，那甲骨和竹简上"刑"字的起源，就是远古社会因水的战争而起的，正是水与战争的互相诱惑与交媾，然后才有了国家政权的象征——刑。难怪《尚书》中在说到天地五行时，把水列为第一，且认为"水曰润下，润下作咸"。咸者，全也。只要解决了水的问题，其他所有的问题大体上也就可以解决了。

那么就先从理水开始吧。说什么日西落，水东流，寡人偏要让南水北上，江淮携手。

作为一个具有自由精神的现代人，我对"寡人"向来是不大恭维的。这称道中透出一种生杀予夺的专制和蛮横。但在刚才的这段文字中，当我的笔尖又一次掠过"寡人"时，心头却不由得生出几许温情脉脉的欣赏。文明的进步，有时需要强权的推动。一将功成万骨枯，这中间既有生灵涂炭的孽债，也有国家和民族的整合之功。试想，如果没有夫差的心血来潮和异想天开，古老的江淮原野还要在寂寞中等待多少个春秋？

夫差开始行动了。

于是，《左传》中便有了这样一行记载：

吴城邗，沟通江淮。

中国古代的史官总是这般的冷静，冷静得令人战栗，如此泽被千秋的一项伟大工程的诞生，在《左传》上只留下了不动声色的七个字。或许当年吴王夫差开挖运河时，并没有把它怎么当回事，完全是心血来潮的产物。但历史本身却绝对是富于智慧的，这智慧是一种有别于机智，也有别于个人才略的理性选择：中华民族需要一条南北方向的运河，而这条运河最早形成的段落，就该在江淮之间。邗沟所处的地段正当大运河的中上部，有如婴儿的孕育，最先搏动的总是他的心脏。在后来的漫长岁月中，这个部位也因此一直成为整个大运河中最为丰韵成熟，也最为敏感多事的地段。

公元前486年，夫差筑邗城，作为自己北上的前敌指挥部。

这座位于长江北岸的邗城，就是后来的扬州。它的命运从一开始就与运河维系在一起。

哦，扬州，你就是曾在中国文化史上溢彩流光的邗上、广陵、芜城、江都和维扬么？就是那绿杨下的城郭、明月下的美人、古巷中的清曲和红桥畔的诗酒文会么？就是让那位风流皇帝"春风举国裁宫锦"，来了就赖着不肯走的温柔之乡么？就是张若虚诗中的春江花月、郑板桥笔下的墨竹和乱石铺街的书法么？大运河不仅使你几度成为农耕中国少有的商务中心，也滋润了你那迷人的美学风貌和活跃于其中的诗化的生命。盐、铁、铜镜、漆器；文人、女人、商贾、官僚，"兜缠十万贯，骑鹤下扬州。"那是怎样一种令人怀想的洋洋大观！扬州不是扬州人的扬州，扬州是外地人的扬州。与扬州有关的名人，土著血统的很少。这里是中国文化的温情旅馆，它使人们想到的是：水木清华的秀色，歌吹入云的风华，还有那独特的市井情调——有如古老的漆器泛出的那种富于质感的雅趣。

现在的扬州人几乎已经把夫差淡忘了，他们记得的只有杨广、杜牧、王播、徐铉、欧阳修、王士祯、郑板桥、史可法,当然还有李香君、冯小青、林黛玉(她们倒是地道扬州血统),至于夫差,扬州人想不了那么远,二千五百年,那是哪辈子的事?他们家里挂着印刷品的扬州八怪的字画,紫砂壶上的铭文是"难得糊涂"。有远道的亲朋好友来了,带他们去看看史可法的梅花岭、欧阳修的平山堂,还有北郊隋炀帝陵的一座荒冢。然后在接待过康熙和乾隆的御码头附近点一席船菜,据说那菜谱的专利权属于清代的扬州盐商。夜色降临了,他们因微醺而显出放达,高谈阔论地走过街道两边古色古香的市招:绿杨春,菜根香,富春茶社,竹西佳处……

但扬州确实是由夫差奠基的,不仅是一座城市,还有一条运河。

对于中华民族的历史来说,扬州不过是一只嘹亮的音符,运河才是一首宏大的史诗。

在芦荻萧萧的江淮大地上,吴军挖开了第一锹土。他们并没有意识到这锹土对于中国历史的意义,他们只是为了一个军人的职责,也为了君王那虎视中原的炯炯目光,让长江和淮河这两个伟大的生命携起手来,迎送吴国水师北上的征帆。他们这一挖就挖了二千四百多年(直到前些时我考察大运河时,沿途仍不时要穿过疏浚运河的滔滔人流)。对于这片充满了野性的荒原来说,数万大军甚至也是微不足道的。多么广阔而丰饶的土地啊!这里有水,有阳光,有长空雁叫和秋虫的低吟,还有那一群群自在徜徉、高贵得有如王子一般的麋鹿。大自然给予人类的馈赠,这里一样不少。士兵们有时会挖到几件古老的陶器,他们把它和自己身边的水罐对比,差别只是形制和花纹,那是时间流逝的印记,但质地都是用水边那种黏性很强的黑土烧成的,它说明这里曾有先民居住过,后来不知什么原因又迁徙了。在陶器集中的地方,还有他们的墓葬,那装殓亡人的瓮棺上绘着一种"人面鱼纹",这中间似乎潜藏着某种关于水、生命和死亡的哲学思想。水象征着生命的母体，而鱼则被视为生命的图腾，对于这些先民们来说，死亡乃是新一轮生命的开端，就像鱼在水里游来游去一样。在触及这些原始先民的遗物时，士兵们显得颇为矜持，这所有的遗留都标志着一种远古的生活方式和社会秩序，而当那种方式和秩序存在的时候，大抵还没有国家，也没有国家之间这种动辄千骑万乘的争霸战争。那么，他们有生命的欢乐和痛苦，有对土地和财富的征服欲望，有自己的诗歌，自己的宗教吗？士兵们来不及想得这么多，他们只感到这里的水像江南一样充沛而恣肆，一锹挖下去，水就渗出来了。有时候，他们甚至挖出一只完整的独木舟，那已经炭化的木质中还能依稀看出当初的年轮。独木舟的形制有一种童话般的单纯和执拗，所谓大巧若拙莫过于此了，这是人类童年的见证，也是这块土地关于航行的最初记忆。这样的小插曲当然不会很多，却很精致隽永，在清澈而热烈的秋阳下，这远古的童话静静地呈示在荒原的风景线上，让人们想到关于时间和生命的一些原始含义。

据《汉书·艺文志》及北魏郦道元所著的《水经注》记载，邗沟的具体路线大致是从邗城西南角绕至东南角（今扬州市铁佛寺稍向南方），经螺丝湾、黄金坝北上，穿过东西相距不远的武广与陆阳二地之间，北入樊良湖；再向东北流入博支、射阳二湖；出湖西北至末口（今淮安市北的北神堰）汇入淮水。全长约五百余里。这个长度只是大略的估计，因为吴国开挖邗沟时，为了尽量利用天然湖泊（其中最大的是射阳湖）减少工程量，河道向东北方向拐了一道弓背形的曲线。今天的宝应县境内仍有一座叫射阳湖的小镇，镇东湖荡犹在，这里距大运河相去八十余里，可以想见当初邗沟的走向。邗沟后来又经历代的疏浚改道，截弯取直，现在我们看到的从瓜洲到淮阴的里运河基本上是一道拉直了的弓弦，全长为四百里。据此推测，最初的邗沟不会少于五百里。

东西流向的长江和同样是东西流向的淮河在荒原上挽起了手臂，一个崭新的生命跨越两代君王的构想和期盼，也跨越了神话和传奇，诞生在江淮大地上。这是一项充满了创造的灵感和浪漫激情的伟大工程。而且，这种灵感和激情将随着它的浩浩清波流进以后历史的每一个章节，并渗透在我们民族的肌体里。邗沟的故事属于中华民族的精神史而不仅仅是春秋战国的争霸史，它使两条大河成功地联结，进入了不朽的史诗的领域。历史无法记住那成千上万劳动者的名字，那么，就记住一个人的名字吧：吴王夫差——一位集浪漫与荒淫，才略与专横，意气风发与穷兵黩武于一身的人物。

现在，夫差立马邗城，就可以雄视北方的中原诸国了。

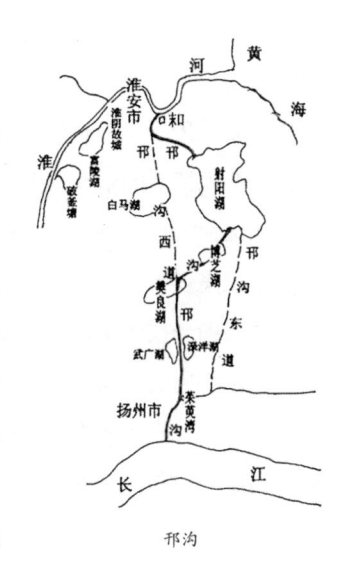

第二年，吴军沿着新开凿的运河北伐，大败齐军于艾陵；为了显示自己"国际领袖"的风度，夫差随手就把刚缴获的八百辆战车送给了鲁国，这种好大喜功的露脸事，他干起来是很潇洒的。

又过了两年，夫差再次北上，大会诸侯于黄池。吴军这次的进军路线是由邗沟到达淮上后，乃自淮入泗，自泗入沂，将沿途不相连接的水道一一凿通。这条东自今江苏沛县，经山东单县、曹县及河南兰考、封丘等地，西达济水的河道，历史上称为黄沟。至此，由江南到中原各国的水道已全面开通。

这是夫差的最后一次北上，但他身后留下的黄沟，其流泽却一直延续到秦汉以远。

6　铁血残阳

邗沟开成后的第十三年（公元前473年），越军攻进了姑苏，吴越春秋的历史尘埃落定。

大幕关闭了，但剧情中那凄恻哀婉的氛围却长久地挥之不去。这段历史，令人怀想的东西太多了。

大运河历史上最重要的两个人都与扬州有关，除去吴王夫差而外，另一个是隋炀帝杨广。而且这两位的名声都不怎么好，其实他们都曾是叱咤风云的一代雄主，从生命本体上讲并不平庸，只不过后来都做了亡国之君，亡国的原因据说又都和美色有关（注意，不仅仅是女色）。是的，他们不仅崇尚武力的征伐，也崇尚美的挥霍，所谓的吴宫花草和垂杨暮鸦成为凄美的一种典型意象，大概也是从他们开始的。但美也是一种力量。只有精神上足够强大的人才能面对它，夫差和杨广显然都不具备这样的分量。于是，他们都从正剧走向了悲剧，从美走向了毁灭。

正是这两位亡国之君的名字，和大运河的历史紧紧维系在一起。

为什么偏偏是他们呢？

那么，他们的亡国和大运河有关吗？或者说，是不是大运河把他们带上了一条铺花的歧路？

如果是，那我们将如何面对我们民族的母亲河——面对她独特的背景、人物、氛围、精神和哲学，从而讲述一个伟大生命多姿多彩的故事？如果不是，我们又将如何清理那似是而非的因果关系链条，从中审视历史的权威性和非权威性？

夫差最后的日子是在忏悔中度过的。从两年前开始，越军就包围了姑苏，城破只是时间问题。曾经给吴国带来智慧与谋略的伍子胥已在十年前被他赐了一把属镂剑自杀了,临死前,伍子胥叫人把自己的头挂在城门上,他要亲眼看着越国的军队是如何攻进姑苏的。这座悬挂过一颗永不瞑目的头颅的城门,至今仍叫胥门。姑苏城破后,勾践要把夫差迁到甬东去居住,夫差说:"我老了,哪能再侍候你呢?"就举起当年伍子胥用过的属镂剑自杀了。他知道阶下囚的日子不好过,勾践会把当初在吴国经受的一切全都奉还给他,而且还要附加高额的利息。像勾践那样饲马品粪的事他是不干的;而且,他老了,不可能东山再起了。夫差最后倒是很坦然的,经历了一生的轰轰烈烈和成败得失,这时候的思考往往可以触及到生命甚至哲学的某些本质。他一生追求成功,这并没有错。追求成功的人最后不一定会戴上成功的桂冠。现在,他失败了,吴国也灭亡了,但他至少曾经被成功关注过。巨大的成功和巨大的失败都是一种巨大,它们都标志着一种生命的强度。对于一个男人来说,这就够了。

　　我一直不能理解,在吴越之间的力量对比已发生了根本性的逆转,姑苏势在必失的情势下,夫差为什么一味困守孤城,而没有选择迁都江左呢?就幅员而论,吴国在江淮那一块的面积要比江南大得多。以邗城为新都经略江淮,则南可据长江之险,与宿敌越国相持;北可恃运河之利,与中原诸国周旋。若假以时日,休养生息,也还是可以有所作为的。但夫差没有作出这样的选择,他与历史的机缘擦肩而过。这或许是因为吴国的根基在江南,民心、军心、君臣之心皆眷恋故土,不愿离乡背井地折腾了;或许是因为当时的江淮原野仍是一片未被开垦的处女地,经济上难以支撑国用。但从根本上讲,可能还是因为夫差老了。在历史的关键时刻,伟大的选择需要石破天惊的爆发力,夫差已不具备这种爆发力了。这应该是一个值得历史学家们研究的问题。

　　与夫差的败亡联系在一起的是那个叫西施的女人,一个偏僻乡村的浣纱女，只因为长得漂亮，被勾践选了去，调教得可人了，作为礼物送给吴王。一般人都把西施视为一个女间谍，似乎吴国的事主要就是被她搞坏了，这实在是过分抬举了她。我不知道历史上是不是真有西施其人，反正亡国之君的身边，大抵总少不了一个女人的。那么就姑且信其有吧，但说她一介女流就颠覆了吴国的三千里江山，我不信。吴王与西施的关系，只是男人与女人的关系，男人与女人之间那种灵与肉的游戏，他们也一样不少，但这些与亡国无关。"家国兴亡会有时，吴人何苦怨西施。"诗人罗隐是钱塘人氏，他的见解是有道理的。纵观中外历史，有几个雄才大略的政治家不是好色之徒？从秦皇汉武到唐宗宋祖，又有哪一个身边不是佳丽如云？好色是一种体魄的强劲和生命激情的旺盛，而这些正是一个有作为的政治家必须具备的。拿破仑在攻打奥地利战役的隆隆炮声中，仍忘不了书写火热的情书，倾诉他渴望同情人幽会的相思之情，不如此他就不是拿破仑。相比之下，那些所谓的"道德伟人"要不就是庸常之辈，要不就是伪君子。对于政治家而言，关键不在于好色不好色，而在于是他们玩女人，还是被女人所玩。如果一个君王到了被女人所玩的地步，那即使没有女人，他也会亡国的。

关于西施的结局，《吴越春秋》的说法是："吴亡后，越浮西施于江，令随鸱夷以终。"鸱夷大抵是一种用牛皮制成的小船，美人的死也是很美的，把她放在小船上随水漂去。青山碧水之间，蓝天白云之下，一个为了自己的祖国忍辱负重、作出了巨大牺牲的女人就这样在小船上随水漂去，一直漂向生命的尽头。真应该感谢刽子手这种别出心裁的创意，现在，她终于可以自由地呼吸大自然的气息，大自然也可以从容地朝觐她的美色了。轻舟逐流而下，满眼光色流荡，江风舞弄着她的秀发和衣带，环珮叮当，有如弹琴一般。她顾盼生姿，神清气爽，没有恐惧也没有忧伤，只有在这时候，她的美才毫无保留地奉献在天地之间。多么清静啊，没有灯红酒绿的喧闹，没有权势者藤蔓般的缠绕，也没有小人的诏笑。有的只是死亡的阴影——但那又有什么可怕的呢？想唱一首关于童年关于浣纱的歌谣吗？想临水为镜映照自己的面影吗？想对着苍天无所顾忌地叹息一声吗？想做个没有重轭的宁静的梦吗？多少年没有享受这种清静了，清静真好！江水越来越急了，两岸的风景——山峦、流霞、阡陌、野花——争先恐后地扑向她的怀抱。那么就让它们都来吧，绝代红颜本来就应该在它们的簇拥下走向归途。我想，设计这种行刑方式的官员肯定不是一位粗人，他几乎创造了一种经典：把浪漫和死亡组接在一起，让死神追逐美女，从而产生一种冷艳的诗意和惊心动魄的悲剧美。太美的东西，下场大抵都不会太好。因此，墨子说："西施之沉，其美也。"这就是哲人的语言，精辟得令人战栗。他也佐证了西施确是被投进水里淹死的。墨子生活在战国初期，离越国亡吴在时间上相去不远，他的话应该是可信的。吴国灭亡了，夫差死了，倾国倾城的西施也漂逝在如诗如梦的江南烟水之中，吴越春秋的故事到此也没有什么可说的了。但吴国开挖的邗沟仍在默默地流淌，它流进了千秋万代的中华文明史。从开挖邗沟到姑苏城破，其间只有十三年时间，就吴国而言，开挖邗沟北上争霸是一种战略性错误，这种错误直接导致了后来的亡国，但历史评价不应该是势利的舞台解说词。有些浅薄的成功对于历史的大进程来说或许是种挫折；而有些失误却成就了傲视千古的巨大功业，让后世受用不尽，因为他们的失误中恰恰体现了历史的提前量。提前量是种十分重要的历史现象，思想的提前量，导致的是思想者当时的悲剧和身后被追赠的荣誉；而行动的提前量，则需要行动者进行过量的支付。我们当然还不能说夫差具有多少历史主动精神，但他确实为邗沟支付得太多了。他因邗沟而失败，也应该因邗沟而被历史记取；比之于大运河这样巨大的存在，王权的失落几乎是可以忽略不计的。

如果我们的视野再开阔一点，我们将会看到，大致就在夫差开挖邗沟前不久，埃及法老启动了开挖苏伊士运河的工程。对于这条穿越六十英里地峡的地下工程来说，埃及人那曾建造过金字塔和方尖碑、底比斯庙宇以及尼罗河堤坝和运河可供水系统的智慧是足够了。但是工程在完成了一半后却停工了，其原因既不是流沙，也不是十二万名正施工中死去的奴隶，而只是因为传教士的一句简单的神谕。但那个法老却因这项半途而废的工程被人们记取，他的名字叫尼科。直到十八世纪的最后一年（公元1799年），一位叫拿破仑的矮个子欧洲人仍为法老那富于创意的勃勃雄心所鼓舞，他曾冒着生命危险，骑马往苏伊士寻找古运河遗迹。当地人后来描述过这队勘荒者在荒漠中的狼狈相：每一个士兵的刺刀上串着一只面包，脖子上挂着一个皮水袋，刚刚走了五里，就丢了两匹马和一个向导。拿破仑当然也没能完成这项伟大的工程，但他坚信了穿过土地的狭颈地带同海洋连接的可能性。此后又过了七十年，另一个拿破仑（拿破仑三世）的妻子尤金尼亚用了一个象征性的手势——剪彩——才最终完成了地中海和印度洋的连接，也最终完成了一个关于远航和商业精神的神话。算起来，这条长度不过一百英里的运河，前后竟耗费了差不多二千四百年。

文明的进步，有时是在一次划破历史苍穹的瞬间闪爆中完成的，有时却要以多少个世纪来计量它的蹒跚之履。比之于苏伊士运河，夫差的邗沟真是幸运多了。

公元前470年，也就是吴亡之后的第三年，在灭吴战争中居功至伟的范蠡悄悄地离开了越国。当他出现在北方一处名叫定陶的地方时，已是一副地道的商人打扮。有一种传说认为西施并没有死，她跟随范蠡走了。他们当然是沿着邗沟北上的。一叶轻舟，载着一对虽历经磨难却对爱情忠贞不渝的男女，橹桨声中，他们共同憧憬着平民生活的种种乐趣，还有关于资本的原始积累以及投资环境和利润之类。

在他们的身后，运河水声喋喋，如诉如歌……

这是一个极富于象征意义的情节，流过了战争的血雨腥风和王侯将相们的权力争逐，运河又回归了它的平民本色——它本来就应该是一条世俗生活的长河。

看吧，江淮运河的清波迤逦而来，两岸是密密森森的绿色，芦苇、蒿草、刺槐和一丛丛的灌木交织在一起，它们试图用生命的本色来补偿巨大的寂寞。而野花一嘟噜一嘟噜的有如云霞一般——便在这恣肆蓬勃的绿色中显出了几分高贵和矜持。旷野上开始有了牛羊和炊烟的影子，耕作的农夫和牛远远地构成一幅力的雕塑。背着陶罐汲水的小女孩向河边走来了，头上戴着一顶小花冠，她那彩色的梦，也该像花冠上的蒲公英一般的飞扬吧。阳光照在新鲜的篱笆墙上，尚未干透的泥巴泛出一种油性的光泽。风傍着柳枝静默着，难道它也有等待的忧郁么？在这古老的静默中，江淮运河来了，它获得了沿途所有的色彩、气息和生活情调，抖擞精神流向北方的黄土地；它把青春和理想写在自己的旗帜上，带着古老的长江文明向同样古老的黄河文明呼唤，期盼着更加富于激情的牵手，更加恢宏壮丽的融合……

一部辉煌的史诗开始了。

第二章 空间篇

五 水、女人和歌谣

如果说江南是一首风华旖旎的诗，那么苏北里下河则是一支风情绰约的歌。

诗和歌同源同宗，分流是后来的事。前者走向精神贵族的雅舍，后者走向乡野村间的传唱。风华和风情的意思也很接近，那点细微的区别大致也只是雅俗而已。江南和里下河同属水乡，其美学风貌也同属于软性美的范畴。但江南的水清绮妩媚，以姿致胜。而里下河的水更富于朴实坦荡的气势。"疏钟野火寒山寺，记过吴门第几桥。"这是江南的水，它总是灵性摇曳，流动着文人骚客的孤怀心事。再看里下河，"草色独随孤棹远，淮阴春尽水茫茫。"不光气象阔大，也本色多了，一种纯朴的乡气中，似能闻到嫩嫩的青草味。可以这样说，江南是一位娉娉婷婷的少女，她那身段、容貌、气质都是经过着意调教的，举手投足都有一种近乎无助的娇娆。而里下河则是一位泼辣大方的健妇，虽没有脂香粉腻，也说不上楚楚可怜，却也不失风情的眉眼。

　　方言是地域文化最醒目的标签，如果我们再比较一下苏州话和扬州话，也是可以体味出一点意思来的。苏州话的甜、糯、软、嗲，可称是吴语的极致，那是一种更适合于年轻女人在绣房里拉家常而不大适合男人们说剑谈兵的语言。所以有人说，宁听苏州人吵架，不听××人说话，大抵苏州的女人们吵架相骂也有如锦瑟银筝一般好听的。扬州话就不同。扬州话也嗲，但那是一种有硬度亦有亮色的流丽，一种活泼泼的婉转，一种既适合于调情也能表现金刚怒目的雅俗共赏。我这里好有一比，如果把普通话比作英语，那么苏州话就是法语，而扬州话则有点类似于俄语。法语是一种可以显示身份的语言，它最宜出现在晚礼服、鸡尾酒和华尔兹之中。而俄语的音色中有一种很华彩的成分，听起来有一种音乐美。但如果认为苏州话更典雅，那也不见得，反倒是扬州话更富于书卷气，那几乎是从《红楼梦》和《镜花缘》等古典小说中随手可以找到的语言。不像苏州话，说的时候流转轻盈，似乎舌头也懒得动，但要写上书面就很费斟酌。至于情调，吴歌中那种欲说还休的缠绵，终也不及里下河歌谣中火辣辣的情感宣泄。

　　里下河的歌谣，现在流传最广的，一首是《拔根芦柴花》，一首是《杨柳青》，单看这题目，就可以知道里下河风情的主体色调：水、生命和女人。在运河与湖荡的背景上，绿杨和芦苇轻烟一般缭绕，水乡就显出了它那不胜娇娜的柔软，还有一种朦胧的湿润。女人们就生活在这种柔软与湿润之中。她们从小受用的是芦根、鲜藕、菱角和荸荠——这是真正的"水果"。她们也因此而充满了野性的生机。即使是蓬门柴扉下走出来的村姑，也都出落得水葱儿似的饱满。古运河里的过客熙来攘往，这里曾走过皇帝佬儿的龙舟，也走过数不清的名流显贵。冠盖如云，她们看得多了，因此见了什么人也不惊不乍的。提一篮水产或时鲜到集市上叫卖时，她们会锱铢必较地讨价还价，有时甚至能吐出几句很尖刻的话，但脸上的笑容却是灿烂的。她们对生活的理解是实实在在的，并没有多少风花雪月的浪漫色彩，像扬州郊外的饶五姑娘邂逅大画家郑板桥并以身相许那样的情节，她们并不奢望。里下河的沤水田，很多地方只长一熟稻子。每年秋收过后，她们就跟着家人，驾一条小船到外乡去讨生活，到了第二年开春时再回来。走不尽的天涯路，望不尽的春秋潮，唱起道情归去也，又见门前旧板桥。对于这些女人们来说，水是她们永远的生命之舟。她们在水上漂泊，觅偶，成家。生了孩子就用一根绳子拴在舵把上，让他在船板上小猫小狗似的爬。等到稍稍懂事了，就教他们摇橹把舵。那方法就有如马戏团里驯兽一般，大人在舵把前一边放一块烧饼，一边放一只麻团，叫往这边扳艄时，就吆喝一声"烧饼舵"，叫往那边扳艄时，就吆喝一声"麻团舵"。水乡的儿女，从小没有左右的概念，他们是在"烧饼舵"、"麻团舵"的吆喝中成长的。长大了，什么样的风浪都可以闯得。

　　里下河的女人中，还有一种被称为船娘的，她们从属于有闲者的雅趣和都市生活的金粉气。扬州瘦西湖的船娘天下闻名，她们当然都是些俊俏娘们，一个个身着青布衣裤，系着绣花围裙，头发用香油梳得溜光水滑的，发髻上插着应时的鲜花。所谓的"粗头乱服之美"，是相对于丰容盛装的青楼女子而言的，其实她们浑身上下也收拾得格铮铮的。一支长竹篙指指点点，样子很写意。手腕上的银镯子在竹篙上磕出叮叮当当的响声。若须得使劲时，竹篙一弯，身体的曲线和竹篙的线条配合得异常匀称，有一种恰到好处的韵律和美感。轻舟拂绿柳、穿青萍，几个弯儿一转，水面便开阔了，对岸的楼台亭阁很招摇地绰约在视线里。船娘那撑船的动作又变得指指点点地很写意，一边便讲些沿途的风物掌故，对这些她们是如数家珍的，故事虽算不得新鲜，但经她们用扬州话不疾不徐地讲出来，便多了一层世俗趣味。乘船的人原也不是要听掌故，而是为了欣赏她那调头中抑扬顿挫的水色，好听得几乎可以入曲的。扬州没有杭州的皇家气派，也没有苏州的自足安闲，它那歌吹入云的风华多少有点暴发户的挥霍色彩。这里的有闲阶级是很懂得及时行乐的，无论是春风和畅还是秋雨潇潇，雇一个容貌姣好的船娘，携上几样小菜和酒，在瘦西湖上盘桓半日，都是既休闲又风雅的赏心乐事。

恣肆浩大的水，活泼健朗的女人，有如乡野歌谣般绰约多姿的风情，这就是里下河。里下河准备了所应该准备的一切，作为大运河的仪仗和排场。现在，大运河来了。

六 扬州

风不大，船帆懒懒的，货又装得太狠，水面和船舷几乎平了，航船在水波中一隐一现地跃动，很有几分惊险。忽听得"哗啦"一声大响，船帆自半空翩然而落，打着赤膊的艄公一齐从船舱里弹出来，操起长长的竹篙——要过桥了。那竹篙一头抵住了艄公的腋窝，于是船舷这边便张开了两把饱满的弓：一把是艄公的身躯，他顶着竹篙在船舷上弯腰前行，从头颅到脚跟恰好成一道绷紧的弧线；一把是竹篙，在艄公的挤压下鼓起来，那映在水中的影子一扭一扭的，水珠洒在古铜色的胸脯上，勋章一般闪光。两把弓合成一股力，航船，笨重而艰涩，向着与艄公相反的方向缓缓移动。待过了桥洞，老远便听到篷索在桅杆顶端的葫芦中"呼啦呼啦"地穿行——帆又扬起来了，却仍是懒懒的，一路渐去渐远……

这是下水的航船。

上水船又是另一道风景。岸上的纤夫永远是一种姿势，微微斜侧着身子，用力向前倾过去、倾过去，但长长的纤绳却总是绷不直（间或有水鸟站在那上面，悠然自得地修啄自己的羽毛）。最精彩的是摇橹的那一帮，推艄扳艄，俯仰进退，身姿极其优美，从浑圆的胳膊到柔韧而有力的腰肢一直到虎虎势势的小腿，都显出一种雕塑般的力感。因为运动，那肌肉和皮肤也随着紧张而绷紧，闪出动人的光泽。那中间或许有一个穿小红袄的女孩，总才七八岁吧，她当然还够不上橹柄，只能抓着扳艄的棕绳，却也一样的进退有致，踏着舞步一般。那纤夫中有人耐不住寂寞，冷不丁"哥呀妹子"地吼了一声，引出同伙的一阵哄笑。这笑声多少冲淡了长途跋涉的枯燥和辛劳，也使他们僵硬的身姿稍稍伸展了几下。受了这感染，船上推艄的汉子也"欸乃"一声喊起来，随后是扳艄的一齐跟着应和。欸乃一声山水绿，航船便在这粗犷的船夫谣中一点一点地逆水上行。

这就是里运河，浩阔、畅达、洋洋大观。虽然它也和乡村里所有的河汊一样，河坡上长满了松软的茅草和盘根错节的马背筋，诱惑着你想在上面打个滚。但它那雍容坦荡的气度，那粗犷而富于韵味的船夫谣，还有那桅杆顶端优美的弧线，甚至大橹下那个着小红袄的轻盈的身姿，无不凸现着生命最原始的质感，让你为这些朴实的美丽而心醉神迷。

经历了与长江的激情碰撞和浪漫欢舞，大运河由瓜洲北上，进入里下河地区，这段运河习惯上亦被称为里运河。里运河全长近四百里，其旧道就是当年吴王夫差开挖的邗沟，存在大运河的全程中，它无疑是资格最老的一段。

瓜洲的话题总是与运河有关的。历史上的楼船夜雪和铁马秋风就不去说了，杜十娘怒沉百宝箱那样的凄艳故事也不去说了，光是那些缠绵凄恻的闺怨诗，就足够瓜洲品味的。"汴水流，泗水流，流到瓜洲古渡头，吴山点点愁。"北方的怨妇们倚楼南望时，是把瓜洲作为地理极限的，再往南，她们就看不真切了。其实，瓜洲本身的历史要比运河晚得多。在历史上，长江口和海岸线曾经历了一个不断东移的过程，汉代辞赋家枚乘笔下的广陵潮是那样惊心动魄，以至吴客与楚太子闲话广陵潮时，竟能一下子治愈他的痼疾，可以想见当时的扬州（广陵）是临近长江口的。几千年以后，当广陵潮化作一支琵琶弹奏的古曲时，站在扬州城上，不仅长江的入海口已渺不可及，运河的入江口也南移了几十公里。而原先横亘在大江中的那片叫瓜洲的沙渚，也已经和北岸连成一片，成了运河入江口的锁航津渡，"际沧海，禁大江"的南北冲要之地。因此便有了"人到扬州老，船到瓜洲小"的说法。瓜洲有如一只巨大的漏斗，在大运河的四千里航程中，没有比它更大的漏斗了，不管你是来自吴越闽浙，还是来自江西湖广，都要从这里进入运河北上京师；而北方的河淮汴泗诸水，也要借助运河，由瓜洲进入长江。帆樯云集，艨艟连翩，这是瓜洲最寻常的景观，它永远凸现着大运河性格中宏大的一面：气势、动感和不舍昼夜的吐纳功能。

　　里运河从瓜洲北上，仿佛一支辉煌的乐队，一开始总是起得平平。进入苏北平原后，运河的水势渐趋平缓，但长江赋予它的激情还在，河水仍带着浑浊的风尘之色，那是掺杂了江水不安分的色素。河道平直而宽阔，水面呈现出恣肆汪洋的浩大气象。舟楫如织，却只是洋洋洒洒，并不见拥挤。船帆张得很满，有一种高瞻阔步，旁若无人的气概。两岸坦荡着一派田园风光，散散淡淡的，却又错落有致。茂林修竹间掩映着一座座茅屋，炊烟就是从那矮檐下飘散出来的。村路逶迤，有如老祖母脸上温柔而忧郁的皱纹。鸡鸣狗吠朦胧而遥远，仿佛来自童话的世界。高大的皂角树上盘踞着喜鹊窠，那是人类和其他生物和谐共处的标帜。比之于江南的精巧和妩媚，这里的景观显得疏朗多了。里运河徜徉北去，有如闲庭信步一般从容。从瓜洲到扬州，这一段的河床是松软的沙质土。长江从它的上流带来了淤泥，淤泥沉积成滩涂，化为绿洲，这种过程从大运河诞生以前就开始了，至今仍在进行着。江岸的淤积与崩塌，曾使古城瓜洲几度进退。考古学者有时在这一带挖到一艘沉船或一座古墓，以为是什么了不起的发现，其实用不着细看，几乎可以肯定它们都是唐代以后的遗物。若是晴和日子，出瓜洲往北不久，就能望见扬州高旻寺的天中石塔。大运河的沿途有许多极富盛名的寺庙和宝塔，我不知道当初建造时，除去宗教目的，有没有导航的因素。想来也应该有的。宗教的一个大宗旨就是普度众生，所谓的禅宗四大丛林，除宁波天童寺外，其余三座——镇江金山寺、常州天宁寺、扬州高旻寺皆坐落于古运河畔。宗教哲学与世俗需求的趋同，天上人间的接近与和谐，是宗教发展史上一个必然的过程。"光彩射楼塔，丹碧浮云端。""树色中流见，钟声两岸闻。"古运河畔的塔影和钟声，不仅给行吟诗人提供了灵感。对于南来北往的船夫来说，则是他们长途跋涉中的坐标和心灵深处的希冀。

过了高旻寺，扬州城里的文峰塔便遥遥在望了。

扬州的姿色在于水，这是毋庸置疑的。这里的水不同于苏州，苏州的水是细水长流的水，没有多少波澜，也不大左顾右盼的。整个苏州城都浸润在一张不动声色的水网中，很受用的样子。那水网也是棋盘一般的格局，把苏州分割成一方一方滋润的小日子。所谓小桥流水人家，那水都紧贴在人家的屋檐下，檐上的黑瓦映在水里，是冷色调的，有点浅酒轻寒或细雨兰舟的意味，是居家过日子的清静和精致，并不是故国山河的大悲凉。龚定庵诗云："谁分苍凉归棹后，年来花草冷苏州。"他这里也说到一个"冷"字。扬州却是喜欢热闹的，大运河穿城而过，是这热闹的推波助澜。它还孕育出一个瘦西湖，那更是一个热闹去处。"春风十里扬州路，卷上珠帘总不如。"那"春风十里"的繁华都是傍着古运河而铺展的。苏州比之于不喜张扬的水巷，运河的气派要大得多，那是很浩荡的气派。它大大咧咧地流过两岸的绿树芳草和红楼粉墙，还有那长留着玉人身影和香艳脂粉气的二十四桥，波光里也映照着明艳的时尚。扬州真是热闹，这是一座辐射着生命热力的都市，也是一座弥散着世俗气息的销金窟。任何人一到这里，就会撕去平日里遮遮掩掩的面具，变得赤裸裸地真实起来，文人的放浪形骸，商人的挥霍无度，女人的风情万种，一切都会走向极致，人性的觉醒和物欲的横流共存共荣。苏州的人事都是似曾相识的，连同那里的园林精舍和花花草草，还有小巷深处淡淡的斜阳，一切都是前朝遗物，千年不变的，却又是不褪色的。而扬州则不同，它每天都亮出新的行头。这不一定都是扬州在翻花头，而是看花头的人天天在换。扬州是农耕中国的温情旅馆，大运河通达南北，每天送往迎来的都是有头有脸的人物。一批人去了，一批人又来了，裘马鲜艳，风度翩翩，有如天边的彩霞一般。在他们眼中，扬州永远是个新鲜。单看看二十四桥，就有多少热闹，官僚们在这里附庸风雅，是热闹；盐商们在这里夸奇斗富，是热闹；文士们在这里狎妓冶游，是热闹；玉人吹箫虽是有点清冷，但那骨子里却还是一个热闹。弄到后来，大家只顾着热闹，竟连这二十四桥究竟为何物也搞不清了，有说是二十四座桥的，有说是一座桥的，而且都说得言之凿凿，显见得有抬杠的意思，倒又使这热闹多了个由头。

　　扬州是诗词管弦的扬州，它的风流是文人墨客的艳情装点的。历代的文人墨客都喜欢往扬州跑，反正这里的运河码头通达四方，很方便的。扬州也敞开胸怀热情地拥抱他们。来的人也不全是春风得意的，别看他们一个个轻裘缓带，酒暖香温，高吟朗笑，意态偲偶，那些伫立在月光下的身影背后，也同样有着各自的失落和惆怅。他们或许只是进京赶考的士子，到扬州来是为了打秋风，向某官员或盐商揩一笔北上的程仪；或许只是某豪门的清客，以自己的满腹诗书作为主人风雅生活的陪衬和点缀；或许是在仕途或情场上落魄了败下阵来，到这里的清风明月下寻找心灵的解脱。即使像杜牧那样的主儿，看似风流潇洒，很惬意的，他那首《遣怀》诗中的"扬州梦"亦一直成为放浪无羁、繁华鼎盛的象征，其实又有谁能理解他内心那种报国无门、浪掷青春的无奈呢？但不管怎么说，既然到扬州来了，当然要写诗的，不然也对不起这座城市。写诗又总是极尽夸饰之能事，把扬州说成了人间仙境。人间仙境的主角自然是女人。扬州女人的名声是很大的，只是那称号实在不中听，叫"扬州瘦马"。"瘦马"是指从小加以调教，长大后卖出去作妓或为妾的少女。这称号中有一种男性霸权的意味，从中亦可以看出扬州的女人已成为一种产业，虽然投资的周期较长，收益却相当丰厚。郑板桥诗中有"千家养女先教曲，十里栽花算种田"的句子。这些从小就操练吹弹歌舞的小家碧玉，大抵也可以归入"瘦马"一类的。扬州是喜欢领导时尚的，这中间的主角当然也是女人。时尚这东西并不是什么人振臂一呼就会有人跟着走的，也不是政治强权可以规范的，它自身有着强大的生命力。它在人们喜新厌旧的天性中潜滋暗长，在城市的街衢巷坊间回顾与瞻望，在女人们从发梢到鞋跟的每一个细部标新立异；在铺天盖地的大众情调中旗帜鲜明地引导流向。它是城市的一颗不甘平庸的心，是城市永远年轻的精神。扬州的女人是时尚的引导者，虽不能说她们一个个都有超凡脱俗的审美天性，但她们加在一起，肯定就代表着时尚。她们的羽衣霓裳，蛾眉粉黛，以至一颦一笑都引导着国内的消费潮流，成为人们争相仿效的对象。光是女人的发式，从历代遗存的诗文中可见的就有：扬州纂、罗汉鬏、盘龙髻、鸳鸯髻、抛家髻、懒梳头、双飞燕、到枕松、大圆头、元宝头、八面观音、渔婆小勒、狮子滚绣球，等等。可以想见，这些争奇斗艳的发式曾引起了多少次静悄悄的革命，从青楼女子到豪门贵妇，都情不自禁地在这场革命中扮演着自己的角色。"扬州头，苏州脚，洛阳女儿好胳膊。"其实，在相当长的历史时期内，扬州是从头到脚都领导着时尚潮流的。

当然，作为农耕中国的商务重镇，扬州又是势利的。商业精神一旦侵入了社会肌体，那真是挡不住的诱惑。这里的明月只映照吹箫的美人，这里的画舫只承载卖笑的笙歌，这里的青楼只接纳才情和银票。当瘦西湖上的老者朗声吟诵"青山隐隐水迢迢"的诗句时，那是向你讨乞的开场白，这时候，风雅成了金钱驱使的奴仆。流风所及，即使是那些名气很大的文人，也难免有为了几两银子而堕落为斯文走狗的。"扬州八怪"中的金冬心在酒宴上为盐商解围的故事就很有典型意义，那位附庸风雅却又胸无点墨的大盐商在行酒令时拼凑了一句"柳絮飞来片片红"，引来一片大哗。柳絮如何会是红的？显然狗屁不通。这时候，金冬心站了起来，说，这是元人咏平山堂的句子，莫谓不信，有全诗为证：

廿四桥边廿四风，
凭栏犹忆旧江东。
夕阳返照桃花渡，
柳絮飞来片片红。

冬心先生真是捷才，出口成章，不动声色。事后，他得到了那位盐商送来的一大笔银子。这是他胡诌的那四句诗的代价，也是他人格的代价。

大运河是宽宏大度的，它欣赏这座城市独特的神貌：扬州的风花雪月，扬州的衣香人影，扬州的笙歌灯火；也能容忍这里的势利与奢华。在它看来，即使是势利与奢华，那也是很优雅的，是一种文化精神的眼波。一个人应该宽宏大度，他才能活得愉快；一条河也应该宽宏大度，它才能流得久远。这种久远既指向空间，也指向时间。流水也是有记忆的，大运河会记得这座城市的每一次繁华与衰落，它流动在扬州的市井巷闾之间，也流动在已然逝去的历史之中。扬州城里的河道袅娜如带，古运河在这里兜了一个巨大的"尸"形，它分出一部分水量给瘦西湖，去侍奉那里的红男绿女和画舫雕栏，自己则从黄金坝东去，流到一处叫湾头的地方和古邗沟汇合，然后扭头北上。

现在，大运河才算真正进入了江淮平原——那几乎与中州旷野及北方的黄土高坡一样古老的大地，不知经过了多少亿年的漫长岁月，太阳、雨水和风把这里裸露的岩石变成了广袤的沃土。比之于扬州以南中世纪的滩涂，这里的土质坚韧而充满了黏性。黏土不易坍塌，因此这里的河床维护得极好，水势也更见浩阔，但节奏却相当平缓。在大运河的全程中，这里历来是通航条件最好的段落。

看哪，里下河的风光正在向你走来！

七 生命的风景——里下河

首先映入眼帘的是风车，那是水乡最醒目的坐标，也是水乡人关于劳动、智慧、想象力以及审美趣味的诗意造型。它无疑是水乡最高大的建构，即使是百年老树，也不会比它更高。但它又是机巧灵动的，那么伟岸的庞然巨物，几乎全是用木头制成的，从力承千钧的天轴到水车上的每一只榫头和插销，清一色的木头。乡村里土生土长的所有的杂树——桑、榆、柞、槐、榉、楝、柳、桉——都能以自己的质地在它身上找到自己的位置。这除去体现了农业社会一个很重要的原则——尽可能地就地取材、自给自足——而外，是不是还体现了某些手工艺人固执的审美取向呢？在他们看来，某一行业的工匠应最大限度地采用本行业的材料，例如，裁缝的材料便只有布，即便是那些极细小的配件——襻、纽、扣、衣带、饰花之类——也全是用零头碎脑的布料做成的。这种限制标志着一种传统的技艺水准。只有那些蹩脚的末流工匠才会投机取巧，求助于其他材料。是的，没有限制就没有艺术，这大概是一条古老的定律。诗的韵脚、词的曲牌、戏剧的"三一律"，都是一种限制。限制使技艺走向精致，而形式却走向单纯。越是单纯的东西，越能产生大美，但要做到单纯又往往是最难的。埃及的金字塔用的全是巨石，巨石与巨石之间那种严丝合缝的磨合，至今仍让人惊叹不已，视为鬼斧神工。

　　如果你是一个水乡人，风车的吟唱将是你生命中最熟悉的歌谣，它融合了人们对于风云变幻和季节转换的微妙体验，以及关于播种和收获的真实情感。在每一年的初夏到仲秋的那段日子里，它会使你产生某种隐秘的依赖，有几天它突然从生活中消失了，心里就空落落的不踏实。特别是初夏季节开田插秧时，乡民们对风的关注几乎到了寝食难安的程度。我总是忘不了小时候夏忙中的那一幕情景，晚上躺在床上听河对面的风车转动得很艰涩，"吱嘎""吱嘎"，那几乎是一种呻吟和喘息，节奏中带着股无法言说的压抑。水车的戽水声是听不到的，但我可以想象，那水头很弱，像两个老人拉家常，有一搭没一搭的，说不准什么时候就停了——风车转得太慢，槽筒里的水到了中途就回光了。母亲一边摇着蒲扇赶蚊子，一边轻轻地叹息，不知什么时候，蒲扇掉在床上，如同秋后飘落的一片黄叶……半夜醒来，忽听到外面风吹竹林的飒飒声，甚是威猛；河对面的风车也转得很欢悦，"吱嘎吱嘎"地带着几分气势。母亲便说："好好睡吧，明天要开田插秧了。"于是风车那欢悦的节奏便一直跟随着进入梦境，梦中的天地也是清亮滋润的。

有时候，看风车的人——多半是老人——会爬上风车高大的人字架。在上面很优雅地吹一根芦笛。芦笛的音色有点野，也有点单调，老人很投入地把那单调的野音送得很远，连带着自己的那份情绪。他还喜欢在人字架上往下撒尿，似乎觉得那是很豪迈的举动。当他吹着芦笛或洋洋洒洒地撒尿时，目光便望着远方的运河。从远处看，运河永远是宁静的，宁静得仿佛停滞了一般。木排、船队和帆，剪影似的映在水面上。河边的芦苇和柳树，水面上淡淡的雾气，还有某条船上女人艳丽的衣衫，都有着一种很撩人的情态。这时候，吹笛人和运河之间就会产生某种精神的交流。阳光很好，流云的边沿变幻着很好看的胭脂红或橘黄色，那是一种经受不住诱惑的爱的羞怯。大运河从远方铺展过来，连带着大大小小的河汊，把旷野分割得很精细，如同绿叶上枝枝蔓蔓的叶脉，那中间流动着生命的温柔和青春的骚动。老人的笛声中便有一种很明亮的成分，颂歌似的辽远，带着一股按捺不住的热情。四处的农夫便会停下手中的劳作，向风车架上看几眼，一边想到：是吹给远方某个相好的女人听的吧？这大抵是在无风的午后或黄昏，一切都有点百无聊赖的样子，只有这好高骛远的笛声，一任放浪无羁。若是月色空蒙的夜晚，那笛声便带着悲凉的色调，有点悲天悯人的意味和缅怀旧事的沧桑感。我想，那或许是因为露水打湿了笛膜，使它的声音变得有些呜咽；或许是笛声穿透夜雾时，被过滤得喑哑了。反正是有点孤单，又总是在低音区徘徊往复，却也能渗透得很远。惊起芦苇丛中的一只水鸟，在夜色中悁惶地飞去，那叫声哀怨如诉，一声声分别是"苦啊，苦啊"……这是一种俗名叫作"苦啊"的鸟，在夏日的夜晚，那叫声总是分外凄楚，"苦啊，苦啊"……一声声让人心里寒颤颤的。于是，那些做祖母或母亲的便会向孩子讲述一则悲怆的传说，如同当年自己的祖母或母亲向她们讲述的那样：一个因偷吃了一只煮鸡蛋而被噎死的童养媳，变成了一只鸟，永无休止地在夜空里诉说着命运的不平……

"苦啊"是一种鱼鹰，我不知道它的学名叫什么。在白天，我曾不止一次地见过，它用一只脚站在河埠头的水跳码或歪脖子柳树上，那姿态很闲适也很优雅，很难让人联想到那个冤死的童养媳；我也从来没有听到它在白天鸣叫过，当然也无从知道那叫声在光天化日之下是不是也一样的叫人心里发冷。它实在称得上是大师级的天才演员，它用自己的形象和声音塑造出两种截然不同的角色，而且这两种角色从来不会重叠。它那凄苦的叫声似乎只出现在夜间——是那些闷热且无风的夜晚，风车孤傲地守望着夜空，有如一只巨大的蝙蝠，那平日里吟风弄月的布篷虽挂得很满，此刻却疲软地耷拉着，仿佛漫天悬挂的尸布。一切都在期盼着什么，却又总是无望。只有看风车的老人在高高的人字架上吹芦笛，那声音呜咽袅袅，如怨如诉……

风车永远显摆着一副乡村贵族的派头，它自负、冷漠、桀骜不驯，无论是有风或无风的日子，它总是习惯于在人们期待以至渴望的目光中我行我素。它的性格更接近于大家阔少。事实上，它那昂贵的身价也不是一般的小户人家所能拥有的（即使到了我的童年时代，也不是每个生产队都有风车），小户人家的耕作更接近于古典方式，他们靠的是原始的水车——牛拉的，或人踏的。

牛拉的水车至少已有了一千多年的历史，它是农耕中国最富于风情意义的乡村小景之一。水车的车棚是一座圆锥形的草庐，有如一只硕大的斗笠。除去播种和收获，在夏日的大部分日子里，这斗笠里总有一阕叙事风格的散曲在不紧不慢地演奏，老水牛把它蹒跚的脚步，没日没夜地消磨在这里永无尽头的圈道上。比之于风车的倨傲和张扬，老式水车实在不那么富于激情，它是平和本分的，坚韧含蓄的，又是充满了人间烟火气的。它从来不幻想出现奇迹。它永远是一种节奏，不急不躁，如歌的行板，千年万载地延续着。这节奏和着瓜棚豆架上花粉的清香，稻田里热烘烘的腐草气息，还有新鲜而潮湿的牛粪味，一同伴着乡村孤独的无眠。看车人总是一副半醒半睡的样子，手中的鞭梢时不时地掸一下牛屁股，蜻蜓点水似的，说不清是驱策还是抚慰。有时候，他实在耐不住四处的寂寞，便会信腔野调地唱几句，这一唱反倒更显出了四处的寂寞。到后来，那声音便有了点挣扎的意味。最激动人心的是抓到了几只刚刚蜕变出来的肉蝉，埋在熏蚊烟的火堆里。那火堆焐的是半干的巴根草，欲燃不燃的，味道很好闻。待水车走过两圈后，那肉蝉便飘出股诱人的香气。于是从火堆中扒出来，用心细细地剥去头壳，受用中间那嫩嫩的一块好肉。但抓到肉蝉的机会毕竟不多，寻常的消受是在火堆里烤蚕豆荚、小红薯、青玉米棒子之类，都是称得上时鲜的。时光在这既不偷懒也不贪求的大转盘上悄悄地流逝，车棚的影子从西边移到了东边；树上的知了在疲惫中奋起，又在奋起中疲惫；夕阳西沉了，月亮升上来，香椿树叶间的月亮一会儿明亮一会儿朦胧。水车的节奏仍然是不急不躁的，这是千年万载的节奏，千年万载的承诺。等到枣花落了，荷花谢了，村头谁家的院子里飘来幽幽的桂花香时，车棚里的这阕散曲才告终结。赶车人便把老水牛拉到晒场上，还是那副轭头，另一端却挂在碾场用的碌碡上。

若是天公作法的风车加上牛拉的水车仍是不济，水乡的汉子们便只能自己爬上水车了。

踏水，这是大旱年头的无奈之举，也是水乡男性们生命的舞蹈。一色的精壮汉子——一般是八个，坐下来喝酒正好一桌——齐排排地趴在水车上头的横杠上，逆光望去，那脊梁都是一般的骨骼峥嵘，在阳光下炫耀着雕塑般的质感。说是趴，其实并不做依靠，只有那些初次踏水的后生才会死死地抱住横杠，生怕一脚踩空了会摔下去，那姿势被人们戏谑为"吊田鸡"。踏过水的，老到了，只是双手轻轻抚着横杠，有如琴师抚着琴台，骑手挽着缰绳，很随心所欲的。双脚交替踩在车拐子上，是温情脉脉的抚摸，只把身体重量的势能传递过去。三十二只车拐子，排列的角度都有精当的设计，为的是让八个人的力量均匀地作用在车轴上。若从排头看去，八条汉子的身姿便有如多米诺骨牌一般，次第矮下去，又次第高上来，呈现出一波一波的流动感。起先的节奏很舒缓，戽板上端的水头也是娓娓而谈的风格，慢条斯理地注入渠道。忽有人带头喊一声号子，其余的人一齐呼应。戽板在槽筒里的抽动声变得宏大起来，仿佛一队训练有素的士兵，行色匆匆地赶赴前线。号子越来越急，是小快板的节奏。戽板上的水头高高跃起，映着明晃晃的太阳，飞珠溅玉一般灿烂。八个人的步点都被那领头的号子提调着，脚板和车拐子的接触不再是温情脉脉的抚摸，而是粗暴的撞击。撞击过后身体向上一弹，几乎有一种要飞翔的感觉。这是最富于阳刚气息的男性的舞蹈。男性的美是要在运动中展示的，现在，他们身体的每个部位——腰、腿、腹、胸脯、肩膀、手臂——都在运动中展示出最富于力感的线条。是哪一位诗人的诗句——胸膛是一面大鼓，不，他们身体的每个部位都是大鼓，擂出生命巨响的，是他们血管里猩红的节拍。空气中弥漫着一股荷尔蒙的气息。车水号子的节奏有如打夯一般富于冲击力。阳光是激情的轰炸，燃烧着对土地和女人的渴望。大汗淋漓也罢，粗喘如牛也罢，那都是极度快感的宣泄。在局外人看来，这无疑是世界上最惊险的舞蹈。

车拐子是流动的实在，脚步却有如百米赛跑中的冲刺一般。这时候，你不能踩错一个步点，也不能偷一点懒。上了那阵势，就有点置之死地而后生的味道，你只能抖擞身躯，跟着大家的节奏冲刺。想偷懒，吊田鸡？作为一个男子汉，那几乎是永世抹不掉的奇耻大辱。好在这样的惊险只是瞬间的华彩乐章。少顷，号子又由小快板转入舒缓，水车又回复到原先的节奏。却不是曲终人散，只是暂且收敛住，那身姿仍像多米诺骨牌一般，次第矮下去，又次第高上来，呈现出一波一波的流动感，在重整旗鼓似的。包括他们胯下的那玩意，也是晃荡晃荡地蓄势待发。

这里应该交代一句，不知是哪辈子形成的习俗，这里的男人踏水，从来不穿裤衩的，那是真正的放浪形骸。

前些年，我曾在海边见过下海小取的男人们归来，当他们担负着海货走在茫茫海滩上时，也都是赤条条的一丝不挂。问他们，说是适意。再问，又说是赶远路，胯下的皮容易擦破；加之出汗多了，盐分都积在裤衩上，很折磨人的。我想，踏水的汉子不穿裤衩，其原因也大致差不多。顶着火辣辣的日头，浑身的汗水湿了又干，干了又湿，再加上超强度的劳动，这些都使得裸体成为一种快乐。人类有时会产生某种返祖欲望，特别是在展示他们原始生命力的时候，这种欲望会更加强烈。某种风俗的形成，起初大抵只是为了生产和生活的方便，而且其中又总该潜藏着一份美的。既然成了约定俗成的东西，人们也就见怪不怪，反倒觉得有趣。当女人们走过那一队放浪形骸的汉子身边时，只是微微别过脸去，却照样搭话，并不脸红的。那水车上的汉子们便愈发招摇作态，意气风发，显见得是做人来疯。

风车，水车，当然还有更简易的戽斗，它们都是里下河的叙事文本和思维模式，也是里下河的记忆——不光是关于水的记忆，还有岁月、人事、情感和风景。在里下河的生活画卷中，它们几乎是最重要的审美中介——土地与河流，播种与收获，风云变幻与哀乐情怀，生存的困厄与生命的风姿，等等。它们世世代代地坚守在乡村的小河边，带着陈旧的桐油和苔藓的气味。小河曲曲弯弯，又枝枝蔓蔓，义无反顾地簇拥着它们的精神领袖——大运河。里下河的水都是长流水，里下河的河都是活水河，从任何一个河埠头上船，都可以抵达运河上的大码头，也可以抵达水乡的任何一个村舍。如果说里下河的水道是一棵长青的大树，那么大运河就是这棵树的主干，所有维持生命的元素，都是通过树干来输送的。当然，所有的青枝绿叶也同样供养了树干。大河有水小河满。反过来说，小河有水大河也不会亏的。这是手心手背的意思，也是一损俱损、一荣俱荣的意思。因此，大运河在这里不光流得坦荡滋润，也是华彩雍容的。

　　这是大运河从扬州经江都再往北的一段流程。现在，伴随着视线里的一抹古城垣和几座砖塔，它的前方铺展开一派更浩阔的水面——高邮湖、宝应湖和洪泽湖，它的生命将不得不和惊涛骇浪的动荡联系在一起。

八　雄浑与苦难的记忆

　　湖的闯入几乎是猝不及防的，一点铺垫也没有。于是对于运河来说，便有一种豁然开朗的大振奋，只觉得眼前白光光的一片，风也浩荡水也苍茫，那气势是它这一路上从未见识过的。即使是长江，虽也气可吞天，浪淘尽千古风流人物，但毕竟只是极粗豪的一脉，一眼便可以望到对岸的，那阵势有点像夏日的雷阵雨，说过去就过去了，哪及得上眼前这横无际涯的一派烟波，浩大得令人头昏目眩。大运河不得不收敛住一路上的悠闲与散漫，来不及酝酿一下情绪就投入了对方的怀抱。这投怀送抱是多少有点被动的，也是不知就里的。但既然投入了，就只能抖擞精神跟着感觉走。这就如同一位清纯女子和陌生男人的厮混，明明知道那是风险莫测的勾当，但一旦被激情所裹挟，也就由不得自己了。放荡就放荡一回吧，这是生命赋予青春的特权，在感觉的诱惑下，理智从来都是苍白无力的。

现在，大运河成了湖的一部分，湖也成了大运河的一部分，它们在互相拥有的同时也互相同化，运河具有了湖那浩阔的神貌，湖也具有了运河的浪漫风情。就自然景观而言，这里是融气势与妩媚于一体的大手笔，最能让人心旷神怡的了。

日月星辰是交替着与运河作伴的，它们监护着运河与湖的激情碰撞，也监护着运河从柔静变得浩大。每天，当晨曦从运河大堤上刺槐树坚硬的轮廓后面渗透进来时，星星开始从空中和水底悄悄隐去。这是万籁俱寂的时刻，天地万物都在屏息凝神地注视着水面上瞬息万变的光影——从乳白到橘黄，再到粉红，然后是洒落满河胭脂般的玫瑰红，最后是天地间一片大亮，无数光点在水面上流金溢彩。阳光在穿透黑暗的同时也穿透了宁静，首先不甘寂寞的是美丽的白鹭，它欢快地飞出芦苇丛，伸展着双翼掠过水面，头部和脖子的线条有一种顾影自怜的优雅。于是到处都有声有色地欢乐起来，野鸭、鹁鸪、斑鸠、鱼燕、白头翁，还有那些叫不出名字的鸟雀，都在晨光中发出了自己的声音，仿佛一支交响乐队在此起彼伏地调试音准。航船工的炊烟升腾起来，静静地融入水面上的雾气中。渔舟上的橹桨也启动了，鱼鹰在船头上注视着水面，似乎在进行某种哲学思考，脖子上的金属环闪着幽暗的光。

现在太阳已经升上了刺槐的树梢，湖东岸的运河大堤上隐隐传来独轮车的响动和老水牛那总是带着几分幽怨的叫声。有村妇在翻晒麦秸，或许是刚刚经历了阴雨，天气才放晴，阳光下弥散着一股潮湿的霉味。村妇后面跟着一群鸡鸭，欢天喜地地争吃麦秸中的麦粒、小虫，还有蚯蚓。起先黄狗也跟在后面凑热闹，但一见到无所收获便悻悻而去，跑到远处，对着运河上的航船无端地吠叫。河堤下的茅屋前，晒衣服的竹竿上长出了黑色的斑纹，孩子们把它取下来作为捕蝉的工具，他们用一根细竹枝弯成一个椭圆形的小圈圈绑在竹竿上，然后在那小圈圈上"挲"上蜘蛛网。早晨新织的蜘蛛网带着极强的黏性，那本来是蜘蛛用来捕获猎物的。孩子们就举着这长竿拍子，看准了树枝上那正叫得忘乎所以的呆货，从后面悄悄地罩上去，那蜘蛛网便粘住了呆货的翅膀。他们用母亲的缝衣线把蝉拴在长凳脚上，希望能看到它怎样蜕出一只蝉壳来。但这种希望总是落空，那拴在长凳脚上的小生命不是成了大公鸡的美食，就是在某个冗长而闷热的午后，被看水车的老爷爷放到熏蚊烟的火堆里去了。而这时候，那个捕蝉的孩子已经驾着放鸭的小船进入了湖荡的深处。蒹葭苍苍，水天茫茫，那里无尽的野趣正好放逐一个少年天真浪漫的情怀。

　　这种牧歌式的情调当然只是在晴和日子里，若是风急浪高的洪水季节，大运河便不得不屈从于另一种命运。在湖的裹挟下，它成了一个失去了操守的助纣为虐者。如果有人站在运河大堤上留心一下东西两边的地貌风水，对运河助纣为虐的后果肯定会不寒而栗的。大堤的西边是湖，浩淼的湖水接天而来，它因浩大而恣肆，又因恣肆而喜怒无常。在它拍击堤岸时，隐含着一种不安分的野性和压抑不住的扩张欲望。大堤的东边是旷野，阡陌纵横，村舍连绵，这就是风情绰约而又多灾多难的里下河。凭肉眼也能看出，湖的水位要比旷野的地平高出不少，里下河的乡民们实际上是在运河底下生活的。或者说，这一段运河实际上是被里下河的乡民们扛在肩膀上的。大堤一旦溃决，里下河顿成泽国。而高邮湖这一段运河大堤又堪称险中之最，历史上几乎每两三年就要溃决一次。面对着水灾的悲惨景象，连乾隆那样养尊处优的太平天子也忍不住写过《下河叹》的诗，诸如"下河十步九被涝，今年洪水乃异常""宝应高邮受水地，通运一望成汪洋"之类的句子虽然狗屁不通，却多少也有几分纪实价值和温存的伤感。千百年来，浊流冲决大堤的情节一再演绎，成了里下河不堪回首的记忆。那些惨绝人寰的大场面都化作了地方志中悲天悯人的记载，而无数尖锐的剧痛和哀伤的细节则深深地埋沉在历史的深处。但京师里的达官贵人们关心的只是漕运，从明代弘治年间开始，为了避开高邮湖的风涛之险，保障漕运畅通，朝廷开始为这一段运河修建复河，把运河从湖中剥离出来，并用块石加固临湖的西岸，以防湖水的入侵。清代以后，又在运河东堤上设置了五座所谓"泄洪归海"的滚水坝，每当洪水泛滥，即掘开五坝以泄洪水。但坝外并没有修建导洪渠道，且距离黄海尚有二三百里之遥，因此，每次开坝，运河以东数县的百万生灵便成了釜底之鱼。"一夜飞符开五坝，朝来屋上已行船。"多少生存之梦的破灭只在顷刻之间，多少苦心经营的家园在报警的锣声中随波漂逝，多少鲜活的生命成了游走故乡的孤魂野鬼。可以想见，签署这道开坝的指令，需要一种多么义无反顾的胆略和气魄！其实对于当权者来说，这只不过是每年的例行公事而已。自大运河开通以来，泱泱京都的日用衣食便仰仗于此，小民百姓的蝼蚁之躯算得了什么呢？遥望着里下河的汪洋大波和啼饥号寒的灾民，运河上的漕船连翩北上。由于洪水的托举，那艨艟巨舟有一种凌驾的姿态，仿佛行驶在天上一般。云帆高挂，百舸争流，那实在是满目疮痍中的一幕壮观。

里下河的乡民们没有别的选择，他们只能年复一年地加固圩堤。这种努力有如月宫里的吴刚挥动利斧砍伐桂花树一般，几乎注定了是一场永无休止的苦役。高邮宝应一线的沿湖大堤堪称是大运河全程中最伟硕的杰作，也是水来土掩这一朴素思想最经典的造型。如果把某一段大堤沿横断面剖开，你几乎可以看到历史上每一次洪水的痕迹：已经炭化的木桩、人和动物的白骨、沉船的遗骸、远古的祭祀用品、劳动工具、盛饭的瓦罐、石块、瓦砾、土囊，等等。甚至还有其他很难说得出来由的东西，例如成袋的面粉。翻了地方志后才知道，历史上某年发大水时，为了保卫运河大堤，抢险的泥土都没有了，只得把附近面粉店所有的面粉都当土用了，但大堤最后还是没有保住。这些遗骸成功地穿越了漫长的时间隧道，它们是大运河的记忆，千百年的历史就这样被压缩在一堵扁平状态的土层里。时间在这里是凝固的，也是沉默的，但沉默比黄钟大吕更具有耐久的生命力。它们的职能不在于展示本身的物理性能，而在于重现特定的历史情绪。它让人们的心中升起一种对苦难和悲怆的缅怀之情，逝去的岁月就是以这种方式被追问的。但它们无疑又是博物馆里的陈列品所无法比拟的，因为它们不光带着那个时代的质地和形态，而且还有场景、情感和激烈的精神氛围。你看那一具具白骨，几乎还带着他们殉难时的原始形态，你可以想象那骸骨横陈中的某种秩序——舍生忘死的壮烈、前赴后继的英勇、互相救助的酽酽乡情，等等。这是道德的秩序。还有那辆独轮车的遗骸，也完全是里下河特有的格式，被当地的人们称为"山车"的那种。和普通的独轮车不同，那中间有一道高起的可作隔离亦可作倚恃的"山脊"。现在，它也陈列在大堤横断面的土层里，看起来像是某个隆重场面丢弃的仪仗。在填入大堤之前，它曾经是这一带最能负重的陆路运输工具，而身份又要比普通的"平平车"尊贵，一般只用于负载人和粮食，那些小有田产的土财主出门，大致也就是这种规格。当然，它也肯定曾不止一次地接待过盛装的新娘，在唢呐和彩礼的簇拥下撒下一路迎亲的欢悦。

大运河流过了它生命中最惊险而放荡的青春，也流过了历朝历代那些镇水的铁牛和记载灾难或功业的石碑，现在，它终于流到了淮安。

九　清溪馆与清晏园

沿着大运河从南往北或从北往南走，这是一种跨越地理概念也跨越人文风景的旅行。南方和北方——树、土地、风和建筑物，还有阳光、河畔的野花，甚至人们脸上的神态都是如此不同。但这种不同，你只有站在她的一端遥想另一端时才会强烈地感受到。而在行程中，那些微小的转换你几乎很难觉察。这就如同季节的演变，总是在人们的不知不觉中悄悄完成。所谓"绿肥红瘦"只是一种情绪化的臆想，诗人百无聊赖，自己并不曾去细看。试问，同是杏花春雨，谁能说出它在两个江南小镇里的姿态有什么不同？但是若站远了看，地域的风景还是各有神貌的。南方毕竟是南方，那湿漉漉的青石码头和石拱桥；那划入水乡梦境的乌篷船；那油纸伞上极富音乐美的雨声；那宅基浸在吃水线以下的旧木楼（俗称河房的那种）；那弥漫着诗意的雨巷，青灰色的瓦檐有一种淡淡的惆怅意味；那村妇手臂上编织得很艺术的竹篮，还有竹篮里的芦笋、藕段、菱角和马兰头（关于它有一首很有情致的民歌），所有这些都散发着江南特有的柔婉和温丽，当然也都在精致中略显逼仄。而北方的格局就粗犷多了。北方是枯水季节宽阔得可以跑马的河滩和远方又大又圆的落日；是坦荡无垠的大平原上排列得像哨兵一样的挺拔的白杨树；是尘土飞扬的大道上，小驴车优哉游哉的散漫情调；是冬日里冰糖葫芦的色彩和煊羊肉、老白干、烤红薯的香气；是坐在简朴而厚实的院落里抽叶子烟的老农的目光（远方是一望无际的澎湃着生命激情的红高粱）。南方和北方，是情致与气概，浪漫与质朴，月明画舫与长城浩歌，小桥流水与俊鹘盘云。大运河就从这风景中流过，她孕育着风景，自己也成为风景的一部分。

如果不满足于这种过于大而化之的划分，我们当然还可以看得更仔细些。于是我们便发现了河——不是大运河，是那几条来自高山峻岭的天然长河。它们才是真正的大师，它们本身的性格、气质，还有色调，如何温情脉脉地濡染了风景，又无可争议地界定了风景。在大运河的行程中，它曾先后与五条大河遭遇，除去首尾两端的钱塘江和海河外，其余的三条大河正好把她裁截成四段色调不同的风景。或者说，在中国的东部地区，每两种地域风景和色调的交界处，恰恰都有一条大河，它们分别是：长江、淮河和黄河。

这中间，最重要的是淮河。法国文艺批评家史达尔夫人认为，一条莱茵河把西欧的文化分割成南北两方。在中国，这条分割南方与北方——政治、文化、人物秉赋和自然风景的河流则是淮河。淮河——秦岭一线是我国气候、土壤与作物的分界线，以此为界，南方的温湿活泼与北方的干冷坚毅形成明显的对比，所谓"橘生淮南则为橘，生于淮北则为枳"不仅是一个生物学命题，也是一个很有意思的哲学命题。哲学论争的背后往往是政治上尔虞我诈的争斗，晏子使楚时的这两句妙语名言，实际上是对急吼吼地要北上称霸的楚国人的一种警告：南方和北方是两码事，你们这些南方佬到了北方未必玩得转。春秋战国是生命、个性、人格的大觉醒时期，这种富于哲学思辨色彩的脱口秀几乎随处可闻，我们且不去说它。人们看得最多的还是历史上南北政治在这里的对峙，战国时期楚国霸权的衰落，首先是以丧失淮河流域的国土为标志的。嗣后的魏蜀吴三国的鼎立争雄，东晋与南朝扼守此线得以苟安。南宋与金一百余年的攻守战和，也都是大致以淮河秦岭为界的。人们往往只知道历史上的"划江为界"，其实不管就政治地理还是文化地理而言，从来都是"划河为界"的。淮河——秦岭一线，从来就是中国南方和北方既互相对峙又互相渗透的敏感区。

　　大运河与淮河的交会处在淮安。淮安旧称山阳，在一本叫《山阳遗志》的小册子中我看到有这样一段记载：

　　南来漕船……姻娅眷属咸送至淮，过淮后方作欢而别。凡随船来者，丛集于淮北馆水亭，解囊沽酒以饯北上者，故有清溪馆之名传布南北。

　　这是多么古典而又令人怀想的送别！在这些南方人的眼中，淮河就相当于自家的门槛，送别亲人，是必定要送到淮河的。他们当中，有的来自锦绣苏杭，有的来自江西湖广，有的甚至来自更远的云贵边陲。千里迢迢地相跟相伴，一路上的风涛之险和颠沛之苦且不去说它，但一旦到了淮安，便只有分手一途了。"数声风笛立亭晚，君向潇湘我向秦。"因为过了淮河，就进入北方了。北方，不再有杨花似雪，不再有落红如雨，不再有春江花月和吴姬荡桨。北方是一个男人的世界，那么就让男人自己去闯荡吧。于是，淮水北岸一座小小的酒楼，便成了南方人集体送行的长亭。可以想见，当年的清溪馆曾演绎过多少惜别的缠绵与洒脱。店家的生意总是很好，一拨人去了，一拨人又来了，操着软软的南国方言，带着一路的疲惫和风尘，脚步在码头的石阶上留下湿漉漉的水印。进得店来，临窗处坐下。粗大的手端起酒杯，喝出男人的豪爽；纤细的手端起酒杯，喝出女人的惆怅。作为北上的漕船，被送者大都是艄公纤夫，最高级的也不过是旗丁粮长之类的芝麻官，文化素养不会很高，因此送别时也只是喝几杯酒，把那些一路上不知说过了多少遍的话再说一遍。估计不会有诗文酬唱之类的风雅事，也不会有"执手相看泪眼，竟无语凝噎"那种闺中怨妇式的情调。但其间类似于孟姜女和王宝钏那样有情有义的女子还是有的。小民百姓的悲喜情怀也一样的真挚动人，当她们挥别亲人转棹南归时，正值一年中最寒冷的季节（漕运的行期有严格的规定，每年的十二月到次年的一二月间，各地漕船当次第渡淮）。"昔我往矣，杨柳依依，今我来思，雨雪霏霏。"南归的行程正伴着悄悄来临的春天的脚步，寒水依痕，春意渐回，航船不经意地撞碎了沉默的薄冰，也撞碎了冬的铠甲。先是河坡上茅草的根部泛出了些许绿意，狗和儿童在上面欢快地打滚；接着是柳枝绽出了毛茸茸的嫩芽，而性急的杏花已抢先开了几朵。一路南行，或细雨轻寒，或花团锦簇，每一程都是一道春的风景。春天是女人的季节，她们身体的每个部分都在芬芳和畅的阳春气息中完美地舒展。但一想到北去的亲人，南国的春光便顿时黯淡起来，于是一次又一次地回首北望。北方，季节的脚步正在冬的雪地上蹒跚吧？在这些女人的情感深处，北方是她们永远的忧郁和凋谢。

淮安历来是运河重镇，古老的邗沟就是以此为终点的。"扬州千年繁华景，移向肖湖古渡头。"这是把淮安与扬州比美的诗句。原先，大运河从这里入淮；黄河改道夺淮以后，大运河又从这里入黄。自清代康熙以降，历任的河道总督和漕运总督皆驻节于此。历史上的淮安和淮阴并不怎么分的，当时的总漕驻淮安，总河驻清江浦（淮阴）。两大衙门都是与运河有关的，在当时是淮上的第一等显赫所在。时至今日，人们所能看到的却只有淮安镇淮楼后面的一块"漕运总督部堂"的金字横额和淮阴城南的一座清晏园了。

清晏园无疑是取河清海晏的意思，但河清海晏永远只是一个梦。

明清两代都以河务为大政之要,每年花在治河上的银子端的有如流水一般。那么多银子从手里流过,河道总督照例是很有点油水的。但老实说,肥差虽则是肥差,风险也很大。数千里长河上,每年或大或小总要出点事,一出事便京畿震动,总河难辞其咎。有清一代凡二百六十余年,河道总督就有八十八任,平均每三年就要走马换人,可见这位子不好坐。清晏园原先是清代的河道总督府,园内建有御碑亭和碑廊,那林林总总的碑文,就是朝廷为八十八任总河颁发的奖状。他们有的上任只有几天,有的在任长达十几年,有的因治河有功而受到皇帝的嘉奖,有的因出了纰漏被贬职放逐甚至差点丢了脑袋。这是一部形象的清代运河史。透过那些端庄和煦的文字,我们看到的却是皇上那阴沉冷峻的面孔:河道总督不好当哩,尔等都要给我当心才是。

清晏园中的御赐碑文至少有五方是与高斌有关的。高斌一生曾四任总河,从雍正十一年到乾隆十八年,前后达二十年。他又是乾隆的老丈人,照理说面子很大的。但即使如此,出了问题皇上也毫不留情,最后的下场也并不好。乾隆十八年,河署中下级官员贪污公款白银十几万两,案发后,高斌也被追究领导责任,那位正在后宫得宠的慧贤皇贵妃的面子也没用。皇上是不会以感情代替政策的,总河高斌、副总河张师载就地免职。同年九月又恰逢铜山县张家路河决,皇上雷霆震怒,令将高、张二人连同河决责任者——一知府、一同知,也是不小的官——押赴张家路附近河工处问斩。行刑的场面很有意思,监斩官当时奉有两道圣旨,先宣第一道:斩知府、同知二人。等这边刽子手干净利索地干完活儿,监斩官再看密旨,才知道地上跪着的另两位是陪斩。但刚才人头落地时,两位总河大人已吓得昏死过去了,只得用水喷醒再宣旨:命高、张二人原地留河工效力赎罪。于是连忙松绑整衣,拜舞谢恩。这种戏剧性的情节实在让人战栗不已,杀便杀,不杀便不杀,何苦要这样摧残人的神经呢？专制者对人的掠夺，不光是一种生杀予夺的无上特权，更体现在对人的精神世界的肆意侵凌，所谓"触及灵魂"便是最厉害的一手。皇上的意图或许在于让你经历一次生死惊魂的考验，你才会知道什么叫天威难测，什么叫皇恩浩荡，什么叫"第二次生命"，以后才会更加兢兢业业地为寡人办事。但皇上有没有想过，经历过这种场面的人，往后的日子大抵总是笼罩在死亡阴影之下的，精神的垮塌，智慧的萎缩，生命热情的黯淡，将伴随着他注定了已然不多的年华。一个整天战战兢兢的行尸走肉，哪里还谈得上干什么事业呢？

清晏园的御碑

乾隆二十年二月，也就是在那次生死惊魂之后不到一年半，高斌死于治河工地。他其实是被吓死的。

又过了六年，高斌的侄子高晋又担任了河道总督。高晋比叔父要聪明些。高斌只知道忠于职守，踏踏实实地干事。高晋在这基础上又悄悄地糅进了逢迎拍马的一套。这中间最值得一提的是他主持修撰了洋洋大观的《南巡圣典》，这实际上是一本为乾隆南巡树碑立传的报告文学，很让皇上称意的。因此，尽管他在河道总督任上前后犯过十多次错误，却基本上没有受到多大影响。人们总喜欢把高晋视为清代总河中弃瑕录用的典型，认为这体现了皇上惩前毖后的干部政策，又哪里知道在对官场游戏规则的把握上，高晋的绝顶聪明之处呢？

清晏园林林总总的御碑早已漫漶在历史的风雨之中，但诸如"绩奏安澜""底绩宣勤"之类的文字还是依稀可辨的，从中似可看到皇上那炯炯注视的眼神和殷殷期望之情。河道总督这个位子确实不好坐，八十八任总河走马灯似的你方唱罢我登场，他们那种履冰临渊的苦衷皇上体谅过没有？从高邮到徐州的这一段运河是放浪形骸的，黄淮之水，洪泽之波，都以一种男性的激情迷惑着它的本性，怂恿它作出离经叛道的惊人之举。作为河运总督，即使你能做到"底绩宣勤"，但谁能保证总是"绩奏安澜"呢？

大运河到了淮阴，曾在这里几度踌躇。当年夫差开挖的邗沟就是在这里与淮水交汇的，其后差不多过了一千一百年，才有一个叫杨广的风流皇帝从这里向西开了一条汴河，通往京都长安。那时候，由漕运形成的王朝格局是脑袋在长安，咽喉为长安与黄河之间的广通渠，而通达河北涿郡的永济渠和勾连江淮的广济渠（汴河）恰似两条巨大的胳膊。"千里长河一旦开，亡隋波浪九天来。"杨广为此付出的代价不仅仅是王冠落地和脑袋搬家，还有千秋万代的骂名。此后又过了六百七十多年，由于蒙元统治者定鼎燕京，大运河又从淮阴向北延伸，经过齐鲁苍原和燕赵大地直达京都，从而奠定了京杭大运河的最终走向。在大运河每一次新的生命开始的时候，淮阴都是一个端点，它注定了是运河上的一大关节，也注定了是一个供历史踌躇和思考的地方。

时间篇

7 千秋功罪

　　一个身影走下龙舟，前呼后拥地踏上了江都的御码头。在他的身后，桅杆上的锦帆次第落下来，殿脚女和宫娥艳丽的服饰映在运河里，夕阳下有如晃动着满河胭脂、满河鲜血。斜晖脉脉，垂杨依依，色调是凄冷的，那人身后的影子因此比他的实际身量长出了许多，也扭曲了许多。他就这样拖着自己的身影，义无反顾地走进了江都的宫城。

　　这是一幕极富于象征意义的画面，在后来的千百年中，人们提到这个人时，大抵总会联想到这幅画面的：一种有如流泻在现代派画家笔下的浓艳而疯狂的意象；一种凄婉得近乎绝望的美丽；一种颓废的但又极富于挑战性的精神氛围。这幅画面中的人物叫杨广。他是隋朝的第二代帝王，死后谥号"炀帝"。"炀"是一个很生僻的词，何谓"炀"？"好内远礼曰炀。""去礼远众曰炀。""逆天虐民曰炀。"反正都是不大好的名声。在中国历史上，得到这一谥号的皇帝本来还有一个人，那就是陈后主陈叔宝。有意思的是,陈叔宝的这一谥号正是杨广追赠的。但后世只称陈叔宝为"后主"。这样一来,"炀帝"便成为杨广一个人所专用的了。但此时杨广早已抽身局外,无所谓了,"身后是非谁管得,满村听说蔡中郎。"他是很洒脱的人。

在杨广死去二百年后,一个名叫李商隐的青年才子从长安来到了江都(当时已改名为扬州),他当然是沿着运河南下的。留连在隋代宫城的废墟间,他想到了许多。李义山的诗一向是很晦涩的,但这一首《隋宫》却并不难读。读者一般都认为这是一首政治讽刺诗,而我却从中看到了一种美:华丽的宫殿掩映在烟霞当中;浩荡的锦帆接天而来,又向着天涯驶去;杨柳优美地垂挂在运河两岸,时不时地飞过不祥的暮鸦。背景是放荡的桃红色,充满了暧昧的情欲,从中似能感到香艳的脂粉气,绸缎滑腻的质感,还有武士腰间的刀剑那种冷冽的光泽。这就是杨广的那个时代。你可以说它浮躁,但你绝对不能否定它那充满了浪漫精神的想象力。你也可以说它颓废,但你也绝对不能否定它那唯美主义的光辉——美得像一件凶器,张扬,甚至嚣张。"玉玺不缘归日角,锦帆应是到天涯。"这是何等阔大的气象!简直可以与秦皇汉武相媲美的。因此,所谓"地下若逢陈后主,岂宜重问后庭花"恐怕就不光是讽喻,更多地带着对杨广的某种欣赏——他那浪漫派大师的气质和高扬着理想主义的心灵之帆,岂是陈叔宝之流可以与之等量齐观的?

隋炀帝杨广

李商隐走了,他为那个时代谱写

了一曲最凄美的挽歌。在所有关于隋炀帝的咏史诗中，李商隐的这一首《隋宫》是写得最好的。他当然还是沿着运河走的，"锦帆十里，殿脚三千"早已成了史书上的一页奢华，但隋堤上的垂柳仍在婆娑弄姿，那是可以千年万载地繁衍的生命。王朝代谢，人事沧桑，这些都是过眼烟云，只有大运河是不朽的，它已成了中华大地上永远的风景，也成了历代诗人笔下永远的意象。光凭这一点，杨广即使不能称为伟大的帝王，也是可以走进有作为的帝王之列的。

8 杨广的目光

仁寿四年（公元604年）十一月，隋炀帝杨广巡幸东都。

仁寿是隋文帝杨坚的年号，在老子的年号下，杨广以皇帝身份出巡，这似乎不大说得通。事实是，杨坚已在本年七月死去，由皇太子杨广即皇帝位，改元大业。但新的年号要等到第二年才开始启用。

"大业"这个年号本身就决定了杨广的命运。他是个不安分的人，而"大业"正好契合了他那种好大喜功的性格。中国历代帝王的年号是一个很有意思的现象，它是一种写在旗帜上的施政纲领，如果把某一王朝的年号排列在一起，其中所折射的人格精神和心理趋向，与王朝盛衰的曲线大体上应该是吻合的。例如杨坚，当他从北周宇文氏手中夺过帝位时，"开皇"恰恰体现了他那踌躇满志的进取精神。在这个年号下，他确实干了不少具有开拓意义的大事，有些事情即使放在中国封建社会的漫漫长河中也是很值得一提的。上下五千年，能同时留下那么多被历史认同的东西的帝王可能不多，而杨坚就是几个不多者当中的一个。但到了晚年，他的人格精神渐至萎靡，进取之心亦消弥在颐养天年的暮气之中。这中间的一个重要标志就是大兴土木建仁寿宫，并改年号为仁寿。一个只想着"仁寿"的老人，其寿命大致也不会太长了，果然，三年半以后，杨坚就在仁寿宫一命呜呼，"仁寿"已矣，现在轮到杨广来擘划他的"大业"了。他自负，聪颖，富于才华和想象力，既有挥师疆场的勇武，又有运筹深宫的权谋。更重要的是，他才三十五岁，正值生气勃勃的年华，一切都还来得及，包括毁灭与重塑。他理所当然地选择了"大业"。作为年号，"大业"将伴随着他走过在金粉与铁血中恣意妄为的一生，直至最后走进扬州郊外的一座荒冢。

现在，杨广到洛阳来了。他对洛阳是如此多情，本来，从七月到十一月，这中间朝野发生了一系列大事：自己的登基大典自然是马虎不得的；汉王杨琼的叛乱更是搅得大家手忙脚乱；大行皇帝的葬礼也得像模像样地操办，那是做给天下人看的。但他在处理完这一切之后，首先想到的就是洛阳。这是他第一次以天子的身份出巡，车驾出潼关，过渑淆，一路上那种翠华摇摇的威仪自是不必说的。深秋的寒风虽是有点凛冽，但这里的天空是明净的，山川草木也带着很抒情的成分，别有一番清灵之气。这些都和关中不同。关中是厚重的压迫，天地间一片混沌，连人们嘴里喷出来的也是一股浊气。这使得杨广很看不惯。他总认为，长期生活在那种环境中，是会压抑灵性的。他是有着诗人气质的帝王，而诗人总是崇尚灵性的。南朝的山水诗是充满灵性的，那是江南清丽的山水使然（哦，江南！）。曹植的诗赋也不错，他那首《洛神赋》叫人说什么才好呢？"轻袿之猗靡兮，翳脩袖以延。"简直让人心旌摇荡。美是一种诱惑，而杨广是从来不会拒绝诱惑的。对美的征服与挥霍，将使他的帝王生涯笼罩在一种近乎疯狂的艳色之中。

但眼下的洛阳已经破败得不成样子了，铜驼荆棘，废苑秋风，一片衰飒之景。遥望着这座五朝故都，杨广的胸中鼓荡着一股苍凉豪迈的情怀。"洛阳何郁郁，冠带自相索。"古诗中的洛阳是何等繁华！这里山河控戴、万方辐辏，形势甲于天下。更兼龙门壮伟，伊水中流，端的是帝王之州。但说来惭愧，历代的帝王虽然往这里跑的也不少，但他们大都是在长安的粮食接济不上时，才会想到"就食东都"；或是遇上了政治危机和兵燹之险，在长安待不下去了，到这里来避风头。因此，除西晋外，洛阳只能守着陪都或候都的名分，很少有机会充当正室的。

委屈你了，洛阳，以你的天姿国色，难道就只配躲在长安的身影下做如夫人吗？

于是，站在洛阳北部的邙山上，杨广和大臣苏威便有了以下一段对话：

杨广："此非龙门邪？自古何因不建都于此？"

苏威："自古非不知，以俟陛下。"

苏威的职务是中央办公厅副主任（尚书右仆射），这个位置上的人都很会说话的，特别是对主子说话，更是滴水不漏：自古以来的帝王并非不知道洛阳是建都的好地方，只是没有能力，只能等着陛下了。他已经摸准了主子的心思，这么急乎乎地跑到洛阳来，显然不是为了游山玩水，就眼下这座破城有什么好玩的，在断垣残壁间喝西北风吗？那么皇上就是要在这里建都了。

苏威的猜测大致不错，杨广确实有一个营建东都的宏大构想，这种构想甚至在他进入洛阳以前就开始了。洛阳居天下之中，北界黄河有太行之险，南通宛叶有鄂汉之饶，东临江淮有渔盐之利，西驰渑淆有关河之胜。这么好的地方，历代帝王为什么不在这里建都呢？苏威的说法是他们没有能力，这是拍马屁的话。当年刘邦在大定天下后，就曾想过在洛阳定都。但这时候有一个叫娄敬的齐国人来见他，问他定都洛阳是不是想和东周王朝媲美。刘邦说是呀。娄敬说，洛阳四战之地，有德者，在这里定都易于王；无德者则易被攻击。周朝自后稷到文王、武王，中间经过了十几世的积德积善，所以东周可以在这里定都。现在你的天下是用武力打出来的，战后余灾，疮痍满目，情况完全两样，怎么可以与东周相比呢？还是定都关中较为稳妥。刘邦认为他说得有理，赏了他五百斤黄金，并封了他的官。在杨广看来，刘邦之所以不敢定都洛阳，归根结底，还是缺少自信。一个曾与英雄盖世的项羽争斗了半生，也曾在樽前慷慨高唱过《大风歌》的马上天子，这时候却成了一介侏儒，真叫人不敢恭维。"四战之地"怕什么？无非是说，哪里出了乱子，就很容易危及到洛阳。那么反过来说，若以洛阳为中枢，驻以重兵，岂不是可以震慑四方吗？一旦有事，向四面出击岂不是更加方便快捷？一个强盛的王朝是不怕出乱子的，出了乱子，你躲在长安就能安稳了？那也只能安稳一时，该怎样处置还得怎样处置。对娄敬的那一番说教，杨广很不以为然，引经据典，致君尧舜，一股酸腐的头巾气。"德"是个什么玩意？它是圆的，还是方的？是高贵还是卑琐？它尖锐吗？有杀伤力吗？能进攻或者防御吗？扯淡！在他们嘴里，这是一个比街头的茅坑还要多的词。其实说到底，只有"力"才是最终极的证明。成者为王败者寇，历史从来只对成功者顶礼膜拜。对这一点，杨广有着足够的自信。

  杨广当然有理由自信，而自信者总是喜欢居高临下俯视一切的，于是，他带着臣僚登上了邙山的最高峰——翠云峰。这里古木参天，苍翠如云，相传是老子炼丹的地方。现在，他的眼界更开阔了。西望云天，都城长安隐没在重重关山后面，那是父亲留给他的遗产，包括那里华丽的宫殿和如花美眷（其中有一个他垂涎已久的宣华夫人，也从父皇名下转到了自己床上）。当然，父亲留给他的不光是这些，还有一个统一的经过二十多年精心治理的泱泱大国，一群以关陇集团为核心的文臣武将，以及一整套治国安邦的政治经验。这些都足够他受用的了。但杨广的目光并没有在那里留连太久，他不是一个甘于躺在遗产上过日子的荷花大少。他曾说过，即使不生长在帝王之家，他也会通过自己的奋斗而出人头地的。可见自视甚高，也并不把老子的那份遗产看得多重。因此，他西望长安的目光中便少了几分热情。长安有什么值得多看的呢？那里的一切已经属于自己了——在一场悄无声息的政变之后，没有抗拒，没有挣扎，甚至连呻吟也没有，如同得到了一个主动投怀送抱的女人，新鲜过后便觉得没有多大意思了。那么就转过身去，把目光投向东方的齐鲁大地吧。那里是汉王杨琼发动叛乱的根据地，如今叛乱虽然平息了，杨琼也已被废为庶人，但杨琼的余党犹在。加之那一带又是东魏和北齐长期统治的地区，每一次王朝更替都是一幕历史壮剧，其间必然伴随着人头落地和鸡犬升天，留下了理不清的孽债。各种宿怨和仇恨积淀在那块土地上，随时都会诱发出血色的动乱之花。而当今的国都在长安，府兵亦云集关中。一旦有事，关河悬远，兵不赴急，如何了得？杨广的目光变得凝重起来，一股忧患意识涌上心头。

　　杨广是十一月三日从长安动身前往洛阳的，以当时的交通条件，车驾在途中至少也要十多天，这样，到达洛阳的时间应该在十五日左右。二十一日，他便向全国发布了营建东都的诏书。

　　营建东都的工程总监是精明而阴鸷的元老重臣杨素，副总监是一位知识型的官员，中国历史上杰出的建筑大师宇文恺。还有一位副总监本来可以不说，但由于他与工程之间潜在的特殊关系，却又不得不说。最高检察长（纳言）杨达自己不会想到，他经手营造的这座宫城，在某种程度上是为自己的一个外孙女准备的——若干年以后，他那个外孙女成了中国历史上的第一位、也是最后一位女皇帝，在长安感到腻烦的时候，东都的宫门经常要为女皇的车驾而开启的。

这个班子应该说是比较理想的，体现了领导干部、知识分子和司法监督的三结合，发挥了各方面的积极性。甚好！那么就大兴土木，热火朝天地干起来吧。

且慢！皇上不是有诏在先，说"务从节俭"吗？

这当然不成问题，因为皇上的"节俭"与平民百姓的"节俭"含义是不一样的。首先是双方的起点不啻天壤。对于皇上来说，山珍海味吃腻了吃几顿素净点的家常菜算是节俭，冠服上的波斯宝石换成了合浦珍珠算是节俭，让后宫佳丽们每月裁减几两头油脂粉钱也算节俭。当然，宫殿的廊柱上少刷了一道金粉更是大大的节俭。但对于平民百姓来说，青菜萝卜里多放了几滴油就算违背了节俭的原则。同样是"节俭"，这含金量能相提并论吗？再说，皇上的节俭有时只是一种姿态，别看他说得那么冠冕堂皇，其实并不是真的要你去实行。你若是拎不清，真的为他节俭了，他反倒不高兴了。好在像杨素那样的老官僚还是拎得清的，他当然知道皇上的节俭只是说给天下人听的，也就不怎么往心上去。

事实上，东都的工程相当浩大，史称"每月役丁二百万人"。这恐怕还不包括到江南诸州伐运木料的工役。加之"役使促迫，僵仆而毙者，十四五焉"。我们无法想象，这中间发生过多少像孟姜女那样的人间悲剧。正是专制者的暴政，驱使着工程一再加快，前后总共只用了十个月多一点的时间，一座作为大隋帝国东都的新洛阳便矗立在东周王城与汉魏故城之间的伊洛平原上。新城"北拒邙山，南对伊阙，洛水贯都，有河汉之象"。它不仅是隋朝的政治经济中心，当时也堪称世界级的大都会。

宇文恺天才的设计加上杨素残酷的监工，共同成就了这座恢宏壮丽的宫城。宇文恺可能称得上是中国历史上最杰出的宫廷建筑师，他将汉代大才子司马相如《子虚赋》、《大人赋》中华丽的摹写化为构思，借助于杨素暴政的皮鞭，洋洋洒洒地铺陈在大地上。在这里，美与残酷紧紧地勾联在一起，它使人们想到了远古以饕餮为代表的青铜纹饰——那种威严和狞厉之美。人类文化史上的大美总是带着股血腥气的，埃及的金字塔、古罗马的角斗场、中国的万里长城，无不建筑在奴隶和平民的累累白骨之上。这中间甚至还包括莫高窟中那些精美绝伦的壁画。前些时到敦煌去，我特地去看了莫高窟附近工匠们住的洞窟，那些洞窟十分低矮狭小，几只能藏身罢了。外面是荒无人烟的戈壁滩。一茬又一茬中世纪的艺术天才就蜗居在那些洞窟里。他们几乎是一群囚徒——艺术的囚徒，在永无尽头的孤独和苦难中，他们把生命的感觉涂抹在墙壁上，最后，自己则成为一具白骨，任凭风沙掩埋在那里。他们创造了那么多美的经典，让千秋万代的后来者在那一堵堵墙壁面前惊羡得目瞪口呆，但他们自己的名字却是千篇一律的——佚名。

面对着那座新落成的大隋东都，我们真不知道说什么才好，是以人性的温煦去谴责那一将"宫"成万骨枯的残暴，还是以缪斯的多情去赞赏那鬼斧神工般的惊世之美？我们当然不愿意看到美的历程践踏着千万具血骨；我们当然希望能够在温情脉脉的人道牧歌中去创造和实现美。因此，我们或许会提出这样的问题：洛阳宫城的营建难道不能稍微从容一点吗？它完全用不着那么急迫的，多用一年甚至更多的时间其实也没有什么大不了。或者，负责监工的如果不是杨素那样的贪酷之徒，而是一个稍微有点仁爱之心的、懂得同情和怜悯的官员，不是可以做到两全其美吗？但这样的发问都是无济于事的，一切已经

大隋帝国东都洛阳

成了历史，随着时光的流逝，岁月的过滤，其余的东西——包括那些血腥的残酷和尖锐的剧痛——都已淡化或隐去，而留下来的只有美。美是永恒的。

杨广现在可以在新落成的洛阳宫里消受些时日了。他是喜新厌旧的人，这里的一切都是新鲜的，包括那些操中州韵的宫女也是新选进来的。长安是用不着去惦记了，那里的宫殿代表着一种传统礼法，而他是最受不了那一套礼法的。洛阳当然没有长安那种森严而磅礴的气势，但这里是一个相对宽松的人的世界，一切总让你舒心惬意的。它明朗而不轻佻，是那种把华丽收敛得很得体的从容，也是略带一点沉思和伤感的美丽。从长安到洛阳，仿佛是一场突围，他不知道为什么会有这样的感觉。现在，他终于突围了，突围的感觉真好！

其实对于杨广来说，营建东都并不在于一座宫城，而在于某种精神指向：把王朝的重心逐渐东移。关中太沉闷了，他要呼吸更广阔也更自由的空气。西望瑶池只是飘渺的神话，而东来紫气却是分明可以感觉到的，这就是自晋室南迁以后，全国经济重心的东移和南方的觉醒。因此，洛阳并不是杨广精神指向的终点，此刻，站在新落成的洛阳宫阙上，他的目光又注视着那遥远而又带有几分神秘色彩的江南。

哦，江南！

9 南方的诱惑

在北方的眼里，江南的崛起似乎是一个神话。"忽如一夜春风来，千树万树梨花开。"仿佛在某一个早上醒来后，慵懒中轻启窗棂，却感到南风大渐,有排闼之势。开眼远望,目光越过重重关山和漠漠大野,见那里已不是旧日容颜,山温水软之中,有稻香鱼肥,有市肆繁嚣,有高车驷马,亦有衣冠人物。虽不及北方的雄浑,却也总胜它几分灵秀。江南,如同一个突然长大了的少女,带着满身珠玉和万种风情,正向你款款走来。

这就是江南么?

北方太自信了,自信得近乎昏聩。他们总是习惯于从太史公的《史记》中去认识江南。太史公笔下所描绘的,是一个榛莽丛生、地广人稀的蛮荒的江南;一个火耕水耨、饭稻羹鱼的原始的江南;也是一个苟且偷生,无积聚而多贫的瘠薄的江南。最后,他老人家得出了这样的结论:"是故江淮以南,无冻饿之人,亦无千金之家。"这是一幅原始共产主义的图景。司马迁曾游历过江南,他笔下的描写照理说是有根据的。但即便如此,也只是他那个时代——西汉前期——的江南。北方如果老捧着过时的皇历不放,那就大谬不然了。江南是中国的江南,它的经络血脉是与北方息息相通的,因而,每一个强盛的王朝在走上历史舞台之前,都是以江南的崛起作为序幕的。例如,秦汉大一统之前的吴越对江南的开发;隋唐盛世之前的六朝的繁华;明清大帝国之前的宋室南迁以及由此带来的对南方的惨淡经营,等等。北方是政治的北方,是王者之气的北方,因而也是滋生理性与阴谋的北方;江南是艺术的江南,是祭祀和歌舞的江南,因而也常常是"一片降幡出石头"的江南。不错,江南是柔弱的,但那是一种有着足够韧性的柔弱。你可以一时忽视它,却终究总还是离不开它。当北方在为王冠的归属而厮杀得昏天黑地时,江南却在默默地兴修水利,垦殖耕耘,并悄悄地完成了由木、石和青铜具向铁制具的转变。这样,当北方的厮杀有了点头绪时,在废垒残垣中蓦然回首,江南却正是莺歌燕舞的好风景。

历代的帝王大都定鼎于北方，目光又往往关注着更北方的大漠边关。在他们中间，杨广是比较早地开始关注江南的——岂止是关注，简直是一往情深。这当然与他在江南的经历有关。开皇八年（公元588年），晋王杨广率五十万大军浩荡南征，一举平定南陈。这场战争结束了自"永嘉之乱"以来将近三百年的分裂割据局面，实现了秦汉之后的又一次大一统。而对于杨广本人来说，江南给予他的，不光是六朝金粉的艳丽和结绮临春的奢华，更重要的是一笔丰厚的政治资本，一个刚刚十九岁的少年，就统兵出征，立功于千里之外，雄姿英发，所向披靡，这是何等令人瞩目的风光！当然，哗众和出彩还不是全部，作为一个野心勃勃的皇子，平陈之役还给了他一次和军界重臣们沟通和牵手的机会，这一点亦不可小视。因此，从某种意义上说，杨广政治生涯的第一步，是在江南这块舞台上迈出的。随后，他便被封为扬州总管，在江都一住就是十年。

这中间有一桩事有必要说一下。开皇十年（公元590年），江南发生了士族土豪的叛乱，其时杨广恰好奉命出镇扬州，他实际上主持了平叛的政治攻势，先后招降了十五座城邑的叛乱分子，有力地策应了杨素的军事行动。但司马光在《资治通鉴》中却没有说及此事，且将杨广去扬州写在杨素平定泉州之后，给人的印象似乎是杨广事后才受命赴任的。史家的笔头真是了得，一次悄悄的技术性处理，就把杨广在平叛中的作用抹煞得了无痕迹。这是司马光因厌恶杨广其人而做的一点手脚，对于一个严肃的历史学家，这是很不应该的。

在江都的十年，杨广正值二十岁到三十岁，对于一个男人来说，这是性格形成中最具关键意义的十年。他后来对江都那么痴迷，既体现了一个政治家的深谋远虑，也体现了一个普通人感情上的偏爱。江南是女性的江南，这里的美似乎不是庄严神圣或国色天姿的那种，却绝对是温馨可人带着股肌肤之亲的。所有的艳色和风情都以一种轻描淡写的方式滋润着你,有时也能让你为之惊栗甚至掉泪的。即使是灯红酒绿和纸醉金迷,也是带着诗意的灯红酒绿和可供吟哦的纸醉金迷。因此,这里的一切——山水、风俗、衣冠、人物,以至清风明月、流水落花——都和杨广自身的性格有一种灵性的契合。杨广的性格中其实有着太多的女性成分,例如那种天然的艺术气质,那种情绪化但又极富于浪漫色彩的想象力,还有那种小肚鸡肠般的敏感和狭隘。这种性格的形成,可能与他母亲独孤氏在家庭中过于霸悍专权有关。女人往往容易平庸或害怕平庸,容易诱惑或被诱惑,这种性格膨胀到了极致便伴随着媚俗形式或自毁形式,这或许可以解释杨广后来为什么会那样恣意妄为地胡闹。

一个北方血统的青年皇子在江南的风花雪月中成长起来。成长是生命的又一次孕育,江南的风花雪月托举着他的灵魂,也摇曳着他的梦想,北方的粗犷与南方的柔媚在他的血脉里碰撞、融合,最终流出一个成熟的性格。从此以后,南方也成了他血缘的一部分,他不会再用一个北方人的目光来打量南方了。是的,一个泱泱大国既需要北方的气概,也需要南方的心灵。就有如男人和女人,是互为一半的关系,男女相得,才能达到最高境界的和谐。如果说北方是独立苍茫的长啸,南方则是分花拂柳的浅唱。一个没有北方的中国是没有思想也没有脊梁的中国,且看那个刚刚曲终人散的南朝,虽然文采风流,如满天云霞一般灿烂,可一旦强敌迫境,城堞下却找不出几颗血性刚烈的好头颅。同样,一个没有南方的中国是没有灵性也没有情调的中国,不管是清风明月还是草绿花红,也不管是笙歌鬓影还是莺飞鱼跃,南方都带着风情的眉眼,可以入曲也可以吟诵的。一个日益富庶和觉醒的南方,正以它精美而富于灵性的生活方式进入北方的视野,并终将影响他们的生命精神,就像中原的生活方式曾影响了更北方的鲜卑人和突厥人那样。但历代的帝王们都习惯于眼光向北，即使像汉武帝那样的一代雄主，他的不世功业也主要是在对北方的征伐中建立的。在这一点上，杨广有理由藐视他们。

谈论杨广的"江南情结"当然绕不开一个最为敏感的话题——女人，后人对这方面有着太多的关注，几乎把杨广渲染成了一个只知道在脂粉堆中厮混的花花公子，一个淫荡无度的两脚兽。不错，杨广对女人的兴趣确实比较过分，特别是对江南的女人。后来他一趟又一趟地往江都跑，对南国佳丽的钟情应是重要的心理动机。但我总觉得，这中间似乎还与一个女人有关，正是这个女人的影子诱惑着杨广，给他的"江南情结"笼罩着一层暧昧的色彩，这诱惑是牵惹心魂拂拭不去的，也是天长地久无绝期的。这个女人叫张丽华。

张丽华是陈叔宝的宠妃，据说陈叔宝在处理政务时也要把她搂在怀里的。"千门万户成野草，只缘一曲后庭花。"可见这女人确是个天上人间的尤物。这些杨广当然不可能不知道，所谓心向往之也是情理之中的。但是这中间发生了一个错位，即建康城破时，隋将高颎竟自作主张把张丽华给杀了，杨广不但没有能得到这个大美人，而且连模样儿也没有能看到。于是问题就来了，以杨广那样的性格，想得到什么就一定要得到的，若得不到，心理上总不能平衡，从此以后，倾城倾国的张丽华便只能活在他的想象之中了。得不到的东西总是美好的；不但没有得到，而且连看也没有看到的东西更能勾起无限的想象，这是一种不着边际的美，有如梦中情人，又好似雾里看花。美所具有的那些特质——例如神秘、朦胧、挑逗力、新鲜感等等——都在想象中搔首弄姿，流光溢彩。归根结底，女人的美是要在男人的想象中实现以至增值的，因此，女人作秀的一个重要技法就是把自己遮掩起来，不给你太多。犹抱琵琶半遮面，花明月黯笼轻雾，小廊回合曲阑斜，千呼万唤始出来，这些都是遮掩，反正不让你一览无遗，留给你一点想入非非的余韵。但张丽华的这一手又似乎玩得太绝了，干脆赏你个上穷碧落下黄泉，两处茫茫皆不见。这样一来，在杨广的意识里，只具有抽象美的张丽华便注定成了绝色，也就是说，他后来生命中所有的女人与这位梦中情人相比，都是无法企及的，甚至她们的总和也不能超越的，因为现实永远不可能超越想象。那位让陈叔宝痴迷得丢了江山的可人儿究竟是什么模样呢？她像西施那样常常皱着眉头吗？像赵飞燕那样纤巧且能作掌上舞吗？像王昭君那样明艳照人却又一帘幽怨吗？或者简单地说，她是玉树临风还是梨花带雨？是淡秀天然还是风情万种？可望而不可即是一种境界，那已经够撩人的了；而不可望亦不可即又是一种境界，那几乎是钟灵毓秀，集大成的美。这就是死鬼张丽华的魅力，也是她在一个好色男人心理上制造的审美效应。

其实，如果杨广得到了张丽华，恐怕热乎一阵子也就罢了。时间长了，一切的美都会变得令人熟视无睹。例如那位宣华夫人，当初她还在杨坚名下时，杨广不也是想得快发疯了吗？以至在老皇帝弥留之际的病榻前就对她动手动脚，为此差点惹出一场塌天大祸。老皇帝晏驾后，他又不惜背负"乱伦"的骂名，当天晚上就迫不及待地把后母弄上了床。但以后怎样了呢？史书上没有说。但从宣华夫人一年以后就香消玉殒这一点来看，她不一定活得很开心。这或许可以说明杨广后来对她的态度。尽管杨广曾作《神伤赋》以悼之，但那恐怕也是做给人看的。男女之间的事情，只有当事人自己最清楚，就如人们常说的那句话，鞋子松紧，只有脚趾头知道，别人说得再多也是扯淡。

死鬼张丽华的影子，就这样索命似的纠缠着杨广。在他的深层意识中，张丽华实际上就是南国佳丽的一种意象，他后来在江都选了那么多江南美女，日日红楼，夜夜笙歌，恐怕也可以视为一种心理补偿吧。

这些当然是以后的事。在当扬州总管的十年间，杨广是把声色之好收敛得很艺术的。他常常穿着打补丁的衣服，手下的婢女也都是乱头粗服的那一类，再加上手面很大地给长安来的官员们塞红包，因此，反馈到京城的都是对他的赞美，很让他的父皇和母后称意的。这样，当他离开江都奉调入京不久，杨坚就把杨勇废为庶人，改立杨广为皇太子。杨广离梦寐以求的皇位只有半步之遥了。之后，他又在处心积虑中等待了四年，终于在一场宫廷政变中登上了皇位。

杨广是从江南永恒的蓝天和充满活力的生命情调中走进京城的，他的关中土语中已融进了些许吴侬音调，他自然不会忘记江南的。作为一个帝王，他不仅知道江南的美丽，更知道江南的富庶——他们比北方拥有更多的阳光和水，因此，当北方的乡村眼巴巴地盼望着收获的秋天时，南方却早就开始在蚕茧的草龙上收获，在手摇的缫车上收获，在村妇的土制织机上收获。当然，他还知道江南的不安定。自南陈覆亡后，失去权势的江南豪族不甘心政治上的落寞，一有机会就生事作乱。有鉴于此，杨坚曾下令："吴越之人，往承弊俗，所在之处，私造大船⋯⋯其江南诸州，人间有船长三丈以上，悉括入官。"又诏令收天下兵器，有私造者坐之。这样的举措当然也是不得已而为之，但并非根本之计。在杨广看来，重要的是南方和北方的融合，并在融合中互相平衡，互相制约，让南方带着生命的绿色滋润北方，也让北方带着多情的眼波眷顾南方。江南塞北的地理环境孕育了多姿多彩的生活方式，但普天之下莫非王土，一个精神上足够强大的帝王，是能够包容天地人寰的。在大隋帝国的旗帜下，南北财货争奇斗胜，八方衣冠各竞风流，这才是泱泱大国应有的气象。现在，他已经把政治中心由长安移到了洛阳，离江南稍稍靠近了些，这于监视和威慑都是有利的。南方的稻米丝绸北上京都时，也省却了黄河的风涛和渭水的枯涩。但放眼南望，只见千里运道上车马劳顿，络绎如流，各种各样的车辆，或人力推挽，或老牛牵拽，怎一个苦字了得。当年张翰在洛阳的秋风中思念故乡的莼菜和鲈鱼，就是驾着这样的牛车回江南老家去的吧，他一路颠颠簸簸地要走多长时间呢？这黄尘滚滚的运道，有如一种柔软的暴力，蹂躏着人畜和车辆，也蹂躏着杨广深谋远虑的目光：中国太大了，江南毕竟还相当遥远。

那么就开一条运河吧。

于是，几乎就在营建洛阳东都的同时，杨广又发布了另外两项工程的诏书。

请记住这两项工程的名字：通济运河，由洛阳东下山阳（淮安）；邗沟运河，由山阳南下江都。

时在大业元年三月二十一日。我们大概还记得，就在四天前的三月十七日，营建东都的工程刚刚开工。杨广真是不简单，他凝眸一望，就决定了一桩令后世受用不尽，几乎影响了此后一千三百余年中国封建社会历史的大事，你说这是何等眼光！他笔尖一抖，整个中国都为之颤动，一个古老民族的创造力被激活了，长江和黄河挽起了热情的手臂，你说这是何等胆略！他振臂一呼，数百万民工有如羊群一般被驱赶过来，从洛阳到江都的千里旷野上，落霞与汗雾齐飞，苍原共人海一色，连空气的温度也升高了几许，你说这又是何等气魄！

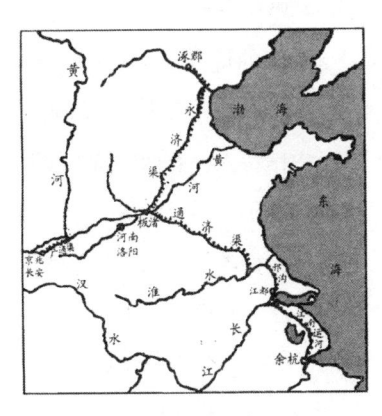

隋朝通济渠与永济渠

所有这些，大概就因为这是在大业"元年"。如果我们翻一下历史年表，看一看每个皇帝登基"元年"的大事，肯定是很有意思的。一个新上台的帝王总是雄心勃勃的，总希望在几天之内多快好省地干完所有要干的事。我们现在无法知道大业元年三月十七日到二十一日那几天京都的天气情况，但估计是很不错的。今天，当我捧读着故纸堆中那份尘封已久的诏书时，仍然可以感到其中澎湃跃动的自信和想象力，以及那种生命精神的高远和灿烂，一如北方高远的晴空和灿烂的阳光。正是在那个春光烂漫的三月，青春的杨广发布了一道青春的诏书，为正值青春期的中国封建社会迎来了霓虹满天的盛世风华。

10　千里长河一旦开

西方诗人在描述沙俄修筑的西伯利亚铁路时，这样说：每一根枕木下，都呻吟着一个冤魂。

中国的诗人在论及杨广开凿的大运河时，这样说：千里长河一旦开，亡隋波浪九天来。锦帆未落干戈起，惆怅龙舟更不回。

中国诗人没有西方诗人那种悲悯的人道情怀，却多了几分历史的眼光。这源于中国文学的一个重要传统：文以载道。道是什么？是一种泛政治化的说教，它的本质是实用主义的。大概因为中国诗人当官的多，遇事喜欢打官腔吧。其实，呻吟在运河下的冤魂，一点也不比西伯利亚铁路下的少。冤魂从来就是历史前进的润滑剂，这一点大人物都懂，因此他们敢于蔑视生命、恣意妄为。

大运河下到底有多少冤魂，恐怕谁也说不清，小民百姓的生命从来上不了史书的，隔靴搔痒地说一句"隋民不胜其害"就够了，倒不如有些民间传说生动。例如淮北泗县东北有一个叫枯河头的小镇，原来的名字叫"哭孩头"。据说当年杨广命大将麻叔谋督催开河，这个麻叔谋是个名副其实的催命鬼，他特地制造了一种一丈二尺长的铁脚木鹅，用来测量河道深浅。遇有浅处，便将这地方的河夫及官骑尽埋堤下，谓之"生作开河夫，死作抱沙鬼"。河工上的这些事暂且不去说它，这位麻大将军偏又吃腻了大肉大鱼，单喜欢吃熊掌，每到一个州县，地方官和当地豪绅必要给他进献熊掌。当运河挖到泗县一带时，因为这里没有山，也逮不到熊，断了他的口福，麻叔谋竟叫手下人偷老百姓的小孩，剁下手掌烹来享用。如同爱一样，恨也是人类生存的理由之一，"哭孩头"的名字从此便成了附近乡民的一座恨碑。这样的传说确是令人毛骨悚然的。但传说的目的不是为了让人毛骨悚然，它仅仅是为了传说。这座名为"哭孩头"的淮北小镇，一"哭"就是七百年，直到元代运河改道，汴河湮废，始称枯河头。

正史上其实并没有麻叔谋其人，他的形象只出现在《隋唐演义》中，可见是个小说人物。但是像"哭孩头"这样的传说，在小镇的地方志上却明明白白地写着，一代又一代的乡民们也是这样说的，想来即使有些虚构的成分，但督催官的凶残暴戾应是毋庸置疑的。传说之所以成为传说，是因为它沉淀了巨大的民众情绪，在运河全线，类似于"哭孩头"这样的传说又该有多少呢？我们完全有理由谴责专制者的种种野蛮和不人道。通济运河与邗沟运河全长二千余里，杨广于三月二十一日下令开工，同年八月十五日即乘龙舟来江都，前后只有一百七十一天，工期之紧，督催之酷，可以想见。饥饿、劳累、炎热、酷吏，构成了一座死亡的炼狱，数百万河夫就在这炼狱中挣扎。他们在绝望中一锹一镢地开掘，又在开掘中沦入更大的绝望。他们实际上是在开掘自己的坟场。一个又一个鲜活的生命倒毙于斯，鲜血在土地上凝结为苔斑，尸体则长眠在河堤下，催生着新栽的杨柳。但运河在一点一点地向前延伸。这就是历史。

那个叫枯河头的地方，后来我也去过。当年踵事增华的汴河已经湮没无痕，只有一处马鞍形的高坡地，生长着庄稼和野草。阳光下寂寞着几棵老树的影子。远处有一个老农在用铁锹挖土。铁锹大体上还是千百年前的那种，历史在它身上并没有体现出质的变化，只有形制的改进。老农挖土的动作和当年的河夫也没有什么差别，只是神情显得很悠闲，气色也很饱满。此刻，他大抵不会想到那个关于"哭孩头"的传说，也不会想到一千四百年前在这里挖土的人。那与他有什么关系呢？所谓发思古之幽情，只是文人的自作多情罢了。当草根缠在锹刃上时，他会用瓦片刮一刮，或者在田埂上使劲剁几下，仍然接下去挖。他弯腰挖土的形象很具有经典意味，还记得，我小学历史书上大禹治水的插图，就是这副模样，这几乎可以算得上是中国农民的标准形象，它和土地结合在一起，也和苦难、沉默、坚韧结合在一起。他们至少已经挖了几千个年头；他们还要挖多少年呢？但挖过的土地上从来不会留下他们的名字，甚至连他们的坟冢也不可能保存很久。但有些人的坟冢却可以千秋万代地去招徕，那是因为他们高贵的身份。在距此不远的地方就有一座虞姬墓，墓的主人是楚霸王项羽的小老婆。"霸王别姬"是中国历史上最典型的英雄美人的悲剧故事，自然很富于情调的，加之这里历史上靠近运河，唐宋以来是京师通往东南地区的必经要道，过往的文人墨客都喜欢在这里拢一拢，发几句感慨，把一座荒冢渲染得贞节牌坊似的。诸如"贞心甘向秋霜剑"、"不负君恩是楚腰"之类，无一不是爱情的颂歌。我想，我们历来对"霸王别姬"的评价是不是有失偏颇呢？至少是过分美丽，也过分理想化了，都在那里摇头晃脑地吟咏爱情，有谁曾稍微探测过虞姬的内心世界，发出几声生命的叹息？因为我总觉得，那个可怜的虞美人最后实际上是被项羽逼死的。在穷途末路的项羽看来，自己完蛋了,其他什么东西——霸权、疆土、财富、坐骑,甚至包括自己的脑袋——都可以成为对方的战利品,唯独老婆不能。于是他一边喝酒一边不停地催逼:"虞兮虞兮奈若何?"言下之意很明显:我死了你怎么办?难道去给刘邦那老流氓做小老婆?在这样的情况下,虞姬除去死,还能有什么别的选择呢?可见什么忠贞爱情之类全是扯淡。楚帐悲歌,芳魂零落,那实际上是一种男性的专制使然,它很容易让人们想到某些赌徒的德性:输光了便打老婆煞气,那是专制者最后的疯狂。

在这里,我不经意地又触及了中国社会中一根最为敏感的神经:专制。我们曾以最激愤的情绪抨击专制,但有时我们又不得不承认,专制体制确也可以办成一些大事。在这一点上,它似乎比民主体制优越,至少专制者自诩是这样的。当民主体制在那里夸夸其谈地议而不决时,专制体制已经凭借朕即国家的无上权威和独断独行的铁血手腕,不惜以百万生灵的血肉之躯为代价把事情干完了。回过头来看看,事情确也干得不错,万众一心,多快好省。只不过黎民百姓苦了点,多死了几个人而已。但那又算得了什么呢?伟大的事业造就伟大的人物,而伟大的事业往往总是蔑视个体生命和个体幸福的。

例如眼下的这条大运河。

这条以无数冤魂垫底的浩大工程曾被多少人诅咒过啊!但平心而论,你尽管可以说它是一项惨无人道的工程,也尽管可以说它是一项好大喜功的工程,甚至尽管可以说它是一项澎湃着黎民之怨和苍生之血的工程,却绝对不能说它是一项愚蠢的工程,因为它恰恰体现了一种历史的大智慧。中国的封建社会到了杨广那个时代已经进入了青春期,青春期不光是欲望的眼波、嘹亮的胸脯和喷薄跃动的荷尔蒙,青春的体魄需要更为强健的血脉,一条南北大运河的出现无疑是历史的必然。在此之前,历朝历代已经为它做了足够的铺垫,春秋战国时期开挖的邗沟和鸿沟就不去说了；汉代开挖的蒗荡渠和汴渠也不去说了；即使在魏晋南北朝那样的大分裂时期，各方诸侯在忙于整武修文的同时，也从来不曾停止过地方运河网的建设。它们似乎都在等待着一个大一统的强大王朝，一个富于眼界和气魄的强有力的帝王把他们勾连起来，成为纵贯南北各大水系的大动脉。北魏孝文帝在历史上也算是一个有作为的帝王，当年他迁都洛阳后就曾雄心勃勃地表示：

朕以恒代无运漕之路，故京邑民贫。今移都伊洛，欲通运四方。

可见，"移都伊洛"和"通运四方"的战略构想早于杨广一百多年前即已产生，只不过孝文帝元宏当时还不具备开凿大运河的条件——特别是南北统一这个大前提——便只能把这桩盖世功业留给杨广了，但他确实为大运河呼唤过。我们当然有理由这样说，如果杨广不开凿大运河，迟早也会有人去干的。蓬门今始为君开，千呼万唤始出来，大运河的诞生体现了一种历史的渴望。这种渴望又是理性的、睿智的、步步为营的，不是浪漫多情的少女，一任情怀地胡思乱想。因此，它不仅体现了需要，而且体现了可能。如果没有大业初年强盛的国力，大运河的开凿也只能是痴人说梦。隋帝国经过杨坚二十多年的治理，据说各级府库中的粮食和布匹都堆不下了，所以后人感慨道：西汉至武帝而盛，经过了四代帝王七十余年的休养生息，"隋则文帝初一天下，即已富足。"这是农业社会中的一种特殊现象，单一的农业经济，又不讲究交换，短时间的全国动员，确实可以解决温饱走向小康的。那是一个注定了要干出点大事业来的年代，隋朝的大一统几乎没有经过多少战乱，加之文帝一朝的励精图治，广袤的大地上仓廪丰足，科技的天空中则是星光灿烂，仅就与开凿大运河有关的领域，随便说说的就有：在数学方面，祖冲之在一百年前就已经把圆周率的有效数字精确到小数点后面的第七位，这种精确在当时几近神话，在此后的差不多一千年中也一直无人超越。在地理学方面，近者有北魏郦道元的《水经注》，远者有西晋裴秀的《制图六体》和《禹贡地域图》，华夏大地上的山河广土尽在方寸之内，既可置之案头也可收入囊中的。在工程技术方面，我们当然不会忽视这样的事实，就在开凿大运河的同一年，河北有一个叫李春的工匠设计建造了著名的赵州桥，这座石桥后来成为中国和世界桥梁史上具有经典意义的杰作。以上所说的这些都是中国科技史上有名有姓的星座，此外还有更多无名氏的创造，历史虽然剥夺了他们本应拥有的冠名权，但他们生命的智慧也同样融进了人类文明的讲程。且看数千里长河上，沿途的那些复闸、堰埭、对旧有河道的利用、流水落差的缓解等等，无不匠心独运，体现了当时的最高智慧。杨广真是幸运，他遭遇了那个充满了青春气息的时代，老爸又给了他那么一份足够开销和挥霍的家业，他当然不会让历史的机缘擦肩而过的。

大运河的开凿充分体现了历史的渴望与杨广个人风格的统一：它既是宏大的，又是美丽的；既是实用的，又是富于诗意的；既是一蹴而就的，又是万代不朽的。金秋时节，通济运河与邗沟运河全部竣工，河、堤、树、道，一气呵成。杨广登上了新造的龙舟，翠华摇摇地巡幸江都。

时在大业元年八月十五日，距开工仅一百七十一天。

这几乎是一年中最适宜出游的季节，虽然没有杏花春雨，但初秋的阳光同样是明媚的，而且那明媚中有一种内在的恬静与热烈，是自在坦荡的消受，不像春天那种肤浅的大红大绿，让人心烦意乱的。时令才是八月，天地间的景况还未见萧索，天高云淡，好风好水，两岸的杨柳依依可人，花花草草也是很风情的。南下的船队从洛水入通济河，其中包括官船二千八百四十五艘，兵船二千四百艘，外加纤夫八万人，这八万名纤夫中，有"殿脚"九百人，专门牵挽皇帝的龙舟。你只要仔细体味一下"殿脚"这个词，就可以想见那龙舟该有多么高大崇宏。一艘龙舟就是一座宫殿，而纤夫则是这宫殿赖以行走的"脚"。这实在是个很独特的称谓，它是和巨大的龙舟，奢侈的排场，还有那种顾盼自雄、不可一世的心态联系在一起的。大概因为杨广在这几方面都已经登峰造极，"殿脚"也因此成了个昙花一现的词，以前没有这说法，以后也不曾再出现过，是空前绝后，非杨广莫属的；也是那个时代遗落在历史烟尘中的一点花絮。如此庞大的一支船队首尾相连，绵延二百余里，一路上旌旗蔽日，浩荡如云，这样的排场简直令人难以置信。我想，即使后人的记载有夸张的成分，但打一个折扣也仍然相当可观。而且以杨广那种好大喜功的性格，这样铺张招摇的事情他是完全干得出的。

这艘由数百名"殿脚"牵挽的巨型豪华龙舟，就这样行驶在大运河上，它成为大业年间一幕奇特的景观，后人在回望这一段历史时，恐怕很难忽视它的身影。龙舟乘风破浪，把杨广带向了事业的顶峰；也在最后的风雨飘摇中，成了他逃避现实的向往。从实体意义上讲，龙舟是一座流动的宫殿。杨广是天性不安分的"动物"，在他十三年的帝王生涯中，曾八次巡游，在京师长安的时间总共加起来还不到一年。这样，龙舟便为他在巡游中提供了皇宫里的一切享受（后来在北巡时，他又制造一种可在陆地上移动的宫殿，谓之"行城"，实际上是龙舟的变种）。对于有些人来说，享受已不仅仅是享受，而是

隋炀帝大运河巡游

一种身份的标记,例如,你不能说一个农民有几天没有吃棒子粥或窝窝头就不是农民,但皇帝如果没有山珍海味,没有六宫粉黛,没有翠华摇摇和山呼朝拜,恐怕就不是皇帝了。而龙舟恰恰为杨广提供了一座帝王生活的活动平台,让他走到哪里就享受到哪里。在这一点上,杨广只是一具沉湎于感官刺激的行尸走肉而已。从精神意义上讲,龙舟是一种诱惑,也是一种归属,杨广总是向往着外面的世界,"玉玺不缘归日角,锦帆应是到天涯。"李商隐的诗句何等通透,他是理解杨广的,因为他们都是诗人。但"天涯"在哪里?它只是视觉中的一道地平线,你越是朝它走去它就离你越远。因此,所谓"锦帆天涯"之旅是带着梦游成分的。在这一点上,杨广又是一个浪漫骑士和寻梦者。龙舟的实体意义和精神意义就这样"搞掂"了杨广,对于他来说,龙舟既是开场白,也是谢幕,他实际上从来没有能走出龙舟。我们甚至只要细辨一下龙舟上朱漆剥落的程度和锦帆的成色,就大致可以知道王朝的盛衰和当事人的心态。

　　南巡的船队从洛阳出发,一路经荥州、开封,到了睢阳又折向东南,过永城、灵璧、泗州入淮河。这一段是通济河。后人认为通济河流经泗水,根据是《资治通鉴》中的一句记载:"入于泗达于淮。"这是搞错了。实际上,这里的"泗"系指"泗州"而非"泗水"。由淮水上溯到山阳,向南便进入邗沟了。隋文帝时为了对江南用兵,曾对古邗沟稍作疏浚,但由于时间短促,施工比较草率。这次开凿时,除对不少地段截弯取直外,对旧有河道又扩而广之。加之这一带湖沼密布,水势很浩大的,与通济河相比别是一番气象。从传统意义上说,现在已进入江南了。江南毕竟是江南,即便是秋色,也是滋润繁茂的。锦帆映着秋阳,如火如荼一般。船舷下的水波是欢欣跳跃的。湖面上的荷花开了,那是真正的花枝招展。而芦苇却仍然是苍翠的风姿。这满眼的金秋好景让杨广很开心,觉得都是迎候他的排场。六年前,离开江都的是一个处处都得留着小心的藩王,而今天回来的却是挥手作风云的天子,一种衣锦还乡的情怀不禁油然而生。

他问臣子:"自古天子有巡狩之礼,而江东诸帝多傅脂粉,坐深宫,不与百姓相见,此何理也?"

答曰:"此其所以不能长世。"

其实用不着回答,杨广心里就是这么想的。这种问答属于自说自话,带着炫耀的意思。于是,他传令沿途不必戒严,让两岸官绅百姓都来一瞻天颜。

龙舟到了邵伯,先头的陵波船已抵达江都,派快马送来消息:江都那边接驾的一应准备已经就绪,地方官奏请北上迎驾,请皇上恩准。

杨广哈哈一笑:不必了!

而这时,殿后的艒和八棹船才到了离江都二百里的高邮。

11 雄视四方

江都是杨广魂牵梦萦的地方,这里的市井街衢都是旧时岁月,虽然有些沧桑意味,但骨子里头还是熟悉的。朱门红楼和夕阳芳草的那种哀艳,也是他原先就很欣赏的情调。如今皇帝来了,便每天都有花团锦簇的热闹。皇帝也很定心,有点宾至如归的意思。但虽则是热闹,杨广还是看得出江都比几年前憔悴了不少,像一个落尽铅华、素面素心的女人,显出某种困窘和无奈。他觉得很对不起江都,在他看来,这歉疚是只有多住些日子才能补偿的。那么就多住些日子吧,顺便到四处走走、看看。说是"听取舆论,考察风俗",其实车驾出了行宫,仪仗警卫便"填街溢路",往往长达二十余里。在这种场面下,不知他是如何听取舆论,又是如何考察风俗的。好在杨广是喜欢热闹的人,怎样排场也不为过的。既然来了,还得给江都的父老乡亲们一点见面礼。他大笔一挥,赦江淮以南所有的罪犯,又免除扬州五年的徭役,这些都是毛毛雨,乐得为之的顺水人情。当然,国家大事他也没少操心。草黄马肥,大漠穷秋,契丹骑兵进犯营州。杨广采用以夷制夷的策略,以突厥军队讨伐。但他对突厥人也不放心,又令韦云起为监军。战事进行得还算顺利,契丹人稍一接触就引兵退去。这件事给杨广提了个醒:北方并不安定。在内政方面,他派出十名钦差巡视天下州县,以改变"民少官多,十羊九牧"的弊端。对拥戴他上台,并以世袭特权充斥于朝廊的关陇军人集团,他一直是耿耿于怀的。现在,他开始着手改革官制,并为一项对后世有重大影响的制度——科举选士制度——的出台作好了铺垫。

余下的精力就是游乐,当然还有写诗,且看:

暮江平不动,
春花满正开。
流波将月去,
潮水带星来。

文辞很华美,也有点雕琢,不脱六朝宫体诗的脂粉气,比之于《大风歌》那样即兴喊出来的诗句,总觉得少了点风骨,这或许就是杨广与前代那些成就一代霸业的帝王在人格精神上的差距吧。这首题为《春江花月夜》的乐府诗,令人想起一百年后张若虚的那首同题大篇。张若虚是"吴中四士"之一,在初唐诗坛上很有点名气的,《春江花月夜》亦是他的得意之作。后人认为，张诗的开头四句就是受了杨广的影响，他那四句是："春江潮水连海平，海上明月共潮生。滟滟流波千万里，何处春江无月明。"大家如果有兴趣的话，不妨比较一下，确实可以找出点痕迹的。

大业元年余下的日子，杨广都交给了江都，还连带着第二年那一段春暖花开的季节。

到了三月中旬，他又要启驾登程了。不是在江都住腻了——他和江都有一种天生的亲和感，永远不会腻的——而是想到了北方。这么大一个国家，皇帝也不好当哩，更何况是一个雄心勃勃，处处都要争强好胜的皇帝呢？在很多时候，杨广都处于被两种力量向相反方向使劲拖拽的感觉，这两种力量是：南方和北方。南方是一种诱惑，属于感官和灵性的；而北方则是一种责任，它更多地属于理智。在短短的十三年中，他三次南巡，四次北巡，一次西巡。如果说南巡还带有某种游乐性质的话，那么像青海那样的不毛之地又有什么可以游乐的呢？我们不应该忘记，杨广是中国历史上唯一曾亲巡河西的中原帝王。绝域苍茫何所有，平沙莽莽黄入天。深入到那样的地方，即使是巡幸，即使贵为天子，也仍然是要吃不少辛苦甚至冒不少风险的。好在杨广正值盛年，体魄还不成问题。他喜欢把精力释放在一个更广阔的天地里，这种生命方式至少是值得赞赏的。我们已经看惯了那些坐在深宫里病恹恹的老人，口角流涎，目光浑浊，连画个圈也要别人代笔。因此，远望着杨广在漫天风沙中西巡的身影，精神总会为之一振的。

从江都回程走的是陆路，自然又是另一番排场。先到洛阳看了新落成的宫城，很满意的。又到长安小住了几日，然后便下诏北巡。这一次去的地方是雁门关外的突厥。去年秋天的边境冲突使杨广有了一种危机感，那是些怎样骁勇强悍而又桀骜不驯的民族啊！他们仿佛天生就是为了征战才来到这个世界上的，长啸如风，马蹄如雨，从来就是他们创造生活的光荣与梦想。曾经的金戈铁马接天盖地而来，将大漠边关踢踏出蔽天的征尘，那张弓搭箭的身影，只有以整个天幕为背景才能恣肆伸展，那草原民族特有的眼神，有如鹰隼一般，注视着南方的子女玉帛。千百年来，他们的马蹄曾多少次踏碎中原王朝的笙歌舞影，又有多少中原男儿在与他们的殊死搏杀中建立了自己的不世功业。"羽檄频年出凤台，边云漠漠战魂哀。"塞外的多事之秋，成了中原天子心中永远的忧患。那么，就摆开架势去怀柔一番吧。所谓怀柔，无非就是夸富逞强，耀武扬威，恐吓镇服而已。对这一点杨广有着足够的自信。

果然，杨广的东驾刚出了雁门关，突厥的启民可汗就带着隋朝的义成公主前来朝见，并上疏"请变服，袭冠带"，他说得很动情：

微臣今天已不是以前化外之地的突厥可汗，而是至尊（皇上）的臣民。请至尊可怜微臣的一片孝心，允许全体突厥人改穿华夏大国一样的服装。

杨广遂在临时搭建的"行城"内召开御前会议，令臣下就此进行会商。公卿们都认为这是再好不过的事，一致"请依所奏"。

但杨广却认为不可，理由是："君子教民，不求变俗。"这当然是冠冕堂皇的说法，深层次的意思是：你光是让他们换一身衣服有什么用？关键还是要他们心存敬畏。况我泱泱大国、煌煌盛世，让各种不同的风俗共存共荣又有什么不好呢？在这一点上，杨广可要比满朝文武高明多了，他以自己的明智和豁达，表现出中央王朝对少数民族风俗的尊重，他处理民族关系的这种度量和政策水平，可以说是具有历史高度的。在给启民可汗的诏书中，他说得很恳切："碛北未静，犹须征战，只要好心孝顺就是了，何必改变衣服呢？"

应该承认，这时的杨广已是一位相当成熟的封建政治家了。

接下来是一系列热烈而友好的场面，互相宴请、互赠礼品，朝廷方面的赏赐更是达到了令人难以置信的天文数字，光是赐给启民可汗的锦帛就有二千万段，这还不包括下面的部落首领。慷国家之慨，杨广的手面向来是很阔绰的。在启民可汗的牙帐中，他曾洋洋得意地即兴赋诗，其中有"何如汉天子，空上单于台"的句子，把曾经大败匈奴单于的汉武帝也不放在眼里了，可见自我感觉相当不错。

这次北巡杨广作出了一项重要决定：重修长城。但是也埋下了一个祸根，从某种意义上说，这祸根最后直接导致了隋王朝的灭亡。

事情的起因完全是一次很偶然的遭遇。

就在杨广这次北巡期间，高丽也派人出使突厥。高丽出于对隋帝国的疑惧，与突厥暗中通好，这也是很正常的。但问题是，这位使者来得实在不是时候。当杨广来到启民可汗的牙帐作客时，高丽的使者已先到了一步。这时的可汗已被杨广一路上大摆阔气、大扬武威的声势吓住了，他不敢私下"隐境外之交"，遂引高丽使者入帐拜见杨广。

这件事本来也没有什么大不了。但偏偏这时候有一个叫裴矩的大臣讲话了，他说高丽自古就是中央王朝的藩国，这些年却既不来朝拜，也不肯进贡，"藩礼颇缺。"以陛下这样亘古未有的盛世，怎能容忍它作境外之邦呢？他这么一怂恿，杨广就板起面孔给人家颜色看了，他要高丽国王马上到长安来朝见，否则，他将率领启民可汗的兵马——接下来他用了一句很含蓄的外交辞令——"巡行你们的领土。"

这话中的意思当然谁都可以听得出来的。

这里得说一说裴矩这个人，因为在杨广一系列对外政策的背后，我们总能看到他的身影。首先，这是一个绝顶聪明的人，他的聪明主要表现在善于迎合杨广的心理，这使得他很受杨广的赏识。其次，他还是一个见多识广的人，他花费了半生的精力，跋山涉水地考察西域各国，写下了厚厚一本《西域图记》，书中不仅对西域的山川地貌、风土人情有相当详实的记载，而且文笔也很不错。正是这本书，后来激起了杨广的野心和冲动，"梦想仿效秦始皇和汉武帝的丰功伟绩征服整个中亚。"这话是《剑桥中国隋唐史》中说的。当然，作为杨广负责外交事务的大臣，裴矩本身也是一个力主扩张的人，因为他个人的权力欲望是寄生在君王对外开拓的事业大树上面的。

祸根就这样埋下了。高丽国王本来就对中央王朝心存疑惧，这样就更不敢来朝见了。他愈是不来朝见，便愈是燃起了杨广的征服欲望。对于隋帝国和杨广的命运来说，启民可汗牙帐中的这一幕，是在不适当的时候，不适当的地方，进行的一场不适当的会见。读到这段情节，我总有一种莫名的惊栗和无奈。这就是历史的偶然性，而历史进程总是隐藏在无数偶然性之中的。我们完全有理由发问，如果高丽使者不是正巧在那个时候访问突厥；如果启民可汗不那么多此一举，把他引见给杨广；如果裴矩当时不在场，或者不讲那一通极富煽动性的话，后来对高丽的战争是不是就可以避免呢？而隋帝国是不是就可以不那么短命呢？历史关键时刻的关键之力，有时只是体现在一些随机性的小情节之中，它们的存在，不只是为历史斑驳的图像添上了几分神秘色彩，更重要的是显示出人类精神的某种本质。

但不管怎么说，祸根已经埋下了。一个欲望既然被点燃了，就肯定要烧出疯狂的火焰，这就是杨广。"我梦江南好，征辽亦偶然。"这是他后来对宫女说的悄悄话，他也把事件的发端归结于"偶然"，可见已有悔意，但那时的局面大抵已糜烂得不可收拾了。

杨广开始紧锣密鼓地为征辽作准备了。

大业三年春季，杨广第二次北巡，这次的主要目的是巡视长城，安抚漠北的少数民族，好腾出手来对高丽用兵。

大业四年正月，诏发河北诸军五百余万开凿永济运河，引沁水南通黄河，北抵涿郡。这样，杨广从他常住的江都乘龙舟入邗沟，转通济河，由板渚渡过黄河入北岸的沁口，再由沁口入永济河，循永济河可直达涿郡蓟城。自战国以降，蓟城就一直是北方的军事重镇，杨广对高丽用兵，就是靠永济河漕运军需物资，而蓟城则是他的前敌指挥部。

这是大运河与长城的第一次近距离相望，一次愚蠢的战争，将大运河延伸到了燕赵古长城的视野之内。

现在，中国版图上出现了一个硕大无朋的"人"字，它的一撇是广通河、通济河和邗沟，贯通关中、中州和江淮；一捺是新开凿的永济河，贯通幽燕河北。这个"人"的脑袋在长安，心脏在一撇与一捺交接处附近的洛阳，而落脚点则是南方的江都和北方的涿郡。它是如此雍容端庄，又是如此峭丽如割。它有着高贵的精神，又有着平民化的品格。它的美是安详的，也是傲慢的。有了这个"人"，中华民族将更加坚实地站立在世界东方的这块土地上，连同他的黄皮肤、黑头发、方块字，还有那具有独特表现力的诗词歌赋。虽然在后来的千百年中，它的形态还会发生种种变化，变得不成其为"人"，但它的内在精神是永远不会枯竭的。

对于一个帝王来说，建立什么样的功业往往是可遇而不可求的，杨广遭遇了运河（请注意，是遭遇，而不是寻找），并将自己的激情和才华附丽在运河身上。这激情和才华不可抗拒地漫过来，有一种厄运的味道。大运河的光环太炫目了，它几乎掩盖了作俑者的残暴、荒唐和骄奢淫逸，使得他们都有了某种堂皇的理由。而杨广本人也因此超越了政治动物的范畴，具有了更多的审美意义——在一种华丽的、紧张的、破碎且富于诗意的美丽中，流动着有力量的感伤，让人惆怅不已。这就是杨广和他的那个时代。

12 盛世

到了大业六年左右，隋王朝无可奈何地到达了盛世的极顶。

之所以说"无可奈何"，就因为这个"极顶"实在不是什么太美妙的恭维。什么东西一旦到了"极顶"，接下来的就是风光不再，开始走下坡路。因此，这个"极顶"是分水岭的意思，也是衰落前的最后一次豪宴。这时候的场面最盛大，歌舞最华丽，杯盘也最丰盈。一切都是浓丽繁奢、光芒万丈的，仿佛一颗熟透了的葡萄，不用破皮就能感受那鲜嫩欲滴的丰沛。场面上是一律的狂迷和陶醉，有如梦游一般，梦里不知身是客，还以为这梦能千年万载地延续下去。他们谁也没有想到，曲终人散的结局就要接踵而来。这时候，隋朝立国总共还三十年不到，而离它倾覆的日子只有六七年了。一个王朝，这样迅速地走向盛世，又如此急遽地沦入灭亡，在三十多年里就完成了它那虽然短暂却也相当精彩的盛衰周期，在中国历史上这是一个特例。它几乎是带着盛世的余温就过早地夭折了，可惜！

历史学家一般都把这个盛世的"极顶"定格在大业五年，标志是杨广那次带有亲征性质的西巡，《隋史》中也认为"隋氏之盛，极于此矣"。这其实是就王朝的疆域而言。但我总觉得，隋朝鼎盛的标志性事件应该是江南运河的开通。费正清等人所著的《剑桥中国隋唐史》中有一个很有意思的结论，那就是中国南方的真正形成，是在隋朝时期。

当然，他们是从人口和经济的角度得出这一结论的，此时南方的人口与北方大致持平，"苏湖熟，天下足"的谚语，反映了这一地区蒸蒸日上的富庶。而南方形成的标志则是大运河的全线贯通，南方的一切从此真正进入了北方的视野，他们的文化风习同时也影响了北方。江南运河是大运河最南的段落，也是最后完成的段落，它的开通，把永济河、广通河、通济河和邗沟一直延伸到钱塘江畔的余杭（杭州）。至此，南北大运河全线告成，江南塞北融于一体。时间是在大业六年。

哦，大运河，你流不尽的五千里波光，五千里风华！

一边是黄旗紫盖、翠辇金轮，如云的佳丽分花拂柳，前呼后拥的臣僚进退如仪；一边是黄泥村路、衰草牛羊，炊烟在茅檐上温暖地升腾，欢悦的水声中泼洒着极富于世俗情调的嬉闹，那是浣衣女子生命的风情。

大运河就从这中间流过。

这当然是一种意念化的想象，但我至少在不止一个地方看到过，当年皇帝停靠龙舟的御码头，成了平民百姓洗衣淘米的所在。石阶码头有一种陈年的苔藓味，米很白，捶衣棒是祖辈相传的那种式样，但女人的身姿很好看。

这是一条从皇帝佬儿到平民百姓都离不开的河。

大运河是天生的劳碌命，自开通的那一天起，它就从来不曾停止过操劳奔波。偌大一座京师，从富丽堂皇到衣食温饱都是它从南方背过去的，包括京师的城墙，城墙内的宫宇，还有郊外林林总总的皇家墓冢。至于大内的一应日用器物，只要随手拿起一件小玩意，都可以在南方的某个西风门巷或斜阳村舍找到它的出处。丝绸不用说是苏杭二州的了，云锦来自南京秦淮河畔的作坊，铜镜以扬州的为上品，而嫔妃和宫女们用的梳篦则与常州西门一条叫"篦箕巷"的小街有缘，那里生产的梳篦因此有"宫梳"之誉。甚至连达官贵人沏茶的水也要劳驾大运河送到京师。唐武宗年间,宰相李德裕喜欢喝无锡惠山的"二泉"水,要地方官派人通过运河水驿递送。这事乍一听有点像天方夜谭,但那位相爷在长安府衙中捧着一杯香茶送往迎来时,却从来也不曾觉得有什么奢侈。诗人皮日休因此写诗讽刺道:

丞相常思煮茗时,
郡侯催发只嫌迟。
吴关去国三千里,
莫笑杨妃爱荔枝。

诗中用了杨贵妃吃荔枝的典故,这就不仅仅是调侃,很有些尖刻的了。皮日休和李德裕大致是同时代人,且有诗为证,这档事看来不会假。

假与不假大运河知道,但是它不说。不说不等于没有思想,所有的思想者都是沉默的。千百年来的真假善恶,都埋在沉默的泥沙之下。长安、洛阳——后来还有汴梁、杭州和北京——都在它的前方饥肠辘辘地呼唤,它只有任劳任怨负重前行的义务,这是它与生俱来的性格。

大运河来了,五千里波光中掩映着云蒸霞蔚般的盛世风华。

关于隋代那曾有的盛世,我这里只要说一件小事。贞观十一年(637年),有一个叫马周的御史在给唐太宗李世民的上疏中说道:"隋家贮洛口仓,而李密因之;东京积布帛,王世充据之;西京府库亦为国家之用,至今未尽。"也就是说,直到隋亡唐兴二十年后,仍有人吃着"杨家"的饭,穿着用"杨家"的布帛做的衣服。从贞观十一年仍在闪烁的前朝余光中,人们可以想见当初的盛世曾是多么辉煌。后人总喜欢怀念唐朝，连今天那些以先锋自居对历史不屑一顾的摇滚乐队也自命为"唐朝"，并大言不惭地高唱《回到唐朝》。其实，比之于盛唐，除去诗坛上少了几个大腕级的巨星而外，大业六年左右的隋朝也逊色不到哪儿去的。后人又总喜欢把隋朝的短命归结于杨广的"耽于享乐"，其实，他如果真的一门心思放在享乐上，恐怕就不会亡国了，老爸留下的那么一份家业足够他受用的，躺在深宫里怎样挥霍也挥霍不完，以无为而治完全可以达到统治的四平八稳。杨广恰恰是个既不安于享乐，也不安于现状的人，他的不少举动在历史上都算得上是石破天惊的大手笔（不光是人们津津乐道的艳情手笔）。他满面尘埃，一次接一次地北巡和西巡，前所未有地扩大了帝国的疆土，那种"万国衣冠拜冕旒"的盛大气象当时已初见端倪。大运河更是这盛世的华彩之笔，它是开创性的，也是终结性的；是让人心旌摇荡的，也是让人受用不尽的；是盈盈可握风神俊朗的，也是波澜壮阔吞天吐地的。我们与其说中国占有了大运河，还不如说大运河占有了中国。你看它将黄河、长江以及钱塘江这几条纬线方向的天然河道连成一体，从此"自扬、益、湘南至交、广、闽中等州，公家运漕，私人商旅，舳舻相继"。在它的两岸，农夫、商贾、官吏、妓女，当然还有文士（他们总是在诗酒和女人中放达，又总是一副不得志的样子）——都在自己的角色中从容自在地奔忙，那种敢于挥霍生命的豪迈中，洋溢着荷尔蒙的浪漫气息。其间还夹杂着几个穿长袍牵骆驼的西域商人。大运河的通达是全方位的，它一端延伸至明州港，舞弄着通往海外诸国的蔚蓝色的航线；另一端则从洛阳西出，摇曳着"丝绸之路"上孤寂的驼铃。西域商人的驼队越过中亚的茫茫荒漠和祁连山麓的河西走廊来到长安，然后沿大运河南下。而来自日本和南洋的商人、使节和僧侣则从宁波或泉州登陆，通过浙东运河转棹大运河北上。大运河通了，中国的血脉也通了；大运河活了，中国的精气神也活了；大运河容光亮丽，中国也在盛世中鲜活滋润。大运河是一张犁，划过黑黝黝的处女地，翻挖出呼啸的热情和原始的创造力，在阳光下欢快地舞蹈。一切都充满了欣欣向荣的气息，一切都有如神助一般，既有春风化雨的温润，又有开天辟地的气魄。现在我们知道了，就因为有了大运河的滋润，杨广才焕发出了那么充沛的才华，他好大喜功，好发奇想，好作惊人之笔，说到底也是一种才华的闪耀。他的所作所为几乎是有恃无恐的，所"恃"者，大运河也。才华是生命的一部分，它当然也是离不开水的，大运河就是这生命之水的钟灵毓秀。但才华又是一柄双刃剑，一个人才华横溢有时也实在不是什么好事，就像一个国家财大气粗不一定是好事一样。他太喜欢炫耀，太富于进攻性，太迷恋一意孤行。平心而论，杨广称帝期间所建立的那些开创性的功业，是足以和中国历史上任何一位伟大的帝王相比肩的，他之所以没有能进入伟大帝王的行列，很大程度上就在于他富于才华且恃才自傲。一般来说，政治家只接纳才能而不需要太多的才华，因为才华这东西总是与理性相悖的，而才能恰恰体现了一种恰到好处的理性把握（写到这里，我忽然想起法国前总统德斯坦说过的一句话，当年他曾立志当作家，但发现自己写不过莫泊桑，就降一个档次而当总统。我觉得他的选择是理性的，这话也并不是矫情）。富于才华的杨广充当的是一个只会播种的农夫，至于收获，对不起，那是别人的事。他进行的一系列制度创新，例如复开学校，整顿法制，重设郡县制，改革官制，扩大均田制，强化府兵制等等，真正的收获者都是李唐王朝。特别是他创立的科举选士制度，几乎一直伴随着封建社会走向寿终正寝。某种制度能延续一千三百余年，其中肯定有它合理的东西。所以，后来的唐太宗在端门看着新科进士们鱼贯而入，曾得意洋洋地说了一句很流传的话："天下英雄，尽入吾彀中矣。"人们总是习惯于从这句话中品出一股势利味，其实，让那些具有统一文化水准和从政素质的人才源源不断地进入政坛，这对社会未尝不是一件好事。大抵也就从隋代开始，大运河上络绎不绝的士子，便成了中国文化中一道独特的风景，他们在运河边伫立的身影和眺望的眼神，流入诗歌、音乐、戏剧和话本小说中，成为最具煽情效应的题材。他们的种种遭际和艳遇，更是成了千古流传的佳话。我们只要翻翻盛唐以后的文学史，几乎随处可以见到他们在运河上的行迹和诗行，那真是风神俊朗，绣口华章，道尽了人生的千般况味。应该承认，不管他们是狂放也罢，凄凉也罢，淡泊也罢，牢骚也罢，那些诗大都写得不错，因为这时候他们的心态比较放松，想说什么就说什么，不像应试时做的那些官样文章。真应该感谢杨广，他不仅开凿了一条大运河，而且创立了一个考试面前人人平等的官吏选拔制度，让那么多文化人趋之若鹜，成为他们终身性的诱惑并为之投入。他们把自己的风姿才华和人格精神，还有那被渲染得几乎不尽人情的悲喜荣辱都映在大运河的波光里，让后人回望之余，感慨得不知说什么才好。

是的，我们该说什么才好呢？无论是那得意的朗笑还是飘零的青衫，那远年的浪漫都源自一个只有三十多年的短命王朝。那个昙花一现的隋代，给历史留下的遗产太多了。杨广真是一位辛勤的农夫，虽然他的播种和收获不成比例，但种子一旦播下，日后总要生根发芽的。

这中间潜藏着一个很有意思的现象，隋朝的鼎盛得益于经济上的放开搞活，而这些恰恰又是与强权政治以及对心灵的封闭并行不悖的。人们常常把繁荣昌盛连在一起说，时间长了，也觉得挺顺溜。其实"繁荣"与"昌盛"是两个概念，前者是对精神文化而言，后者则直接指向粮囤和钱袋之类。"昌盛"者未必"繁荣"，隋朝大致就是这种情况。精神文化说到底是一个心灵的自由度问题。我们都知道隋代没有文学，这固然与它立国时间太短有关，但最重要的还在于统治者对心灵的扼杀。由于严刑峻法（据说偷盗一文钱也要杀头），搞得小民百姓们人人自危且不去说它，知识界也弥漫着一股玩知丧志的实用主义风气，文化人纷纷挥刀自宫，把心灵变成敲开利禄之门的石头。他们写诗作文是为了拍皇上的马屁。歌功颂德，献媚讨好，成为当时文学艺术的主旋律。这种主旋律实际上是一种大棒加胡萝卜的文化专制，作为政治专制的派生物，它当然也不会比政治专制宽厚和温柔。它使一切有尊严的人贱卖自己去摧眉折腰，沦落为招招实惠的文坛阿混；它给所有的作品都强行抹上"盛世"的油彩，在一片"吾皇圣明"的颂歌中搔首弄姿发羊痫疯。可以想见，这样的作品怎么能散发出激情的血温，怎么能燃烧起生命的光彩，又怎么能用来讨论深刻和崇高？在这种风气下，当然也说不上有什么真正的学术，像宇文恺那样的建筑奇才，也只能把自己的智慧用于投杨广所好，建筑歌舞升平的楼台（哦，那是些多么壮丽堂皇，堪称独步一时的纯粹中国流的楼台！）。他是作而不述的，所以没有留下什么著作。观其一生，他始终与大师无缘，只能说是一个高明的工匠而已。没有诗歌，没有音乐（民间音乐当时是被禁止的），没有学术，没有言论，也没有夜生活——人们都早睡晚起，生怕招致什么飞来横祸。朝野噤声，万马齐喑，这就是那个时代的精神风貌。但与此同时，由于经济上的放开搞活，老百姓有饭吃，有衣穿，各级府库中的粮食和布帛都堆不下了，所谓天下丰足也并非过甚其辞。事实证明，在一个封建的国度里，经济上的放开搞活和思想上的封闭钳制双管齐下，在短时间内确实可以见到成效的，例如温饱小康之类，也确实可以一窝蜂地办成几桩大事。

但是，能保证这种局面的"可持续发展"吗？这是一个很值得探讨的问题。

到了大业六年这个时候，隋代的历史基本上还是一幕正剧，威武雄壮,堂堂正正,没有多少插科打诨的噱头。但任何正剧一旦进入盛大之极,高潮之巅,鲜花着锦之至,就不大好把握了,因为这时候演员们大抵已进入了忘我之境,他们有太多的即兴发挥和自我卖弄,而这种发挥和卖弄稍一过头,便容易偏离理性的河床,掺杂进闹剧的成分。毕竟在那种场面下,谁不想出彩呢?我们看看大业六年元宵节发生在东都洛阳的那场闹剧。

且说杨广打通西域之后,作为"通"的表现,前来朝贺的各国酋长和使节络绎不绝,再加上带着"方物",为了赚钱而来的商人,一时洛阳道上摩肩接踵,东西两京冠盖如云。在这种情况下,又是那个鬼精灵的裴矩向杨广建议,他说现在到两京朝贡的"蛮夷"已是盛况空前,我们何不再来个空前盛况,在正月十五元宵节期间,大设戏台,大演百戏,以显我华夏繁荣昌盛,吾皇英明伟大呢?

裴矩的这一建议自然又正中"上"怀,一场堪称旷古盛极的闹剧就此拉开了帷幕。

不是说隋代没有文学艺术,没有夜生活吗?你看现在京师的舞台是多么红火!从全国各地晋京汇演的戏班子,带着他们最拿手的绝活儿,花技招展地来了。十里长街之上,通宵达旦,歌吹入云,真是个人如海,歌如潮,闹哄哄你方唱罢我登场。这次艺术节整整热闹了一个月,把那些各国的首领和使节看得一愣一愣的:毕竟天朝大国,气象到底不同!是啊,谁曾见过这么阔大的舞台,谁曾见过如此阵容的文艺队伍?谁又曾见过这么百花齐放的"繁荣"?皇帝老子一诏令下,全国各地,四面八方,"凡有奇伎,无不总萃。"据说晋京的艺人总计达三万之众。可怜这些平时从不被人放在眼里的戏子,耗尽了全部家当,风尘仆仆、舟车辗转,就是为了到京师的舞台上露一下脸,演完了,恐怕连回家的盘缠也很成问题。当然,对于他们来说,在自己的艺术生涯中有了这么一次也就够了,毕竟这是京师的舞台,说不定连皇上都曾看过他们的演出呢!

这是文化专制之下的虚假繁荣。

当然,与"繁荣"同时展示的,还有昌盛。

文艺搭台,经济唱戏,这本是古已有之的名堂。本届艺术节同时也是一次规模空前的商品交易会,只不过搭台唱戏的目的并不在于招商赚钱,而是为了夸富逞强死要脸。中国的当权者往往把自己的脸皮看得比老百姓的肚皮更重要,为了脸皮上的风光,自然少不了玩些弄虚作假的鬼把戏。艺术节期间,东都的各大商贸市场结绮临春自是不必说的,更出彩的是,连大街两边的树木都缠上了绸缎,人行道上铺着精致的龙须席。老外们可以随便走进任何一家店铺大快朵颐,吃饱喝足了,抬起屁股一抹嘴,走人就是。因为朝廷有指令,他们的消费一律不付账。店主还要解释说:"中国富庶,客人饮酒吃饭概不收钱。"这下又把老外们唬得一愣一愣的:毕竟天朝大国,简直是神仙世界!

但老外也不全是好糊弄的,有人便指着缠在树上的绸缎问道:"中国也有衣不遮体的穷人,为什么不把这些东西给他们,缠树干什么?"

这一问可就问住了,市人皆"惭不能答"。

为什么"惭不能答"?因为这个问题本来应该由皇帝佬儿而不是小民百姓们来回答。中国到底富庶到什么程度,大家都是知根知底的,至少还没到吃饭不要钱或者把绸缎往树上缠的程度。其实,小民百姓们是用不着为此羞惭的,真正应该羞惭的是最高决策者杨广。盛世尽管是盛世,但一旦到了弄虚作假死要脸的地步,说明正剧已经开始悄悄地向悲剧演化了。而当事人如果不是出于糊涂,就是人格精神发生了畸变——浮躁,焦虑,奢侈的热情,其中还潜藏着某种深层次的虚弱。

这是大业六年元宵节的一幕闹剧,也是隋王朝在盛世峰峦上的一次带有附丽气息的欢舞。

杨广现在的自我感觉好极了，南北大运河翻涌着盛世的波澜，北巡和西征的功业直逼秦皇汉武，一系列改革措施正在有条不紊地推进，国力的强盛达到了空前未有的程度。万方乐奏，四海升平，接下来就剩下一件大事了——

征高丽，然后在江都的宫殿里被部下用红丝巾勒死。

13　江都

以后的事情就不堪回首了。对高丽的战争有如一场噩梦，人们总是不能理解，杨广御驾亲征，以百万精锐之师去对付一个小小的高丽，居然会那样一败涂地。不能说隋军的统帅部无能，隋朝立国的时间并不算太长，一大批久经战阵的将领大多还健在；也不能说隋军的动员不够，当时，连宇文恺这样的人都被调到前线去指挥架桥修路了；借助于大运河的通达之功，后勤保障也是没有问题的。战争中充斥着诸多偶然性事件——恶劣的天气；杨玄感的叛乱；甚至在一次总攻发起前，宇文恺设计的浮桥短了一截——致使隋军一次又一次地功败垂成。一场力量悬殊的战争打成这种样子，实在令人扼腕叹息，也许隋王朝不配有更好的命运吧。

隋王朝的末路说到就到了，它几乎是一触即溃的，省略了通常会有的对峙和相持。如同那种硕大而艳丽的花，盛开得快，凋谢得也快，它那斑斓的色彩在一夜之间就零落如泥了。这与杨广人格上的缺陷有很大关系。对高丽的战争引发了原先潜藏在社会肌体内部的各种矛盾，这些本来并不一定是致命的，如果是一位老练的政治家，完全是可以从容应对,挽狂澜于既倒的。但杨广是一位诗人气质的帝王,他习惯于用写诗的浪漫情愫来治理国家,用艺术家的思维去处理政务,用桀骜不驯的想象力去挥霍权力。这种人在顺境中容易忘乎所以,似乎自己一举手一投足都是神来之笔。而一旦遭遇挫折便堕入颓唐,在一片苍白的绝望中自暴自弃、自哀自怜,心理渐至变态。这种病态人格在他对叛将斛斯政的处置上表现得淋漓尽致。高丽国最后交出斛斯政,是隋帝国三次征辽的唯一收获,也让杨广好歹挣回了一点面子。现在,他要好好地受用一下"胜利"了。

怎么受用呢?在这方面,杨广并不缺乏想象力。且看:

行刑的这一天,兵卒先把斛斯政押到金光门外,然后将其捆绑在木桩上,并用车轮箍住脖子。

这似乎并没有什么新意。

杨广又诏令京师九品以上文武百官全部到场,他们不光是看热闹的观众,而且每个人都要剑拔弩张地充当刽子手。这样既体现了重在参与的原则,又渲染了场面气氛。——开始有点意思了。

那么就动手吧。

最先是一批人持箭对准斛斯政猛射,使斛斯政满身中箭而不得立死;接着又一批人持刀近前,一阵猛砍,直把斛斯政砍得肢体零碎,但尸身仍被箍在车轮中。

完结了吧?且慢。

杨广还不过瘾,又下令:"烹其肉,使百官啖之。"人肉有什么好吃的?好吃,这是一种"胜利"的心理感受。奸佞者为了取悦杨广,竟有"啖之至饱"的。

这仍然不能算完。吃完肉后,又"收其余骨,焚而扬之"。

如此令人毛骨悚然的酷刑,在数千年的中国文明史上恐怕也是空前绝后的。为什么要这样惩治一个叛将，报复乎？发泄乎？恐吓乎？当然都不排除，但可以肯定的是，其中绝对没有向谁挑衅的意思——杨广已经丧失了挑衅的精神力量，他太虚弱了。他因虚弱而疯狂，又因疯狂而愈见虚弱，如同一个强打精神的手淫者，包围着他的是挥之不去的恐惧和沮丧。

如果说屠杀斛斯政还算得上是一次表演的话，那么从此以后，杨广连这样的表演也没有了。大局已经糜烂得不可收拾了，他索性破罐子破摔，一头躲进江都的宫城，抓紧时间享乐去了。

杨广的车驾是在纷飞的泪雨中驶出洛阳的，那些被留在东都的宫女似乎有一种预感，皇上这一去就回不来了，因此呼天抢地有如送葬一般。更多的宫女则攀着车辕不肯放手，哭哭啼啼地劝阻。车驾且走且停，宫女们牵衣顿足，有些人的手指都抓破了，血染红了车辕和马鞍，有一种凄楚的美丽。皇上也很伤感，本来，有那么多大臣曾劝阻过他，但一个也没有得到他的好脸色，有几个还被他砍了脑袋。但现在面对着这些作秀的女人们，他也不由得悲从中来，泪湿罗巾。他很为自己能够流出几滴惜别的眼泪而自豪，是啊，男儿有泪不轻弹，谁曾见过他这样多情的帝王呢？他在手帕上写了几句诗赠给宫女们，这几句诗后来成为人们研究杨广思想脉络的重要资料：

我梦江南好，
征辽亦偶然。
但存颜色在，
离别只今年。

他是想着明年开春以后再回来的，但他自己也知道，这一去恐怕就回不来了。

又要登上龙舟了。龙舟是新造的，以前的那些水殿在杨玄感叛乱时被烧毁了。新造的龙舟比原先的更豪华。时值农历七月上旬，正是一年中最繁茂的季节，西苑的花开得正妖娆，形成撩人的堆砌效果，但细细看去已没有什么激情可言，只有繁茂的悲凉，因为它们在盛开的时候，也在拼命地凋谢，这是红颜易老、盛极易衰的暗示吗？大运河也失去了往日的万种风情，只是懒懒散散地恍惚着，龙舟的影子倒映在水里，有如孤寂的怪物。从南方吹来的风撕扯着水面，造成破碎而乖张的视觉冲击，很能引起一些放纵无度的联想。风中捎带着花香和蝉鸣，以及烈日下的大地那种倦怠的气息。所有这一切，都弥散着一种宿命般的自恋和天长地久的绝望。别了，洛阳；别了，洛阳宫里那些懂得感情也懂得作秀的宫女们。龙舟启航了，往南去，一路都是逆风，殿脚们的身影更见佝偻了。汴河被蛮横地剖开，那水波也像无法复制的梦魇一般。

从大业十二年八月抵达江都，到第三年三月被杀，在这一年半多一点的时间内，杨广没有离开江都一步。国家的事他已经懒得去管了，除了纵情声色外，他想得最多的就是两件事：一个是死，一个是运河。

关于死，他倒是很豁达的。在江都的宫城里，他曾揽镜自照，自言自语地说："好头颈，谁当斫之。"那种冷静和淡漠，听起来仿佛在说一样与自己不相干的事情。他预先准备了一瓶毒酒，等着到最后的时刻派用场。这些都想通了，也就什么都无所谓了。那么就抓紧时间享乐吧，还有什么可操心的呢？大不了就是一死罢了。现在他觉得连写诗也是一种奢侈，因为一写又要落到那个"愁"字上。愁有什么用？"昔年种柳，依依江南。今看摇落，凄怆江潭。树犹如此，人何以堪。"桓大司马的那种黍离之悲够水平的了，可他最后也免不了一死的。人生自古谁无死，得快活时且快活，管他呢！

但是一想到大运河，感情就比较复杂了。作为平生最得意的一件大事，他当然知道这件事的意义所在，那不是滔滔五千里的长流水，而是流不尽的大米、丝绸、美人和诗歌，是千古流不尽的王朝福泽，它足以让以后的任何一个王朝享用不尽的。一想到这些，他就有一种为人作嫁的嫉妒和不平。他也曾幻想沿着运河，张着锦帆，让龙舟一直驶向天涯。天涯何处？那里大概就是天国吧。也只有他这样的帝王才会有这样的浪漫情怀。现在想起来，为了修这条运河，老百姓是苦了点，也死了不少人。但死几个人有什么大不了的？秦筑城，汉开边，他们的哪一项功业不是用白骨垒成的？五千里长河贯通南北东西，开旷古未有之局面，是耶？非耶？功耶？过耶？后人总要给个说法的。不管怎么说，三七开总是有的吧，当然功劳是大头。生前身后事，千秋万代名，这个三七开就这样一直死死地纠缠着杨广，伴随着他生命的最后岁月。

江都的一年半是漫长而短暂的，这是杨广留给大运河最后的顾盼。杨花落了，李花开了，运河涨水了，带着青草和春泥的气息。这是桃花汛，一听这名字，就该想起那流水落花的春事，很让人伤情。桃花汛一过，梅雨就来了，这是江南最难消磨的季节，红木器物上总浮着一层水气，丝绸失去了飘逸的质感，黏乎乎潮滋滋的，坏心情一样纠缠着你，要多难受有多难受。运河畔的景物却总是可观，烟雨迷蒙中，有莺飞鱼跃；云卷云舒间，看满城飞絮。深巷里传来村姑叫卖杨梅的声音，嫩嫩的很好听。杨梅的光色总是那样生动，有如处女的羞容，不由人不生出怜香惜玉的情愫。就在这嫩嫩的叫卖声中，天气倏然放晴了，暑热铺天盖地而来。夏天是百无聊赖的日子，也是最宜夜生活的，杨广叫宫女们把萤火虫收集起来，在晚上一齐放飞，刹那间无数光点在夜空中舞动，微雪般映亮了宫城内外和运河上空，那种近乎绝望的美就这样恍惚在他的视野里，有如置身于梦境。萤火虫飞远了，四周又沉寂于永恒的黑暗，这黑暗比先前又更浓了几分。不知不觉地，蟋蟀和纺织娘在濡湿的草丛中叫开了,秋风萧瑟,吹落满地的枯枝败叶,一切景况就更加不堪了。然后雪花纷纷扬扬地飘起来,运河上结冰了,艄公用竹篙顶端矛一样的铁尖敲打着冰层,那破碎声一波波传得很远,仿佛打碎了整个世界……

碎了,碎了,一切都碎了,航船在破碎中辟开航道,艰涩地向前驶去……

杨广最后被叛将缢死于温室,时年五十岁。萧皇后令宫人用床板钉了一副棺材收殓了他——幸亏那时再豪华的床榻上用的也是木板,而不是席梦思。

几年后,他被部将葬于江都北郊的雷塘。这位部将很理解他,让他留在了生前魂牵梦萦的江南。关中老家他是不愿去的,秦川自古帝王州,自己这辈子已经被王冠所累,何必再去看人家为了一顶王冠而演戏呢?从气质上讲,杨广更像一个南方人,甚至他的口音中也沾染了吴侬软语的味道。在这里,他不会有异乡之感的。问题是,雷塘离运河太近了,那翠堤烟柳、桨声帆影本来是很有诗意的,但每天看着别人受用自己开凿的运河却又一点不领情,反而口口声声地诅咒他的暴政和荒淫,他能安息吗?"君王忍把平陈业,只博雷塘数亩田。"从长远看人类行为的动机,归根结底总是逐渐显露在他们的后果之中的。杨广的奢侈和妄为是前无古人的,但他的胆略和才情也不应被忽视。同历史上的其他帝王相比,他没有给自己留下一座像样的陵墓,却为我们民族留下了一条受用不尽的运河。没有像样的陵墓固然与他最后的亡国有关,但至少在生前,他对这种事没有多大的兴趣。中国历代的帝王都特别看重自己的后事,几乎从他们登基的那一天起,就开始张罗"千秋山陵",好像稍微耽搁就来不及了,好像自己使出浑身解数才挣来的这份风光就是为了有一块葬身之地。而那些因为帝陵的质量问题丢了乌纱帽以至被砍了脑袋的大臣也不在少数，可见兹事体大。这种人生理上虽然还活着，但在人格精神上已经走进了阴森森的墓穴。很难想象，一个热衷于大兴土木为自己营造陵墓的帝王，他从此还会有多大的作为。在这一点上，杨广体现了他反潮流的勇气，年纪轻轻的就造那劳什子做甚？他看重的是活，怎样活得潇洒，活得快活，活得轰轰烈烈无法无天，咋会无端地往"死"里想呢？他很自信——至少在他执政的前期是这样的。自信不是狂妄无知，虽然他们在浅层次上有着某种相似之处。自信是一种生命力的笑容，它辉映着意志、才略和人格精神的光芒。正因为有了这份自信，他才能在执政的十三年中，干出了那么多——泽被千秋和遗臭万年——的大事情来。

好在二百多年以后，有一个叫皮日休的诗人站在运河边，为杨广说了几句公道话：

尽道隋亡为此河，
至今千里赖通波。
若无水殿龙舟事，
共禹论功不较多。

皮日休写这首《汴河怀古》时，代隋而兴的李唐王朝也已经日薄西山了，前朝散曲又化入了今宵残梦，政治这东西总是过眼烟云，没有什么说头。只有当年杨广主持开凿的大运河仍然丰韵鲜活，成了中华大地上千秋万代的风景。不管以后的帝王们如何改朝换代，也不管各派政治力量如何争锋论战，但无法改换亦无须争论的是，他们的文治武功都离不开大运河的滋润，甚至在他们辩论得口干舌燥时，捧起一杯清茗，那大抵也是——来自大运河的水。

第三章 空间篇

十 与黄河的纠缠

　　这是一片雄性的旷野，而雄性历来总是与苦难纠缠在一起的，苦难激活了生命中最富于抗争活力的原始基因，经过世世代代的沉淀，成为一种地域性格。尚武、好勇、轻死易发、慷慨有壮士之风，是这里的人们最常见的生命表达方式，甚至连这里的土地和牲畜（例如毛驴）也比别的地方具有更强的再生和负重能力。黄河和淮河是这里共同的主宰，它们滋润了它又蹂躏了它，从而最终也塑造了它——这就是黄淮大地。

　　沿着夫差和杨广的运河向北，一路水阔天长，风华旖旎。到了淮安，该扭头向西进入中州大地了，因为汉唐的宫城在洛阳和长安，杨广开挖的汴河也是朝着那个方向去的。历代诗人关于"汴河怀古"的题目做得很多，那是一条寄托着黍离之思和兴亡之慨的感伤之河。而现在这条经由山东北上京师的运河则属于另一个人物。

　　过了淮河，从色调上讲就有点北方的味道了，四处的景物变得单纯起来，村落不像南方那么稠密了，苍茫的天幕下是大片的庄稼地，阡陌是横平竖直的大手笔，显出一种不由分说的霸悍之气。鸡鸣狗吠遥远而朦胧，给四近平添了几分古典的静谧。阳光因风沙而呆滞，枯草下的土层有一种松燥的质感，那是渴望被滋润被撕裂的神情。大运河也变得清瘦了许多，那是因为水流加快的缘故，仿佛运动消耗了多余的脂膏，反显得清癯洒脱，更有活力了。在这块土地上，一切都是富于激情的，连地下的墓窟中也埋着千年不绝的呐喊，不信你去看看徐州狮子山的兵马俑，那是何等气势！像刘邦、项羽、樊哙、周勃之类的男人都是从这里走出去的，他们叱咤风云的气息至今还回荡在这块土地上。但大运河并不是奔他们而去的，历史上有头有脸的人物它见得多了，那些都犯不着去趋附，它没有那么浅薄。它向往的是另一个更伟大的生命——黄河。

哦，久仰了，黄河！

大运河几乎是带着神圣的崇拜走向黄河的。都说黄河之水天上来，那是怎样一种北方大汉式的桀骜不驯呢？如果说钱塘江是一簇朝晖映照下的浪花，长江是一轴气象万千的壮阔画卷，淮河是一首质朴本色的乡土诗，那么黄河就该是一支洋溢着生命质感的船夫号子吧？但崇拜有时是一种很危险的感情，过分的崇拜往往伴随着过分的牺牲。也许大运河那南方淑女式的柔情使它显得过于谦恭；也许黄河从来就是个没有责任感的浪荡子，喜新厌旧是它的天性；也许两个伟大生命的碰撞就像一场战争，遍体鳞伤是最寻常的景观，大运河与黄河的牵手不像与先前几条大河牵手那样一见倾心，相濡以沫，它们之间的纠葛和冲突，几乎贯穿于大运河的全部历史。而其中的几次错位，更是牵动了整个民族的神经，激起了长久的战栗和剧痛。

它们的第一次牵手在洛阳附近的板渚，杨广开凿的通济运河就是从那里起步的。此后的五百多年是它们相安无事的蜜月，这段蜜月哺育了从隋唐到北宋好几代王朝的繁荣，史称中国封建社会的第二个黄金时代。这几代王朝的都城从长安逐渐东移，最后落脚开封，也都是为了迁就运河。中国的大一统和繁荣现在已离不开运河了，就如人们常说的瓜儿离不开藤一样。"幽燕盛用武，供给亦劳哉。吴门转粟帛，泛海陵蓬莱。"杜甫的诗中说的是唐代，当时的漕船从江南启航，沿着大运河可以一直抵达河北，然后再从海路转棹辽东。漕运的通畅还使得运河沿线的城市也一荣俱荣，例如扬州的崛起，就完全受益于运河的惠顾，以至扬州人就轻狂得不知斤两了，自说自话地以天下的老大自居（"一扬二益"嘛），把东西两京也不放在眼里。相比之下，六朝金粉的建康却因无运河之利而一度韶华不再，从一个"市列肆，埒于二京，人杂五方"的大都会沦为润州一县，连一个州的治所也轮不上。对此诗人王勃很发了一番感慨："霸气尽而江山空，皇风清而市朝改。昔时地险，实为建业之雄都；今日太平，即是江宁之小邑。"因为建康是政治军事形态的，而扬州则是经济形态的，在承平年代，经济的法则超越了一切，暴发户的华彩盖过了老贵族日益黯淡的光环，他们喘口气也是硬的。扬州和建康的这种盛衰对比很有意思，而且在以后的历史时代，类似的现象我们还会看到，从中我们总会发现那个如影随形般的第三者。不用说，它就是大运河。

这段五百余年的蜜月像光影一样滑过黄河的生命历程，然后，它选择了背叛。南宋绍熙五年（公元1194年），黄河在阳武决口，它以这种极其粗暴的方式宣告了和大运河的分手。放荡无羁的黄河水一路南下，挤夺了淮河的水道，从云梯关注入黄海。而流离失所的淮河则走投无路，形成了苏北大地上多灾多难的洪泽湖。从这以后，除江南运河外，大运河的主体渐至湮废。宋金分治，山河破碎，大运河也只能像偏安一隅的南宋小朝廷一样，"直把杭州作汴州"了。直到蒙古人的铁骑捣碎了江南的残梦，元世祖忽必烈开凿京杭大运河时，它才得以在徐州附近和黄河重续前缘。虽然经历了离弃的屈辱和痛苦，大运河仍是一如继往的虔诚。它是深明大义的，也是委曲求全的，它知道，黄河是中国北方的主宰，这种主宰不光是指水系和地域而言，也是一种主流文化的象征。没有与黄河的牵手，自己就不可能走进北方的旷野，也不可能真正称为南北大运河。因此，不管对方薄情也罢，暴戾也罢，朝三暮四也罢，或者它们的交汇是苦难的十字架也罢，有如旧式婚姻中的贤妻良母，它总想着用自己的温柔贤淑去感化对方。但黄河已经放荡成性了，它不能忍受相安无事的厮守，那种庸常岁月会憋得它发狂的。这就注定了从他们牵手的那一天起，双方的摩擦就一直没有停止过。在明清两代被列为基本国策之一的"河务"，其实主要就是指大运河与黄河在徐州附进的摩擦；历代的封建帝王忧心忡忡地巡视河工，着眼点也主要是在这一段。在这里，大运河对黄河的迁就几乎到了忍气吞声的程度。起先，从淮阴到徐州这一段，它借助于黄河河道运行，但事实证明，这种过分的亲近并没有好处，纠缠得太紧反容易产生厌倦以至仇恨，有如一个顽劣的孩子喜欢做人来疯一样，黄河的坏脾气越发有恃无恐，让运河苦不堪言。那么，或许双方保持一种适当的距离是必要的吧？于是从明代后期开始，运河又另辟河道，自淮阴向北与黄河并行，到了徐州附近再过河进入山东。但即便如此，双方的摩擦仍旧愈演愈烈，无论是大打出手还是相拥而泣，都意味着黄淮大地上的一幕惨剧。特别是每年的夏秋季节，黄河对运河的侵淫和蹂躏更是肆无忌惮，令京城的衮衮诸公们寝食难安。当然，在他们遥望南方的目光中，对漕运的忧虑远远超过了对黎民苍生的关注。

但大运河那种固执的温柔几乎是不可抵御的，那是一种母亲般的包容之心，而且又是坚韧、沧桑、精于世道的，能沉着地应付随时可能发生的背叛和离弃。在和黄河经过整整六百六十一年的纠缠后，黄河终于屈服了。当然，以它的性格，即便是屈服，也要弄出塌天动地的声响，其表达方式也是极其粗暴的。清咸丰五年（公元1855年），随着它在兰考铜瓦厢的又一次决口，它重又回到了北方的河道，它和大运河的交汇处又移到山东境内的张秋附近。在此后相当长的时间内，它们真正做到了相安无事，因为黄河到了下游，已经疲惫不堪了；而到了清朝末期那个时候，由于漕运的衰落，大运河也失去了原先浩荡的激情。去过张秋的人都知道，那里的黄河和运河平静得近乎忧伤，有一种温情脉脉的无奈。

从淮阴到临清，是大运河整个生命中最艰涩的一段，它那带着南方风情的亮丽青春大都消磨在这段流程中，它的激情也在与黄河的这种婚姻名义下的近身肉搏中被一点一点地撕得粉碎。有道是不到黄河心不死，现在，它终于跨越了黄河，走进了那灰色的缺少层次感的北方大地，也走进了那曾被契丹和鲜卑等少数民族的马蹄践踏得血光迸溅的古战场。但是，它为之付出的代价是不是太昂贵了？

十一　生命的风景——中运河

这里的一切生命其实并不生存在它们原始的土壤上，原始的土壤已被深埋在地层以下。曾流经这里的黄河，带来了上游黄土高坡的黄土，每一次黄河泛滥时，洪水又把黄土涂抹在大平原上。年复一年的涂抹，有如一个粗劣的泥水匠所干的活儿那样，泥灰起层了，蜕皮了，但涂抹仍在没完没了地进行。然后是漫天肆虐的风，把黄土扬弃到大平原更远的角落。因此,这里的土地上积淀着一层厚厚的黄土。人、牲畜、庄稼、红花绿草、飞鸟虫鱼,当然还有大运河,全都生存在这黄土中。这就是黄河故道。它的范围西起兰考,东经徐州以至淮阴一带。黄河搬来了黄土高坡,却无法搬来《信天游》和《兰花花》,生命的根系透过黄土,仍然固执地深扎在祖先的地层上。黄土太厚了,使得它们的生存环境极其艰涩,也使得他们的生命意志在艰涩中磨砺得愈见强悍。他们从来没有匍匐在黄土上,而是永远高昂着阳刚的头颅。

这不甘匍匐的阳刚的头颅,习惯上被人们称为"侉子";"侉子"不光是指山东人,在南方人的眼里,从淮阴向北,无论是自然风貌,生活习俗还是人文气质就开始"侉"起来了。所谓"侉",无非是粗疏剽悍的意思。刘邦项羽都是"侉子",有人说,刘、项开启了中国历史上流氓当政的先河。但流氓也是有档次的,鼠窃狗偷的街头阿混是一种流氓,政坛上翻云覆雨的巨擘铁腕也是流氓。刘、项都是带流氓气质的大英雄,前者有市井无赖气,后者是匪气加霸气,在这方面口碑都不大好。但话又得说回来,中国历史上成大气候的政治家,不带流氓气的,也有,但不多。北方是厚重的北方,北方文化体现的是一种"力",不信你去看看徐州城南的戏马台。"戏马"本身就体现了一种性格取向,村姑戏蝶,恶少戏鹰,家奴戏狗,戏马的当是壮士。马是追风踏月的乌骓马;戏马者,霸王项羽也。"项王熊豹姿,气欲吞天下。大呼渡河来,山岳如崩瓦。"那是怎样一种拔山掣日般的伟力!叱咤风云的项羽是如此,小民百姓们也同样有着他们的英雄梦,那是在庸常岁月中所表现的犷直好勇,尚侠仗义。不管对方是什么人,只要话不投机,抡起老拳就开打,没有什么废话说的。"路见不平一声吼,该出手时就出手。"痛快得很。这样的性格我们在《水浒》中见得多了。其实梁山泊离这里并不很远,从徐州向北,运河上的大码头首数济宁;过了济宁,就是梁山泊了。如今,那"聚义厅"、"忠义堂"、"黑风口"、"断金亭"之类的遗迹还在,只是其中的真伪就难说了。老实说,我一般不大相信遗迹,所谓遗迹,更多是传说的产物。传说的过程就是附丽的过程,众口铄金,人云亦云,说的人多了,也就成了遗迹。但我还是喜欢游览遗迹,不是为了凭吊什么,而是那中间积淀的沧桑意味和生命精神可以让你得到某种升华,至少也可以让你的想象力伸展到不曾生活过的以往岁月。如果说南方的遗迹多才子佳人的书卷脂粉气,那么北方的遗迹则更多地抖擞着壮士好汉们的凛凛雄风,这些都是后人附丽的结果。如今,梁山好汉们啸聚的八百里水泊已成了阡陌连绵的旷野,大运河从这旷野中流过,也播扬着旷野上雄性的传奇。

"牧童拾得旧刀枪"的古战场,楚霸王项羽的戏马台,汉高祖刘邦的歌风台,渐渐在大运河的视线里淡下去了。河堤上的白杨树多起来,成为运河两岸的主体色调。那同样是一种有着北方大汉式的挺拔剽悍的植物,特别是它的叶片,有一种很华丽的光色。当然,在一年四季中,那光色是不同的,那是它们流露感情的重要方式。我们与其说季节创造了植物的神态,还不如说植物流露的感情创造了季节。例如在春天,树芽顶开树皮的声音是一种抑制不住的喜悦,有如云雀从麦田或乡村的屋顶上起飞,扑向高远的蓝天;夏天是激情的季节,风、雨和阳光是激情的仪仗,白杨高大的树冠波涛一般动荡不已,尽情享受着生命自由舒展的快乐;一到秋天,它们当然也有萧瑟的伤感,但即便是抖落身上的枯枝残叶,它们也是飒然爽利的,仿佛征战归来的壮士,抖一抖身姿卸下沾满征尘的衣甲,不失伟丈夫的豪迈气慨;冬天是威严的雕塑,白杨那银灰色的树干和队列式的姿态是这威严最好的写照。而在地表以下,它们的根系则在向着更大的广度和深度伸展,它们不光在等待春天,也在悄悄地孕育春天。除去白杨树而外,河岸上的灌木丛和杂草则要显得更敏感也更脆弱，有时候，它们身上缀满了野花，阳光激发了它们的诗意，使它们充满了烂漫铺展的欲望。但在更多的时候，它们则充满了忧郁，像秋风在农夫的衣衫上留下的皱褶一般。河水侵蚀着它们的根系，露出崭新的泥土和石头。偶尔有崩塌的土块或石头落在水里，激起不大的涟漪，那是一种委婉的抗议，却又不伤情面，因为它们从根本上说是相依为命的关系。大运河顾盼一笑，然后扭头仰视白杨树梢上的天空。天空像一块洗旧了的布幔，阳光是一双布满皱纹的手，它的温柔来自北方那宽厚的母性，而那大度的灰褐色，就是北方的肤色。

现在你可以见识一下北方的河滩了，为什么不称河流而称河滩呢？那是因为河的主体是"滩"而不是"流"。北方的河，阔大的是河床，萧索的也是河床，你几乎须得极目一望才能抵达对岸。这样宽阔的河床原本就是有水则"流"无水则"滩"的意思，是为大汛期间行洪作准备的。洪水只是偶尔才会光顾一下，因此，在大多数时间里，它总是以滩的形态呈现的。河滩中间有一脉水流，那是真正的河，是河中之河。滩上布满了碎石，长着稀稀落落的小草，村民们早上把羊拴在那里，傍晚再来牵回去，在他的身后，那浅草被啃出了一个相当规整的圆。而在稍高一点的滩地上，农民已经种上了庄稼，那都是些生长期不长，当然收获也不丰厚的作物，例如荞麦，或者是不需要下多少工夫去调理的豆类和红薯，明摆着是聊胜于无，随时准备交付给洪水的意思。长桥架在无水的河滩上，显得空空荡荡的有几分滑稽。一个穿月白土布衫的女人在高处的滩地上浇红薯，红薯秧刚刚成活，正是最娇贵的时候。女人一瓢一瓢地从木桶里舀出水来，用心细细地点在每棵红薯的根部，那动作中带着几分虔诚，也带着几分卑谦。桶里的水不多了，她就把桶倾过来，把水倒在瓢里，却舍不得直接泼在红薯上，似乎那样会有失公平。然后，她提着水桶，穿过那些弯弯曲曲的小路和布满碎石浅草的牧羊滩，到河边去取水。河道被滩地挤压得越来越窄了,水底的藻类和石头上的青苔历历在目。提着水往滩上去时,女人的身体因用力而侧过去、侧过去,火辣辣的日头下,那羸弱的身影在一点一点地向前蠕动。水桶是提把很高,腰身带着鼓形,放在新娘嫁妆中的那种,当地人不叫桶,叫梁子,只是眼下已和它的主人一样,没有任何光泽了。从河边到滩上,这一段路她要歇上好几次。在撩起衣襟擦汗时,她会愣愣地看着远方的什么地方,大概正在想:今年又该求雨了吧,这次会轮到谁家的娃儿去请龙王呢?

是啊,该求龙王了。在这一点上,一个卑微的村妇和知府县令们的思路是相通的。而那些从来不屑于向别人屈膝弯腰的北方汉子们,到时候都得齐刷刷地跪在那两条从野外请回来的蛇虫面前,用额头在大地上磕得山响。在严酷的自然力面前,他们别无选择。

求雨啰——

一大早,四乡八村献祭的乌猪白羊就摆上了祭台,香烛插得篱笆一般稠密。乡民们粗糙的脸上带着愁苦,也带着期盼,那是一种和干旱的土地同病相怜的气色。求雨是一方大事,连知府县令那样的有头有脸的大人物也来了。天公作难,这些官老爷们也只得轻装简从,比往日少了几分排场和骄矜之气。戏台早在几天前就搭好了,生旦净末正准备粉墨登场,大家都眼巴巴地等着那一对童男童女的归来。

此刻,那一对扎着羊角辫、穿着红肚兜的童男童女正在向旷野走去。他们都是七八岁的孩子,七八岁的童心会觉得这一切很有意思,甚至希望每天都有这样新鲜有趣的事。但他们又是懂事的,太阳像火盆一样烘烤着大地,大片的庄稼枯死了,热风吹过去,一片哭泣似的低语。土地上到处是横七竖八的裂痕,有如垂死的老人张着大口。这些日子里,他们已听惯了长辈的叹息,那是一种有着极大感染力的成年人的叹息,它不光黯淡了每个农家的庭院,也黯淡了他们稚嫩的童心,使他们过早地懂得了忧患。他们知道自己肩上的责任,这责任冲淡了事情本身的滑稽意味。为了土地,为了庄稼,也为了长辈们那忧伤的叹息,他们向旷野走去,把一路上遇到的第一条蛇奉为龙王,又把遇到的第一只蚂蚱奉为龙王的大将军,将它们恭恭敬敬地请回来,让四面八方的乡民们对着它们烧香上供,磕头膜拜。就连知府县令也得夹在人群中,跪在灼热的土地上,向龙王和他的大将军行礼如仪。然后,知府大人手持戏单,跪在龙王面前,慢悠悠地念那一出出戏的名目,只要那蛇的头稍微动一下,大家就认定龙王要听这出戏,于是便紧锣密鼓地开场。戏唱得很热闹,可这样的热闹恰恰是人们最不愿经历的,就像再热闹的丧仪,也只能唤起灵魂的哭泣一样。如果可以选择,他们宁愿一辈子不看戏,而只要有水。

这样的求雨仪式几乎和这里的土地一样古老。而在久雨成灾时,人们求晴的场面也和这差不多,所不同的只是,他们不是跪在灼热的地面上,而是跪在污浊的泥水里。一茬又一茬的童男童女变成了壮汉健妇,又变成了老翁老妪。他们年复一年地跪倒在这块土地上,眼巴巴地望着自己的后辈走向旷野,去寻找龙王和大将军。他们的叹息也和祖祖辈辈一样,充满了极具感染力的忧伤。

水、水、水啊!

在风调雨顺的年头,这里土地中繁衍生命的雌性因子也相当活跃,半高秆的棉花、狗尾(谷子)、芝麻、豆类;爬藤类的红薯和花生,都在这里找到了适合于自己生长的土壤。农民在世世代代的耕作中早就掌握了它们的习性,例如哪些作物须得轮作,哪些可以间作,哪些则越是重田越好。在这中间,高粱和玉米这样的高秆作物理所当然地充当了主角。它们都是旱地作物中的伟丈夫,高傲、挺拔、英气逼人。它们那大刀一样的叶片顾盼生风,似乎从来没有忧郁的时候。若仔细看去,那上面的叶脉经络就如同大地上的江河一般,自成一套生命的灌溉体系。再看看它们那如爪如须的根,紧紧地攥着泥土,几乎就是一尊力量的造型。特别是在成大片地种植时,风过处浩浩荡荡,极富于气势。这就是北方的青纱帐。古往今来,这神秘的所在从来就是产生传奇的温床。"山东的响马东北的贼,河南专出溜光锤。"有多少山东响马最初是从青纱帐里走出去的呢?恐怕不会少。当然,在更多的时候,这里通常是乡村男女们偷情寻欢的绝好去处,就像电影《红高粱》中所展示的那样,那种张扬着生命光色的野性的艳情,在红高粱澎湃如潮的背景下被演绎得轰轰烈烈。我无法想象,如果失去了这一背景和标题性象征,那种抗战加爱情的故事还有多大意思。成熟的高粱有一种喧哗欲和燃烧感,它具有的煽情效应最能让人心旌摇荡的,即使是收割,也倒得很齐整,根是根,梢是梢,在旷野上坦陈一片壮烈。等到几个好日头晒过之后,刚收割时那种苦涩微甜的气息越来越淡了,这时候,运秸秆的小驴车就来了。

在北方的收获季节,你常常会看到一大垛秸秆在村路上缓缓移动,那上面躺着个赶车的汉子,信腔野调地哼着梆子戏,很投入也很自足。拉车的毛驴就隐身在草垛里,那么不起眼的身躯,真令人难以置信它竟有那么大的能量。秋阳懒懒地照着,四处弥漫着一股亲切的让人心头隐隐灼热的气氛:这一幕乡村小景几乎集中了北方大平原上最富于典型意义的因素:温驯而负重的毛驴,火辣辣的梆子戏,垛成小山一样的庄稼秸秆,当然还有驴车驶过的那布满了巴根草和驴粪蛋的大道。历史上的好多哲人都从这大道上走过,包括墨子和孔子(他们的老家都离这里不远)。但当时他们坐的是牛车,鲁迅因此断定年迈的孔老夫子坐在牛车上颠颠簸簸,肯定有胃病。驴车取代牛车是一种进步,它体现了一种以最小的付出实现最大效益的思想。毛驴实在是很可爱的，它的任劳任怨是北方的自然环境造就的。《全唐诗话》中说："诗思在灞桥风雪中驴子上。"那是有闲者的奢侈。北方的农民养驴子，当然不是为了骑着去寻觅诗意。八仙中的张果老喜欢倒骑毛驴。为什么要倒骑呢？因为毛驴性情温驯，走而不颠。要不，你让他倒骑马试试看。我不知道人们为什么叫它毛驴，想来想去，这"毛"大概是"小"的意思（就像人们管小孩叫毛孩子一样），是指驴子的体格，但人们有时还要在前面再加上一个"小"，谓之"小毛驴"。小毛驴的忍辱负重几乎是无可替代的，虽然牛也具有这种品格，但牛的食量太大，小户人家养不起，也用不着。小户人家养头毛驴足矣。有了它，耕田耘地，运柴运粪，以至走街串村全有了。而且它又是带有风情意义的，"细雨骑驴入剑门"，骑驴的是才华横溢的大诗人，那是他怀才不遇中的浪漫消受。刘备三顾茅庐时，碰上诸葛亮的岳父，口中念着梁父吟的诗："骑驴过小桥，独叹梅花瘦。"骑驴的是乡村中有点知识的老者。小户人家呢？新媳妇回娘家，挽一只花布包袱，花枝招展地坐在驴背上，田螺髻梳得油光水滑的，绾着宽边的衣袖下露出锃亮的银镯子，千层底的绣花鞋在驴腹的一侧并拢得很得体，自是北方农村中一道亮丽的风景。

驴子的后代当然还是驴子，但也不全是，例如它和马野合，生出来的后代叫骡子。骡子的体格比它那僭越种族偷情的父母都要雄壮，那实在算得上是凛凛一躯，器宇不凡，连脚步声也是地动山响，底气很足的。块头大，力气也大，一头骡子通常能顶两头黄牛使。而且它又耐得粗料，耐得劳累，抗病力及适应性强，寿命亦长于驴和马。这些都得之于杂交优势。骡子又分驴骡和马骡，分类是以母系为根据的，前者为母驴与公马交配所生，体形略小；后者为母马与公驴所生，体形较驴骡大。可见在繁殖后代时，母系基因更具有决定意义。遗憾的只是，这么优秀的骡子一般却不能生殖后代，即使成功了，原先的优势也丧失殆尽。这是生命繁衍史上一种很有意思的现象，某些特别优秀的生命个体，其后代往往并不见佳。例如那些叱咤风云的伟人，好多人的后代都平庸得很。就像天才不能世袭一样，伟人也是不能世袭的。对于这种现象，我老家的乡民们有一句说法，叫"都被他一个人凶去了"。这里的"凶"是个褒义词，有胆识过人甚至雄才大略的意思。这实在是一个值得遗传学家或者还有社会学家们研究的问题。

在北方天空那辽阔的苍穹下，驴车缓慢、从容、习以为常地走着，它有时和大运河并驾齐驱，有时逆向而行。在它的前头，是大运河永不疲倦的浪花。

十二　两位老人的目光

大运河流到济宁，行程正好过半。现在，它要稍稍休整一下了。这休整是瞻前顾后的意思，也是养精蓄锐的意思。再往北，就进入鲁中丘陵地区的南旺水脊了。南旺是大运河全程中海拔最高的地段，说是最高，其实也高不到哪儿去，顶多不过四五十米，但对于一条河来说，要逾越这样的高度却是相当艰难的。从济宁到南旺，河道一步步往高处去，每升高一步，都几乎是背负着整个齐鲁大地一般沉重；从南旺到临清，河道又顺势下行，仿佛脱缰的奔马，一发而不可收。这就是南旺水脊。元代采用"闸化运道"的方法控制水位，从济宁到临清一百多公里的航道上，竟设闸三十余处，背负青天朝下看，那一道道闸坝就好像琴弦上布局和谐的品位一般精确有效。三十多道品位共同创造了运河的音色——那种张弛得很有韵律的激情和不尚浮华的叙事风格。琴弦的鸣奏声中,大运河翻过南旺水脊,进入了另一条大河的领地——海河流域。面对着这张以昊天广地为琴台的大制作,我们不由得会发出这样的感叹:人类的智慧虽不能违悖规律,但确是可以化僵死为神奇的。

有两位老人的目光在济宁附近注视着大运河,他们都曾深刻地影响过大运河的生命。当然,那是两种不同的目光,一种有如天上的太阳和月亮,无所不在却又无可抓挠,你只能感受它却不能占有它,因为它是氤氲在古老大地上的精神之光;一种却是实实在在的智慧的赠与,也是温情脉脉的关顾,它是举目可见伸手可及的,犹如祖父在村头的老树下目送你远行,破旧的衣衫扑满了秋风。从济宁向东不远,就是孔子的家乡曲阜。要认识中国的封建社会,看看孔府也就差不多了,它的价值不在于建筑本身的艺术风范,而在于它那超稳定状态的内在结构,所谓权力和地位就体现在那一木一石的布局之中。在那里,每一道门基的形制和门环上的饰纹都很有讲究,甚至连文字也有别出心裁的写法,例如孔府正门的那副对联中,"安富尊荣"的"富"字上面就少了一点,那叫"富贵无顶"。确实,一个家族能保持差不多二千年的安富尊荣,这不光在中国,恐怕在世界上也是绝无仅有的。孔子的学说,说到底是维护既得利益的学说,因此也是"稳定压倒一切"的学说——至少在历代统治者那里是被这样诠释的。他主张一切都要缘理而行、循序渐进。因此,他注视大运河的目光也很符合他的标准神态——"威而不猛,恭而安",是那种看似无可无不可,其实城府很深的样子。大运河就在这目光中流过,它知道自己不管流得多远,都不可能流出圣人的目光。我是谁?我从哪里来?我往哪里去?大运河生命中这些带有终极性的问题,都与中国的稳定和统一维系在一起,它是为王前驱的角色,也是荣辱与共的宿命。圣人一般是不大多讲话的,但只有这一句也就够了:"逝者如斯夫，不舍昼夜。"平白得不能再平白的话，却说尽了天地人寰最本质的道理，可见平白的深刻才是最大的深刻，这是圣人对大运河的勉励吗？那么就"不舍昼夜"地向前赶路吧，且抛却一路上的浮躁和幽怨，大运河谦恭如仪地从圣人的目光下流过，仿佛接受洗礼一般。

另一位老人的名气就没有这么大了，但他对大运河的影响也许更直接。可以这样说，没有他，大运河就不会是现在这般格局。正是他七百年前一次智慧的闪光，在大地上定格为鬼斧神工的南旺分水工程，大运河才跨越鲁中丘陵，进入了燕赵大地。即使在现在看来，这位汶上老农的构思也仍然称得上是石破天惊的大手笔。名曰分水工程，水从何来？当年的工部尚书宋礼和济宁同知潘叔正为此差点丢了脑袋，因为河已开成，如果找不到水源，皇上定然要雷霆震怒的。宋礼布衣微服，夜访白英于彩山之阳。这一访不仅保住了两颗品级不低的脑袋，更重要的是给古老的运河注入了新的活力。不用说，这活力来自于水。水是汶河之水，将汶河拦腰切断，在南旺注入运河。这就是说，本来东流入海的汶水，现在也成了大运河生命的一部分。又在汶运交汇的丁字口建分水石，靠石破的偏差度调控水量，以三分向南达于淮泗，七分向北达于漳卫。1958年，毛泽东巡视山东，在与山东省负责人的谈话中曾提及这项工程。他当然是信手拈来随便说说的：

汶河分流南北，北会黄河，南入江苏，七分朝天子，三分下江南。

好一个"七分朝天子，三分下江南"，完全是帝王口气。毛讲历史总是这样妙趣横生，没有一点附庸或卖弄的味道，他是把中国历史读得烂熟，也是真正读懂读通了的。

南旺小镇上的分水龙王庙现在已经圮毁得不成样子了。尽管分水工程是白英老人天才的创造，但人们还是习惯于把功劳记在龙王的头上，在这里建龙王庙以承香火。有资格在这里承受香火的有：龙王、禹王、关公、观音、蚂蚱（龙王的大将军）、工部尚书宋礼和辅佐他治河的济宁同知潘叔正。在后面的配殿内，也有白英老人一尊小小的塑像。反正千只馒头一锅汤，杨柳水大家洒洒，沾得上边的都请进来。在这些塑像中，除去神仙皇帝，就是当官的，只有白英一个人是布衣之士，但后人总算没有忘记他，这也就不错了。

  一个中国水利史上杰出的天才，最后被请进了神殿。其实他并不需要香火，因为常年的香火会把他熏得面目全非。而且，香火和膜拜又往往是和灾难联系在一起的，至少是和人们对灾难的恐惧联系在一起的——愚昧产生崇拜，恐惧也会产生崇拜。作为一个从乡野间走出来的智者，他更愿意和人民讨论治河中的一些问题；或者布衣麻鞋，风餐露宿地把足迹撒遍荒原和草泽，在大地上收获田园诗一般的创造灵感。现在，让他在这里站班陪侍，为神仙皇帝们充当配角，实在是太难为他了。好在这里离运河不远，运河的呼吸是那样令人神往，流水的鸣奏也永远都是动听的。老人的目光透过缭绕的烟雾和檐角上的风铎，注视着运河上的风景。分水石激起的涛声如雷鸣狮吼，那是一个强健的生命不堪重负的呼喊。船工号子响起来了，缓慢、单调而沉重。白色的帆篷鼓得满满的，如同男性青春的胸脯。船队过了水脊，驶向下一道闸坝，高高的桅杆在阳光下化作一道优美的弧线。他知道，在船队的前方，等着他们的是上好烧酒、女人和繁华的市镇。

  如果老人把目光从运河上稍稍移开，他还会看到，在作为背景的那松青色的土丘之间，是大片的棉田，几个穿花布衫的农妇掩映其间，她们侍弄棉花的神态和动作体现了一种东方式的细致。那是比其他作物都更难侍弄的娇客，从初夏到深秋，她们几乎一直陪侍在棉田里，从播种、移植、褥草、松土,到施肥、灌溉、整枝、捉虫,那娇客的每一寸茎秆、每一张叶片都不知要被抚摸多少遍,其中的种种温柔和期待,是完全可以用"哺育"这个词来形容的。最后是在明净的秋阳下拾花、分拣,一大包一大包地送到附近市镇的收花站去。她们当然还要留下一点,上了点年纪的女人总舍不得丢下那祖传的纺车和织机,她们固执地认为自己织的土布更厚实耐穿,特别是用于做被里和衬衣时,有一种无可比拟的亲和感。收花是考验耐心和意志的等待,买主趾高气扬地在大厅里踱来踱去,鹰一样的目光中充满了挑剔。一边用铁钎子在棉包上到处乱扎,然后根据铁钎勾出来的纤维的成色,吆喝着论价。据说有一个农妇为了增加分量,竟把自己六岁的儿子藏在棉包里,想等过了秤再偷偷放出来。于是悲剧发生了,买主的铁钎子扎进棉包,勾出来的纤维却红得怕人,那上面蘸着一个六岁男孩生命的血浆——铁钎子正好扎在孩子稚嫩的胸脯上。这样的传说到处都有,但一般不是真的。传说的起因大抵由于常常有人在棉花里夹带砖头之类的杂物。目送着棉花进了收购站的库房,女人的眼神中有一种淡淡的惆怅。男人则把卖棉花的钱摊在宽大的手掌里,叮叮当当地数来数去,他知道,其中的大部分马上就要落入债主手中,余下的也不会在口袋里捂上多长时间。但即便如此,也还是比种粮食合算一些。在这块古老的土地上,商品意识的觉醒是从大面积的棉花种植开始的,它扩大了农民的眼界和生存空间。而那一大包一大包的棉花几天后就将被船队运走,送进运河沿线更大的市镇——例如济宁和聊城——的工场和作坊。乡村里延续了千百年的土制织机正在悄悄地消失,让农妇们感到既轻松又失落。而这一切都是大运河带来的。

　　注视大运河的不仅有两位老人那穿越时间隧道的目光,还有沿线大大小小的口、闸、店、铺,这些都是地名,犹如常青藤上麇生的葫芦一般，在运河沿线一溜排开。这中间，最早出现的当是"口"和"闸"，它们原先都是运河上的工程设施。在南旺附近，民间有所谓"一溜十八口"的说法。有了这些设施，昔日荒芜的土地上才有了人迹和炊烟。人类的文明史首先是一部追逐江河的迁徙流动史，考证这一带运河沿线诸姓的家谱，发现其中的大部分都是元末明初的山西移民，暴政的皮鞭和生存的渴望把他们从故乡的大槐树下驱赶到这块土地上，生命的色彩沿着运河两岸浸润开来。这时候，店铺也随之出现了。"铺"本是最早出现在运河岸边的修造作坊，而且是以修船和造船为主要营生的。随着运河航运和经济的发展，以"铺"为中心的其他产业亦应运而生。南来北往的漕船、兵船、官船、商船，呼唤着服务业的繁荣；从达官贵人到贩夫走卒，都需要一个休憩和释放生命热情的空间，即便是在旅途中，吃、住、玩、乐也是不可或缺的，"店"的兴起便是再自然不过的了。人气带来了商机，大批的外籍商人蜂拥而至，如山西商人即遍布汶上济宁等地，而济宁著名的"玉堂酱园"即苏州人戴玉堂所创办。我们可以想象，当初那位苏州人是如何怀揣着他的发财梦一路北上的。古运河上的舟船络绎如流，在投资者眼里，那都是流不尽的财源和商机。从江南到淮北，扬州过去了，淮安过去了，徐州过去了，都是很不错的市面，但航船仍然固执地向北方驶去。终于，他到了济宁。航船靠岸了，船缆在岸边的石缆柱上挽了个活络的梅花结。他提着长衫的下摆走上河埠头的石阶，以南方人特有的精明打量着这座运河中段的水陆码头，甜糯的吴侬软语撒遍了石板街旁的店铺馆栈。苏州人的心热了，一种跃跃欲试的冲动溢满胸际。于是，在其后的某一个黄道吉日，"玉堂酱园"的填绿招牌挂上了沿河小街一家店铺的门楣，这一挂就是好几个世纪……

我不知道"玉堂酱园"落户济宁具体是在什么年代，但可以肯定的是，当时的济宁，在投资者眼中是相当有吸引力的。关于这座运河重镇历史上曾有过的繁荣，我们不妨听一段有趣的小故事。

这段记载在《济宁直隶州志》中的小故事，讲述了一个老先生在济宁选择居住地的过程，一波三折的情节中带着几分黑色幽默，很有意思。

旭窗陈先生，祖南阳人，与高姓祖同来卜居。

这是一个引子。接下去作者采用了类似于现代的影视手法，镜头随着陈老先生择居的目光依次摇过去，济宁的社会风貌和市井人情亦展现无遗：

至济州关南侧，百物聚处，客商往来，南北通衢，不分昼夜。高氏祖遂居之。先生之祖曰：此地可致富，非吾志也。

城外没有合适的居住地，那么就进城吧。再看：

观东南隅，多有子弟效梨园者，曰：后日子孙必有度曲忘学者，去之。观西南隅，多有子弟聚赌博者，曰：后日子孙必有博簺废学者，又去之。观东北隅，多有子弟乐酣饮者，曰：后日子孙必有沉湎荒学者，又去之。至西北隅，见其地人罕，曰：此可以居矣，遂卜居焉。

这位陈老先生真是个迂腐得可以的老夫子，他念念不忘的是子孙的学业和功名，跑遍了当时的济宁城关和城内四隅，却处处都是工商业者的花花世界，以他那满脑子的封建信条，自然会感到无地容身的，因此"去之"者再三。最后只得在西北隅一个所谓"其地人罕"的地方定居下来。

究竟是什么迫使陈老先生退避三舍呢？从表面上看，似乎是工商业者制造出来的城市世界的繁嚣，但归根结底，老先生其实是在一步一步地躲避大运河。翻开济宁市的地图，大运河流经城关南侧，然后穿城而过。陈老先生不屑于居住的几个地方，都属于运河经济带的范畴。只有西北隅，离运河较远，居者多为地主、士绅和文人。不难看出，这些被陈老先生引为同道的，恰恰都是寄生于传统经济形态的"最后的贵族"。大运河曾给他们带来了梦幻般的诗意，夕阳下的帆影和月色下的桨声是不着铅华的流丽，那种中世纪的恬静和安谧产生了东方式的休闲趣味和优美的田园诗。但与此同时，大运河的通达也带来了沿线城市的繁华，新兴的商品经济正在封建的母体内潜滋暗长，这些自然是让陈旭窗那样的遗老们无地自容且深恶痛绝的。因此，我们有理由推断，居住在济宁城西北角那一群"最后的贵族"中，肯定有不少人也曾经历过一步一步地躲避大运河的迁居过程。

这是清代乾隆年间的济宁，那时候，大运河正值容光亮丽的风韵年华。

十三 东昌

大运河在理智的平静中完成了与黄河的交汇。从淮阴到张秋，千里风尘，数代沧桑，它们曾在一个阔大的时空背景下互相纠缠，其中的种种恩怨情仇曾化作滚滚浊流漫遍黄淮大地。它们的纠缠是堂堂正正地写在旗帜上的，每一次冲突和离异都有一种开天辟地、重整河山的气魄,连哀怨和仇恨也毫不矫揉造作,要哭便哭,要闹便闹,一招一式都是真性情。在这种生死以之的纠缠中,它们走过冲动的青春和多灾多难的中年。现在,它们不再有那么多浩荡的激情了,这不光是由于衰老,也不是所谓相逢一笑泯恩仇,而是更多地懂得了责任。是的,它们吵闹过,争斗过,甚至互相撕扯得遍体鳞伤,但在更多的时候,它们也曾相濡以沫地厮守过。从根本上说,它们的冲突只是双方的性格使然,其实它们都并不讨厌对方,或者说都把对方当作一个等量级的对手来欣赏。这样,经过反复的痛定思痛之后,它们终于走向了大度和宽容,过往的恩恩怨怨也不去过多计较了。到了张秋,黄河不再是李太白气冲斗牛的诗篇,大运河也不再是易安居士哀哀怨怨的词章,它们都变得平和从容了,甚至变得委婉娇媚了,有如温庭筠的一阕《更漏子》或《菩萨蛮》。它们交汇了,交汇在北方清朗的晴空下,没有喧天激浪和忘乎所以的拥抱,也没有黯然神伤或剪不断理还乱的愁绪。总之是一种很理智的平静。它们默默地对视着,轻轻地拉一拉手,互道珍重,然后又分道扬镳。当然,在它们各奔前程时,免不了还要频频回首的,因为,此一去,它们便不再有牵手的机会了。

　　过了黄河,就标志着进入了更遥远的北方。仍然有大片的棉花地,但大路上的驴车正在被大青骡子和架子车所取代。北方苍茫辽阔,在整个漫长的夏季,旷野是坦荡无垠的绿色;而一旦进入秋后,便只有满眼铅灰色的厚重与浑朴。村庄与村庄之间的距离拉得很远,所谓鸡犬之声相闻一般是很难做到的。人们需要运载量更大的工具,骡子的耐力和爆发力正好适应了这种要求。而且它又是虚荣心很强的家伙,这与它在性生活方面的低能恰恰形成反差。它总爱追逐前方航船的帆影,是不用扬鞭自奋蹄的那种兴致,似乎那帆影挑逗了它的竞争欲望。待到超过去了,便骄傲地打一个响鼻,再追逐更前面的。在骡子趾高气扬的脚步声中，航船却放慢了速度，帆篷像大鸟一般落下来——要过闸了。光是从南旺到临清，这样的闸坝就有十七座。

其实不是航船，而是大运河最先感到了闸坝的临近。原先那种叙事风格的节奏被破坏了，有两种感觉——郁结感和空洞感——轮番折腾着它，就像一支中规中矩齐步走的队伍，在一连串神经质的口令下忽而一路狂奔，忽而立定稍息。四处笼罩着一股惴惴不安的气氛，这不安中又带着某种兴奋，某种期盼的成分。航船在慢节奏中亦步亦趋，鱼贯而行，那蹑手蹑脚的步态中也是交织着不安、兴奋和期盼的。这时候，前方开始传来嘈杂的喧闹声，其中还夹杂着粗暴的呵斥。随着第一道闸门在绞关的牵引下轰隆隆地升起来，水闸那巨大的阴影逼近了。水闸不光是水和闸门的互相制约与冲撞，还有权力意志的较量。为了防止大船搁浅堵塞运道，按规定只准一百五十料的船只通过。但规则从来就不是放之四海而皆准的，它说到底是一种制定者本身并不执行、却要强制别人执行的东西。权贵大贾们总是有恃无恐，五百料以上的大船照样横冲直闯。守闸官员们无奈权贵何，只会利用手中掌握的开启闸门的权力，向中小散户们发威刁难，索要钱物。大运河对这些已经见怪不怪了，在北上的一路上，权力话语的噪音几乎随处可闻。它现在只有一种挣脱束缚的欲望。束缚它的是闸槽两端的闸门。首先是下游的闸门缓缓地落下了，切断了河水的去路，闸槽内的水位开始上溢，不知不觉中就漫过了石驳墙上深色的水迹。但情绪却是欢欣鼓舞的，有点嬉戏打闹作人来疯的意思，也是随大流地跟着赶热闹的意思。航船挤挤轧轧，争先恐后地驶入闸槽。它们从来没有这样互相接近过，也从来没有这样互相亲热互相嫉妒甚至互相仇恨过。他们能清晰地看到对面船上的一切细节：船舱里品茶的官吏和文士们脸上那悠然自得的神情，船娘用肩头抵着竹篙用力时，那布袋一样下垂的乳房，以及船舷上某个地方修补过的痕迹，或者舵柄的木质和年轮。待到闸槽内填满了航船，上游的闸门又落下来。与此同时，前方的闸门开始启动，闸夫们大汗淋漓地推动绞关，绞关上的粗麻绳拽动了闸板，发出沉重的呻吟。流水挤压着闸板，大大增加了它上升的摩擦力，又迫不及待地从它启开的缝隙中仓皇逃逸，在另一边翻起欢呼的水花。闸夫们操纵绞关的动作越来越快了，在船上的人看来，他们那披着阳光或星斗的身影有如天神一般，他们是水的主宰，也是运河和航船的主宰。这其实是一种肤浅的误解，在这里，一方面是不甘于被驯服的水，一方面是人的意志和智慧，人和自然在这里兜着圈子彼此较劲，谁也不能完全征服谁。也正是由于这样，它们才有了服从于某种游戏规则的合作，只不过这种合作是在互相抗拒的名义下进行的。这有点像暗地里互相倾慕的少男少女，所表现出来的往往是无休止的攻击和抬杠，他们都乐此不疲地用这种方式显示自己的存在，并从中得到乐趣。终于，闸板离开了水面，河水大呼隆地浩荡下行，在被束缚了一段时间后，它们终于又自由了。船工们的脸上开始舒展起来，他们潇洒地站在船头，操着竹篙左指右点的，很有点曹孟德横槊赋诗的气概。船舱中的官吏或文士们仍在从容地品茶，他们或许在心里计算着：过了这道闸，下一个码头该是东昌了吧。

　　东昌是聊城在元明清几代的旧称，这几代王朝的都城都在北京，以南北大运河为经济命脉。东昌正当"运河之咽喉，大都之肘腋"，位置得天独厚。但一个地方的位置太优越，有时也不是什么好事。在相当长的历史时期内，战争一直是这里最重要的主题。元朝末年，明大将军常遇春北伐，在东昌附近与元军激战，入城后，见各家门前都悬有一块"欢迎明军"的木牌。再看看，背面则写着"欢迎元军"，这种脚踩两条船的做法令常遇春大怒，一道屠城令，使得偌大的东昌府几无人烟。明初，燕王朱棣与他的侄儿争夺皇位，从北平南下"靖难"，与建文帝的守军大战于东昌，朱棣最宠爱的大将张玉战死，这是"靖难"之役中最为惨烈的一仗，朱棣只得绕过东昌而驱师徐州。每一次的改朝换代，东昌都要在血泊中浸泡一次，不因为别的，就因为这里是通达南北的运河码头。但一俟干戈止息，大运河又以它那繁育力极强的雌性因子，很快在这块土地上催生出蓬蓬勃勃的生命。"上有天堂、下有苏杭，过了济宁、便是东昌。"大致到了明代的洪宣年间，东昌已跻身于运河沿线的九大商埠之列。从当地出土的墓志碑文中的记载来看，族谱追溯到明洪武以前的极少，大都是洪武以后从山西洪洞一带迁徙过来的，"洪洞县里无好人。"他们或是穷汉，或是罪囚，或是怀揣着发财梦的商贾，那傍河而立的"山陕会馆"最初的奠基者，大抵就是这些人。

在东昌的八大会馆中，以"山陕会馆"规模最为宏大，我们不妨走进去看看。

会馆本来是外籍商人以地域为纽带的同乡会，有点类似于现在的企业家联谊会或俱乐部。山陕会馆自然就是山陕商人的联谊会或俱乐部了。为了体现这一主题，连会馆所用的木料也是从陕西终南山运来的，而营建会馆的木匠则来自山西汾阳府。当然，祭祀的神祇也是自己的老乡——关老爷。关羽这个人一生其实并没有什么了不起的作为，最后的下场也并不好，死了以后，脑袋还被孙权当作政治礼物送给了曹操（我们还记得曹操对着那颗装在木匣子中的人头说的那句相当刻薄的话："云长公别来无恙？"）。但老乡毕竟是老乡，"亲帮亲，邻帮邻，关老爷帮的是蒲州人。"山陕商人还是希望他能给自己带来福祉。除去祭祀神化了的死人，会馆的另一个功能是交际活人。戏楼和看楼是这组建筑群中最能体现世俗功用的部分，因此它们也有着一种世俗的华丽。戏名义上是祭神的，其实还是演给凡人看的。找一个由头，把政府官员和方方面面的关系户请来，品茶听戏，联络感情，这是一种极富于仪式感的公关活动。就在那宫商翕奏和袅袅茶香中，说不定一桩桩大买卖就成交了。中国人向来很重视感情投资，官场如是，商场亦如是。商人要借重于官员打通关节，摆平关系。官员们看中的则是商人的钱袋，乐得为之傍大款。这样的戏在会馆里三六九地上演，大家都能品出其中的滋味。

　　明清两代的晋商富甲海内，他们的会馆当然也应该华彩纷呈。这华彩不是浮光掠影的，而是深深地烙印在运河帆樯的阔大背景上，每一个细部都是金碧辉煌的，透出十足的底气，却又并不张牙舞爪，该张扬的张扬得很到位，该收敛的也收敛得很得体。光是嘉庆十四年的一次重修，就耗费了将近五万两银子，这其中的绝大部分来自商业利润的"厘头"。当时规定的厘金为三毫，也就是千分之三，由此推算，亦可见当时山陕商团的经营规模及富有。我们可以想象，在大运河最繁忙的数百年间，那些手眼通天的富商巨贾们如何在这里搅动着运河码头上喧闹的商潮，他们翻手为云，覆手为雨，只须小试身手，就已腰缠万贯。而会馆则是他们交流信息聚会议事的场所，这里虽然没有吞金吐银的实物交易，但那些交易的主角确是经常在这里出入的。他们操着已经沾染了齐鲁腔的山陕方言，举止言谈都显示出中国一代巨贾的深谋远虑和从容干练。我曾看过一个材料，介绍山陕商人是如何把江南的瓷器运往西域的。瓷器是易碎物品，而通往西域的运道又是陆路，运输工具只有骆驼和马匹，万里迢迢，磕磕碰碰的，那些娇贵的青花或彩釉如何受当得起？他们的办法是：先通过水路把货辗转运到关中，卸下来，用一种草籽拌在泥水里抹在瓷器上，然后把瓷器一叠一叠地捆扎好。他们便在旅馆里住下来，潇潇洒洒地逛街访友，一边雇好了陆路上的脚夫。过了些日子，草籽发芽了，密匝匝地裹住瓷器，有如软毡一般。这时候再装上驼背和马背，沿着丝绸之路西出阳关。这样的智慧实在令人叹服。我总觉得这智慧从本质上讲是属于农民的,因为只有农民才会这样熟悉草的习性,并且把对草的驯服和利用作为自己生命艺术的一部分。但凭着一袋草籽就敢于闯荡广袤荒凉的西域,这样的胆魄又似乎不是属于农民的。

山陕会馆在封建时代的最后一次重修是在光绪二十三年,这次重修的费用在碑记中没有详述,只用"所费无几"一笔带过,大概花费不会很多。因为到了那个时候,随着漕运的终止,大运河已经衰落了,而强大的山陕商团也早已不复往日的风光。历经了几百年的风雨,会馆已经完成了它的历史使命,剩下来的日子,只能作为运河边的一座古董供人们观赏和凭吊了。

与山陕会馆当年的热闹形成对比的,是海源阁藏书楼的清静。

这种清静源于一条不成文的规定,中国古代的私人藏书楼似乎都有这样的规定:秘不示人,不光是外人,连亲朋戚族也一律不得接近。清代作家刘鹗在《老残游记》中曾提及一件事,老残来东昌海源阁看书未成,便在旅馆的墙壁上留诗一首:

沧苇遵王士礼居,
艺芸精舍四家书。
一齐归入东昌府,
深锁琅嬛饱蠹鱼。

对海源阁这种不近人情的关门主义,老残是很有点牢骚的。从诗中我们可以知道,清代江南的四大藏书家——常熟钱曾、泰兴季振宜、吴县黄丕烈、常州汪士钟——相继败落后,其书籍很大一部分流进了海源阁。我们有理由相信,那些珍贵的宋元刻本及名人手抄本,当初正是通过大运河"流"进来的，因为海源阁主人杨以增的身份是江南河道总督。河道总督是个肥差，我们不知道杨以增其人的官德如何，但处在那个位置上，大概是不会缺钱花的。中央财政每年都要拿出一大笔钱用于治河，水过地皮湿，用不着很贪，就会有大把的银子进账。中国历史上的私人藏书向来以江南为中心，作为江南总河的杨以增自然有机会接触各种公私刻本的图书。杨家是书香门第，他自己又是进士出身，文化素养是不用怀疑的。这些条件都有可能成就一个藏书家。杨以增也当仁不让，他用自己毕生的努力，为我们留下了一座藏书楼——一座可以与江南任何一座私人藏书楼相媲美的海源阁。是的，江南的藏书楼已经够多的了，随口说说就有：天一阁、皕宋楼、嘉业楼、八千卷楼、铁琴铜剑楼，等等。而在杨以增之前，北方还没有一座真正像样的私人藏书楼。大运河给北方带来了一个诗化的江南，江南的园林、江南的丝绸、江南的美食，甚至江南那白如凝脂的美女，都已经进入了北方的生活，却单单缺少一座像样的藏书楼，他们似乎都在等待着杨以增的出场。有人认为，杨以增实际上是搜刮了南方藏书家之精华，并借主管河道之便，用漕船运到东昌，庋藏于海源阁。言下之意，说他是利用职权，巧取豪夺。我没有足够的根据质疑这种说法，但即便如此，在我看来，利用职权搜刮图书也比搜刮金钱美女奇珍异宝要好些，因为这不仅显示了一种文化良知，更重要的是，他的那种搜刮很大程度上是一种抢救，让散落民间的残篇断简有了一个聊避风雨的归宿。他实际上是在为我们这个民族充当文化拾荒者。而且我还认为，一个把毕生的精力倾注于收藏图书的官员，大抵总不会太贪酷的，因为他的文化人格在那里明摆着。中国历代有那么多河道总督，但海源阁只有一座。试问，其他那数以百计的河道总督，他们都给历史留下了些什么呢？当他们利用大运河把成担的金银珠宝送往老家时，杨以增的船上却只有一摞一摞的书箱，这让我们注视他的目光多少有点感动。

和其他所有的私人藏书楼一样,海源阁的藏书后来也同样遭遇了悲怆而又无可奈何的散佚,它原先那些严格得几乎不近人情的规定只能阻止读书人的脚步,却无法阻止战乱和兵灾。1928年,海源阁遭到土匪王金发的劫掠,从此以后,清静的藏书楼便不再清静了,先后挂在这里的招牌有:韩复榘部队某旅的司令部,山东省流亡政府的"主席行辕",侵华日军驻聊城司令部,伪顽合流的土匪部队司令部,等等。除去"行辕"就是"司令部",都是些很有分量的招牌,丘八和政客们似乎都很看重海源阁,这实在是海源阁的荣幸。当杨以增最初制定那些几乎不近人情的规定时,当杨氏家人每年小心翼翼地把书搬到春日的阳光下曝晒,然后用白丝棉纸包着樟脑面装入锦函时,当一代又一代的杨家老仆给藏书楼关门上锁,并郑重地加贴封条时,他们决不会想到自己苦心坚守的这座藏书楼后来竟会有此等荣幸。文化有时是很脆弱的,在丘八和政客们粗暴的呵斥声中,杨家数代人的坚守顿时风流云散。这中间,有一批藏书被杨氏后人抵押在天津盐业银行,后来被国民政府行政院长宋子文下令以二十亿法币赎出,归入国立北平图书馆,算是为海源阁保留了一点血脉。今天,我们在首都图书馆的善本书库里,或许会看到某本书上带有"字益之号东樵"或"陶南山馆"之类的印记,不消说,那就是当初海源阁的藏书,"字益之号东樵"者,杨以增也;"陶南山馆"者,位于肥城华跗庄的杨氏别墅也。

我到海源阁去的那次是个大雾天,从上午八点等到十点,才知道元旦放假,不开放。从外面大致打量了一番,房子很气派,显然是近几年新建的。总觉得想象中的私人藏书楼不应该是这种味道,似乎太赏心悦目了,简直有点惊艳的效果,缺少一种书卷气和沧桑感,还有那陈年樟脑若有若无的闷香。也难怪,原先那些善本珍本都不在了,想玩点深沉也难。不看也罢。

那么就走吧,顺便看了附近古运河的龙湾,那里是山东巡抚丁宝桢追杀大太监安德海的地方。作为晚清历史上一桩不大不小的政治事件,这段故事知道的人很多,当地人说起来亦头头是道。中国人历来总是对政治更感兴趣,相比之下,知道海源阁的人能有几何?

十四　临清的砖

临清到了,落篷,靠岸。

不管是不是顺风顺水,也不管时间赶巧不赶巧,漕船到了临清,都得落篷靠岸。

靠岸是为了捎带一样东西,这是朝廷定下的惯例,到了通州卸船时,那东西要和漕粮一起检验交货的。

捎带的这样东西是临清的砖。

可不要小视了那一块块大青砖,偌大的北京城,从巍峨的宫殿到雄伟的城墙,还有郊外那明清两代的帝王陵墓,都是用它建造的。所以老辈子的人们说:"北京城是漂来的。"从哪儿漂来的呢?当然是临清。

在临清,大运河接受了它最值得夸耀的荣誉:为中国最庞大的皇家建筑群运送青砖。在它所有的荣誉中,这无疑是最骄奢浮华的。以往那些荣誉大都从属于世俗生活中的日用衣食,即便是艨艟如风,帆樯如云,一俟进入京师,也很快就被消化得了无痕迹,不可能留下什么令人瞩目的场面之物。皇宫是皇权的象征,无论是外在形制还是精神隐喻都必须是坚固不朽的,临清的砖恰恰具备了这样的品格。这里的土胶中夹沙、细腻而无杂质，俗称"莲花土"；烧砖的柴草一律用的是豆秸，烧出来的火泛淡绿色。胶中夹沙的莲花土，在淡绿色的火焰中熔化、颤抖、澎湃，最后凝固为青黑色的临清砖。临清砖敲出来有一种悦耳的金属声，这种金属声也一直是检验其质地的重要手段。叮当，叮当，在明清两代的五百余年中，这种悦耳的金属声就这样从临清一路向着京师传递，带着某种庄严的仪式感。其实，临清的砖从一出窑就伴随着一种仪式感，烧制好的成品砖，经严格检验后，每一块都要用黄裱纸封住，用小拱车推到专门的皇砖码头，乘北上的漕船带走。船到通州后，要将砖全部卸下来，撕掉黄裱纸检验，然后再用黄裱纸封住送往北京。到了北京的工地上，还要一块一块地磨，磨得严丝合缝了，再放在桐油里泡，最后才会定格在大殿或城垛上。经过这样反复挑选的临清砖，它的视觉形态是老成且傲慢的，而所谓华丽，也是一种静穆中的端庄与持重。在我看来，它有点像老杜的诗，沉雄且流丽，表面上一点火气也没有，却蕴含着内在的历练和成熟。它的魅力就在于那点苍古的风尘气息。新出窑的临清砖肯定不会有那样的气质。

砖窑的烟尘在运河两岸傲慢地升腾着，如果是夜间，甚至在十里八里以外也能望见窑火的光焰，那是临清最醒目的标记。旷野上充斥着喧哗与骚动，窑工们的身影有如鬼魅一般，他们蓬头跣足，脸上总是带着长年不褪的烟火气。在临清，这样的窑场有数百座之多。如果你在别处犯了官司，那么最好的选择就是到窑场上找一份活干，在这里你不用担心官府的追捕。由于砖窑是直接为朝廷服务的，窑主和窑场拥有相当的特权，他们都有朝廷赐给的黄马褂，完全可以把地方官不放在眼里的。每座窑场门口还划有禁区，悬挂着朝廷赐给的虎头牌和水火棍，凡有私闯窑场或在窑内闹事者，用此棍打死勿论。因此，这一带流传着"打架上宫窑"的说法，意思是不论你闯了什么祸，只要往窑场一躲，就可平安无事。当然，前提条件是你必须有一身好力气，因为窑主并不是慈善家，他们看中的是从你肌肉和筋骨中能榨取的剩余价值。每一块成品砖，朝廷付给窑主工价银二分七厘；如挑出哑砖，每块折价一分七厘；不堪用者，每块折价一厘八毫。这些钱大部分落入了窑主的腰包，分到工匠手里的为数极少。工匠们只管牛一样地干活，他们其实比流放的苦役犯也好不了多少。每一块青砖都有枕头大小，五十来斤重，脱坯时必须是一次掼成的整块，不能添补的。这还仅仅是脱坯。从挖土、筛土、滤泥、踩泥，到装窑、搬柴、挑水、出窑，可以想见，一块成品砖中要渗入多少壮汉的汗水。在过去的几个世纪里，窑工就这样用当地廉价的泥土和豆秸，还有更为廉价的汗水和苦难，烧制了一座世界上最壮丽的宫城。我们无法知道，在成年累月的简单劳作中，他们会不会有某种艺术创造的快感甚至成就感。窑火映红了临清的天空，也熏红了窑工的眼睛，那是一种见了风就流泪却能穿透熊熊烈焰感受窑膛呼吸的眼睛，就像常年颠簸在大海上的水手，他们或许看到原野上盛开的鲜花会晕眩而在风暴中却镇定自若一样。燃烧的豆秸发出短促有力的爆裂声，那淡绿色的火焰有如锐利的刀锋。土坯一车车地送进窑膛，经过那刀锋的雕琢，推出来的是灼热的青砖，汗水滴在上面，腾起白色的烟雾，那烟雾中有一股带着咸味的男性气息。

夏天是窑场最繁忙的季节，在充沛而热烈的阳光下，砖坯很容易晒干。而且那日头总是不落，一天几乎可以干两天的活。在整个夏季，窑工们就那样打着赤膊，让汗水和泥土充当身体的保护色。为了补充汗水的消耗，他们要不时捧起水钵喝水，那是真正的牛饮，有如夸父饮于河渭。在那个漫长的夏季里，他们总共要喝下多少水呢？运河的水位一天比一天低了，码头上的石阶一级一级地露出来，石阶上的苔藓晒成了尘埃一样的浅灰色，航船也显得艰涩了。北方干旱的夏季，是被窑工枯渴的大口喝出来的吗？秋天是喜忧参半的季节，艳阳秋里，寒蝉声中，到处是成熟瓜果的香气。这香气是储藏在大地中的，现在它们被释放出来了。附近的农家开竿打枣了，"梆梆梆"，"梆梆梆"，爆豆子似的热闹。听着这样的声音，想象着枣林中落红如雨的壮观景象，窑工们干活时也多了几分兴致。但如果天公不作美，遇上连绵的阴雨，便常常十天半月的没个消停。脱坯的窑工们窝在工棚里，心情也像天气一样阴郁，因为他们一天不干活，窑户就一天不开工钱。为了养家糊口，天气一放晴，他们就得用加倍的劳动把耽搁的活儿补回来。等到窑工们脱下的砖坯足够烧制一个冬天，冬天也到了，西北风刀子一样刮过来，天地间一片萧索。这时候，脱坯就停止了。窑户当然不会让他们闲着，除去装窑和出窑，他们得抓紧运泥。窑场附近已经被掘地三尺，有如一块搜寻过细的考古挖掘现场，静静地敞亮在冬日的阳光下。窑工们要驾上大船，到远处把泥运回来。一船一船的莲花土堆在窑场里，有的像埃及的金字塔，有的像古罗马城堡的穹隆。它们在风雪中等待着来年春水的滋润，也等待着在豆秸那淡绿色的窑火中，变成具有金属质地的青砖。

青砖是让进京的漕船捎带走的，遥望着运河上漕船的帆影，窑工们会想到京师那些巧夺天工的宫殿和陵墓吗？在他们的想象中，那里的生活或许就像现代人在相声段子中引用的几句吕剧唱词："听说包公要出行，忙坏了娘娘东西宫。东宫娘娘烙大饼，西宫娘娘剥大葱。"小民百姓想象中的奢侈，也无非是大饼大葱管够罢了。远方的帆影在视线中渐渐淡出，融入了北方那单调而高远的晴空。窑工们知道，那白帆下的每一艘航船上都载有他们制作的青砖，不会多也不会少，每船四十八块。砖的正面和反面都烧制着字迹，除去州府和年号外，还有一些人的名字，但那些名字从来不属于他们。

临清博物馆里陈列着不少这样的青砖。说是陈列，其实只是胡乱地放在一张长条桌上。我曾仔细拭去上面的灰尘，在昏暗的灯光下辨认过那些字迹。例如：

明临清厂窑户孙岳造，作头于其。

再看这一块：

大工，嘉靖十年秋季窑户高雄为登州府造。

这里的"大工"是指用于建造皇宫的，区别于建造皇陵的"寿工"。所谓"为登州府造"是指朝廷摊派给登州府的指标，由登州府出钱，请临清的窑户负责烧制后再运送京师。

还有：

丙申年窑户赵贤作头赵才造。
康熙十五年窑户畅道作头郭守贵造。

几乎都是一般格局，那上面只有窑户和作头的名字，而亲手制作青砖的工匠是没有资格把名字署上去的。中国历来的政治学说到底就是名字学，谁的名字取代了谁的名字，这一般叫做改朝换代或权力更替；谁的名字排在谁的前面，这是强势群体内部的利益分配；而什么人的名字该出现在什么地方，则体现了一种社会秩序。这些都是很有讲究的。出力流汗的窑工们自然不配有千古留名的资格，就像现在写论文的人，名字反倒排在最后，而写报告的人绝对不会享有署名权一样。

只有这一块是个例外：

嘉靖十五年窑户罗凤匠人郑存仁。

这个叫郑存仁的工匠好生放肆，他竟敢僭越规格，堂而皇之地把自己的名字署在青砖上。该人是何出身？有没有什么政治背景？一贯表现怎样？社会关系都有哪些？所有这些可惜现在都无从追查了。其实也大可不必追查。他或许只是出于一个劳动者自尊意识的觉醒，因为他觉得那青砖中有自己的汗水和指纹，理应署上自己名字的。为什么窑户和作头可以署名，自己就不可以署呢？因为他们的财产、地位、名望吗？可那和署名有什么关系？署名只是体现了一种堂堂正正的负责精神，作为一个劳动者，他理应为自己的产品负责。但他恰恰忘记了，所谓负责也是要有资格的（不然为什么称官员叫"负责人"呢？），而他根本不具备这种资格。因此，我怀疑那批署有郑某人名字的青砖后来根本没有运往京师，其原因就在于他所犯的"自由化"错误。据博物馆的同志讲，这块砖是从乡民的墙基下发现的，这就对了，因为那里才是他可以负责，也大致可以容许他署名的地方。

其实，即使是窑户和作头，他们的名字也不可能进入京师的大殿或地宫，因为在施工前的磨制过程中，他们的名字都要被磨得了无痕迹的。本来嘛，帝王的大院里要那些名字干什么？是树碑立传还是邀功请赏？反正都不合适。那里只容许一个人有名字，而且还只能用代号——"朕"或者"皇上"，其他人都只能合用一个名字——奴才。那么就统统磨去吧，包括那些州府名称和年号。但临清土那固执的坚韧，还有临清工匠那带着咸味和男性气息的汗渍是永远磨不去的。当然，磨不去的还有史书上这样的记载：

烧造之事在外，临清砖厂以供营缮。

（《明史·食货志》）

这里说的，就是临清的砖，也是临清几个世纪的疼痛和荣耀。

大运河过了临清的头闸口，就进入了卫河。卫河在古时候又叫清河，"临清"的名字就是由此而来的。我们还记得《水浒传》中有个清河县，就是武大郎卖炊饼的那个地方，也是潘金莲和西门庆发生奸情以及后来武松斗杀西门庆的地方。从这里到天津，习惯上也被称做南运河。北上的漕船扬帆启航了，它们因捎带了临清砖而加深了吃水，这不仅由于青砖的重量，还由于青砖所负载的情感和思想。临清往北的一段河道极其弯曲，这是人工作用形成的。由于受到黄河多次泛滥的影响，泥沙淤积，地势南高北低。开挖运河时，为了滞缓水流，便采取了延长河道以降低坡度的方法，也就是古谚所说的"三湾抵一闸"的道理。航船行进其间，便多了许多辗转艰难。但与会通河上过闸时的繁琐程序相比，这辗转还是值得的。有时候，他们会把一座高大的建筑物反复作为航标，你刚刚离它而去，不一会它又出现在前头，老朋友似的召唤着你。"河流曲曲转，十里还相唤。"走惯了这段水路，船夫们也不急不躁，反倒觉得不那么单调，有一种峰回路转的新鲜刺激。两岸是风吹雨蚀的河滩，牲口的蹄印有如刀耕火种部落的男人在土地上播种留下的。村庄悠悠地驶近，又悄悄地离去。青石碾子上残留着新鲜棒子或高粱的香气。老人站在村头的路口眺望什么，身边是忠实的黄狗。一排排的白杨树把旷野分割得很齐整，远方飘来忧伤的《小白菜》，那是北方大平原上最流行的民歌……

南运河的"南"，是以华北平原为坐标的。现在，大运河正沿着华北平原的南部边缘迤逦北行。

时间篇

14　从上都到大都

　　至元十六年（公元1279年）九月，元世祖忽必烈从上都返回大都。

　　自五年前大都宫阙落成后，皇上就确立了巡幸上都的制度，大体上是每年的三月从大都北上，到九月再从上都返回。去的时候走东路，回来的时候走西路，来去的路线形成一个不规则的椭圆。被围在这个椭圆中的荒漠和草原，曾无数次成为游牧民族血光迸溅的演兵场，这里孕育了世界上最剽悍的骏马和最骁勇的骑手。在过去的半个多世纪里，祖父成吉思汗和他的蒙古铁骑就是从这里出发的，他们挥动着"上帝之鞭"，呼啸着越过广袤的中亚荒漠，一路向西、向西，一直抵达底格里斯河和伏尔加河，令整个欧亚大陆都在那疾风暴雨般的马蹄声中战栗。因此，对于忽必烈来说，每一次巡幸上都都是一次生命的洗礼。天苍苍，野茫茫，遥望着无极无沿的北方大漠，你会感到自己的任何功业都是那样渺小。草原民族是一个以一生中的绝大多数时间面向天空和旷野的民族,所以,他们的性格中有一种旷达而高远的浪漫情愫。什么样的土地孕育什么样的生命,也只有在那样辽阔的土地上,他们那燃烧着征服欲望的目光才能到达旁人几乎无法想象的远方。作为蒙合黑家族的后裔,忽必烈的身上同样奔腾着先辈那强悍的血性,在他的心目中,祖父那颐指天下、仗剑西征的身影,永远是自己无法企及的史诗和丰碑,也永远是召唤自己扬鞭跃马的光荣与梦想。

草原上的风已带着凛冽的寒意了,季节的脚步从北方蹒跚而来,追逐着南下的车骑。秋天的萧索,是在大漠和草原上最先显示出来的。点缀在荒烟蔓草间的蒙古包,以其朴素的穹隆状造型,向天空奉献着一个民族的膜拜。长调牧歌舒展而辽远,那是骑手们在晚风中忧郁的吟唱。南飞的大雁大模大样地掠过銮驾的旄头,一点也不惊慌,它们显然把这浩荡的人流看成也和自己一样,是为了躲避北方的寒冷而作季节性的迁徙。銮驾且走且停,那种翠华摇摇的威仪后来有一位诗人曾描绘过:

　　日色苍凉映赭袍,
　　时巡毋乃圣躬劳。
　　天连阁道晨留辇,
　　星散周庐夜属橐。
　　白马锦鞯来窈窕,
　　紫驼银瓮出葡萄。
　　从官车马多如雨,
　　只有扬雄赋最高。

诗中写尽了途中的艰难以及那种扈从如云的声势,颔联两句尤为出彩:清早行进在高接云天的阁道上,车轮牵挽着熹微的晨光;夜晚驻跸时穹庐高支,有如星罗棋布。这首诗的作者叫虞集。我们还记得,南宋绍兴年间金主完颜亮南侵时,有一位在前线劳军的中书舍人临危受命,在采石大败金兵,这位叫虞允文的书生也因此一夜扬名,成为南宋小朝廷中难得的一位文武兼备的干才。但说来惭愧,虞集恰恰是虞允文的后人,他现在却站在异族的阵营里,用自己的才华为人家充当帮闲。事情还不仅仅于此,上文说到的最出彩的那两句诗中,"天"原作"山","星"原作"野",虞集是采纳了另一位大才子的意见而修改的,这一改,果然境界不凡。帮他改诗的那位也是南方人,他叫赵孟頫,是赵宋的皇室成员。两位南宋遗民一位是鼎鼎大名的民族英雄的后裔,一位是赵家皇族的金枝玉叶,联手在蒙古人的旄头下写出了这等好诗,真叫人不知说什么才好。但话又得说回来,到了虞集写这首诗时,宋王朝的历史早已尘埃落定,取代它的是大一统的元帝国,一朝天子一朝臣,他们也是身不由己。

皇上一路上乘坐的是象辇,那是由经过专门训练的大象搭成的一种"象轿",一般是在四头大象的背上架上大木轿子,轿子上插有旌旗,里面衬上金丝座垫,外面包着狮子皮。每头大象配一名驭手,很温驯也很平稳的。大象来自多雨且燠热的南方,是元军征服大理的战利品。它那巨大的身躯和温驯的性情恰好形成强烈的反差。忽必烈不由得想到,这庞然大物大抵就像南方的性格,你可以说它柔弱,但那是一种有着巨大内在力量的柔弱,犹如南方的水,柔弱得可以沉溺一切的,摧枯拉朽地占有它也许并不困难,但这种占有离真正的征服其实还很远。在马背上征战了大半生的忽必烈坐在象辇上,起初总有点不适应,安稳是安稳了,却很难体验那种长啸如风的豪气和奔驰腾跃的快感,这一直是他很遗憾的。銮驾到达大都已经是九月底了,留守的官员举行了盛大的郊迎仪式,同时报告了一则很让他振奋的消息,南朝丞相文天祥在五坡岭被俘后押解北上,现已到了保州,大约两三天之内就可以抵达大都了。

銮驾进入健德门时，皇上改为骑马，因为城内的胡同容不下四头并行的大象。马背上的感觉与在象辇上到底不同，虽然只是挽缰缓行，但马蹄在大地上的每一次磕击都会传递给你，恰好应和了你身体内在的某种韵律，这种韵律是蒙古人在娘胎里就形成的，是他们最重要的生命感觉。骑在马背上的蒙古人有一种紧张感，这种紧张不是通常所说的情绪上的激烈或紧迫，而是身体当然还有思想在舒展中形成的张力，它是自由自在倜傥不羁的，又是力能拔山血气方刚的，它会让你想到大地的坚实和辽远，还有那史诗一般的冲锋。胡同里布了一层薄薄的黄沙，又洒了清水，南方的水渗进北方的黄沙中，铺就了迎接圣驾的御道。从健德门到厚载门，虽则是千骑万乘人马杂沓，御道上却纤尘不起。而皇上一路上想到的则是：文天祥来了，南方的战事也了结了，甚好！下一个该轮到日本了。

日本是与水联系在一起的，那个孤悬海外的小小岛国之所以不肯臣服，所倚仗者，四面皆水也。五年前，元军第一次远征日本，由于遭到暴风雨的袭击，元军和高丽联合舰队的八百余艘大小船只全部葬身波涛。这是自成吉思汗以来，蒙古军队的第一次全军覆没，而失败的原因又并不在于将士们的刀马功夫，这实在是让人很沮丧也很无奈的。在亚欧大陆所向披靡的蒙古铁骑，只得止步于那一望无际的大海。

回到大都后，忽必烈发出的第一道诏书就是：敕令江南各行省督造战船，准备第二次跨海东征。

一个马背上的民族，现在要跨下他们心爱的蒙古马，小心翼翼地登上舟船了。

但那个苍老而威严的声音却有如沉雷一般在遥远的天边轰响：蒙古人啊，什么时候离开马背，你就完了！

这是成吉思汗札撒的第一句话。

15　马背上的民族

　　跨下蒙古马，就是跨下神奇而旷远的蒙古高原。在亚欧大陆东部，东至兴安岭，西至阿尔泰，南达阴山，北至贝加尔湖的广阔地域内，亿万年的地壳运动造就了一片荒漠和草原。干旱的大陆季风，漫天的沙尘暴，秋天赞美诗似的阳光，冬季的冰封雪锁，还有游牧民族那激情澎湃的马蹄，又共同雕塑了它那苍槁坚毅的容颜，它就是蒙古高原。这里没有陡峻的高山，因为高山会挡住游牧民族瞭望远方的视线；这里只有一片坦荡，除了天，就是地，天造地设的坦荡，正好放缰驰马。中国历史上那些以强悍骁勇著称的少数民族匈奴人、鲜卑人、契丹人、女真人、蒙古人都是在这里长大的，又都是在这里度过了他们历史上的青春时代。他们一个跟着一个进入这个地区，走上历史舞台；又一个跟着一个地从这个地区消失，退出历史舞台。他们中的杰出人物，例如匈奴的冒顿，突厥的土门、室点密兄弟，回纥的怀仁可汗等等，都是挥手作风云的一代雄主。如同日尔曼蛮族锲而不舍地侵略罗马帝国一样，南方的富庶繁华对那些寒冷荒凉地带的游牧民族而言是一个难以抗拒的诱惑，"徒把金戈挽落晖，南冠无奈北风吹。"北风者，来自北方荒原的骑兵军团也。然而也正是他们以喋血的刀剑作为仪仗，促成了南方与北方的交流与融合。他们在一次又一次挥戈南征的同时，也把强悍的血液注入了汉民族的肌体，"只有野蛮人才能使一个在垂死的文明中挣扎的世界年轻起来。"这是恩格斯的名言。他说得不错，自汉唐以来，那些以军功而名垂青史的将领卫青、霍去病、李广、岳飞，甚至包括传说中的杨家将无一不是在与北方游牧民族的殊死搏杀中脱颖而出的。我们无法想象，如果没有游牧民族那张扬着原始生命力的撞击，汉民族将会怎样的萎顿，难道只让张角、黄巢、李自成一干人去体现阳刚之气吗？就战场态势而言，游牧民族呼啸的马蹄往往胜过汉人臃肿的步兵方阵，但就在他们为进入锦绣般的南方而弹冠相庆时，他们也陷入了一种强势文化的包围之中。他们最终在历史舞台上消失，有的是因为面对着一个大一统的中央王朝，在败退中遁向更北的荒漠，但在更多的时候却是由于被汉文化所同化，渐渐变得精致且儒雅起来，失去了原先那种气吞万里的骁勇。具有游牧民族血统的金哀宗最后说过一句话，他认为蒙古人之所以能在战场上把金朝打得一点脾气也没有，是由于他们"恃北方之马力"。他说得大致不错。只可惜到了这位倒霉皇帝讲这句话时，女真人已经由长白山南下一百年了，原先那在马背上练就的铮铮铁骨已经在南方的香风中软化，那曾经被他们倚恃过的战马也和主人一样在闲适中优游岁月，只有在偶尔的马球游戏或射猎中才能痛快淋漓地驰骋一回。因此，面对着更北方的蒙古铁骑，金哀宗只能发出这样的哀叹。说起来实在可怜，当蒙古人攻破城池时，这位女真皇帝却因为身体肥胖而不能骑马逃跑，只得解下腰带吊死在宫门口。当年他的先祖倚恃着不可一世的铁骑席卷中原时，怎么也不会想到自己的后代有朝一日竟然爬不上马背。有这样不争气的子孙，金帝国怎么能不走向败亡呢？他们实在不配有更好的命运。屈指算算，前后也就是一百年时间，一个强悍的民族就无可奈何地衰落了。

　　契丹人的辽帝国亡于北方的女真，女真人的金帝国又亡于更北方的蒙古，这是在公元十二世纪到十三世纪的一百余年间，由马背民族演绎的一幕大剧，从中我们不难发现一个贯之始终的重要历史情结，那就是马的威猛与衰变。

　　游牧民族倚马而居，恃马而武，连他们的乐器也做成了马头的形状。马就是他们生命的方舟。他们的生活节律和战争谋略也都是根据

"马情"来决定的,例如,"方春马瘦,宜俟高秋。"马瘦的时候切忌出战;秋高季节,马肥膘壮,才是出征的好机会。因此,中国历来北部边境上的战事都是在秋天,"匈奴草黄马正肥,金山西见烟尘飞。"我不知道"多事之秋"的说法是不是由此而来的。再如,仗打得相持不下时,停下来观察一下对方战马的疲惫程度,"彼军马羸,可尾而进。"否则不得轻举妄动。在非常时期,骑手还可以依赖牝马的乳汁坚持好几天甚至十几天,这种战场生存能力再加上骑兵军团风驰电掣般的速度,为大规模的运动战和闪击战提供了可能,也使得他们在和汉人步兵方阵的对垒中占尽优势。因此,在冷兵器时代,战马的数量和优劣几乎是战争中具有决定意义的因素,就连操纵牧马的场所也与双方战力的盛衰至关重要。《辽史》中有这样的记载,即使在和平时期的边境贸易中,辽方也禁止马匹出境,他们无疑是把马匹作为最重要的战略资源来严加控制的。从宋人张择端的《清明上河图》中我们可以看到,汴梁的大车都用水牛和黄牛拖拉,可见马匹之短缺,大概这也是在与游牧民族的战争中,南方一直处于下风的重要原因吧。南方当然也有马,只是受当地农业经济的限制,饲养马匹的耗费很高,而且在精耕密作地区所饲养的马匹,品质一般都较为瘠劣。我们可以想象,离开了广漠的草原和荒漠,离开了浪迹天涯的迁徙和自由自在的野牧,离开了日常性的骑射围猎和各种马背上的竞技游戏,那些在阡陌连绵的乡间小道上供拉车和驮粪役使的马匹中,怎么能走出追风逐日的千里马?马是有灵性的,一匹合格的战马,同样需要一种健康和谐的生命空间,它的每一次奔驰、腾跃、规避、隐蔽都不仅仅是体现了骑手的意志,而且还融进了自己的个性魅力和即兴发挥的才情。也就是说,好的战马有时是可以驾驭骑手的。它是善解人意的,又是高傲得目空一切的。它从来不把距离放在眼里,也从来不会躺下,甚至连睡觉都站着。它是骑手的思想和意志的延伸,这种延伸甚至能够进入骑手的潜意识。骑手所有的感情它几乎都具备,却唯独缺少一种恐惧,优秀的战马是从来不会恐惧的,你就是让它跃入万丈深渊,它也毫不犹豫。所有这些素质,绝对不可能产生于南方的庭院或农夫的皮鞭和叱斥之下。"所向无空阔,真堪托死生。骁腾有如此,万里可横行。"诗人杜甫笔下的战马是何等雄峻威猛,当然,那也是来自游牧民族的马——胡马。

到了成吉思汗时期,大兵团的骑兵作战被发挥到了极致,对马的依赖和重视也是前所未有的。有人说,蒙古人是一种看到人受伤冷峻无言、看到马流血痛哭流涕的人。就像庄稼依赖于土地一样,马是依赖于草原的,所以成吉思汗规定,凡有破坏草原者,"诛其家。"他们还发明了"从马"制度,"凡出师,人有数马,日轮一骑乘之,故马不困弊。"配有从马的蒙古军队追敌犹如天坠,退却犹如电逝。如果说马的数量是一个算术级数,那么它所产生的战场效率绝对是一个几何级数。蒙古人无疑是中世纪最优秀的骑士,无论是西亚的荒漠还是俄罗斯的城堡,都不能阻挡他们那狂飙般的冲锋。面对着这样的冲锋,西方的史学家们只能惊恐地呼喊

上帝之鞭!

上帝之鞭,谁敢与之争锋?

但是在进入中国的南方后,他们却遇到了麻烦。在那里,他们遭遇了水,蒙古骑兵开始失去了以往那种势如破竹的锋芒。南方的河网有如女人飘洒的秀发一般,那种温柔的羁绊使得剽悍的蒙古马几乎无所作为。事实证明,蒙古人一旦离开了马背就雄风不再,只能算是一支二流部队,他们不得不依靠金朝和南宋的降将作为前驱,看他们如何借助

于舟船进行攻坚,而自己则像见习生一般在后面亦步亦趋。战事进行得相当艰苦,忽必烈的大哥蒙哥战死于长江上游的合州,而围绕着汉水边那座小小的襄樊城进行的攻守战也打了差不多六年,如果不是南宋方面的权臣贾似道忙于陪小老婆斗蟋蟀,不肯派援兵,最后的胜负还真难说。元军对南宋的军事行动是从长江中上游开始的,长江是中国南方的母亲河,这样的战略意图既折射出不可一世的高傲,也带有某种宿命的成分,那就是,从源头上掐断南方王朝的命脉。但蒙古人毕竟从来没有征服过水,面对着多水的南方,所谓"投鞭断流"只能是狂夫的豪语而已。

忽必烈一直难以忘怀他第一次面对长江时的情景,浩大的江水接天而来,汪洋恣肆,简直会让人产生一种宗教般的情感。在那一瞬间,大地似乎浮动起来,几乎挨上了苍穹。苍穹也不是北方的苍穹。北方的苍穹富于坚硬的质感,它和旷野的结合部永远是标准的圆形,带着一股禁锢和霸悍意味。而南方的苍穹轻纱一般,是云蒸霞蔚的虚幻,仿佛随时准备接纳你的飞翔。这一切都是因为有了水。水的浮动感使它具有了古老的神性,"吴楚东南坼,乾坤日夜浮。"这是南方特有的气韵和气势。从表面上看,南方的水和北方的大漠很有些相似,那一轮又一轮的波浪犹如荒原上月芽形的沙丘。但沙丘上是可以驰马的,蒙古马从来不惧怕沙丘,即使是沙海也毫不惧怕。飞沙如暴,热血如注,那是骑手们最乐于体验的壮观。但水却能阻止奔突的马蹄,再剽悍的蒙古马,也只能止步于沧浪之水。那仰天长嘶中该有多少英雄气短的无奈!也许就在那一刻,忽必烈领悟了南方的含义,在这里,水不光是大地的经脉,也是一种精神象征。如果说北方是驮在马背上的,那么南方就是漂在水面上的。水是柔性的东西,你用力击打一下,它漾开一点;可是你一收手,它又回复到原先的形态。这是一种柔性的坚韧,无法靠蛮力来征服的。你纵然有最锋利的钢刀,削铁如泥、吹毛立断、百万军中取上将之首如探囊取物,可你也无法挥刀断水。这就是南方的水啊!它含蓄内敛,大度不羁,每一片浪花上都闪耀着一颗太阳。风是清新湿润的,如同南方的丝绸一般滑腻温婉。这水淋淋的南方激发了忽必烈的征服欲望,自成吉思汗统一蒙古草原以来,先人扬鞭跃马,所建立的武功堪与天公比高。但他们虽然征服了那么多地方,却除了草原就是荒漠,他们还从来没有征服过水。现在,该轮到自己了。

几天以后,文天祥到达大都,羁押于兵马司监狱。忽必烈令好生看管,待之以礼,他有一种预感:这位南朝的状元丞相也是一片深不可测的水。

16 巨人的对峙

文天祥是四月从广州被押解北上的,其间在建康停留了两个多月,八月二十四日又从建康登程,到达大都已是十月初一。前半程走的是水路,过了淮河以后,又改走旱路,因为自宋金分治以后,大运河的北段已经湮废。北方是文天祥没有去过的地方,时值中秋已过,满眼是萧瑟的秋景,一路上的感慨自然很多。"荒草中原路,斜阳故国情。"离江南越来越远了,国破家亡的剧痛却无时无刻不在心头。临行前,门客邓光荐曾和泪写下一首《鹧鸪词》,为他送行:

行不得也哥哥,瘦妻弱子羸驮。天长地阔多网罗,南音渐少北音多。肉飞不起可奈何,行不得也哥哥!

天长地阔，江山如梦；鹧鸪声声，旧恨更添新愁。一路上文天祥也写了不少诗，诗中或怀旧友，或哭亡母，或伤中原凋残，或写北国风光。当然，涉及最多的，还是死。

对于死，他有足够的思想准备，"人生自古谁无死，留取丹心照汗青。"在五坡岭被俘后，张弘范要他作书招降宋将张世杰，他就抄了《过零丁洋》给张弘范，表明了自己的心迹。他曾多次求死，或服毒，或绝食，但都没有死成，因为一旦沦为囚虏，生既不能由己，死亦不能由己。江南的那些朋友们也希望他以死全节，甚至希望他早点死，省得夜长梦多，被元蒙统治者软化。这中间还发生了一件事，说起来真让人心里不好受，就是江南义士王炎午等人听说文天祥行役途中要经过江西，便写了一篇《生祭文丞相文》，誊录了数十份贴在沿途的驿站墙壁上。祭文本是写给死者的，所谓生祭，无非是促其早死的意思。王炎午等人的目的是让文天祥看到祭文，早日一死全节。这篇祭文意气纵横，写得相当漂亮，七百多年来一直被视为一篇不朽的名文，其中有这样一段话：

虽举事无成，而大节亦无愧，所欠一死耳。奈何再执，涉月逾时，就义寂寥，闻者惊惜。岂丞相尚欲脱走耶？尚欲有所为耶？昔东南全势，不能解襄、樊之围；今亡国一夫，而欲抗天下？……奈何慷慨迟回，日久月积，志消气馁，不陵亦陵，岂不惜哉？

读着这样的文字，我说不清心里是一种什么滋味，悲壮乎？惊悚乎？酸楚乎？都有一点，可又不全是。这样张扬的文势和酣畅的笔墨，目的只有一个：敦促文天祥早点死。我绝不怀疑王炎午等人的真诚，也绝不怀疑他们都是热血志士，如果他们一旦陷身于文天祥这样的境地，大概也不会吝惜脑袋的。我所困惑的是，王炎午等人都是文天祥的朋友，对文天祥一向很崇拜，为什么一定要用这样的方式来成全他的气节呢？如果文天祥是一个坚定的爱国者，砍头只当风吹帽，自然毋须他们以这种耳提面命的方式来提供精神资源；如果文天祥是一个意志薄弱者，那么写这样的祭文又有何用？问题还不光仅仅于此，我之所以心里不好受，是源于这些年来形成的一种思维定势，对利用冠冕堂皇的信仰之类怂恿别人去献身的人，总有点不以为然。犹如父亲逼着自己的女儿殉夫全节，虽然那信仰和爱也许是相当真诚的，却因其血淋淋的残酷而失去了人性的温煦，缺少起码的亲和感。信仰当然是重要的，它是一面精神的旗帜，没有信仰，无异于没有脊梁的行尸走肉。但献身应该是一种生命的自觉，这种自觉与别人的宣传鼓动无关，它只体现一个人的生命质量。一个人以什么方式活着是他自己的事，流芳千古或遗臭万年也都是自取的，任何人都没有资格指责一个鲜活的生命：你为什么到现在还不死？就像不管多么神圣的信仰都没有资格杀人一样。文天祥的那两句诗（"人生自古谁无死……"），由他自己讲出来，自然惊天地泣鬼神，可以当之无愧地永远镌刻在历史的巨碑上。但如果是别人操着教父的口气，以此来训导文天祥，要他舍生取义，味道恐怕就要大变了。从祭文中看，王炎午等人对文天祥的气节是不放心的，他们担忧"日久月积，志消气馁"，于大节有亏。因此，那语气便有点不客气了：你已经被俘好几个月了，为什么还没有听到你就义的消息呢？难道你还想逃跑，或者还指望有什么作为吗？这些显然都是不可能的了。祭文中用了汉代李陵的典故，意思是说，你如果还不死，时间一长，在人们心目中不是李陵也是李陵，那样就太可惜了。于是王炎午等人大声疾呼："大丞相可死矣！"

　　文天祥没有看到这篇祭文，因为他一直被元兵锁在船上。也幸亏没有看到，如果他看到了，并且果真像王炎午等人所希望的那样，在去大都的路上就以死全节，那才真是太可惜了，因为我们将无法看到后来大都兵马司监狱里的那一幕正气磅礴、令人荡气回肠的大剧。南宋小朝廷临危受命的书生丞相文天祥之所以成为民族英雄和精神巨子的文天祥，并不在于他最后的死。死有何难？"平时袖手谈心性，临危一死报君恩。"这样的人见得多了。每一次的改朝换代，总有几个忠臣义士慷慨赴死的。和文天祥同时期的人，像陆秀夫、张世杰、李庭芝、姜才等人也都死得很壮烈，但他们身上的光芒和对历史的影响力都无法和文天祥相比。最终造就文天祥的，正是兵马司监狱中的那三年又两个月零九天，在那场他和忽必烈的对峙中，一个南方知识分子所体现的生命精神和人格力量，使他站在十三世纪末期的历史峰峦上而光照千秋。

这是两个巨人之间的对峙，对峙的双方文天祥和忽必烈在各自的营垒里都是千年一遇的人物，他们都站在那个时代的制高点上。这场对峙不仅体现在意志层面上，也体现在文化层面上。因而对峙也就超越了简单的对抗，同时也包含着彼此之间的吸纳和融合。在一场平庸的灭宋之役后，历史终于在大都的监狱里展现了一场真正惊心动魄的南北战争。

对于文天祥来说，这是一场持久地面对死亡，同时也面对着生存世界的种种诱惑，却从容不迫、义无反顾的抗争和坚守。

对于忽必烈来说，这是一场纵然握有生杀大权，却始终无法使对手就范，爱亦无奈，恨亦无奈，无法体验攻掠快感的苦役。

在文天祥初到大都的那些日子里，兵马司监狱前冠带相索，车马不绝，着实热闹了一阵子。劝降者的阵容很大，规格也不断提高。像留梦炎那种狗尾巴草似的不倒翁来当说客，自然是自讨没趣。一个脊梁里缺钙的侏儒，有什么资格站在文天祥面前说三道四？就是做说客，他也不配，挨一顿臭骂是理所当然的了。那么就换一个有点分量的来吧。元朝的宰相阿合马登门了。也不行,马背上摔打出来的粗人,胸无点墨,只会吹胡子瞪眼地发狠劲。发狠劲有什么用?文天祥早就抱定了一死的决心,你以死相逼,不是正好成全了他吗?几个回合下来,阿合马只得骂骂咧咧地退场,一干人等爬上马背,在深秋的夕阳下绝尘而去。这些情节就不去说了,无非是威逼利诱的伎俩,用来对付文天祥,都太低级。让文天祥稍微感到有点难堪的,是面对着劝降阵营里的这样两个人:一个是昔日的皇上,九岁的宋恭帝赵㬎;一个是自己的同胞弟弟,在惠州举城降元的文璧。

赵㬎来了,这是文天祥预料之中的事。虽然都是阶下囚,但毕竟有君臣的名分,山河破碎,身世飘零,君臣两人在这样的场合相见,其心情是十分痛苦的。文天祥只是"北面号拜",叩头加痛哭,本来是一种先发制人的策略。但哭着哭着,就不由得动了真情,国恨家仇,万般酸楚,一齐涌上来,竟悲声号啕长跪不起,一边哭一边喊着:"圣驾请回。"弄得小皇帝手足无措,不知如何是好。一个九岁的孩子能懂什么呢?还不是为人所制,任人摆布?文天祥很理解这位亡国之君的处境,因此不让他有说话的余地,就把他打发走了。元廷本以为赵㬎是一张王牌,你文天祥不是最讲忠君吗?那么你看,这会儿是谁来了。其实他们搞错了,从某种意义上说,文天祥现在的抗争和坚守,既不是为了国——国在何处?自厓山一战,故国沉沦,谁也无力回天;也不是为了君——君在何处?赵昺已死,赵㬎被囚,忠君何用?他是为了一种"法天地之不息"的信仰,一种健全而高洁的人格精神。对于这一点,不光是眼下周围的这些人,恐怕连后人也未必能理解的。

对于文璧,文天祥并没有表现出我们想象中的那种大义灭亲的姿态,他对这个当了汉奸的弟弟是很宽容的。文天祥曾对他的嗣子说过这样的话:我们兄弟两人,一个尽忠,一个尽孝,不过是各尽其职。他知道，自己尽忠固然要掉脑袋，但弟弟活着也并不轻松，正因为有了文璧的归顺，文氏家族才避免了满门抄斩株连九族的厄运，在这一点上，文璧其实是为哥哥的尽忠负起了责任。正是文璧的投降，才多少减轻了文天祥对家族和亲人的责任感，使得他可以义无反顾地去死。对于文天祥来说，死并不难，而且他也知道，自己死后肯定要流芳千古的。而文璧的日子就难过了，文天祥越是流芳千古，文璧就越是要背千秋万代的骂名。可以想象，在往后的日子里，文璧将如何在哥哥的万丈光焰下猥琐地活着。英雄总是少数人，它的诞生是建立在大多数人贪生怕死的劣根性之上的。可历史为什么偏偏要把文家的弟兄俩置于这样尴尬的境地呢？以一个人的卑微衬托出另一个人的伟岸，这真是太残酷了。"兄弟一囚一乘马，同父同母不同天。"这是文天祥听到文璧来到燕京后，在一首诗中发布的政治宣言。但讲政治并不妨碍兄弟之间的手足情谊，就在同一首诗中，文天祥还抒发了"可怜骨肉相聚散，人间不满五十年"的叹息。他不忍心后人过多地指责弟弟，因为在他看来，文璧也作出了很大的牺牲。而文璧作为一个读书人，对哥哥的信仰也是理解的，只不过他骨头太软，做不到罢了。这种宽恕和理解使得弟兄俩的会见充满了悲剧感。忠孝节义之类的大道理都不必去说了，唯有相对无言，最多也就是说说童年时代的往事，那是一段足以笼罩天地人寰的苍茫岁月，很让人伤感的。临走时，文璧给哥哥留下了四百贯钱。据南宋遗民郑思肖记载，文天祥坚决不要，理由是"此逆物也"，如果收了，就是中了元廷的奸计。其实文天祥不要钱并不在于这是"逆物"，而在于他早就准备以死全节，一个等着上刑场的人，要钱何用？别说是四百贯，就是金山银山也无异粪土。在这里，郑思肖笔下生花，有意无意地拔高了文天祥，但就是这一点点拔高，反倒让文天祥显得假模假样的，不那么本色。越是精神强大的人，他的情感世界越是多姿多彩，比起那些只会背诵政治教条的槁木死灰般的腐儒，文天祥才是真正的伟丈夫。我们总是见惯了那些板着面孔慷慨激昂的英雄，因此，当这个不仅具有忠肝义胆而且具有情感魅力和人性光彩的文天祥走来时，便尤其感慨良多。

作为文天祥的精神对手，忽必烈却迟迟不肯出场。

他不出场是因为看重文天祥。自己手下的那些人都出过场了，而且都碰了钉子。碰了钉子并没有什么了不起，就如同蒙古骑兵在战场上一样，发起冲锋时，一拨一拨地往上撞，前队撞不动，后队再撞，只等着对方阵脚一动，便四面八方一齐杀进去，把对方彻底摧垮。他知道像文天祥这样的对手，靠几次冲锋是难以奏效的。这时候要沉得住气，不能冒失莽撞，更不能意气用事。如果自己出场也碰了钉子，一时面子上挂不住就杀了他，那就铸成大错了。杀人算什么能耐？特别是杀一个阶下囚，手起刀落，血往上一涌，人头菜瓜似的滚下来，如此而已。难的是征服一个人的精神。而且，越是精神强大的人，越是具有征服价值。文天祥怕的不是死，而是活。既然如此，忽必烈就偏不杀他，让他活着，这是忽必烈的聪明之处。忽必烈以马上得天下，却不是只识弯弓射大雕的一介武夫，而今南方已定，你要统治南方，不知道南方是怎么回事不行，你的统治首先必须建立在对南方文化的吃透上。很好，现在来了一个文天祥，南方的状元宰相，典型的文人士大夫，有胆识亦有才情。真正的对手之间都不能排除欣赏，忽必烈是把文天祥作为一个等量级的对手来欣赏的。

忽必烈在宫城里按兵不动，这是不怒自威的姿态，也是心里笃笃定的意思。但他却时时都能感受到从兵马司监狱辐射过来的精神之光。他有时会在这种辐射下战栗，如同树叶在久违的阳光下战栗一样。但更多的时候却是在一旁悄悄地欣赏。欣赏文天祥有如一次小小的探险：汉文化是如何把一个文弱书生塑造成为九死而未悔的勇者的。赵宋三百余年社稷，临到曲终人散时，出了一个文天祥这样的人物也该知足了。真正的英雄都负有承前启后的使命，上苍把文天祥赐给宋朝，让他殚精竭虑地阻止蒙古人的铁骑南下；现在，上苍又把它赐给元朝，让他引导一个草原民族在文化上进入南方。文天祥简直就是一座精神巨灵，虽蜗居斗室，却随时都能拔地而起，直冲天际。那种平静中的深邃，矜持中的傲岸，孤独中的崇高，坚忍中的血性，都给他的对手以巨大的压力。这大概就是对手感吧。忽必烈已经好长时间没有体验过这种对手感了。一个六十五岁的老人面对着四十四岁的中年人，并不是欣赏他生命的饱满。这时候，所谓的生活经历和政治经验已没有多少意义，只有思想和人格的徒手搏击，骨骼峥嵘，险状环生，精神和意志光芒逼面，所到之处，似乎要把大地烧成一片焦土。这是多么残酷的对峙，又是多么痛快淋漓的较量！

不管文天祥如何以坚贞不屈来挑逗忽必烈的忍耐力，忽必烈就是不杀他。与此同时，北上归顺的南方文化人却络绎不绝，虽然他们的分量加起来还抵不上文天祥的一个脚趾头，忽必烈对他们同样很客气。他们写的不少诗词传进宫里，忽必烈偶尔也会翻翻，学着推敲其中的平仄韵律和用典。例如有人讥笑文天祥的弟弟文璧说：

江南见说好溪山，
兄也难来弟也难。
可惜梅花有心事，
南枝向暖北枝寒。

忽必烈近来汉学功夫大有长进，不用手下的那些御用文人帮忙，也能读得出诗中的意思。但他并不发怒，照样给他们官做。只要为我所用，不妨让你发发牢骚，甚至骂几句娘也没什么大不了，反正你翻不了天。这是一种气量,也是一种姿态——一个来自北方的游牧民族向汉文化送出的眼波。自定鼎燕京后,忽必烈特地从上都带来了几株北方的莎草,亲自执锹培土,移植在宫殿的丹墀前,起名"思俭草"。又让臣子们做了几首歌功颂德的诗。"数尺阑干护春草,丹墀留与子孙看。"几株莎草有什么好看的?无非是要让子孙后代不要忘记北方的荒漠,因为那里是祖宗的发祥之地。但与此同时,他的目光却坚定地注视着南方。

文天祥的坚守,到了后来完全是为了成就一种道德的完美。他忠于的王朝已经灭亡了,那是个从头到脚都烂透了的侏儒,朝野上下充满了昏聩、庸懦、荒淫和无耻。如果不是国难当头,他这样的狷介书生恐怕只能老死于州县小吏,终身碌碌无闻。而来自北方的敌人又是那样血气方刚,挟带着长风豪雨般的生命活力。在被押解北上的途中,他曾听到蒙古人高唱"阿剌来"之歌,甚是激越雄壮,惊诧中问道:"此何声也?"回答说是起于朔方的"我朝之歌"。文天祥不禁感叹:"此正黄钟之音,南人不复兴矣。"他从歌声中听到了一个民族飞扬凌厉的习尚和豪迈宏大的气魄,比之于西湖畔的靡靡之音,文天祥怎能不感触万端呢?大势如此,回天无力,知其不可为而为之,这正是文天祥的大痛苦。我们有理由相信,在这场精神对峙中,文天祥也同样对忽必烈有着某种欣赏,他的不屈服恐怕也与面对着这样高质量的对手有关。在一场势均力敌的较量中,对方那燃烧的目光有如皮鞭一般抽打着你,激励着你的征服欲望;而从对方那粗重的喘息中,你似乎听到了他身体内部的坍塌和撕裂声。这是欲罢不能的纠缠,也是招招见血的搏斗,任何一方都不会轻言退却的。

这场对峙的双方最后都是胜利者。文天祥的胜利自不必说了,大都兵马司监狱中的三年成全了他生命的绝唱,一个南方书生的血渗进北国的土地,润物细无声,却是有色彩的,血光如炬,直冲九天,在中华民族的精神史上留下了一道霓虹般的亮色。而忽必烈则从文天祥身上看到了汉文化的威力和魅力,加速了元帝国汉化的进程。他还以对待文天祥的种种礼遇和最后成全他的死节为自己的部下树立了一块"忠"的样板,这一点恐怕是文天祥本人始料未及的。

文天祥死后,他妻子欧阳夫人奉旨收尸装殓。三年前,在从广东押解北上的途中,文天祥曾在江西南安绝食求死,并且为自己的死安排了一个时间表:南安到他的家乡庐陵大约有七八天水路,这样,船到庐陵时,差不多也是他的命尽之时,死后可以葬于庐陵,不失"狐死首丘"之义。现在,他就义于远离故乡的燕京,归葬庐陵是情理之中的事。但由于当时南北大运河阻断于山东,从燕京到江西,沿途舟车辗转极为艰难,灵柩只得暂厝于燕京小南门五里道旁。由庐陵人张弘毅先将其齿、发及遗文遗诗送归故里。

顺便说一句,文天祥的诗写得不算很好,意象比较单调,好多都是关于死的誓言,所以能够传之千古的也就是那么几句。

关河梦断,首丘亦难,看来,文丞相的灵柩在北方还得再待些时日。

17 水!水!!

就在文天祥就义前不久,孔子五十三代孙,衍圣公孔洙从浙江衢州来大都入觐。

孔府在山东曲阜,为什么这位衍圣公却来自江南呢?这牵涉到孔府内部一段历时一百五十余年的宗族纷争。原来靖康之难后,当时的衍圣公孔端友随高宗南渡，寓居衢州，后来子孙繁衍，代代相袭，称为南宗。南宗是相对于北宗而言的，北宗自然是在曲阜留守的那一脉金枝玉叶了。孔府历来的传统是对政治采取鸵鸟式的态度，不管什么人当皇帝，他们都举双手拥护，国事军事天下事，干我鸟事，只要有爵位世袭就好。问题是南北两个衍圣公是宋金两个王朝各自加封的，毕竟谁不想荣华富贵呢？即使是圣人后裔，也是不能免俗的。因此，在宋金分治的一百余年间，衢州曲阜各立门户，都以大宗主自居。算起来，从孔端友到孔洙已经是第五代了。南宋灭亡后，忽必烈决心推行汉化政策，以儒家学说作为治国的思想基石。儒学的老祖宗是孔圣人，而眼下圣人的后代却在为南宗北宗谁为正宗而窝里斗，这就很不体面了，长此以往何以服天下？于是忽必烈一道圣旨，令南宗衍圣公来京觐见。大约有关方面事先给孔洙打过招呼了，孔洙很知趣，来京后就表示了一个态度：以"曲阜子弟守护先茔有功于祖"，情愿把衍圣公的宗主地位让给北宗承袭。皇上也投桃报李，封他为国子监祭酒，兼提举浙江道学校事。虽然都是虚衔，但地位还是很高的。以孔府的影响和号召力，让他在南方做点思想文化方面的统战工作，有利于收拾世道人心。

忽必烈是个很细心的人，他忽然发现了一个很有意思的现象：衢州的孔洙和曲阜的孔浈，两位衍圣公的名字中都带着水。南方毕竟是南方，连名字也这样讲究，一点一滴中都蕴含着深文大义。水是什么呢？从表面上看，它是透明的、灵的，带着几分缠绵和忧郁；但它又是深邃的、坚韧的，足以浸漫一切摧毁一切的。孔夫子是水，那千百年前的水渍印记在从深宅朱门到柴门小院的每一块柱和石阶上，以一种固执的苔藓味支配着人们的生命方式；文天祥是水，那水清洌浩大得令人崇拜亦令人惊栗，纵然你铁骑如云长剑倚天，也只能徒唤奈何；南宋王朝也是水，那个柔若无骨的王朝虽然已沉沦于厓山附近的大水之中，但它那氤氲的气息仍然弥漫在南方的大地上。自己对南方的征服，从某种意义上讲就是对水的征服。目送着孔洙的背影在朝廊上远去，忽必烈觉得老先生的姿态还是难能可贵的，这么一把年纪了，一路上舟车辗转，来一趟京师实在不容易。于是又下诏对衢州孔府优免田赋及杂项差徭，以示嘉许。

名字中带着水的孔洙回江南去了，那如诗如梦，以大米和丝绸富甲天下的江南，此刻是那样遥远。对水的忧虑又一次涌上忽必烈的心头。

至元十九年前后的忽必烈，是在对水的恐惧和期盼中度过的。

首先是东征日本的再次惨败。出征时舰船四千艘，将士十四万，最后的生还者仅有三人。原因仍然是遭遇风暴。忽必烈雷霆震怒，下诏第三次东征。因江南各行省来不及打造战船，上书请求展期。皇上虽没有同意，但也没有执意出兵。对日用兵暂时搁了下来。

东征只是个面子问题，推迟几年也没有什么大不了。但另一个与水有关的问题却是须臾搁置不得的。

这个问题就是漕运。

每当皇上走向御膳房前面的餐厅时，就自然而然地会想到这个令人沮丧的问题，一种有如芒刺在背般的焦虑便挥之不去。御厨在为他排膳时，最先送上来的主食总是一碗小米饭，这是皇上自己定下的规矩。本来，在每年运抵京师的数以百万石的漕粮中，有上好白粳米和莎糯米五万石，就是供皇室和贵族受用的。但忽必烈知道，粮米从江南运到京师，沿途的种种辛苦难以尽说，陆路的挽输之艰和海运的风涛之险姑且不论，光是运费，说出来就令人咋舌。运米一石，支付的脚夫钱是中统钞八两五钱，在江南，这笔钱相当于三石米的市价。因此，皇上定下了每餐先上一碗黄粱的规矩。并不是说连皇上吃的白粳和莎糯也难以为继，这是皇上的一种姿态。小民百姓吃一碗小米饭算不了什么，可同样一碗饭放在皇帝面前就不同了，它立即被赋予某种意义，你说是忧国忧民也好，或者说殚精竭虑也好，反正是漕运问题让圣躬难安。这既有自警的意思，也是做给京师的权贵们看的。可以想象，当忽必烈端起那一碗小米饭时，心头会是一种什么滋味。

现在，我们不妨来看看元朝初年江南漕粮北上京师的行役图。

隋唐运河历经数百年的战乱，到了元朝初年如同一只破碎了的陶器，整体的雍容流畅已不复存在，只在每块残骸上仍可见出当初的纹饰和釉彩，证明它曾经有过的神圣性和日常功能。但残骸毕竟是残骸，因为它破碎的不仅仅是形制，还包括周围的环境。即便高明的工匠可以修旧如新，它周围的那种时代氛围却是无法修复的，因为王朝的中枢已经由关中和中州移到了燕京，原先以中原为中心向外辐射的运道自然就不合时宜了。但天大地大，吃饭问题最大，即使是皇帝餐桌上的一小碗黄粱，也不是京师胡同的石头缝里长出来的。既然京师官民都在眼巴巴地等米下锅，漕运暂时也就只能将就旧有的河道了。这种将就的代价是：江浙一带的漕粮先集中于扬州，沿古运河北上，在淮安由淮河入黄河，溯流到河南中滦。从中滦以下，则又改陆路北上淇门，再入卫运河（即当初隋炀帝开凿的御河）抵达通州。从通州又转陆路抵达大都。这是一条以河道为主，水陆联运的路线。由于河道迂回，水陆转运中又要装卸三次，一路上的周折可以想见。特别是淮安向西北到中滦、淇门，然后再转向东北的弓形运道，几乎在豫冀大平原的腹地兜了一个大圈子。漕粮沿着这把千里长弓的弓背迤逦北上，沿途樯倾楫摧，驴马倒毙，怨呼之声不绝于耳。看了这张行役图我们才会理解，为什么运送一石米却要花费三石米的运费。

至元十九年（1282年）十二月，差不多就在文天祥慷慨就义的同时，忽必烈挽起了豫冀大地上的这把千里长弓，这位马上天子要试一试

郭守敬画像

自己的臂力了。

其实早在八年前元军出征南宋时，漕运问题就提上了议事日程。南征的旌旗还未在视线中远去，忽必烈就未雨绸缪，派都水监进行大运河穿越山东的前期勘察工作。他知道，从军事上解决南方是不成问题的，一俟临安方面尘埃落定，漕运就是当务之急。而当时担任都水监这一职务的，恰恰是大科学家郭守敬。

在中国科技史的星空中，郭守敬是少数几颗最耀眼的巨星之一。1970年，国际天文学会以世界上最具影响力的科学家的名字来命名月球上的山脉，其中有一座环形山被命名为郭守敬山，在他的周围，是爱因斯坦、欧姆、焦耳、帕欣、迦罗华、赫兹斯朋、迈尔森……

看看他周围的这些名字，你就该知道郭守敬的分量了。这些名字都曾和人类科技史上一些最重要的发现、发明和创造联系在一起；只要提起他们中间的任何一个，人们就会想到有关的定律和定理，那是一道道穿越长空的闪电，轻蹈于人类从蒙昧迈向文明的漫漫长途，显示着智慧的力度与美姿，让一代又一代的后人为他们超迈壮绝的才华而惊叹。

遭遇郭守敬，这是忽必烈和大运河的幸运；而遭遇十三世纪末期的中国，这也是郭守敬的幸运。一个百废待举充满了勃勃生机的新王朝对科学技术的渴求，使得他的才能被充分地吸纳和播扬，成为历史前进的助推力。郭守敬的科学成就主要体现在天文学和数学领域，但最初却是在水利学方面显示出来的。一个旷世奇才，恰逢大运河这样的旷世工程，这就注定了将会碰撞出一些可以称之为创造的火花。果然，郭守敬小试牛刀，不经意地就让科学的殿堂颤抖了一下。在勘察河北山东境内的河道时，他绘制了济州、大名、东平等地及泗、纹诸水与御河相通的形势图，在这张图上，他以大都东边的海平面为基准，参较大都至汴梁地形的高低差别，在世界上最早形成和运用了海拔的概念。对于他，这可能只是心血来潮偶有所得；但对于地理学，这却是一种足以让后世受用不尽的智慧。

至元十九年十二月动工开凿的济州河，是南北大运河在山东境内的关键运段。河道起自济州任城，一路向西北延伸，止于东平境内的安民山，全长约一百三十华里。对于这项工程，郭守敬只是作了一些战略性的构想（例如在地图上划一条曲线），剩下的事情让马之贞去做。马之贞是一位实用工匠型的人才，汶上人氏，土生土长，对当地的每一条河汊子，每一块土圪垯都了如指掌。这个级别的人才对于开河筑堰来说十分匹配。战略科学家和实用工匠的结合，这是忽必烈用人之道的高明之处，他给马之贞的头衔是"汶泗都转运使"，参与开河筹划及施工。也就是说，给你一个大致的规划，你负责给我开河，河开成了还要负责这一段漕运的通畅。汶上这个地方历史上一直出水利专家，马之贞就不说了，继马之贞大约一百六十年后，这里又出了一个叫白英的老农，也是以布衣身分参与治河，很做了几件大事。有意思的是，他们的出山都有几分神秘色彩，都是在工程陷入困境，负责开河的官员要掉脑袋时，从某个山旮旯里走出个智慧老人来。其实，从根本上说，汶上一带正当鲁西丘陵，水的问题一直没有解决好，社会生活的需要往往胜过一百所大学。在长期的生产实践中，造就了一大批实用型人才，从他们中间走出几个出类拔萃的专家也是顺理成章的。我不相信马之贞和白英他们真的是汶上老农，道地的老农没有那样的眼界。他们至少也是乡村里的小知识分子，有点文化底子，博古通今，能够从理论与实践的结合上解决问题。其家庭亦小有田产，大抵不会有衣食之虞，保证他们能够专心致志地研究自己感兴趣的学问。他们或许也曾有过金榜题名的梦想，而名落孙山的遭际恰好成全了他们，让他们从皓首穷经的樊笼中解脱出来，反倒获得了科举之外的蓬勃生命。中国古代的科学家有几个是金榜题名的呢？北宋的沈括大概算一个，他有没有科举功名我说不准，但估计是有的，不然他不会做到翰林学士。另外明代还有一个徐光启，大概中过进士。除此以外，我实在说不出第三个了。

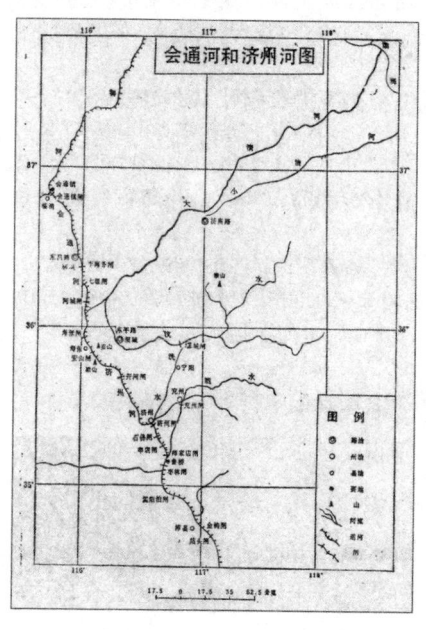

元代会通河和济州河图

济州河工程历时八个月，至第二年初秋全线告成。现在，江南的漕船用不着再从淮安向西北兜一个弓背形的大圈子了，过了淮河继续北上，由济州河进入大清河，再由利津入渤海至直沽。这样，除去从通州到大都一小段陆路外，沿途几乎全是水道，行程也比以前缩短了整整三分之一。

这个三分之一是什么概念呢？一千八百里。而从淮安到大都的直线距离也只有一千四百里。

现在，忽必烈大概可以心安理得地吃一碗江南的白粳米饭了。

这一年，还有一件值得一说的事情。为了漕运的需要，江浙行省新辟了一处造船基地，这个地方旧名沪渎。沪者，渔具也；渎者，水道也。是个不起眼的小渔村,当时仅有七八条街巷,百十户居民,家家门前张着捕鱼的网罟,左近小河浜上,横着几十条小船。所谓的渔村情调,也只是望不尽的芦苇而已,因此,当地人又称之为芦子城。

几年以后,随着漕运和造船业的兴盛,沪渎改名上海,为县治所在。"其名上海者,地居海之上洋也。"(明弘治《上海县志》)。设县是要经中央政府批准并备案的,当忽必烈批阅中书省的奏章时,他或许又会注意到,在新老两个地名的四个字中,竟然有三个字是带水的,南方的水,带着一股创造性的清澈和浪漫精神又一次在他心头流过,有如一本刚刚打开的大书……

当然,他现在还不会想到,这座吐纳江海的小渔村因其处势不凡,它的崛起只是个时间问题了。

18 会通河

一个来自西方的旅行者,成了忽必烈很谈得来的朋友。从意大利的威尼斯到大都,马可·波罗整整走了四年。四年的沙尘、烈日和风霜雨雪,把一个十五岁的清俊少年雕塑成了满脸大胡子的壮汉。忽必烈认为,能走这么远路的人都是很值得尊重的,一是因为他们那常人难以企及的毅力;二是因为他们的学问,光是沿途的所见所闻,就是一本大书。马可·波罗又善解人意,长于辞令,虽然有时喜欢夸大其辞(这大概是西方人特有的语言风格),但忽必烈还是很欣赏他,经常听他讲一路上的见闻,从中了解到不少关于天文、地理、气候、宗教、物产以及风俗习惯方面的知识。有时,忽必烈也向他请教一些问题,其中涉及最多的是航海。

威尼斯是地中海边的一座港口城市，如果说地中海是一把巨大的竖琴，那么，沟通世界三大文明古国古埃及、古罗马、古希腊的航线则是竖琴上炫光铿铿的弦索，他们之间的交流（当然也包括战争）都是通过地中海来进行的。在世界海洋贸易史和海战史上，古代最著名的一些大事件几乎都映照在这把竖琴优美而丰腴的背影之上。这里托举过亚历山大和恺撒东征的舰队，也行进过埃及艳后克娄巴特拉驶往罗马的婚船。地中海蔚蓝色的波涛激励着人们将生命的热情化为对远方世界的征服欲望，他们的舰船快意地犁过地中海那恣肆浪漫的丰沃，犁过达达尼尔海峡和博斯普鲁斯海峡被收拢得很优雅的激情，向着黑海和大西洋进发。如同蒙古人的眼睛是荒漠固有的黄色一样，他们蓝色的眼睛也是大海的色泽。应该承认，无论蒙古人还是地中海人，他们都是真正的骑手，真正的骑手总是坚定地凝望着远方，以至他们的眼神也染上了大地或海洋的原色。但遗憾的是，即使在风头最劲的时候，成吉思汗及其子孙的骑兵也从未到达过地中海。其实他们已经抵达了西亚的边缘地带，在蒙古军队的战利品中，充斥着用装古兰经的箱子改造的马槽，精致的经卷常常被用来为牛车垫道，它们燃起的火焰照亮了底格里斯河和幼发拉底河的下游平原。以蒙古马的速度，本来几天之内就可以望见地中海的，但他们却鬼使神差似的停止了进军的脚步，匆匆忙忙地建立了一个伊尔汗国便安顿下来，东西方世界最优秀的骑手因此失之交臂。现在，马可·波罗来了，他得到了忽必烈的赏识。一个在马背上征战了大半辈子的老人对海洋的向往，证明了他的自信和自尊，也证明了他仍然富于生命的活力和创造精神。马可·波罗的蒙古语已经操练得很地道了，他用蒙古语创作的西方海上帝国的传奇和史诗让忽必烈心旌摇荡，大开眼界。忽必烈把他留在宫廷中，随时顾问左右。他每年来往于大都和上都之间，也总要让马可·波罗随行。有时，忽必烈还派他去各地巡视，这正好成全了他的旅游癖。他把在各地的见闻收集起来，再加上自己的发挥，为他日后完成那本震惊西方世界的游记奠定了基础。

忽必烈对航海的关注，最直接的功用就是开通了东部沿海的海运。这是一件很了不起的大事。中国东部虽然濒临广阔的海洋，但历朝历代并不注重海运，他们理所当然地把大海视为一道帝国的围墙，而不是通往外部世界的坦途，这与农业文明的封闭性有关。马可·波罗是至元十二年夏天来到中国的，第二年三月，元军进抵临安城下，接受了谢太后签署的降表和传国玉玺，宋王朝尘埃落定。征服者弹冠相庆自是不用说的，接下来该打点行囊班师了。但第一批遣送北上的不是归降的小皇帝赵㬎和两宫太后，也不是临安府库中那令人眼花缭乱的金银珍宝，而是宋廷大内积满了灰尘的图书典籍和礼乐器皿，这些东西满满当当地装了几大船。因为当时大运河的山东段尚未开通，只能从海路运送。海运风涛凶险，艨艟巨舟装载着赵宋王朝数百年的兴衰痛史，也装载着一个农耕民族数千年的文化积淀向着北方驶去。这显然是一次试探性的举动。于是又过了几年，大规模的海上漕运便开始了。每年的春夏季节，庞大的遮洋船鼓荡着东南季风，编队行进在南起长江刘家港，北到渤海界河口的万里航道上，这是中国历史上空前的壮举。虽然最初提出从海路运输漕粮的是两个海盗出身的南方人——崇明人朱清和嘉定人张瑄，但从忽必烈几乎没有多少犹豫就采纳了这一建议来看，除去他本身具有的游牧民族那种宏大的气魄和广阔的想象力之外，恐怕也不能排除马可·波罗的影响。

接下来似乎要跨海东征了。

早在至元二十年，皇上就发布了征伐日本的诏书。这几年各方面的准备都在紧锣密鼓地进行，中国和朝鲜的海岸线上都在抓紧打造战船，战争的动员早就开始了，而且动员的规模比前两次都要大得多，水手被征集，海盗被招安，军队和辎重从四面八方向辽东一带集结，连死囚犯也纷纷出狱报效。到了至元二十二年冬天，朝廷预备由长江口运送一百万石粮食前往朝鲜囤集，这显然是即将用兵的信号。山雨欲来风满楼，对日本的第三次攻势犹如箭在弦上，大战一触即发。

可到了第二年正月，忽必烈突然下诏："以日本孤远岛夷，重困民力，罢征日本。"

我们无法揣度忽必烈当时的内心世界，但可以肯定的是，这样的举动需要一种道义上的勇气，也体现了一个政治家的气魄。政治家的气魄并不完全体现在大刀阔斧的进攻，有时也体现在妥协。从某种意义上说，善于妥协比善于进攻更重要。即使在进攻时，妥协也常常是并行不悖的。合纵连横是一种妥协，封官许愿是一种妥协，甚至朝令夕改出尔反尔也是一种妥协。妥协有时是向外部世界的退让，但更多的时候则是面对自我的心理调整，走出意气用事的误区。作为一种生命的激情，意气是个好东西，但意气用事就不好了，它一旦和睥睨天下的权威结合在一起，造成的破坏性足以祸国殃民。因此，意气用事常常是帝王们最危险的陷阱，特别是那些强有力的开国之君，他们在万方多难中拔剑而起，一路披荆斩棘，登上了无限风光的顶峰，面对着普天之下的赞颂和欢呼，他们便轻狂得不知斤两了，觉得自己无所不能，可上九天揽月，可下五洋捉鳖，想干什么就干什么，即使撞了南墙也不回头，因为他们要维护自己的权威。这时候，所谓雄才大略和如日中天恰恰成了一种生命的负担，把他们拖入了一意孤行的怪圈。而正是在这一点上，同样作为开国之君的忽必烈体现了可贵的自省精神。客观地讲，头两次东征的惨败都带有一定的偶然性，以元朝的综合国力，在军事上解决日本是完全可以做到的。但问题是，即使胜利了便又怎样？仅仅为了"天朝上国"的颜面，或者干脆只是为了赌一口气，就驱赶成千上万的将士去蹈海赴死，那么这种颜面和赌气又有多大价值？作为成吉思汗的子孙，忽必烈的每一根血脉里都涌动着征服的血性，但他同时又不失稳健温和的个性魅力。他是懂得妥协的，下诏罢征日本，并公开承认"重困民力"的错误，这种道义上的勇气不能不令人赞赏。

忽必烈的目光仍然坚定地注视着南方，一般说来，那里也是可以称之为京畿的。罢征日本，是为了集中精力开挖山东境内的会通河，那也是一种征服——对水的征服。鲁西丘陵朴实而坦荡，像女人一样丰腴又像男人一样固执，那是一片只接纳牛车（当然还有驴车板车太平车）却不肯接纳风帆的土地，特别是从来不肯接纳南来北往的风帆，因为历史上的汶、泗诸水都是东西流向的。但王朝的中枢在北方，来自江南的漕船需要一条北上的航道。自济州河开通以后，漕运在山东境内的瓶颈状态虽然有所缓解，但连接济州河与利津出海口的大清河有如吝啬的老妇人一般，她枯竭的乳汁维持不了大运河壮硕的生命。由于水源匮乏，大清河不能承载大吨位的漕船，而利津港口又常常被泥沙壅塞，这条通道上的运量仍然有限。在这种情况下，朝廷只得在大清河北岸的东阿建立水陆驿站，也就是让漕粮到了东阿便起岸装车，改由陆路运送到临清，再进入御河水道。这实在是没有办法的办法，虽然整个行程用不着再走淮安向西的那个弓背形，但陆路运道却长达二百五十里，较原先从中滦到淇门的陆运还要远七十里。光是这一段运道，每年就需役民一万三千二百七十六户。特别是其中的茌平一段，地势低洼，"遇夏秋霖潦，牛车跋涉其间，艰阻万状。"这样将就了几年，从中央到地方都感到不能再将就下去了，会通河工程终于被提上了议事日程。

会通河从安民山到临清，全长二百五十里。这条运道也是当年郭守敬规划过的，只是水源问题一直没有解决。但郭守敬既然走过这里，就说明了在这里开河的合理性，那是一脉幽微的智慧之光，需要人们去寻找的；或者说他只是出了一个预言性的大题目，留待人们去求证和填充。开河这种事体就和打仗一样，高明的军事家在战役发起之前就已经胜算在握，包括战斗中可能出现的一些细节问题都考虑得很周到了，才开始打响第一枪。这样，打仗实际上只是一个仪式，并没有多少悬念可言。开河也是一种仪式，在仪式进行之前，你得把方方面面的问题流向、水源、堰闸之类都落到了实处，才能启动开河的仪式。所谓水到渠成就是这个意思。开河本身并不难，会通河工程役民三万，大约用了半年时间。至于水源问题，还是让马之贞去解决，这位土专家用他脚踏实地的智慧丰富了郭守敬的构想。他在堽城建立了一座分水枢纽工程，简单地说，就是引汶水和泗水作为水源，再设置若干闸堰分水济运。其中技术上的细节几句话很难说清楚，不说也罢。这项工程经历代的不断完善，一直沿用到明清，并陪伴着大运河走向最后的衰落。单从这一点看，马之贞的创造就不仅是脚踏实地的，而且相当具有前瞻性。当然，会通河通航后，马之贞的官阶也随之水涨船高，由汶泗都转运使提升为副部级的都水少监，一个从乡村走出来的土专家能有这样的前程，算是不错了。

《元史》中的马之贞，大抵到此为止，副部级以后就不见踪影了。一个没有任何官场背景的实用工匠，他的名字不可能在史书上留下太多的痕迹，更不可能记载在月球背面的环形山上。但提到山东境内的大运河，人们还是会想到他，另外还有一个明代永乐年间的白英，在民间传说中，他们生命中最微不足道的细节都是与水有关的，当然还有土地。

河的精灵激活了原始的鲁西丘陵，一道道闸堰把汶水和泗水导向会通河，它们原先那奔向大海的激情，现在都奉献给了运河。河水欢快地流动着，它看到两岸的阡陌人烟，繁花茂草，那是它创造的生命。小驴车在闸堰上优哉游哉地驶过，毛驴的脖子上用红布条系着一只小铃铛，让人联想到为它装备这行头的一双女性的手。而此刻,那双手正在河岸上采集槐花,作为小户人家艰难生计的一部分,那是预备晒干了掺在高粱和野菜里做饭用的。牧童牵着老牛在河边饮水,附近有老式的戽水器在戽水,河水被提升到岸上的水渠里,再沿着四通八达的支渠注入田垅,如同一条条皱纹在老人脸上爬行一般。当然,那必须是在河水比较充沛的季节。如果水位太低,朝廷是严禁在运河里取水灌溉的,因为达官贵人的享受比小民百姓的温饱更重要。漕船驶过去了,燕尾形的波浪冲刷着河岸下的树根,赤裸的树根张牙舞爪地盘踞着,呈现出一种怪异的惊险。目送着吃水很深的漕船鼓帆远去,乡民们不由得会发出这样的感慨:皇上一年到头要受用多少好东西啊!

乡民们的感慨实在过于朴素了,其实,漕船运送的不光是皇上受用的大米和丝绸,还有南方那永恒的蓝天下所产生的一切有价值的东西作为诗歌母语的方言,红底描金的世俗生活情调,明月下的香艳故事,石板路上乌桕树的影子,浪漫而伤感的屈原,等等。也许大运河的初衷不在这里,但它既然开通了,便无法拒绝这股时尚的潮流,就像你无法拒绝春天花开秋天叶落那样。例如现在,这位名满江南的大才子便沿着大运河往大都去了。

赵孟頫,字子昂,号松雪道人,宋太祖赵匡胤的嫡裔。虽是赵宋的金枝玉叶,却已经是失势了的,因此南宋灭亡之后,他并不惆怅,只是在他的封地湖州隐居静观,很无所谓地过着诗酒风流的小日子。十年以后,忽必烈招安江南的文化人,他并不曾经历多少思想斗争,就跟着朝廷的求贤大臣到大都去了。这一方面是因为他过于珍惜自己的生命,做不出文天祥或者郑思肖那样的举动;另外,他似乎觉得新王朝也不错,特别是作为一个文化人,他觉得新王朝的文化政策相当宽松。这个起自北方的游牧民族风格犷悍,他们马上杀伐,像一股狂野的旋风刮过漠北和中原，暂时还没有学会那种断章取义、曲里拐弯地整人的病态思维。因此，他们的文化管理也是粗放型的，大大咧咧，百无禁忌。或许在他们看来，与其给思想打造镣铐，还不如打几副马掌，让它在天地间自由自在地奔驰。

赵孟頫到大都去了，后来他荣际五朝，官做得很大，艺术成就亦登峰造极。那是他的造化，因为他遭遇了一个文化心态比较健康的王朝。

大约就在赵孟頫北上不久，大戏剧家关汉卿却沿着运河从大都往江南去了。

他为什么要南下呢？大都的梨园很热闹，他创作的《望江亭》和《救风尘》等剧目早已风靡京师，最火爆的时候，所谓半城车马为君来也一点不是夸张之辞，照理说他在大都的生存环境还是说得过去的。但一个有作为的艺术家不应该老待在一个地方，平淡无奇的庸常岁月会一点一点地腐蚀艺术灵性，就像植物的叶片在看似懒散的秋阳下日益枯萎一样。这些年，从江南来大都的文化人着实不少，他们给大都的文坛带来了一股春风杨柳般的清新气息，这不能不激起关汉卿对南方的向往。在这之前，京都名优珠帘秀已经到南方去了，先是在扬州，而后又到了杭州，听说在那边仍然很走红的。而且更重要的是，自己酝酿了多年的《窦娥冤》一直没有写。没有写不是因为才力不逮，而是因为太看重。他有一种预感，这个戏写成了，如果不是他最好的一个戏，也肯定是他最好的两三个戏之一。有了这样的定位，下笔便颇为矜持，生怕糟蹋了一个好题材。而窦娥的传说就产生于江淮一带，为了写好这个剧本，他也应该到传说的发源地去走一走，看一看。好在大运河已经开通，来去并不太难。那么就上路吧。

淮安的窦娥巷东西不过百米，寻常巷陌，极是清静。这里离最繁华的运河码头河下镇相去不远，我们可以想象当年关汉卿从河下镇登岸后，一路寻访窦娥巷的身影。孤篷瑟瑟，青衫飘零，一个北国书生走进了淮安城北的这条小巷，谁能估量那彬彬弱质的身影究竟有多大的能量呢？但传说中的一个底层劳动妇女的苦难和抗争，点燃了他山呼海啸般的创作激情，撼天动地的《窦娥冤》就是从这里走进了中国文学史的长轴画卷，而这位书生也当之无愧地走进了大师的行列。在关汉卿的六十多种杂剧中，《窦娥冤》无疑是最具社会批判精神和艺术震撼力的一部。听听窦娥最后在法场上的呼喊，谁能不为之惊心动魄呢？

地也，你不分好歹何为地；天也，你错勘贤愚枉做天！

这样尖锐地揭露黑暗和腐败的作品，并没有听说当时有哪一级政府来横加干预，这也说明了元代的文网是相当松弛的。上世纪六十年代初，田汉先生在他创作的名剧《关汉卿》中，说关汉卿和珠帘秀因创作和演出《窦娥冤》双双触怒朝廷，被处以极刑，且在法场上互诉衷肠"相永好，不言别"云云，这纯粹是凭空杜撰的情节。其实，历史上的戏剧大师关汉卿并未死于文字狱。

关汉卿最后终老何地，史无记载。但一代名优珠帘秀确是死于杭州的，这是杂剧走向南方的一个信号。大运河的清波不仅激活了一个多民族国家的雄健体魄，而且疏通了全方位的文化交融，将元代的文化史从蒙汉冲突的烟尘提高到创造性的清澈之中，这中间最重要的标志就是戏曲中心的南移和元曲的勃起。我总觉得历来的文学史对元曲有些轻慢，这实在是很不应该的。如果说在元曲之前，艺术审美有所创新的话，那么这种创新最终还是在中国传统文化范畴之内的创新。而元曲则从根本上对原有的审美规范进行了一次颠覆。这种颠覆张扬着北方游牧民族固有的生命精神犷悍、洒脱、自由的心灵和奔放的思想。作为颠覆的成果，元曲的那种自然朴质，雄浑刚健，俚曲新声完全冲破了传统的"雅正"之美，开辟了新的审美维度。且看看元曲中的这条《大鱼》：

　　胜神鳌，卷风涛，脊梁上轻负着蓬莱岛。万里夕阳锦背高，翻身犹恨东洋小，太公怎钓？

　　何等的气势非凡！一点也没有那种瑟缩在文网下吞吞吐吐地看别人脸色的味道。元代的文化人真够放肆的。

　　但大运河并没有意识到这些，或者说并不在意这些，它是大智若愚的做派，只知道由着自己的性子向前流动。巨大的漕船压迫着它，风帆和橹桨撩拨出昏眩的快感，两岸是充满生机的旷野和新兴的城市，生命的密度在不知不觉中稳步增加这些都将成为后代历史学家们研究的课题。现在，它从杭州流到了通州，离大都只有一步之遥了。

19　通惠河

　　到了至元二十九年（公元1292年），忽必烈已经七十八岁了，这样的高龄在他的家族中是少有的，雄健如牛的祖父成吉思汗活了六十六岁，接过祖父的旗帜完成西征大业的伯父窝阔台活了五十六岁，而骁勇伟岸的父亲拖雷只活了四十来岁。一个七十八岁的老人是到了考虑后事的时候了。在忽必烈的"后事"中，最让他牵挂的还是大运河。他决定在自己的有生之年最后完成京师漕河工程——开挖由通州到大都的通惠河。

从至元十九年开济州河到至元二十九年开通惠河，这中间整整经历了十年时间。济州河一百三十里，会通河二百五十里，通惠河五十余里，加起来也不过四百多里。人们不禁要问，以忽必烈那样的雄才大略，这几项工程为什么不能一鼓作气却要拖延十年之久呢？其实这也正体现了忽必烈性格中值得欣赏的一面。他不是那种好大喜功的君王，凭借着自己可以役使千百万人的无上权威，视民生如草芥，大呼隆地想干什么就干什么。他是清醒的、审慎的，量力而行的。对于一个雄视八方的马上天子来说，这一点尤其难得，也是忽必烈不同于秦皇汉武或隋炀帝的地方。历史证明，再好的事情，如果不能量力而行，只凭领袖人物头脑发热，就闹哄哄地大干快上，也会产生灾难性的后果。好大喜功穷折腾也是一种暴政，有时甚至会比其他形式的暴政更加祸国殃民。几十年以后我们就会看到，同样是为了治河，忽必烈的子孙将以亡国的代价来验证这条并不深奥的定理。

至元二十九年正月，大都还是一片冰封雪锁的世界，官僚贵族们大都闭门扃户，窝在家里围炉煮茗，或就着煊羊肉喝酒。皇上的圣旨下达了，命太史令郭守敬兼领都水监事，全权负责大都漕河工程。这项任命体现了皇上一贯的办事风格，有点举轻若重的意思，即使是一项不算太大的工程，也还是要让郭守敬这样第一流的专家来主持。同时又考虑到通惠河要穿越京师，天子脚下，冠盖如云，随便扔一块土坷垃说不定就会砸着一个王公贵族，施工中必然要牵涉到各方面的矛盾。为了防止权势对科学决策的侵凌，在扯皮中耗费过多的精力，忽必烈又下令，凡遇重大问题，"咸待公指授而后行。"这等于给了郭守敬便宜行事的尚方宝剑。只有在这时候，忽必烈才真正感到了科学家的宝贵，他手下有那么多适合当官或者适合侍奉他的人——丞相、尚书、御史、将军、诗人、僧侣，甚至驯马师和营养师，但郭守敬这样的科学家却找不出第二个(其实,在任何时代,科学家的比例都远比官僚或仆役的比例要小得多)。因此,即使贵为天子,他也不去对工程上的事指手画脚,而是让郭守敬放手去干。这是一种大度。他知道,只有权力服从于科学,科学才能像行吟诗人那样自由地迸发出灿烂的灵感。

以太史令兼领都水监事,说明这两个职务都非郭守敬莫属。作为国家天文台台长兼科学院院长,太史令往往是终身的,因为有资格担任这一职务的就么几个。但它并不是一个闲差,这些年,郭守敬的精力主要用于天文历法方面的研究,很多成就都是具有开拓性的。例如,他制成了世界上最早的大赤道仪,比丹麦天文学家第谷发明的使用赤道坐标环组的仪器早了三百多年;他创立了我国独特的球面三角学,用以计算黄赤道差和黄赤道内外度,比欧洲的三次差内插法早了近四个世纪;他还主持进行了一次空前规模的恒星位置的测量和地球纬度的测量,在中世纪的科学史上也是前无古人的创举。这是他创造力最活跃的时期,他像一只冬眠的熊,日复一日地吮吸着自己的脚掌那里贮藏着他生命的精华。太史院的工作是枯燥而清苦的,但快乐也会不时来撞击他的心扉。人类一些最重要的问题,最终都是在快乐中才得以解决的,就像上帝用追求性快感来吸引人传宗接代一样。在追求中获得快乐,科学发现也是如此。现在,他只得放下太史院的工作去主持开河。这是他第二次担任都水监了,第一次是为大运河作战略性的规划,这次则是为了最后完成运河与大都的牵手。历史似乎有意要把大运河这项伟大的功业与一位科学巨子联系在一起,因此从开场到闭幕都让他来主持。

都水监是废而复置的机构,暂时还没有衙署,郭守敬仍在太史院办公,从表面上看似乎一切如常,连"走马上任"也省略了。但往日的清静却说不上了,他必须亲自进行野外的勘察测量。大科学家的灵感也不是信手拈来的,他只不过比常人更敏锐,更善于从司空见惯的现象中孵化出智慧罢了。首先是对事物的深入和独立的观察，为什么要强调独立呢？因为只有独立的观察才不至于重复别人的结论，也才会产生独立的思考；而有了独立的思考，大抵也就离创造的门槛不远了。为了解决通惠河的水源问题，郭守敬从考察大都周围的山经水脉入手，苦苦求索了八个月，最后确定了从白浮泉引水济运的方案，其大致构想是：从昌平东南的龙山引白浮泉西行，然后大体沿着五十米的等高线转而南下，避开河底低地，沿途拦截沙河、清河上源及西山山麓诸泉，入注瓮山泊（今昆明湖前身）。再沿古高粱河流至大都西水关入城，往南汇为积水潭。往东南出文明门，经大通桥入旧运粮河，至通州高丽庄接通北运河。这样，一条五十多里的通惠河，为之配套的引水河道却有一百一十多里，从西北蜿蜒至东南，仿佛一条闪光的玉带，若接若离地佩在燕京古都的腰际。而规划在河道上的二十座复闸，则有如镶嵌在玉带上的宝石一般。对于喧嚣浮躁的大都来说，那是一道清凉的注视和温情脉脉的抚慰。它更加使我们坚信，真正天才的创造都是以美的形态体现出来的，不管它是一条河、一座城，还是一架玲珑剔透的天体观测仪。

八月底，朝廷征调禁军、工匠、水手等两万余人，通惠河工程正式上马。在忽必烈看来，大都军民为运河服役只是暂时的，而换取的却是运河千秋万代地为大都军民服役。因此，对工程怎样重视都不为过分。开工不久，他便仿效汉武帝"塞瓠子决河"的故事，命令自丞相以下的百官皆亲操畚锸去工地参加义务劳动。皇上这么一号召，接下来的热闹可以想见。车辚辚、马萧萧，满朝文武一个不落，浩浩荡荡地来到开河工地，融融的秋阳下，那场面简直如同一次有组织的郊游。所谓义务劳动其实是相当形式主义的，实际上干不了多少活；再加上工地上的茶水费和往返的车马费，从经济上核算实在划不来。但干多少活并不重要，重要的是一种姿态：这些本来不应该劳动的人也亲自来劳动了（多么令人感动的"亲自")！足见上边对这件事的重视程度。那么多达官贵人站在那里，服饰斑斓，冠冕堂皇，本身就是一道风景。他们"亲自"拿起铁锹，装模作样地挖了几块土，这一幕便载入了史册。但在他们的身后，那些世世代代挖土的人有谁曾注意过？理由很简单，因为那本来就是他们应该干的事，而达官贵人们的本职却是坐在衙门里摆布别人的命运。这至少揭示了一条真理，谁如果想载入史册，就去干点不属于自己本职的事情，例如那些世世代代挖土的人杀进衙门，干起了摆布别人命运的勾当，青史上就不得不记上一笔了。

达官贵人们象征性地挖了几锹土，又浩浩荡荡地回城去了。回去了好，这些人在工地上反倒碍手碍脚，郭守敬还得趋前避后地在一边侍候着，唯恐礼节上有不周到的地方。但只要还存在着一部分人对另一部分人的统治和役使，存在着官方文件中对一部分人的劳动必须用"亲自"来表达，存在着政客们以作秀来哗众取宠的社会氛围，这样的镜头就不会绝迹。

通惠河及相关的引水河道激活了大都城的风水，"风水之法，得水为上。"水是一座城市的动态雕塑，著名的"燕京八景"中的"芦沟晓月"、"琼岛春荫"和"太液秋风"，原先都是大都漕运系统的产物。这似乎是一则关于水的美学寓言，后人谁会想到，那些优美典雅的名字，最初的起因只是为了解决吃饭问题呢？

通惠河的竣工，标志着南北大运河的全线贯通。从此以后，庞大的漕船编队从江南启航，扬帆三千五百余里，可以直抵大都宫墙后的积水潭。这个长度尽管比隋代运河缩短了一千八百多里，但它仍然是世界上最长的人工运河。中国历史上的世界之最太多了，平心而论，并不是所有的世界之最都有多么了不起的价值，有的"之最"只能在极有限的时空范围内供人们津津乐道；有些"之最"则纯属雕虫小技，根本没有多

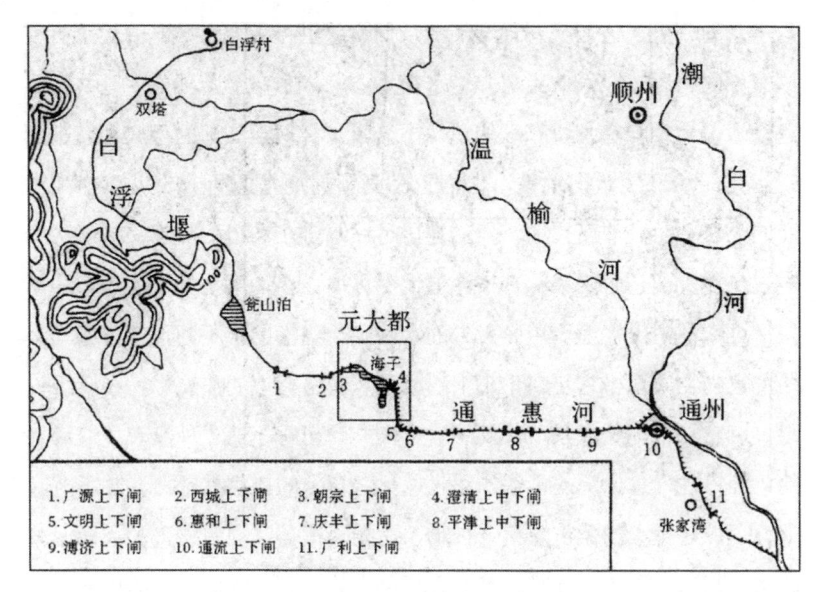

元白浮堰、通惠河图

大意思。但大运河这样的世界之最却绝对是惊世骇俗的，从现在开始，它至少影响了此后六百余年中国政治经济的总体格局。一条影响了占世界人口四分之一的大国长达六百余年的运河，无论如何是不能等闲视之的。同时，大运河的改道也从根本上颠覆了中国东西部的发展历史，像汴梁、洛阳、长安这些曾在中国历史上镂金错彩的名字，却有如被遗弃的半老徐娘一般，从此韶华不再，失去了在中国政治舞台上发号施令的资格。它们那神圣的光环和风华绝代的优越感，只能成为博物馆里孤独的陈设。人们在惊叹它们当年那盛极一时的辉煌时，不得不为它们江河日下的衰落而感叹。而得益于大运河的惠顾，东南沿海的商品经济得到了空前的发展，它们当之无愧地成了执中国经济之牛耳的新贵。而这种经济格局对政治和文化的影响，我们以后将会看得越来越清楚。

作为荒漠上的游牧民族，蒙古人从小习见的是骁勇的马蹄，而不是浩荡的风帆。他们那悠远辽阔的长调牧歌也和南方水淋淋的吴歌有着绝然不同的质感。他们当然知道水的重要，一个在茫茫荒原中寻找水、追逐水，为了争夺一块有水的草地不惜厮杀得昏天黑地的民族现在来到了南方。从深层意识上说，他们也是为了追逐水源——长城以南那湿润的农耕文明——而来的。他们定居了，定居在辽金的故都，从逼仄的蒙古包住进了金碧辉煌的宫殿。他们不再追逐水，而是把水从更远的南方引过来消消停停地享用。南方的水的确与荒漠的水不同，荒漠的水只凸现它的物质性，它装在牛车上的木桶和骑手背上的皮囊中，在骑手们眼里，它从来不是风景，仅仅是对"渴"的消解——一种没有任何诗意的、纯粹生理意义上的消解。渴了，抓过背上的皮囊抿几口（却不敢猛喝），撩起宽大的蒙古长袍一抹嘴角，扬鞭策马又向前方去了。而南方的水，充沛、清纯、优雅，带着香草美人的芬芳、烟雨楼台的风韵和杨柳岸晓风残月的情致。它洋洋洒洒，伸手可及，不仅可以解渴，而且可观、可品、可鉴。大运河来了，好大一脉水啊！背负着南方的富庶繁华，南方的满腹诗书，南方的降臣新贵和铜驼铁碑浩浩荡荡地来了，甚好！那么就兼收并蓄吧，一个新的王朝就这样在大运河的北端定居下来。这个原先在饥渴时能狂饮马血的民族，现在也开始学会了水的审美和挥霍。他们从马背上跳下来，登上海子里的龙船，一边用心细细地品茶，一边摇头晃脑地静听欸乃如歌的桨声——那划船宫女的身姿据说来自扬州瘦西湖上的船娘。他们觉得这样生活也挺不错。有时候他们会暗自思忖：究竟是他们倾慕汉文化才去梳理运河，还是南来的运河之水滋润得他们这样"文化"？这样的问题很难想出什么所以然，那么就不想吧。还是品茶听水，随手翻开一本词臣新近推荐的线装书。

在公元1292年的中国，除去大运河全线贯通而外，说得上具有世界影响的事件，还有马可·波罗回国。

我相信世界上有很多本来可以演变为大事件的情节，却湮没在其中的某一个链环上。马可·波罗如果终老于东方，那么他最多只会在稗官野史中留下一笔，绝对不会有后来那么大的轰动效应。他来到中国已经十七年，这期间他曾游历过不少地方，印象最深的是沿大运河南下，一直抵达泉州和福州，甚至还在扬州当过几年的地方官。一个既在大都的皇帝身边待过几年，又在扬州这样富于东方情调的地方担任过父母官的人，相信他对中国的事情也算了解得差不多了。现在，他要回国了。思念故土是人之常情，忽必烈也不好强留。正好伊尔汗国遣使向元室求婚，忽必烈便派他送阔阔真公主出嫁，然后顺道回国。这次他选择了海路，四桅大船从泉州启航，出南中国海，穿马六甲海峡，越印度洋，一路上备尝艰辛，两年以后才在波斯登陆。完成使命后，他又取道小亚细亚辗转回到威尼斯。

至此为止，这位意大利旅行家的故事似乎应该结束了。

但地中海人的探险精神却注定了故事还要延续下去的。马可·波罗天方夜谭式的经历引出了另一名探险家更具史诗意义的远航，这中间，起决定作用的似乎只是马可·波罗那喜欢夸夸其谈的性格。

回到威尼斯的第二年，马可·波罗在一次海战中成了热那亚人的俘虏。在那里，和他关在同一监舍的恰恰是一位小说家。

一位经历丰富而又喜欢吹牛的旅行家遭遇了一名小说家，其结果是，旅行家夸大其辞的口述，加上小说家笔下生花的记录，一本《马可·波罗游记》诞生了。

《游记》一旦问世，其影响就远远超出了马可·波罗个人命运的范畴。书中描述的那个人间天堂般的中国和遍地黄金的日本（马可·波罗其实根本没有到过日本，有关的描述都是得自传闻），引起了西方淘金者狂热的向往。一位出身于热那亚的犹太人在很小的时候就熟读过《游记》,就像当年柳永描写杭州的《望海潮》曾诱惑金主完颜亮生起投鞭渡江之志一样,寻找东方那取之不尽的财富也成了这位犹太人远航的一大诱因。他就是哥伦布。

1492年8月,哥伦布率领"圣玛丽亚"号等三艘帆船从巴罗斯港启航。他相信地球是圆的,而且海洋要比陆地小得多,由欧洲向西航行可以到达东方的印度和中国。这是一次充满了艰险、内讧、残杀和指鹿为马的远航。哥伦布自以为是的性格使这次探险只取得了部分成功,他的船队最终未能到达东方,因为他把中美洲的加勒比海地区误认为是印度,故称当地人为"印度的居民"(印第安人)。但即使是错误,这也是伟大的错误,谁能否认他寻找新大陆的远航曾影响了世界历史的进程呢?

那已经是马可·波罗身后差不多二百年,也就是十五世纪末期的事。那时候,东方的明王朝正在最腐朽而封闭的专制灵床上酣睡,"汉唐一路传下来的中国,万家灯火,在更鼓中渐渐平静了下来。(张爱玲语)"而新世纪的曙光已经随着哥伦布远航的帆影喷薄欲出了。每每读到这段历史,我们这些大运河的子孙就痛心疾首,恨不得大哭一场。

20 贾鲁的悲剧

元代的大运河和刚刚从大漠深处走出来的蒙古骑兵一样,有一种开天辟地之初的气魄。这种气魄的全部内涵是:充满了原始野性的生命活力,慷慨大度的奉献精神和放荡无羁的恣意作为。元朝立国的时间不长,从忽必烈开始,历代帝王都很重视对水的驯服和治理。但重视有时也并不是好事，重视什么往往说明那个"什么"没有解决好。元朝最后灭亡的导火线不是别的，恰恰是他们一直耿耿于怀的治河，从这一点看，这些来自北方荒漠的骑手最终也没有真正熟谙水性。当年从临安运到大都的那些宫廷礼器，又被朱元璋的大将军徐达运回了江南，来去走的都是水道，所不同的只是，北上的时候走的是海路，南归的时候走的是运河。一个马背上的王朝曾把自己的命脉系于盈盈一水的运河，等到气数已尽日落大都时，大运河又为他们唱了一支最后的挽歌。

一个重视治水的王朝，走出几个水利专家也是情理之中的事。元朝的水利专家，开始的时候有郭守敬和马之贞，最后一个则是贾鲁。不管什么人物，成为最后一个总带着几分悲剧意味，确实，无论是在元代政治史还是中国水利史上，贾鲁都注定了是一个悲剧人物。

贾鲁的悲剧在于他是一名专家型的政府官员，这种人的特点是，有比较精深的专业知识，但社会管理的经验和能力相对较差。他们在内心深处其实是相当高傲的，并不怎么把那些官场政客们放在眼里。对自己专业知识的过分自信，再加上强烈的表现欲，使得他们往往喜欢钻牛角尖，缺乏从政治上看问题的大局观。作为元朝末年最杰出的工程技术专家，贾鲁的工作无疑是富于创造性的。但可惜的是，这样难得的专家偏偏生不逢时。到了他那个时候，元帝国的大厦已是千疮百孔，风雨飘摇，科技成果已不可能被有效地吸纳和消化，从而推动社会的进步。也就是说，仅仅靠科技已是无力回天了。在这种时候，作为有头脑的政治家，首先考虑的应该是社会的稳定，稳定压倒一切。稳定是在不稳定因素蓄势待发甚至积重难返的情况下提出来的口号，若是海晏河清天下太平，谁会吃饱了撑的，整天把稳定像口香糖似的放在嘴里嚼？那是怎样一个危机四伏的时代啊！吏治的腐败已是公开的秘密，公开得人们都懒得去说它，贪污受贿犹如一张时髦的名片通行无忌。私囊中饱，国库空虚,中央财政近乎崩溃,只能靠滥发钞票来勉强维持。加之灾荒连年,民生凋敝,邪教麋生,盗贼蜂起,哪怕一点小小的火星,也有可能引起燎原大火。因此,干什么事都得如临深渊、如履薄冰,唯恐突破了社会可承受的临界点。就连反腐败也只能悄悄地进行,生怕把娄子捅大了收不了场;或者把黑幕揭得太多,让民众看到了那一摊烂污,对当局更加失去信心。强化专制,钳制舆论,虚言矫饰,打肿脸充胖子,这些都是不必说的,最重要的还是不能让老百姓扎堆儿,扎堆儿能有什么好事?就像元杂剧《陈州粜米》中所说的:"柔软莫如溪涧水,到了不平地上也高声。"不满和牢骚一摩擦,就会生出动乱的火星,只要谁振臂一呼,大局就不可收拾了。

但贾鲁偏偏忽视了这些,他太相信自己的专业技术,以为天下的坏事都是黄河泛滥造成的。黄河一泛滥,不光使沿线的农村经济雪上加霜,赋税收不上来,饥民流离失所,加剧了社会的动荡不安,而且还直接影响了漕运,因为黄河和大运河有一段是抱在一起的,黄河一感冒,运河也跟着打喷嚏,弄得京城里连吃饭都成了问题。因此他理所当然地认为,只要治好了黄河,使流民回归本土,一切社会问题就会迎刃而解。这样的思维从逻辑上讲或许并不错,但他恰恰是在社会承受能力这一点上超越了现实。对此,工部尚书成遵就曾指出:山东河南一带"连灾饥馑,民不聊生,若聚二十万人于此,恐日后之忧,又有重于河患者"。

这是一个具有政治头脑的老官僚发出的警告。

这样的警告后来又不幸而被言中。就在贾鲁大规模地开工治河,并且以他那天才的创造取得了相当了不起的成就,差不多就要大功告成时,饥饿的民众却等不得了,一个经过精心预谋的独眼石人"挑动黄河天下反",元王朝的丧钟最先在治河工地上敲响了。

所有的愤怒都冲着治河而来，贾鲁成了一切的罪魁祸首。且看当时流传的一首民谣：

丞相造假钞，
舍人做强盗。
贾鲁要开河，
搅得天下闹。

但贾鲁并没有看到元朝覆亡的那一幕，他在这以前就死了。他出生的时候，主持朝廷水利的是大科学家郭守敬，他自己最后担任的也是这个职务。大运河成了两个水利奇才之间最有力的纽带，但它的一头是庄严的正剧，一头却是有始无终的闹剧。贾鲁死后，他的职务也就不再有人接任了，因为漕运已经瘫痪。

贾鲁肯定是带着诸多委屈和困惑死去的，治河有什么过错呢？在这样一个天灾人祸大大超过了社会承受力的时代，无论是治河还是不治河，老百姓揭竿而起都是迟早的事。以自己的殚精竭虑和在工程建设方面的大手笔，却没有能像预期的那样让灾民安居乐业，反而是在治河工地上汇聚了数十万民工，给大规模的起义准备了条件。呜呼！此天亡大元，非贾鲁之过也。自己在水利方面的满腹才华和杰出贡献，恰恰都被民众与朝廷之间的对立彻底抵消了，这实在是一个优秀的工程技术专家的悲哀，也是让他死不瞑目的。

贾鲁死后十五年，元朝灭亡，作为大一统的中央王朝，它在历史上存在了九十三年，只比嬴政的秦朝和杨广的隋朝稍长一些。但它却为中国历史上第三个大一统的黄金时代拉开了序幕。有意思的是，中国历史上的每一个黄金时代到来之前，都曾有一个统一而短命的王朝存在过，它们分别是：秦之对于两汉，隋之对于盛唐，元之对于明清。在这几对冤家组合中，前者有点类似于一次浓缩了剧情的彩排，但又更像是充当了一个报幕人的角色。他们在历史的聚光灯下匆匆登场又惨然淡出，却也绝对有声有色。而且这几位"报幕人"还有一个共同的嗜好，他们都把自己的名字和中华民族的两大文明工程定格在一起。秦始皇在中国的北部修筑了一堵纪念碑式的高墙；隋炀帝用五千里长河在版图上书写了一个面向苍天的"人"字（当然他也修筑过长城）；忽必烈倚天张弓，几乎是比照羽箭的轨迹最后修正了大运河的北端走向。长城，运河，王朝兴衰，暴政与文明，还有那千古流不尽的苍生泪和英雄血，我总觉得这中间有着某种神秘的联系。

淮安梁红玉祠的墙角里扔着一块"古末口"的石碑，我曾站在那里好一阵发呆。古末口是邗沟入淮处，也是汴河与元代运河的交汇之地。为了大运河，夫差、杨广、忽必烈曾在这里神圣地交接，这是南方与北方的交接，是暴政与强权的交接，是耀武扬威与好大喜功的交接。一个伟大的生命让亡国之君与开国之君走到了一起，这不由得让人想到了文明的代价。犹如生命的分娩总是在血海中喷薄而出的，总要伴随着剧烈的阵痛、挣扎和呼天抢地的叫喊，文明的进步往往来自强权和暴政，这几乎是一条丑陋的定律。也正是在这一点上，开国之君和亡国之君在精神品格上脱颖而出。他们都是心雄万夫、虎视八荒的强者，都敢冒天下之大不韪。在他们看来，天下事了犹未了，只怕想不到，不怕做不到，流芳百世和遗臭万年并非不可逾越。人生在世，玩的就是心跳，轰轰烈烈地活一回比什么都值得。于是他们走到了一起，在这里神圣地交接。或许他们知道，人们诅咒强权和暴政，却从来不诅咒成功。

如果把大运河比作一条时间之河，那么夫差、杨广和忽必烈则分别站在它的上游、中游和下游，从某种意义上说，他们都是以大运河作为对手的。一个共同的对手，成了这几个强者之间最有力的纽带。如今，古老的邗沟还在奔流不息，元代运河那风尘垢面的轮廓尚在，而汴河和当年那植满了柳树的隋堤则早已湮没无痕。无边落木萧萧下，透过时间，我们才真正感受到了一个生命的苍古与强健，仿佛不是自己在运河上旅行，而是运河在浩浩茫茫的历史中顾盼生姿。

面对着大运河这样的对手，历史上任何人的点滴成功都应该被记取，而任何人的失败或失误都是可以心平气和地对待的。

元朝灭亡了，大运河还在。在它的视野里，有着比王朝的兴衰更替更值得关注的风景。它被征服过，但最终是它成了征服者。它正处于这样一个最值得夸耀的时期，如果从吴王夫差算起，它已经走过了差不多一千八百年，早该现出迟暮了；如果从隋炀帝杨广算起，它也走过了差不多七百年，正值生命的壮年；但如果从忽必烈的京杭大运河算起，它还不到一百年，尚未跨进青春的门槛。现在，这些经历都化为一种哲学和宗教汇聚在它的生命中，有如智慧老者一般的沉着，中年壮汉那山一般的体魄，再加上天真烂漫的热情和幻想，即使在以后的岁月里不再有任何馈赠，它也足以应付一切了。

仍然是淡淡妆，天然样，带着日月星辰的顾盼和四时不衰的传奇，大运河流进了它的黄金时代中国历史上延续时间最长的明清大一统时代。

史诗掀开了新的篇章。

第四章 空间篇

十五 生命的风景卫河

对于北方的这片大平原来说,水是最伟大的造物主。

首先是源自西部山地的河川搬来了大量的泥沙,堆积在这片古老的岩层上,这在地质学上称为山麓洪积平原。随着平原逐渐向东推进,海水也参与进来了。海水本来是以抵抗者的身份出现的,它用澎湃的潮头阻击河川的入侵,然而也正是这种抵抗孕育了新的陆地,正如女人对男人的抵抗孕育了新的生命一样。西部的河川和东部的大海,还有太阳、雨水和风,从遥远的时间和空间联袂而来,在冰川期的处女岩上一点一点地进退,一层一层地涂抹。河水挟带的泥沙在海水的阻击下步步为营,沉淀为淤泥,淤泥又风化为绿洲。经历了创造的冒险和爱的妥协,最后,河川以其锲而不舍的韧性战胜了大海,大海在退却中留下了一大片冲积平原，就像情欲和爱慕消褪以后，剩下的只有理性的后果。沧海桑田的变迁，由数百万年前的古生物用遗骸写在那厚达一千多米的堆积层里，地质学家们把它们称为化石。

这则古老的故事大致从新生代第四纪就开始了，而且至今还在延续下去，它是属于华北平原的。

现在，大运河就沿着华北平原的南部边缘迤逦而行。从临清到德州，这一段称为卫河；自此以下到天津，习惯上则称为南运河。对于大运河的整个生命来说，现在刚刚走过了三分之二的历程。和黄河那一段欲生欲死的纠缠有如梦魇一般，想起来还令人后怕，当然也免不了有几分惆怅。过了南旺水脊，它就进入了另一条大河的领地海河流域。海河不像黄河那样乖张任性，因为它只是几条河流松散的联邦。联邦制的最大弱点是各行其是，很难产生统一的意志，等到它们在天津附近抱成一团时，却已经离大海不远了。走在它的视线里，大运河尽可以笃悠悠地信马由缰。海河有如一个失去了激情的忠厚长者，它给予远方客人的是那份有如秋阳一般的温煦和安宁，却无法给予它多少新鲜奇崛的刺激。在这里，连远近的风景也是千篇一律的，质朴得近乎单调，有一本县志里这样说：

其地无高山危峦，其野少荆棘丛杂，马颊高津，经流直下，无委蛇旁分之势，故其人情亦平坦质实，机智不生。北近燕而不善悲歌，南近齐而不善夸诈，民醇俗茂，惆幅无华。

这一幅卫运河沿线的乡土风情画，大抵出自当地的那些耆宿名流之手，如果他们不是太谦恭，就是因土生土长而熟视无睹，没有看到在那"平坦质实"的表象下，同样跃动着生命的风姿和壮彩。真正的华丽和丰富都是以最朴实的面貌出现的（所谓"大象无形"就是这个意思），这里一切的诗意和美，都像土地那样，以一种素面朝天的形态袒陈无遗。即使是一支贫穷的歌谣，也深植在土地的根部。大运河从这片土地上流过，流走了野花和萤火虫的梦，还有一代又一代关于乡土的传说；流不走的是两岸那欢快而忧伤的灵魂，坚韧执着的生活信念。如果你具备了诗人的慧眼，你就会看到，在故乡寥廓的天空下，所有的生命都像庄稼那样，憋足了劲向高处迎接阳光，向深处倾听土地的声音，出落得那样鲜活饱满。一年四季，大自然不同的动静声色，各种生命个体独特的生存智慧和表演，还有大平原上欢快的谣曲和梦幻气息，所有这一切都属于上苍导演的一幕大剧，而永恒不变的背景则是北方的村庄。运河上的风帆掠过村庄的土布衣衫，村庄像怀着希望的少妇，在旷野的晚风中，默默地守望……

　　北方的夏天和江南没有多少区别，只不过多了几分干爽，少了那股沤水田的腐烂气息，蝉噪虫鸣也一样的热闹，它们是夏的吹鼓手，而且总是那样乐此不疲，若以单位体积所能发出的音量而言，蝉在动物界应当是名列前茅的。人们有理由相信，它那旺盛的生命力是来自能够蜕壳的特异功能，当衰老的生命影响了它自由自在的吟唱时，蝉就把它变成一只壳甩在了身后，而飞出去的则是一个生气勃勃的新的生命。在徐州狮子山的汉墓中，我曾看到那一摊腐骨中有一只玉蝉，解说员介绍说，这是下殓时含在死者口中的，死者生前享尽了荣华富贵，到了另一个世界还忘不了要像金蝉脱壳一般获得新生。蝉是能够在蜕壳中再生的，这极大地诱惑了孩子们的好奇，于是，每年的夏天他们都要重复这样的童话，在某个月色很好的夜晚，他们躲在瓜棚下或高粱地里，企图偷看金蝉脱壳的秘密。但结果总是不能如愿，原因是他们缺少足够的耐性，等不了多久就睡着了做一个散发着草叶香气的清凉的梦。第二天早上醒来，摸着一头雾水打量四周时，却见不远处爬着一只亮晶晶的蝉壳。新脱下的蝉壳，有一种温柔似旧的光泽，惟妙惟肖地保持着一个歌唱家谢幕前的姿态，连翅膀上的纹饰和脚上的茸毛也纤毫毕现。它爬在一张叶片上，似乎冷不丁还会叫起来。孩子对着它呆看了一会，把它摘下来，作为守夜的副产品带回去。在整个夏季，他们都要把相当一部分精力用在寻找蝉壳上。到了秋后，那蝉壳积了满登登的一蚕匾（也可能是竹篮或木桶），就拿到镇上的中药铺去卖掉。药铺的伙计让你自己把蝉壳每十只拢成一堆，他是论堆儿付钱的。于是，在剩下的那个冬季里，母亲的针头线脑和父亲的旱烟钱就差不多了。

在《本草纲目》中，蝉蜕用于解热镇静，而且还能治疗音哑，只要联系到蝉的生存环境和它那歌唱家的秉赋，你就会觉得，中医的药理其实是相当朴素的，吃什么治什么，如此而已。

小镇上的中药铺不光收购蝉蜕，还收购很多小动物的遗骸，例如蜈蚣。蜈蚣俗称百脚，有极强的毒性，不小心被它叮一口，虽无性命之虞，但也要让你疼得一昼夜合不拢嘴。蜈蚣平日里很少见到，但成心要捉也不难，那捉法很有意思，其中所体现的某些物种之间冤冤相报的古老情结，或许会让人们为之惊悚。谁家的公鸡被黄鼠狼咬死了，主人将它烫烫洗洗，斩斩剁剁，香喷喷地烧了一盆。有了菜，汉子自然还要喝点土烧酒的。吃完了，酒壶一推嘴一抹，对着满地的鸡骨头丢下一句话：别扫，逮百脚哩。便兀自睡觉去了。夜里灯一熄，四面八方的蜈蚣果然闻"风"而至，因为公鸡是它们的天敌，天敌的气味是深入骨髓的，对天敌的仇恨也是深入骨髓的。在这个美好的夜晚，它们要围着满地的公鸡骨头通宵狂欢，举行盛大的庆典。第二天早上，汉子便削一把两头尖尖的篾片，一根根弯成弓形，牵着蜈蚣的头尾绷紧了，挂在屋檐下慢慢地阴干。当然，过些日子也要拿到小镇上的中药铺去的。蜈蚣的遗骸在瓦片上焙干研碎,可以治疗蛇头疔、搭背之类的恶疮。万物相生相克,这是自然界无所不在的哲学,它们是乡村中最伟大的教父。生存竞争对于物种繁衍的意义,并不是从达尔文才开始的,达尔文只不过用论文的形式把它定格在科学史上,但他的发现肯定要比乡野村夫们晚了好几个世纪。

当夜色降临的时候,运河两岸所有的生命都像植物的叶片一般在月光和露水下舒展开来,即使是一只不起眼的癞蛤蟆,也忍不住要发出自己的声音。风从河面上吹来,如同光着脚板的孩子,在布满车辙的村路上走走停停。夜泊的航船上有人在吹奏一种什么管子(不是笛子,也不是洞箫),那声音贴着水面滑过来,朦胧如烟,幽怨如诉。月亮像铜锣掉在水里,招引得萤火虫上下乱飞。就在这时候,那盏刮蟾酥的灯笼有如鬼火一般飘过来了。若是在远处,你很难从萤火虫中把它分辨出来。癞蛤蟆都是蠢货,被灯光一照便不动了,一副束手就擒的可怜相。那提灯笼的汉子便伸手稳稳地捉住,用小刀刮破头顶最大的一颗瘊子,刮出里面那滴白色的乳状物,装入瓶子里。那白色的乳状物就是蟾酥,也可以入药的,内用药理不详,乡民们只知道外用时能引起溃烂。有的人家牲口病了,十服八服草药灌下去还不见效,眼见得是不行的了,就狠一狠心,用蟾酥,这是以毒攻毒的意思,也是死马当作活马医的意思。方法是在牲口身上选一处不大要紧的地方——一般是耳朵——划破,塞进几滴蟾酥,那地方便开始溃烂,直到那只耳朵烂光了,又在另一只耳朵上如法炮制。待两只耳朵都烂得差不多了,牲口内里的毛病反倒轻松了不少。原因是五脏六腑的病毒都从那溃烂的地方"发"掉了。病毒憋在体内总要生事作耗的,找个由头让它发,发掉就没事了。这叫恶疗,用于某些慢性病时,往往有奇效。但牲口肯定是活受罪,特别是大热天,创口生蛆发臭,惨不忍睹。主人只好一边用蟾酥让它"发",一边用黄豆给它补。黄豆用儿童——当然是男童——的小便浸泡过，童尿是大补，这在中医上是有说法的。这样个把月下来，牲口的毛病也好了，精气神也恢复了，照样耕田拉车。运河上的艄公若看到岸上的某头牲口没有耳朵，样子有点怪异，往往大惑不解。他们是南方人，对北方大平原上这种朴素的智慧是无法理喻的，如同他们无法理喻北方那能够熊熊燃烧的烈酒和总是攥着拳头生长的高粱一般。

　　大平原上的日子是平静的，这平静是一种默默的孕育和沉淀。高山大海可以给予你性格，平原给予的则是生命的乳汁。简朴的大地上，雨水顾盼耕耘的斗笠，打谷场上的连枷和碌碡克制着欲望，木轭牛车筚路蓝缕，蜜蜂的酿造和夜莺的歌唱也从来不图报酬。村头的老槐树高大而威猛，却一点也不张扬，它的使命只是为了帮助村民们度过饥饿和灾荒，或者为运河里的航船提供航标，透过它的树桠，你看到的是一片苍老而又平静如水的天空。一只鸡婆在村路上狂奔，它尾巴上绑着一支高高的彩旗，有如招魂的灵幡，鸡婆被那怪物吓得张皇失措。猛跑了一阵，蓦然回首，却见那怪物仍旧在身后招摇，又惊叫着开始新的一轮狂奔，连平日里不可一世的黄狗也只得退避三舍。它就这样在村子里狂奔不息，直到从做母亲的憧憬中清醒过来。这是它为自己的浪漫情感付出的代价，因为它想抱窝做母亲，孵育新的生命，而主人却不愿意浪费这个产蛋的季节，于是就用这种法子把它吓醒。如果吓不醒，那就只好用红带子捆在长凳脚上，几天不给吃喝。毕竟温情脉脉的憧憬敌不过生存的欲望，它只得放弃爱的权利，去做一个平庸的产蛋婆，没有期盼也没有欢乐。当然也有的人家会成全它的梦，一般的做法是和邻居家凑份子，一方出抱窝的鸡婆，一方出色蛋（指公鸡交配后所生的蛋，这个词很有意思），孵出来的小鸡各得一半。于是在接下来的日子里，那只鸡婆便沉浸在做母亲的温馨中——当然还有几分矜持——一举一动都不胜娇贵，完全是初为人母的作派。有时候，顽皮的孩子会偷偷在孵桶里塞进两只喜鹊蛋，那是他们从大槐树上的喜鹊巢里掏来的，到时候就会孵出两只小喜鹊。但这种小插曲不常见，常见的是，当老鸡婆领着一群毛茸茸的小生命出游时，其中或许会有几只扁嘴阔蹼的另类，那是小鸭。因为鸭是不负责任的浪荡子，要靠母鸡给它孵育后代的。母鸡对小鸭并不歧视，照样会教给它们生活的常识，为了护卫它们也照样会奋不顾身。在它看来，那也是自己的子女，只不过长得丑一点罢了，但那又有什么要紧呢？老鸡领着小鸡（有时还有小鸭），在草地上自由自在地徜徉，从它们叽叽喳喳的议论中，你可以体味出不同的情绪：疼爱、撒娇、训斥甚至争吵，生命的赞美诗像阳光一样，铺陈在这片洋溢着幸福感的草地上。四处静极了，连蒲公英也收起了小花伞，这时候，似乎整个世界都在倾听它们的声音。

日子安然如常，在平淡中一天天逝去。窗格上的生肖图案，陈年草垛上升起的月亮，磨坊里梦呓般的吆喝声，篱笆墙上风干的葫芦和屋檐下红得耀眼的辣椒串，老人孩子捧着烤得焦煳的红薯，满脸都是夸张的甜蜜。这些琐屑细碎的情节栖息在大平原的每个角落，千年万载地永不褪色。

大概只有那难得一见的给牤牛去性的场面，才勉强算得上一次惊心动魄的体验。

骟牛都在秋后，田净场空，牲口没有多少活了，剩下的那个冬季又足够它将息的。骟法分生骟和熟骟，区别在于对刀口的处理，生骟是用麻线一扎了事，熟骟则是用烙铁慢慢地烫。生骟利索，但容易感染，一感染牛就败了力，从此吃不得重活。熟骟的时间长，牛也遭罪，但比较保险。

一般都是熟骟。

那场生命的洗礼交织着血与火的残酷。牛是有灵性的,先前拴在场边时已在默默地流泪,全没有平日那种雄赳赳的气概,让围观者伤感得唏嘘不已。等到小火炉上的烙铁烧红了,骟牛的汉子便扳倒酒壶,仰天猛喝一口,却并不咽下去,只潇潇洒洒地喷在刀刃上,然后将那柳叶尖刀衔在嘴里,口齿不清地指挥人们用粗麻绳套在牯牛的腿上,拍着牛屁股喝一声"驾",牛的前腿刚刚抬起,人们便发一声喊,将绳子往后一拉,那两条前腿当即齐齐跪下;于是再发一声喊,将后腿如法撩倒,那牯牛便一堵墙似的扑下来,任凭人们把它的四只脚捆在一个点上,像一只倒在地上的陀螺,再也挣扎不起了。

操刀的汉子却并不急,先绕着那畜牲审视一圈,一边和围观者开着粗俗的玩笑,完全是一副大将风度。插科打诨之间,突然一把抓住那雄性象征物,一道白光闪过,另一只手果断地一握,那两块内囊便冒出来了,随手往地上一扔,但立即有血从刀口喷射出来。汉子也不打话,只是紧紧握住,一边接过火钳往刀口上一靠,只听得嗞的一声,先有一缕轻烟弥漫开来,随即便闻到一股带焦味的腥臭。牯牛的哀叫渐渐变成了呻吟,那声音有如老妇在粗砺的砂石上磨刀一般,断断续续的,越发凄楚可怜。

熟骟讲究的就是烫的功夫,只见那汉子斜睨着眼睛,一动不动地瞅定那一处,慢条斯理地运动手腕,或平平地滑行,或定定地旋转,举止之间总有一种韵律感,似乎他手下不是一块血肉之躯,而是一块没有灵性的坯料,任他精雕细琢的。烫一阵,换一块铬铁,必要将那刀口烫成皱巴巴的一撮,像包子褶一般,且滴血不见了,才肯罢手。

接下来便让人拉出去遛,若遛不到那功夫,血淤住了,牛的筋骨便亏了。

一个雄性的生命就这样被活生生地阉割了,剩下一个只知道出力流汗的驯服的工具。经过阉割的牯牛空长得一身好膘，但它的生命中是没有激情和色彩的，它已经没有资格称为公牛，那么就给它一个暧昧点的名字吧：犍牛。

每年的秋后，卫河两岸总不少了几次这样的仪式，就像每年开春总要举行迎种赛会那样。

十六　永乐的气魄与迷失

德州是大运河上的四大粮仓之一，其他三座分别是淮安、徐州和临清。称之为粮仓并不是说这里出产的粮食多，而是囤集的粮食多。选择德州建仓，是明代永乐年间的事。

永乐是个暴君，又是在历史上很做了几件大事的，其文治武功对整个明代影响甚大。自元朝初年南北大运河开通后，经过元末的战乱，加之明初定都江南，大运河在山东境内大多淤塞，到了永乐年间才重新疏浚通航。德州的崛起，大致就是从那时候开始的。

在德州，与大运河有关的遗迹，除去那些屯粮的"仓"、"厂"和驻兵的"营"而外，就是城北的苏禄国东王墓。

苏禄国东王是永乐年间来到中国的。永乐是一个眼界高远的帝王，他执政期间的一个重要举动，就是取消了洪武年间"一片木板也不准出海"的闭关锁国政策，并派遣郑和率领庞大的武装船队游弋西洋。郑和下西洋的目的不在于通商，而在于炫耀王朝国威，以取得沿途小国对明王朝的臣服和进贡。苏禄国东王就是在这样的背景下来到中国的。一行人在北京住了二十七天，然后沿着新疏浚的京杭大运河回国，途中东王病逝，葬于德州。这位来自南洋岛国的亲王枕着大运河的波涛安息在异邦的土地上，大运河浩荡南下，一直流入大海，这波涛与他的祖国是相通的，他在这里不会太寂寞。

东王病逝后，当时留下来守陵的人便世代居住于此，后来都加入了中国国籍，朝廷赐以"温""安"二姓，这除去含有"温饱"和"安居"的意思外，恐怕还体现了希望与邻国温良和睦相安无事的对外方针。确实，除去在少数几个时期而外，中国的历代政府一般是不大喜欢对外生事的，这个性格内向的农业王朝，既缺少一种广阔的想象力，也并不感到外部世界有多大的诱惑，只要别人承认他天朝上国的至尊地位，隔三差五地来朝觐进贡，让他们面子上好看，这就够了。

德州郊外北营村那些温姓和安姓的居民，现在已传到二十代以后了。他们生活得很平静。离东王墓不远还有一座清真寺，是他们做礼拜的场所。时间可以同化他们的血统、语言和生活习俗，但宗教信仰的旗帜却不会轻易因时间而黯淡，因为，那是潜藏在他们血缘深处最神秘的母语。

郑和的宝船在南中国海和印度洋消失之后六十年，西方才有了哥伦布的远航，而且船队的规模与郑和也不可同日而语。但就其对世界历史的影响而言，哥伦布却要大得多。这种错位使我们想到爱伦堡的一句名言："在决定性的时刻来到这个世界上的人是幸福的。"十五世纪末期的欧洲正处在文艺复兴的前夜，方兴未艾的淘金热加速了原始资本积累的进程，这种赤裸裸的利益驱动，使得哥伦布的远航充满了贪婪和冒险精神，在他们野蛮征服的背后，恰恰折射出一种远离传统秩序的强悍的生命力。而郑和就没有那么幸运了，历史上的明王朝是一个暮气日增的时代，郑和的举动，只是某个帝王例如朱棣个人的胆略和性情使然，但对于中国的封建社会来说，这时已开始从烂熟走向衰落，失去了生气勃勃的进取精神。朱棣死后，他的孙子朱瞻基勉强主持了最后一次远航，终于敌不过手下那一班儒臣的鼓噪，下令把历次远航的所有重要档案（包括航海图）付之一炬，以防后人仿效。

所有的史书对此都一笔带过，根本没怎么当回事。中国历史上烧的东西太多了，几张航海图只是毛毛雨，根本算不上什么。那么就烧吧，烧它个片纸不留。这真应了中国的一句老话："始作俑者，其无后乎？"太监郑和是无后的，他的航线上也不会有后来人了。

事情很简单，郑和下西洋纯粹是一场政治示威，其支出亦全部由中央财政负担，这种一味消耗国力，摒弃了商业利益的远航注定了是难以为继的。虽然郑和的船队也带回了西洋的香料、珍宝、油膏、药材及珍禽异兽，但这些花花绿绿的玩意只能点缀宫廷生活的色彩，不可能进入大众市场，当然也不可能产生利润。因此，一旦决策者的政治趣味发生了倾斜，远航便寿终正寝，顺便还要掷过来一顶"暴政"的帽子。政治上的争论有时很无聊，孰是孰非全凭专制帝王个人的好恶。这场延续了将近三十年的轰轰烈烈的远航，最后就这样化作了几缕轻烟，消失在中世纪的沉沉夜色之中。

稍稍开启的国门又关闭了，中国错过了一次迈入海上强国的契机，一个面向内陆的农业王朝与海洋文明失之交臂。从此以后，一直至十九世纪末期，历代的统治者不敢再向大海迈出一步，他们的生命精神如此萎顿，甚至连只能算半个男人的郑和都不如。在四百余年的漫长岁月中，中国基本上无海军可言，它那新月形的海岸线如同一块冗坠的软腹部，只等着西方列强的舰队来随心所欲地宰割。

这是我们民族的悲哀！

也许，一切都是从朱棣的迁都开始的。

苏禄国东王来到中国时，明王朝正在为迁都忙得焦头烂额。鉴于漠北元蒙残余势力的侵扰，朱棣将大本营进抵长城脚下，无疑可以震慑北部边关。况且北京是他的肇迹之地，一切都是肌肤之亲的。"靖难"之役后，他又在南京杀人太多，新鬼烦冤旧鬼哭，心里总觉得不那么踏实。因此，迁都北京自有他的道理。一般的史家也认为，在当时的情况下，以迁都为标志的军事上的战略北移势在必行，包括柏杨先生的《中国人史纲》（那封面上的两句广告语是：震撼的史观，不一样的史笔），也称之为是"一次进取性的措施"。加之南北大运河的疏浚贯通，自秦汉以后又一次大规模地修筑长城，组织文化精英编撰煌煌巨帙的《永乐大典》，明王朝似乎很有一点开天辟地的气象。

但如果把视野扩大到东西方世界冲突的广阔背景之下，我们就会发现，中国在十五世纪以后之所以逐渐落伍于世界文明的进程，中国的封建社会之所以自明代以后长期停滞不前，都或多或少地与这次迁都有关。

为什么要把都城安放到北方去呢？不错，北方那灰色的没有层次的世界更适合于大规模的战争和帝国的统一，那里刻板的精神范式与权力话语也与主流文化有一种天生的亲和。但中国的历史到了明代那个时候，已不光需要登高一呼和金戈铁马，它更需要一种高远的眼界，而封闭且贫瘠的北方却不可能具备这种眼界。迁都，不仅是把先人留下的坛坛罐罐搬到北京，而且是从根本上改变王朝的风水由脚踩长江面向大海转为背靠长城面向内陆。南京是一座多么理想的都城啊！所谓虎踞龙蟠六朝金粉且不去说它，更重要的是它那开放的处势。从南京沿长江顺流直下，不多久就是大海，你的风帆不管驶向哪里，迎接你的都是海阔天高的世界。自南宋以来，东南沿海就一直是商品经济比较活跃的地方，那里的手工作坊和从事海外贸易的商船中最有希望滋生出新的经济形态。南方有嘉木，这"嘉木"首先体现为一种精神上的特立独行甚至一意孤行,那是一个有利于人们在面对世界时产生丰富的憧憬和想象力的地方。定都于此,正可以雄视东南,呼吸海洋文明的气息。南京西北的沿江地带古称龙江,十五世纪初,这里曾是世界上规模最大的造船基地,郑和下西洋的宝船就是在这里建造的,那些宝船的规模即使现在看来也相当可观,旗舰和主力舰长达一百二十米,宽四十米,可载一千多人。而在那个时候,执欧洲造船业牛耳的威尼斯王国还造不出吨位很大的船,因为他们对巨舰下水前往往因不胜负荷而破裂感到束手无策。上世纪五十年代,考古学者在龙江发现了一根宝船的舵杆,经过估计,其舵叶的高度当在五米以上,可以想见当初的宝船是何等崇宏伟岸。那些艨艟巨舰本来应该航行到更远的地方,把我们这个封闭的农业社会带向一个崭新的世纪。可是没有,恰恰相反,船厂附近人们祭祀郑和的静海寺,后来却成了《中英南京条约》签字的地方,在航海英雄郑和的塑像下,清政府的代表战战兢兢地画下了近代中国屈辱史的第一笔。

永乐十九年,朱棣力排众议,把都城迁到北方去了。随着王朝的中枢北移,大运河又焕发了它的第二青春,而郑和下西洋却终止了。一个东方古国的血脉在自己的身体内开始了新的一轮循环,有如一个晚景不错的老人,它心宽体泰,血气饱满,很自足也很滋润。但它与一个更大的母体大陆或海洋另一边的世界的联系却被剪断了,长此以往,它将在漫天沙尘的北方因封闭而僵死,因僵死而成为化石。

南京成了陪都,这个"陪"是安慰的意思,也是装点门面的意思。虽然六部九卿的体制还在,但衙门上灰尘日厚,没有多少事可干。明朝人所撰的《紫桃轩杂缀》中记载了这样一则小故事,很能说明陪都的清冷。

陪都的各大衙门大多无所事事,其中尤以专司祭祀大典的太常寺最为闲寂,终日里只知醉眠坐啸,所谓太平官是也。某日,忽传门枥甚急，询之，乃是南直隶的宣州送来一道公文。究竟有什么大事呢？原来是今年春季多风，吹坏了当地梨花，地方官深恐有妨秋间太庙荐新之需，所以报请太常寺及早另觅供应之地，以免临时误事。萧闲岑寂的冷衙门，一年中难得有几件大事可办，得此点缀一番，总算也不致使人完全忘记南京城中还有这么一个衙门在。当时担任南京太常寺卿的某公看完公文，不由得抬须一笑，反正闲着也是闲着，便吟诗一首以纪其事，诗云：

印床高阁网尘沙，
日听喧蜂两度衙。
昨夜宣州文檄至，
又嫌多事管梨花。

南京冷落如此，除去春风吹坏了梨花，还有什么值得打扰的呢？

但朱棣冷落的不仅仅是南京，而是整个南方，他把南方的子民和土地都拴在大运河上，让它们连半点自由的呼吸也没有。从杭州到德州，大运河已经很疲惫了，再往北去，河道更加逼仄。它负载着南方的青山绿水向北方进贡，虽步履跟跄却不敢稍有懈怠。

下雪了，北方的雪有一股狂野的气势和覆盖的天赋，起初还能听到它在落叶上的飒飒声，那是两个苍老的季节之间礼节性的问候。但转眼间已是漫天皆白。四野茫茫，朔风萧萧，大运河像大地母亲身上的一道创口，只有它的颜色是清晰可辨的那是一种可以称之为"菜色"的苍黄。

十七　沧州雪

沧州在漫天风雪中接受一个南方游子的解读。

真好！记忆深处的沧州就该是这种氛围，那是定格在风雪中的一派肃杀之气，有一种冷冽的凝固感，就像苍劲的北方汉子，脸上满是沧桑和沟壑。记忆中的事情并不一定都是亲身经历的，其实我以前从没到过沧州，这记忆来自中学语文课本上的"林教头风雪山神庙"，至今还记得在林冲去草料场的路上，那一段关于风雪的描写：

正是严冬天气，彤云密布，朔风四起，却早纷纷扬扬卷下一天大雪来。

中国古典小说中的景物描写大都很简约，如果让现在的哪位仁兄去写，这么一段关乎情节走向和人物命运的大背景，不知要怎样洋洋洒洒地铺陈呢。但现在想起来，还是施耐庵那种看似很不经意的笔法来得传神，只寥寥数句，气氛就出来了。

这就是沧州。在宋代，这里是流放犯人的地方，自然是很荒凉的。荒凉是因为水的缘故，这里是九河下梢，又濒临大海，海潮来时则洪荒遍野，汪洋恣肆；海潮退去又遍地盐碱，古漠苍凉，不然施耐庵怎么会把这里称作"远恶军州"，又怎么会把林冲发配到这里来呢？要说历经沧桑，这里才是最有资格说的。林冲看守的那个草料场，我想大抵就是海滩上生长的茅草和芦苇，茅草是军马的饲料，芦苇则是军队的柴草。沧州古称长芦，著名的长芦盐场即因此而来，从这名字中，我们可以想见当初那海潮进退，芦荻萧萧的景况。为什么要把草料场放在这里呢？因为在那个时候，这里是北宋王朝和辽帝国对峙的前线，沧州南面的东光，原先叫定远军，西面的肃宁和蠡县，原先叫平虏军和宁边军，这些地名都是杀气腾腾的，带着浓重的军事色彩，分明有撩打的意思。事情也正是如此，宋太宗两次北伐，都和辽军在这一带反复厮杀，打了二十多年，却没有占到什么便宜。这样到了真宗时，就只好坐下来和人家讲和，签订了"澶渊之盟"。仗不打了，地名也跟着改，定远军改曰永静，平虏军改曰肃宁，宁边军改曰永定。地名改了以后，宋辽之间大约有一百余年相安无事。所以那管营叫林冲去守草料场时，说是"抬举"他，因为边关无战事，那草料场每月只是纳草纳料，还有些常例钱寻觅，是很闲散的差事。

沧州水多，便有了镇水的铁狮子。我不知道中国人为什么喜欢用铁铸的兽类来镇水，是不是在八卦中兽为坤象，坤为土，土胜水的缘故。我说不准。最常见的是铁牛，也有虎、羊、犬，甚至还有鸡，我怀疑那是用于贿赂龙王的，给它准备的牺牲。据说沧州的铁狮子体阔近丈，重约四十吨，铸于后周广顺三年（公元953年），是全国现存铁狮中最大的一座。我在前面说过，中国有资格被称为"最大"或"最早"的东西太多了，什么东西多了就掉价，因此，那座"最大"的铁狮子至今仍被遗弃在乡下的旷野里。人们遗弃它是有道理的，因为现在沧州已没有水了，那曾经滋润了元明清数代历史的南运河也干涸了，成了鸡飞狗跳的舞台或尘土飞扬的大道。既然没有水，还要那镇水的劳什子干吗？再镇下去，可就连人畜的饮水都成问题了。在沧州的大街上，我一路目睹了沧州人在风雪中狂欢的景象，那是一种对水的激情礼赞。毕竟生命是离不开水的，没有水，还说什么根深叶茂蓬勃亮丽？还说什么春风杨柳雨露滋润？还说什么男人的英气俊朗女人的温婉可人？在这漫天飞扬的大雪下，所有的生命都像接受洗礼一般舒活绽放了。男人们多少还不失矜持气度（不然他们就不是男人了），他们只是在雪地上走来走去，双手插在口袋里,把衣领拉得老高,很有风度地作哲人般的沉思,一边欣赏着自己脚下那很好听的节奏和响声;或者仰起头,让雪花抚摸着自己粗糙的面孔,那目光中有一种令人感动的温柔。男人的温柔是很少流露的,除非是在把头埋在母亲的胸前时,现在这些男人就有这种感觉那是做儿子的感觉。女人们呢?她们是天生的水性,没有水,她们就整个儿蔫了。光说"蔫"也不对,有时候她们会表现出一种男性化的浮躁和专横,甚至霸悍,其实,那正暴露了她们心灵深处的渴望对水的渴望。现在,一场大雪让她们重新找到了做女人的感觉。特别是女孩子们,她们在雪地上大呼小叫地追逐,一个个疯婆似的,几乎可以用纵情声色或无法无天来形容。有一个穿大红滑雪衫的女孩子甚至即兴制作了一块简易雪橇,让同伴们拉着她在雪地上奔跑,一路意气风发,完全是叱咤风云的气概。等到那雪橇翻倒了人们才发现,原来那是一只画夹,里面有几张关于春天的水彩画,绿肥红瘦地散落在雪地上。时间已是下午五点,在冬天,该是暮色低垂了,但是有雪映衬着,四处还不见黑,反倒有一种回光返照的明亮。下班的人流从各个路口涌出来,加入了这狂欢的庆典。自行车碰撞的概率明显增加了,但即便是撞得人仰马翻,纵横捭阖,双方也照样嘻嘻哈哈,一点也不介意的,大有相逢一笑泯恩仇的侠义风范。要是在往常,这马路上不知又要收获多少掷来掷去的脏话。大雪把所有人的心灵都洗涤得无比洁净,使他们一个个都那么大度、乐观、善解人意,既富于童心又不失绅士风度。

大雪真好!

沧州已有好几年没有下过像样的大雪了,在这座北方城市,雪,竟然成了大自然难得的馈赠,偶一施舍便让人们亢奋不已。久违了,这正宗的燕山雪花;久违了,这轻蹈于天地之间有如诗人笔下的狂草一般的北国之雪。

在沧州的旅馆里，我对着地图寻找古运河的踪迹，却突然发现了一个很有趣的现象：地图上的大运河有一种中国美学中传统的对称美。你看，它的最高点南旺水脊恰恰处在中点的位置。以南旺为对称轴，那么，与太湖平原对应的自然是河北平原，与钱塘江对应的则是海河。而南北两个端点上的杭州和北京，都是香车宝马型的古都，在历史上也差不多是等量级的，只不过在时间上有些错位罢了，从端点过来一点，同属于暴发户的那种，散发着近代商业气息和殖民气息的，是上海和天津。再过来一点，色调变得古朴了，有点斑驳的意味，在南端的是苏州，在北端的则是沧州。

沧州能与苏州相提并论吗？

能，至少有一点它们是可以匹敌的，那就是，它们都是自明清以降状元出得最多的州府。

苏州出的是文状元，沧州出的是武状元。

如果说苏州是江南的诗词坊，那么沧州就是北国的演武厅。

沧州武风腾蔚，这里所说的"武"是属于冷兵器时代的，即所谓舞枪弄棒、弓马骑射一类。其实，说起中国的武术，人们自然便会想到沧州的。

先说几个人给你听听。

清朝初年的义军首领，以"盗御马"而名动四方并成为传奇小说素材的窦尔敦何许人也？沧州人。

在京师擂台上力胜不可一世的沙俄拳师，受到康熙题匾嘉奖的武师丁发祥何许人也？沧州人。

"戊戌六君子"之一谭嗣同的江湖知己，人称"大刀王五"的义士王子斌何许人也？沧州人。

光绪年间著名的盛兴镖局掌门人，曾任清廷武术教头的双刀李凤岗何许人也？沧州人。

这几位都算得上是武林中风云一时的高手，但遗憾的是，他们都不曾中过武举，更不用说武状元了。

就像苏州状元中绝少有真正意义上的诗人或学者一样，沧州状元中也绝少真正意义上的武林高手。状元这玩意其实也就是玩个技巧罢了——比别人更善于应付那一套考试的游戏规则，究竟有多大的本领实在难说。但捞一副顶戴倒是实实在在的。不过往往也就是这一副顶戴阻碍了他们走向更高的境界。想想看，就算你原本有一身好力气，几套拳脚功夫，可一旦中了状元，赏你个乾清宫带刀侍卫之类，每天仪仗似的跟着皇帝走来走去，进门一个喏，开口一声喳，长此以往，膝盖也软了，嗓门也细了，功夫上自然不会有什么长进，终因缺少某种精神而走向平庸。真正的高手其实都在江湖上。江湖风波险恶，是高手们竞争和决斗的生死场，没有几手真功夫是很难立足的。燕赵多慷慨悲歌之士，尚武精神在这里粗粝的阳光、土地和风沙的背景上根深叶茂。沧州地瘠民贫，这种地方不出产财富却出产舞枪弄棒的壮汉，而膏腴脂丰的地方只能出产弱柳扶风和风流俊朗的小白脸。穷则习武，这是沧州人世世代代的生活信条。

习武一为自卫，二为谋生。

谋什么营生呢？要么当强盗，要么到镖行去当镖师。

强盗和镖师其实是在同一口锅里讨饭吃的。镖师以武功为资本，但光凭武艺高超还不能保证走镖的安全，还必须善于同匪盗周旋，笼络江湖感情，甚至送礼买路。遭遇劫匪时，他们总是首先以温言好语攀交情，当面承认保镖这碗饭是盗贼给的，因为如果没有盗贼劫掠也就不会有人雇武士保镖了。于是口上要说"穿的朋友衣，吃的朋友饭"，尊称对方作"当家的"，请求对方"高高手"。实在交涉不通或遇到不理会江湖义气那一套的劫镖者,才不得已"以武会友"。当然到了那时候就看真功夫了。江湖尚武,当镖师非得有几手看家的真本事不成。著名的秘宗拳第六世传人霍恩第(霍元甲之父),当年就曾为富商充当镖师。镖行树大根深,他们不光受雇为商旅服务,还为朝廷和官府运送皇杠饷银。清代咸丰以后,江南漕粮实行改折征收,也就是把实物折合成银子解送京师,那些巨额银两也往往请镖局护送,运到北京珠宝市熔化以后,铸成银锭交库。说起来很有意思,大内银库那些搬银子的库丁上下班竟然也都是跟着保镖的,因为库丁是一个很肥的差事,他们可以从银库里偷带银子。尽管防范很严,例如下班时要脱得赤条条的翻一个跟斗,但他们还是可以把银锭藏在肛门里偷带出来(作家邓友梅在小说《烟壶》中写过此类情节,不妨参看)。由于他们的银子来得容易,京城的那些青皮混混就专门盯着他们绑票勒索。这样,下九流的库丁便也堂而皇之地用起了保镖。

干哪一行有哪一行的行规,喊镖号便是走镖的行规之一,这是堂堂正正地亮出旗号的意思,也是威慑匪盗的意思。但每逢省会城市或镖局所在地时,却是不得喊的。不光是不得喊,而且镖师还要下船(或下马)步行,待过了这座码头方可重新登舟策马。

只有一个例外,那就是,不管是哪一路的镖客,途经沧州时都不得喊镖号。

这是出于崇拜呢,还是惧怕?说不清,反正这是一条不成文的规矩。江湖上的事,有好些原本就是说不清的。

镖船偃旗息鼓,诚惶诚恐地驶过沧州地界。如果是由南往北去的,那么,你现在开始闻到一股海水的腥味了。

津门在望。

十八　杨柳青

北方大平原的精气神有一多半是拴在车把式那鞭梢上的，长鞭一甩，胶皮轱辘大车跑出一路天高地阔的轻捷和自在。牲口脖子上的铃铛神气活现地响个不停，有如饶舌的政治家在发布宣言一般。再加上车把式那洋洋自得的作派，便很有点甚嚣尘上的气概了。路边的老杨树孤傲地守望着，鞭梢时不时地会撩下几片残存的树叶，让人想到"百步穿杨"那样的绝技。牲口的汗息弥漫在空气中，透散出一股热烘烘的力量。快过年了，北方的年节比南方要隆重得多，每一辆大车上都捎带着年货，而且都放在最醒目的位置上，鱼肉菜蔬，糖果糕点，花布鞭炮，服装鞋帽，大大咧咧地一览无遗，带着某种炫耀的意味。这中间，最撩人的还是那大红大绿的年画。

当然，是杨柳青的年画。

"南有桃花坞，北有杨柳青。"这两个地名都有点乡气，恰恰应了桃红柳绿的说法，一听这两个名字，给你的感觉就是与艺术生产有缘的——有些地名天生就具有某种气质，或者说渗透着某种魂灵，就像大泽乡和浣花溪这样的名字天生就带着草莽或才女的气息，而一提到普陀山人们就会感到浓烈的宗教氛围一样。——而且这艺术是民间的，带着股乡气，有点艳俗，富于色彩和情调的那种。它就是年画。

年画是一种说不上有多么精致或深刻，却很赏心悦目的东西。创作过程中的随意性加上艺人们那张扬着世俗趣味的想象力，使它在稚朴、厚拙和清浅可爱的本性中，蕴含着某种巫气。这种巫气常常体现为对经典美术里透视关系的反叛，你可以说它原始，也可以说它前卫，反正它是属于民间的。所谓民间，是相对于宫廷和文人圈子而言的，但它无疑比宫廷或文人的东西在民众中具有更大的亲和力。就题材而言，年画大多离不开镇宅禳灾，纳吉求福，祈子延年，因为生命、财富和平安是世俗生活中永恒的主题，千年万载也不会过时的。就表现手法而言，它也体现了一种将天机浅显的智慧上升到哲学和美学相互渗透的境界。西方美术中常用不同的人体象征大自然的瑰丽多姿，例如，用丰腴的女人比喻丰收、以少女娇嫩的肌肤象征春天等等。中国的民间美术恰恰相反，往往用一种符号来隐喻羞于见人的人体和性，例如中国年画中有一种鱼儿闹莲、莲里生子的传统题材，在这里，莲是地阴的象征，在画面中被比作女性或女性的性特征，鱼儿闹莲象征两性的和谐结合，而莲又可以生子，这是一种原始的生殖崇拜的符号，体现了对生命繁衍的关注。当然，它也是千年万载不会过时的。

桃花坞是苏州的一条街，而杨柳青则是大运河畔的一座小镇，指出这一点并非无关紧要。苏州是江南名城，其文化积淀有如一幅色调古朴且花形繁复的软缎，几乎可以让人陷溺的。桃花坞的年画只是这幅软缎上的一个点缀：在阊门附近，有这么一条制作和出售年画的小街，每年的腊月里季节性地牵动着游人的脚步。但杨柳青就不同了，一座弹丸小镇，"家家点染，户户丹青。"杨柳青从头到脚都是属于年画的，年画既是它的全部行头，又是它的全部生命。这就是说，没有年画，苏州还是苏州，但杨柳青就不是杨柳青了。

苏州又是文人的苏州，阊门一带不仅是旧日的商业中心，而且是有名的"红灯区"（《红楼梦》第一回中就说到这个阊门"最是红尘中一二等富贵风流之地"），文人骚客自然会更多地留连的。因此，桃花坞年画那民间情调中便更多地融入了文人画的风格。中国的文人画——特别是吴门画派——崇尚的是一种笔意娟静的艺术趣味，这种趣味体现在年画中，就像有人说的，桃花坞年画好比江南少女用樱桃小口品啜的梅子,越品越有味。而杨柳青地当天子脚下,宫廷画风作为一种强势文化不能不对民间有所渗透。宫廷的时尚是艳俗,北方人的口味亦偏好浓墨重彩,再加上清代有不少宫廷画师——专门画妃子,甚至画春宫的那种——被精简下来以后,为生计所迫,不少人也加入了年画创作的行列。于是又有人说:杨柳青年画是北方炕桌上大红大绿的果脯,越嚼越甜。

也就是说,桃花坞耐品,杨柳青好看。

当然,杨柳青也不全是一派大红大绿,因为艺人们表达的自由并不是无限的,即使是民间艺术,也同样会受到种种限制,例如政治和风俗。然而也正是这种限制,有时却会催生出某种新的艺术风格。清嘉庆四年,太上皇(乾隆)驾崩,这是国丧,举国上下都要戴孝的,年画上自然不能涂抹大红大紫的喜庆色调。杨柳青的艺人便制作出了一种素彩年画,画面上不染艳丽,只用蓝、绿、黑等冷色,艺人们称之为"撒蓝"。但这种技法是选择题材的,有些情节火爆的年画,用"撒蓝"设色,情节和色彩便显得很不协调。我曾在一本小册子上看过一幅《四艺雅聚》,当然是杨柳青的出产,以琴、棋、书、画集于一堂;又以盆景、文玩为衬景,色彩浅淡,大有文秀典雅之趣。女人的神情也是旧日的温润,看了让人有一种很熨帖的感觉。这样的题材用素彩,实在是选对了。普通百姓遇有丧事亦忌红紫,用"撒蓝"制作的年画,冷雅兼具,用来装点居室,可以增强哀悼的气氛。所以,"撒蓝"便成了丧事人家专用的素彩年画。就像今天追悼会上的死者遗像,一般用的都是黑白照片,习惯了彩照的人们,猛一见这样素面朝天的形象,似乎有一种哀思从那黑白世界中静静地渗出来,不能不让你低头肃穆的。这就是素彩的好处。

年画是登堂入室的场面之物,这种场面之物又是深入到千家万户的,即使是升斗小民,过年时也要贴几张画片喜气喜气。而且越是柴门小户,年画的色彩越是热烈,这样至少可以求得一种视觉感受的丰饶和富足。古代生活的仪式感使年画的普及几乎到了铺天盖地的程度。在这一点上,任何一位美术大师的作品都不可能有这么广泛的影响力。这是一种真正融入了民众精神生活的艺术。想想看,每年腊月里人们选购年画时,在那琳琅满目和花团锦簇中,总有那么几幅最终贴切了买画人的心愿。因此,只要看看这户人家的年画,你大致就可以触摸到主人心底那点最隐秘的欲望。在天津,我听到这么一句说法:杨柳青年画每年要"凸"出一个来。这个"凸"是天津土话,意思是每年都要有一幅年画上的人物活出来,走进你的生活。这既是对杨柳青年画艺术水平的高度赞赏,我怀疑也可能是一种广告和促销手段。这样,买年画就具有了类似现在买彩票那样的意味,你心里想着什么就买一张什么花样的年画吧,说不定这张就"凸"出来了,变成了你梦寐以求的俊媳妇、胖娃娃,而且还捧着金灿灿的大元宝呢……

但从来没有真的"凸"出来的。不"凸"出来也罢,来年再贴。生活就是这样,总是在某种愿望的牵引下向前走的。

一进腊月,卖年画的摊贩就开始吆喝了,那吆喝也是一道令人神往的风景,自编的俚词俗调,张扬着一种平民化的诙谐和机智。当然,桃花坞的俚俗和杨柳青的俚俗也是不同的,我们不妨听上两段。

先听开场白。

我物事难得到,我物事顶细巧。九个九来勿连牵,个个要卖老白钿。

不用说,这是桃花坞的吴侬软语。

相比之下，杨柳青的开场白更富于气势。听着：

又来一个江湖汉，褡裢放下就排场。拿出花纸无其数，单子摊开卖画张。

开场白唱过了，接下来开始唱年画的内容。

胖阿大，胖阿二，吃饭吃勒三斗米，走路走仔三千里，跌仔跟斗爬勿起，卖画画人养不起，三个铜板卖脱俚。买转去，人人都欢喜，个个都中意。

这是桃花坞的《五子夺魁》。
再听杨柳青的《大美人》：

一张金姑娘搭银姑娘，一张龙姑娘搭凤姑娘，金银龙凤四姑娘，四位姐姐一样长。

过年的气氛就这样在叫卖年画的吆喝中拉开了序幕。小摊贩们的如簧巧舌是花红柳绿的，又是飞短流长的，市侩气融汇在天花乱坠的调侃中，反显得通情达理，知心会意。那逛画摊的呢？分明都有一种如坐春风般的舒活快意。这是真正的赏心悦目，尤其是那些蓬门碧玉，平日里从田头忙到灶头，一颗心被四季的尘土包得紧紧的，要想驰心旁骛也难，现在终于可以走出村庄的视线，结伴成群地逛一次街了。她们有如放飞的鸟儿一般，风姿绰约地游荡在画摊前，尽情地呼吸着已然到来的幸福空气。她们实际上是在预支年节的欢乐，而且这种预支又是无须偿还的，反倒是对欢乐的推波助澜。年节并不是在某一个早晨突然降临的，它需要铺垫，没有铺垫的高潮总是疲软无力的。掸尘、送灶、买年货、蒸馒头蒸糕，村头稀稀落落东一声西一声的爆竹声，还有大人小孩脸上明朗的笑容，都是一种铺垫。买年画更是有声有色的铺垫，这种风情意义上的彩排历时最长，也最具煽情效应。等到各方面都铺垫得差不多了，年节也到来了，嗬，千门万户、流光溢彩，怎一个亮丽了得！

杨柳青镇有名的石家大院，如今是"杨柳青年画博物馆"。石家大院是一座旧式的官僚宅第，其富丽排场远甚于山西祁县的乔家大院。张艺谋当然还有巩俐曾在这里拍过电影，那张群星灿烂的照片就挂在门旁的售票处，很招摇的。确实，走进石家大院就如同走进了老谋子电影中的某种氛围：在高大的风火墙挟持下的森严和压抑，还有隐藏在背后的那种繁华易逝的伤感。好在这里展示的内容是鲜亮俏丽的，徜徉其间，会有一种心灵与艺术之间的亲近温馨的交流，这多少冲淡了大院内原有的沉重感。年画生产中的每一道工序从画样、雕板、印刷（先印墨线而后套印彩色），直到用手工填色晕染，描金涂银，再到最后的销售都展现得枝繁叶茂。在这里，你会由衷地体味到民间艺术特有的魅力。民间艺术的一个重要特征就是创作的手工性。手工创作注重的是即兴发挥，因此，严格地讲，每一张年画都不可能是完全相同的，这就使它们具有了各自的神韵和个性光彩。如果我们是逆向巡视这道生产工序，就有点像欣赏一个丰容盛的女人如何一点一点地落尽铅华，这种落尽铅华并不是衰老和凋谢，而是为了还原出一种天机浅显的美。据我有限的阅历，这大概是全国最大的一座年画博物馆了。一种进了博物馆的东西，还能给人以这么活泼欣悦的感受，我想，也只有民间艺术。手工制作被机械和比机械更机械的电脑所取代，这是艺术的悲哀，而我们却正在意气风发地走进这个悲哀的时代。

我到杨柳青的时候，正值农历的腊月，也许是因为前几天刚刚下了一场大雪，街上冷冷清清的，没有见到一处卖年画的摊子。只看到在石家大院的巷口，有一家"杨柳青年画艺术研究所"，是专门制作年画卖给外国人的。

据说，那里有地道手工作业的杨柳青年画，纸是土制的"毛太"、"白管"和"本连史"，颜料也是自己调制的。当然，身价亦相当可观。

十九　天后宫的钟声

北上的漕船过了杨柳青，就进入天津了。到了天津是必定要靠岸的，这不仅仅因为天津是京师以下的第一个大码头，更重要的是，船夫们要到天后宫去烧香叩头。

天后宫在天津著名的三汊河，三汊者，南运河、北运河、海河也。在大多数时间里，海河并不是一条惹人讨厌的河，它只是太懦弱，又没有多少城府——它的躯干太短了，只有七十多公里，上游的大清河和子牙河一旦发怒，就牵扯着它浊流横溢；下游的渤海涨潮了，它也跟着推波助澜。有如一个夹在刁婆和恶媳之间的小男人，虽不乏息事宁人的善良，却总是没有主见，一切都由着别人摆布，到头来弄得自己灰头土脸的，里外不是人。这样的男人是没有魅力的。在大运河沿途遭遇的五大水系中，海河是最后一条，也是最缺乏气质的一条。大运河走南闯北，经历了那么多的感情纠葛和磨难，对海河这种没有深度的性格是不会产生什么"感觉"的。而且，老实说，它也闻不惯海河那股咸湿的海水味。于是在三汊河只是礼节性地拉一拉手，就满面风尘地奔京师去了。至于到天后宫去烧香叩头，那是船夫们的事。

老辈子的天津人有一句说法：先有天后宫，后有天津城。

这话不假。

天津是一座典型意义上的运河城市。有些运河城市原先就有一个底子，只是冷落些，运河开通了，带来了生气和色彩，让它蓬蓬勃勃地烂漫开来。而天津却是白手起家，连那点底子也是运河带来的。在天津城最初的发迹史上，每一页都湿漉漉地书写着"漕运"两个大字，而天后宫的钟声则一直是它的背景音乐。钟声清朗如风，又温柔如水，仿佛生命固有的召唤。钟声里，天津城从无到有，在芦荻萧萧的荒滩上年复一年地长大，成为不可更改的历史，就像墨迹在宣纸上悄悄地浸润开来，成为惊世之作一样。天后是水神，本为福建海滨林氏之女，元世祖至元年间——大致也就在开通南北大运河那个时期——被敕封为"天妃"；清代康熙年间又被敕封为"天后"。一个传说中的庇佑航行安全的小女子，被不断褒扬晋封，反映了历代帝王对漕运的关切。关于天后宫和天津城的关系，我们不妨看看以下这张时间表：三汊河上的天后宫建于元泰定三年（公元1326年），七十八年之后，朝廷才正式在这里设卫筑城，此即天津卫的由来。到了明弘治四年（公元1491年），也就是天后宫建立一百六十五年之后，才设立天津道。天后宫附近有宫南大街、宫北大街、水阁大街、玉皇阁大街等，仅从这些街名看，也可知它们是晚于天后宫修建的。至于建天津旧城，则更是晚些时候的事了。

一座寺庙催生了一座城市，这样的情况至少我见得不多。

天后宫的钟声在运河上飘荡，苍凉而悠远，满天的阳光或星月也随之飞扬起来，又在那袅袅不绝的余音中诚惶诚恐地俯伏下去，仿佛远航者漂泊的心魂。现在，所有的航船——不管是满载的，还是空载的；

也不管是官船,还是商船——都放慢了速度,在三汊河口泊定。这里不像别的码头那样,充斥着粗暴的吆喝和争吵,人们已提前进入了某种心境,互相之间都有一种会心的体谅。落篷、靠岸、下锚系缆,一切都显得那样庄严肃穆。然后,他们登上船埠头,一个个都把边幅整理得服服帖帖的,让人闻到一种灵魂深处虔诚的气味。他们当然是去天后宫进香的。而那些从天后宫回来的人,似乎已从神灵那里得到了某种许诺,从此可以一帆风顺,大吉大利了,因此举止便显得很轻松,他们潇潇洒洒地解缆、开船,扯篷的声音也如释重负一般——那让出来的位置很快就被别的船只填满了。他们是带着满足启程的,天后宫那种宗教的神圣和世俗的热闹都让他们心满意足,天后娘娘是少有的端庄秀美,甚至可以说得上艳丽,她大概是所有神灵中最富于女性魅力的,尽管长年累月的香火把她熏黑了,但那眉眼仍然是很有风情的。让这样一位女性主宰自己的命运,朝圣者在庄严虔诚中自有一种很熨帖的感觉。这也毫不奇怪,既然神是人创造的,人们当然宁愿创造出一尊美丽的神,让他们在祈祷平安的同时,还能得到一份美的愉悦。

但对于那些曾在天后宫许过愿,或者曾遭遇风险而得以平安无事的船主来说,却是要在这里多盘桓些时日的,因为他们要到附近的作坊去定制一只船模——格局和自己的船一模一样,只是要小得多——然后连同供品进献给天后,以答谢娘娘的保佑。年年岁岁,天后宫里的船模越积越多,竟有如一座袖珍型的船舶博物馆一般。当然,它们也和四周的偶像一样,被熏成了寺庙里特有的烟火色。

这个叫刘万涛的船主献了两条大瓜蒌船。我们不知道他为什么要献两条船,是他拥有两条船呢,还是前后许过两次愿?我们只知道他是山东人,而且可以想象,或许小时候算命先生说他五行缺水,就取了"万涛"这个名字。却不料命运偏偏让他一生和水打交道,这样一来,原先的名字就有点犯忌了。我们还可以进一步推测，他大抵属于那种典型的山东汉子，豪爽、义气、吃得辛苦亦冒得风险，当然钱也来得快。不管他拥有的是一条船还是两条船，反正这是私家船，而且跑的是海运——这种大瓜篓船都是走海路的。他还是个手面很大的人，南方北方，官府江湖，他都舍得花钱结交。他认为钱是个活物，种下去会生根发芽开花结果。因此，他从不吝啬播种。像他这种吃风险饭的，对神灵自然更加恭敬虔诚，但从深层意识上说，他其实也是把神灵当朋友看的，朝拜供奉，也有"结交"的意思。他就是这种人：朋友人。

还有这个叫周通的船主，他献的是一艘对漕船，这种船船底较平，俗称浅船，《天工开物》和《漕船志》中都载有图样。因其底平则吃水不深，一般不得超过六拃——大拇指与中指张开的距离为一拃，六拃不过三尺许——这样便于通过堰闸。而且有意思的是，这种船的船体可分开合，当北运河上船只拥挤且水位不够时，它可以把一半停在天津卸仓，另一半开往张家湾或通州，卸空了再到天津与另一半合拢南返。明清时期的河漕都是官营，漕船的所有者是各级官府，因此，这个周通严格地讲并不是船主，只能算是给官府打工的船老大。因此他献的这只船模较小，制作也不是很精致。

天后宫的钟声渐去渐远，从三汊河往西北，就是北运河了，大运河到此已进入了尾声。但对于一阕磅礴宏伟的乐章来说，即使是尾声也是相当精彩的。北运河流经的地域是华北平原的北部，从燕山山脉带下来的淤泥是它最伟大的母亲，经过世世代代的沉积，淤泥抹平了海滨荒原上的湖沼，成就了平原的坦荡和辽阔。在这块土地上，生命的执着与坚韧，让人们想起犁铧、石碾和从地层深处出土的辽金时代的兵器，还有那卷起滔滔红浪的红高粱——那是北方大地上历史的诗行，从中你可以闻到一股交织着血与火的粗犷气息。对于这片土地，作家刘绍棠和诗人艾青都曾在作品中一往情深地礼赞过。在刘绍棠的乡土情结中，这里是一个个卓然灵异，充满了传奇色彩的少男少女，大平原是他们铺开的艳情与梦想；而在诗人艾青笔下，这里则是一位温情脉脉的老保姆，那种静美中的沧桑感与平淡中的热烈质朴，如影随形地伴着他生命的历程，于是诗人一生都在喃喃自语：

为什么我的眼里常含泪水，
因为我对这土地爱得深沉。

有了这样的诗句，任何人再想对着这块土地说点什么都是多余的了。

大运河是一条不甘平庸的河，它因不甘平庸而伟大，也因不甘平庸而劳民伤财。它从燕山山脉带来的泥沙把文明的故事写在大平原上，也给漕运带来了年复一年的麻烦。元明清三代，北运河屡疏屡淤。由于北运河的水源来自西北，因此，从天津往通州是逆水上行，加之河床浅狭，不少地方"浅渚涩滩，篙力屡竭"。清代道光年间有一个叫李钧的地方官从河南督运漕粮进京，他在《转漕日记》中记述了从天津到通州的大致路线：

天津—三汊河—北仓—杨村—南蔡村—河西务—土门楼—香河—石槽—漷县—崔家楼—卜河口—通州

这一段航程总共只有三百余里，李钧当时却用了十四天，可见运道之艰涩。

通州是京门脸子，漕船到了通州，就可以交仓回程了。而那些进京陛见的官员，争名于朝的举子，以及五行八作的客商，到了通州也都弃舟登岸，换乘车马进京。

进京只有四十里，旱路是雍正年间修建的直通朝阳门的石道，水路是大运河的最后一段——通惠河。

二十　京师

到了通州，大运河也即将走完它生命的四季风景。如果说江南运河是它无忧无虑的儿时岁月，里运河是它浩荡澎湃的青春，那么中运河与鲁运河就是它命途多舛的中年，而南运河与北运河则意味着渐趋晚境了。只有到了这时候，你才有资格对它的性格说点什么。

都说大运河是一条女性的河，可我仍要说，在女性中，它更像一位亮丽而辛劳的少妇。

它当然不是豆蔻年华的少女。少女是母亲口中半是娇宠半是嗔爱的"疯丫头"，她们清纯、任性、无忧无虑，却又失之浮躁，有如翠竹顶梢摇曳不定的嫩叶，无论怎样弄姿作态，都是青春的风景。她们当然也有烦恼和忧郁，但那毕竟是属于她们那个年龄特有的烦恼和忧郁，一阵风就可以吹散的。她们还来不及学会什么是矜持和深沉，因此，那肆无忌惮的喧哗并不令人生厌。她们的名字叫小溪，是那簇拥在大运河周围的、浅得一眼就可以看清水底的苔藓和鹅卵石的小溪。

大运河也不是珠光宝气的贵妇人。平心而论，那些侯门贵妇本来也是相当优秀的女性（容貌、水色和教养）。她们都有着显赫的门第背景，往往一次陪嫁或者因夫君的光环而得到的一个封号，就足以让自己安富尊荣地受用一辈子了。但她们的一切原都是属于别人的，那些人首先占有了她，才挥金如土地包装她。说到底，那是一种高雅而堂皇的卖笑生涯。她们在无忧无虑中痛苦，在浓妆艳抹中憔悴，以至发出"悔教夫婿觅封侯"的叹息。她们的名字让人们想到一种金粉斑驳的富贵气：西湖、昆明湖、北海和中南海。

大运河的性格不是这样，虽然它的某些段落可能像少女或贵妇，但总体上决不是。它坦荡纯朴，端庄平和，虽有家室之累而终日操劳，却并不狭隘琐碎，也不见半老徐娘的晦黯。它当然不可能花枝招展，只是在偶尔有兴致时才稍稍梳理，浅浅作妆，这时候人们便发现，原先的蓬头垢面和荆衩布裙竟这般亮丽照人，其间流动着一种可以称之为"风韵"的东西。那是一种经历了生活磨炼的、劳动妇女的健康成熟之美；是身段、容貌、情态和气质的总和，当然也包括它的含蓄和宽厚。它从来不会讥笑少女的浅薄，也不会羡慕贵妇的光环。为什么要讥笑和羡慕别人呢？因为自己不够花容月貌或者没有一劳永逸的门第遗产吗？那些原本不属于自己的东西，想它作甚？因为自己付出了太多而获取太少吗？可那是自己义无反顾的责任。责任是一种多么崇高的拥有，富于责任感的女人，才是真正幸福的女人，才永远不会衰老。自己在劳作中幸福和美丽，并且让一个民族也在世世代代的操劳奔波中强健，这不是很好吗？它热情地接纳小溪的涓涓细流，博采众水蔚成洋洋大观；它也慷慨地接济侯门贵妇们强颜欢笑的画舫——它不羡慕它们，但尊重它们——用自己的生命之水，为它们抚平眉际的忧伤。这就是它——母仪天下的大运河，被人们熟视无睹却又须臾不可离开的大运河。

女性的美丽还在于哺育，产妇的笑容是足以使天地间的一切灿烂和富有默然失色的。如果说大运河的河水是多产的雌性因子，那么，它在中国东部的土地上，恰恰找到了可以孕育生命的一切要素。历代的暴政、灾荒、战乱都不能摧毁它生殖力的蓬勃。谁能相信,它柔弱的身躯竟哺育了那么多壮硕的生命——社会的、经济的、人文的、生态的。当然,最重要的还是她造就了我们今天这个多民族国家的大一统格局:这么多人信奉同一种图腾,使用同一种文字,操着同一种语言倾诉愤怒或爱情,也用同一种音调呼唤——母亲。

在大运河的全程中,通惠河恰恰是最没有性格的一段。

通惠河没有性格是因为北京没有性格,北京没有性格是因为它包罗万象的宏阔。辽金以前的遗迹就不去说了,那与大运河的关系不大。蒙古人来了,对于那些荒原上的骑手来说,城市是一个完全陌生的概念,他们从蒙古包进入了城市,并用自己的语言把居住的街巷称作"胡同"。胡同是平民生活的一道底色,也是城市最细微的神经,这个城市的悲欢痛痒总是最先在胡同里感受到的。因此,元代的大都,最值得夸耀的不是辉煌的宫殿,而是如同青藤一般延伸的胡同。青藤结满了果实,果实又落地发芽长出青藤,向远处延伸。大都城就像摊大饼一样向四处扩展开来。不久,南方的朱家皇帝来了,胡同仍旧是胡同,另外又修建了不少宫殿。宫殿完全是南方式的,几乎是把南京的宫城原样照搬过来了,只不过稍稍放大了些。那是一个躲在宫殿里玩弄权术的王朝,几千年来的封建统治术被他们整合得天衣无缝,而那些等级森严的宫殿也从此成为北京的某种精神标志,虽王朝更替,主人只要换一块招牌就行了,那一套统治术已经登峰造极,再想玩出什么新花样也难。满清也是一个马背上的民族,因此一切都是以便于骑射为底线的,通衢大道,满汉全席,男人的马褂和女人的旗袍,等等,这些不光是场面之物,也是一个时代的美学风尚。那是一个包容性很强的王朝,前朝的胡同和宫殿都在这个时期得到了恰到好处的安排,就像他们刚刚进入京城时安排前朝的降官贰臣一样。北京几乎是集大成的,这里什么都有,因此又似乎什么都没有,京剧《游龙戏凤》中明武宗有一句台词说得很有意思,他说北京其实就是"大圈圈(外城)里的小圈圈(宫城),小圈圈里的黄圈圈(宫殿)"。武宗是个有名的浪荡子,但在乖张任性中有时倒能见出几分真性情。其实,就是这几道"圈圈",还是大运河从南方运来的。大运河太殷勤了,南方但凡有什么能让皇上眼热心动的东西,都被它拾掇到这里来了。就像把所有的颜色都抹在一块画板上,几代王朝抹下来,最后看到的却只有一种颜色——黑色。

这黑色标志着权力。

北京是权力的殿堂,或者说,是一个偌大的官场。"不到北京不知道自己的官小。"这是现代人的一句口头语,其实历来如此。官场里的讲究忒多,你若是初来乍到,真像是林黛玉初进贾府时那样,不可多说半句话,不可多走一步路的。大运河只得收敛起一路上的万种风情,蹑手蹑脚地处处留着小心。一般情况下,北上的漕船到了通州,便要放空回程了。但直接为皇室和贵族运送物品的却可以由通惠河直达北京东便门外的大通桥,甚至可以再转向北行,一直抵达皇城根下,那里从南向北依次排列着:禄米仓(听听这名字)、东门仓、北门仓、海运仓、北新仓。有些漕船还可以一直开进"海子"(积水潭)。从春天到秋天,通惠河的沿途虽也有花红草绿,市声人语,但两岸的城墙和宫殿阴影一般压迫着,每一程都像磕碰着权势的目光。因此,它似乎更盼望着冬的来临。

一进入冬天,通惠河和"海子"就封冻了。结了冰的河面上反倒多了几分热闹。这有古人的诗句为证:"唤取冰床载人去,顺成门外到前门。"这种冰床大抵是一种冰上的游乐工具吧?我无法想象它到底是什么样子,但肯定是很有意思的。这时候,有点身份的人家都闭门扃户,猫在屋里围炉取乐。即使是出门,那马车的轿门也用厚厚的棉帘子遮得严严实实的。朔风和严寒把他们禁锢在一个逼仄的小天地里,而把亲和大自然的广阔舞台留给了小民百姓。小民百姓是一个天性快乐的群体,他们其实比豪门纨绔们更会找乐子。现在,他们把胡同里的一应娱乐都移到冰面上来了,人们在这里溜冰船、抽冰嘎、放风筝、抖空竹。"冰嘎"就是陀螺,在冰面上抽陀螺用不着像在胡同里那样使出浑身解数,你尽可以像牧羊一般的优哉游哉,抽上两鞭子就拢起手看别处的热闹。而且因为冰面的平整度很高,那陀螺并不乱走乱窜,看起来仿佛静止在那里,把一圈薄薄的光晕投在冰面上。从民间文人的竹枝词中可以看到,当时还有在冰上踢球的,那比国外的冰球要早好几百年。人们只顾着自己玩得尽兴,却从来用不着去理会皇城里苍老的钟鼓声——小民百姓们世俗的快乐,与它有什么相干呢?

当然,他们可以在通惠河上玩,也可在"海子"里玩,却不能到更远处的昆明湖上去玩。

昆明湖所在的颐和园是皇家园林,即使是贵戚勋臣,也不是随便可以进得去的。

一般人不能随便去的地方,大运河却可以自由自在地徜徉,因为昆明湖是作为通惠河的水柜而存在的,在这里,大运河惊叹于南方的造园工艺如何融入了北方的庭院,从而成就了皇家园林那华丽炫人的景观。

其实大运河是用不着惊叹的,正是它自己夙兴夜寐的辛劳,把南方那诗意的生活一点一滴地注入了北方,就连著名的北京烤鸭也是由苏州传至京师的(确切地说,北京烤鸭中的一些特别制作是苏式菜肴的工艺,例如在鸭的表皮涂蜂蜜和饴糖,等等)。关于南方那诗意的生活,邓云乡先生在一篇文章中曾这样说:

昆曲、黄酒、绿茶、园林,足以代表传统的南方文化。具体到苏州园林，那不妨再加一点评弹的叮咚弦索声。蒙蒙细雨中，走在长长巷子的青石板路上，隔着长满苔藓的高墙，从偶然中伸出墙头的翠绿的老树叉丫间，传出一两声叮咚弦索声……

最后的那几点省略号是原文就有的，其间盈漾着多少怀旧的情味！那悠长如梦的沧桑人事，那青灰瓦檐下水淋淋的江南……

是的，江南是离不开水的，江南的园林也是离不开水的，水之对于园林，有如美女的秋波，是最具神韵也最迷人的所在。颐和园有的是水，而且气象颇为壮阔，这就好办了。如果说南方园林是清雅婉约的昆曲，那么北方园林则是金碧重彩的京剧，京剧受昆曲的影响很大，甚至可以说是从昆曲演变来的。眼下的这座颐和园，正所谓北园南调，自是园中高品。从大处看，这里有气度雍容的湖光山色，湖曰昆明，山曰万寿，名字虽是后来的附丽，却也是真山真水。北方的四季转换较南方为甚，木叶摇落的时间亦较长，因此园中多以长绿树为主。烟树葱茏，与黄瓦红柱，牡丹海棠相映衬，烘托出一派皇家的富贵气却又并不庸俗。从小处看，也有粉墙黛瓦，竹影兰香；也有小阁临流，曲廊分院，文人的"文心"和匠人的"匠心"结合得恰到好处，这是南派园林的风姿。皇家园林的这种包容性体现了其主人的贪婪，他们是恨不得把天下所有的好东西都搬到自己园子里来的，例如，嘉兴南湖的烟雨楼被乾隆看中后，就被照样搬到了皇家后院承德的避暑山庄。还有扬州瘦西湖有一座和北海琼华岛上一模一样的白塔，那是老人家南巡时，又想把自己后院里的东西随身带着。反正他们是要把所有的好东西都圈养在自己身边，变成举目可见、伸手可即的玩物。离颐和园不远还有一座圆明园，那是被称作"万园之园"的，自然是集中了天下所有园林的精华，后来被洋人一把火烧光了，只剩下几根烧不烂的石柱指向苍天，千秋万代地作沉思状。大运河不敢往那边看，怕看了伤心，那是一个民族鲜血淋漓的伤口，永远也不会结痂的。到了颐和园那个时代，大运河已经衰老了，一颗衰老的心，承受不了那样铭心刻骨的伤痛。

那么就想些别的吧，例如，这些园林——连同京师宫城里的那些大殿子——大多是南方香山匠人的手艺。香山是多好的名字啊！香草美人，钟灵毓秀，词义和语感里天生就蕴含着某种艺术气质。正因为名字好，中国叫香山的地方太多了。这里所说的香山匠人来自苏州，他们中间包括：木匠、泥水匠、堆灰匠（泥塑）、雕花匠（木雕、砖雕、石雕）、叠山匠等。记忆中的很多场景都是过眼烟云，随着岁月的流逝而湮没无痕，但有些场景却是流不去的。早在北宋末年，香山匠人就沿着大运河北上，来到开封给皇帝造园子。那带头的朱勔是个造园高手，开封著名的艮岳就出自他的手笔。天底下恐怕没有比那更大的人工园林了，周遭十余里，全用江南的太湖石堆叠而成，再加上楼台亭阁和各地搜集来的奇花异草，端的是人间仙境。连宋徽宗那样艺术素养很高的人都很赏识他，让他担任"苏杭应奉局"的官职，奉命采办"花石纲"。一个造园子的工匠当什么官呢？你只是有点技术和管理才能，老老实实地做个手艺人就是了，一旦沐猴而冠，命运的悲剧也开始了。后来国家危难时，朱勔与蔡京、童贯、高俅等人一起被斥为祸国殃民的"六贼"，杀头的杀头，流放的流放。他这种没有什么根底的人自然只有杀头的份。他死后，家境亦一落千丈，但好在子孙都有一门手艺，吃饭还不成问题，他们"游走于王侯之门，俗称'花园子'"。这比那些纯粹的政客可好多了。例如同为"六贼"的那个梁师成，也曾官至太尉、开府仪同三司。但这种人除去投机钻营，皮囊里什么货色也没有。没有货色便只能千方百计地去附庸。他的附庸有点特别，竟到处吹嘘自己是大文豪苏东坡的私生子，说是苏东坡的侍妾带着身子嫁给了姓梁的生下了他。《宋史·梁师成传》中说:"师成实无文,而高自标榜,自言苏轼出子(被遣出侍妾之子)。"他说得可能不错,苏东坡在一再被贬的情况下,也确曾遣散过侍妾。但这种事若放在嘴上吹嘘,且大言不惭,就实在没有意思。梁后来被贬为彰化军节度副使,行到半路,被押送人绞死。他是太监,自然没有后人,这样也好,如果有,也肯定不像朱勔的后人那样有一门手艺可恃。"六贼"中的其他几个人,一旦树倒猢狲散,后代竟有沦落街头为丐为娼的。所以奉劝世人,官场是靠不住的,还不如正经学一门手艺的好。

其实,也不是说工匠就不能当官,同样是香山匠人出身的蒯祥就当得很不错。他是北京明宫城的总设计师兼总工程师,说到底也是靠手艺吃饭的。从永乐到成化,蒯祥一生侍奉过六代君王,最后官至工部侍郎,食从一品。在北京和台北的故宫博物院里,分别珍藏着一张《明宫城图》,图上画的是明代紫禁城建筑群,崇楼巍阙,金碧辉煌。令人注目的是,在画面左侧华表下有一位纱帽红袍的官员,器宇很轩昂的,他就是蒯祥。顾颉刚先生认为,这张图上蒯祥的"人形特大,与建筑比例不称,盖明帝重其人,所以纪念之也"。皇帝为什么看重他呢?因为他主持营造的宫殿是皇权的象征。宫殿和园林是有区别的,可以这样说,造宫殿是帮忙,而造园林则有点帮闲的味道——那园林本来就是供帝王休闲游乐的。若是太平盛世,那倒没什么可说。若遭逢末世,万方多难,最后总要归结到"耽于安乐"这一点上。皇帝自然没有什么过错,那帮闲造园子的就难辞其咎了。也是朱勔活该倒霉,谁叫他生不逢时的呢?

顺便想起一件不大不小的轶闻,说出来心里不知是什么滋味。当初英法联军进京后,在如何惩罚清政府这一点上,英国公使额尔金和法国公使葛罗曾发生分歧,英使主张焚毁圆明园,法使主张焚毁大内皇宫,后来考虑到若焚毁皇宫，清王朝有可能垮台，他们攫取的利益亦随之丧失，才最后选择了圆明园。可见在洋人眼里，宫城也是皇权的象征，非同小可的。现在想起来，像紫禁城那样举世无双的大古董能得以保存，确是不幸中的大幸。但一想到在接下来的半个多世纪中我们民族所经受的那些耻辱，我倒要狠心说一句：还不如让洋人烧了紫禁城的好，如果它能换取一个腐朽体制的提前垮台和一个古老文明在烈火中重建的话。

烧圆明园，痛；烧紫禁城，亦痛，中华民族的近代史注定了是一部血与火的痛史。

流过了京师的胡同、宫阙和园林，也流过了元明清三代的盛衰兴亡，大运河无可奈何地衰老了。现在，它枕着昆明湖上的画舫，静静地品味着北方的京韵大鼓。京韵大鼓是可以和南方的评弹相媲美的，它似乎最适合于风尘女子演唱，因为那曲调中有一种揪人心魂的身世之感。人的身世与河的身世在感情上是相通的，回首南望，四千里风尘，六百载岁月，最终就流入了那份不绝如缕的伤感之中。大运河黯然无语。

黄昏悄悄地莅临了，树的影子拖得很长。大雁掠过长空，它们是大运河最忠实的伴侣，每年的春风秋月中，它们都要追逐着运河上的帆影从南方飞向北方，又从北方飞向南方。也只有它们可以作证，眼下这苍老的河床，当年也曾有过恣肆洋洋的青春，那史诗般浩大的船队，曾多少次让它们迷惘：究竟哪是天？哪是地？哪是白云？哪是帆……

时间篇

21　庸才时代

道光六年（公元1826年）二月，江南已很有点小阳春的气息了，但是在北方，春天的脚步却总是姗姗来迟，京师的杨柳瑟缩在料峭的寒风中，枝头上还沾着薄薄的冰花。来自塞外的沙尘把紫禁城搅得浑浑噩噩的，一副灰头土脸不解风情的样子。谯楼上隐隐传来报时的钟鼓声，一声声沉闷而苍老，仿佛来自一个遥远的世纪……

道光帝旻宁一早就起床了，在清朝的历代帝王中，他是资质最差却又最勤勉的一个，一年到头宵衣旰食，因此眼圈上总是带着几分疲惫。盥洗之后，他坐到御案前，先读了一段先朝《实录》——这是他每天的例行功课，从来不敢懈怠的——但思绪却怎么也走不进先辈那辉煌的文治武功中去，他知道是昨晚签发的那道谕旨让他心神不定，便索性丢下《实录》，又把谕旨细细看了一遍，似乎还要作最后的定夺。资质差的人往往谨小慎微，又特别注重细节，总想把什么事都办得滴水不漏。这或许也和他十七岁就被内定为皇太子,直到三十九岁才登基即位有关,漫长的等待是在如履薄冰的拘谨中度过的,把一个帝王本该具备的胆略和气魄一点一点地消磨殆尽。况且漕运关乎天庾正供,兹事体大,不能不再三斟酌的。想到这里,他又提笔在谕旨的后面加了两句:

至江广帮船应否同江浙漕船一体转运海口,俟江浙等帮海运有所成效,再行归并筹办。

写完以后,又看了一遍,觉得很妥当了,才最后下定了决心,叫内臣拿过去用印,天亮后再送到军机处去。

这是一封关于漕粮试行海运的谕旨,确实不同寻常。

清代的历史到了十九世纪初叶,"康乾盛世"的余辉已日见黯淡,那是中国封建社会的最后一次华彩演出,几乎耗费了它全部的家底和行头,也耗费了它全部的生命精神。既然一切都已经登峰造极,那么等待着它的只能是人去场空的大悲凉。而曾经为那场演出殚精竭虑的大运河也一下子衰老了,如同一个早年操劳过度的村妇,一进入中年就过早地显出了龙钟之态。它蓬头垢面,步履蹒跚,原先健壮饱满的身躯变得松垮疲塌了,仿佛纸糊的一般,再也经不起风吹雨打。那日益枯瘦的运道是它白发下的皱纹,记载着与生俱来的劳碌和忧患。特别是苏北里运河那一段,由于黄河和洪泽湖的轮番侵淫,更是危如累卵,老天爷打个喷嚏也会引出一场塌天大祸。虽然历朝历代都把河务和漕运作为头等大事,但每年四百余万石的漕粮转运,压迫得大运河连喘气的机会也没有,因此,所谓整治只能是头痛医头,脚痛医脚的修补,结果是越补越破。就像道光黄帝裤子上的补丁那样,流感一般传染了满朝文武,弄得朝堂上一片破旧的气象。河漕积重难返,这已是不争的事实。于是,从嘉庆年间开始就有人提出漕粮改行海运的建议,但事关祖宗成法,每次廷议时都要吵得昏天黑地的。从表面上看,海运与河运只是走漕的形式之争,但实际上牵涉到一个根深蒂固的体制问题,即从传统的政府包揽向招标商办的变革。官办的河漕体制法久弊生,养活了一大批冗官蠹吏,上至中央大员,下至仓胥运兵,一个个都乐此不疲地营私舞弊,把漕运视为自己千年不败的铁杆庄稼。一旦变革触犯了他们的既得利益便如同掘了他们的祖坟一般,岂能善罢干休!加之嘉庆道光这两代帝王都是守成之主,缺乏敢作敢为的勇气,海运之议,遂一再搁置。

到了道光四年,机会终于来了。

这一年,由于南黄河水骤涨,高家堰漫口,自高邮、宝应到清江浦一线运道浅阻,挽输艰难,到了北方的漕船放空都回不去了。天大地大,吃饭问题最大,中国的好多事情不等到饿死人的时候是不会有人去解决的。如果光是老百姓没有饭吃倒也罢了,问题是运河梗塞,正供无源,若长此以往,恐怕连达官贵人也要喝西北风了。到了这时候,还死抱着祖宗成法有什么用?因此,当江苏巡抚陶澍重提海运时,道光只得同意让他试试。

陶澍,湖南安化人,嘉庆七年壬戌进士。在晚清的政治舞台上,湖南人是很干了一番事业的,咸同年间的几位中兴名臣——曾国藩、左宗棠、胡林翼——差不多都是湖南人,其中左宗棠是陶澍的儿女亲家,而胡林翼则是陶澍的女婿。湖南人在中国近代史上的崛起,大致就是从陶澍开始的。

道光皇帝让陶澍试试看,但陶澍知道,其实用不着试,海运肯定比河运优越。

陶澍来到了上海。那时的上海,由于海运的发展,已经很有点模样了。自康熙二十四年开放海禁以来,往返于天津与上海之间的沙船日益增多，商家将关东地区的豆麦运至南方销售，每年的运量都在一千万石以上。然后再将布匹、茶叶等"南货"贩载北上。由于南货分量较轻，且往往不能满载，故称"放空"。为求船行平稳，常常不得不在吴淞口用泥土和石块压舱。现在正好利用这些北返的沙船运载漕粮，既然是"放空"捎带，运费自然低廉，反正空着也是空着，挣一个是一个。陶澍是个很干练的人，一切都办理得相当顺利，从接到圣谕到漕粮出海，只在兼旬之间。当他站在吴淞口外浩荡的春风中，目送着装载漕粮的沙船扬帆北上时，这位湖南人都想了些什么呢？后人不得而知。好在《清诗记事》收有他当时写的几首七律，从中可以窥见一斑。且看："申浦重来策骑从，望洋镇日话从容。"何等的潇洒；"指点扶桑云五色，日边好路近长安。"又是何等的自负，那种踌躇满志的心态跃然在目。这里所说的"好路"恐怕不光是指海运漕粮这件事本身，而且也包括自己的官场仕途的。"日边好路近长安。"他说得很含蓄，但无疑又是满怀憧憬的，对眼下的事业和今后的前程都充满了信心。沙船从上海出发，经崇明十水洑而东，再沿南黄海北上，扬帆四千余里，十余日即达天津。接着回空再运一次，五月中旬即两运告竣。由于运期缩短，漕粮霉变损耗大减。加之商船"不由闸河，不经层饱，不馈仓胥"，省去了许多盘剥和周转，较之河运，不仅节约了十余万石的损耗，还少花了十余万两的运费。而对于商家来说，既能弥补北上放空之损失，可又增加收入，自然闻风鼓舞，乐得为之。道光六年春天的首次试行海运，可谓相当圆满。

这样看来，海运确是应当替代河运的了。

但问题并不这么简单，随着海运的成功，反对阵营的鼓噪也随之甚嚣尘上，其中最厉害的一手就是危害耸听，以"稳定"来要挟皇上，说废除河运将造成数万运丁和水手下岗，这些人的饭碗被敲掉了，必然心怀怨愤，聚集滋事，成为社会上的不稳定因素。他们甚至故意制造谶语，神神鬼鬼地散布什么"木龙断，天下乱"。木龙者，漕船之连樯也，意思就是废除河运将招致天下大乱。这实在是很厉害的一手，对于任何一位统治者来说，最让他们耿耿于怀的就是"稳定"。既然稳定压倒一切，自然也就压倒了变革、压倒了民主、压倒了惩治腐败的正义呼声，也理所当然地压倒了老百姓的肚皮。为了稳定，什么样的代价都是可以付出的，只要自己还坐在权力的殿堂里，其他什么都好说。于是，维护稳定便成了贪官污吏们维护既得利益最堂皇的旗号，甚至成了一只藏污纳垢的大垃圾桶——他们可以"稳定"地贪污收贿，"稳定"地压制舆论，"稳定"地胡作非为，却唯独不能容忍稍微不那么"稳定"地变革旧有的秩序。他们捞了那么多的好处，干了那么多的坏事，搞得民生凋敝，天怒人怨，从来不曾觉得有碍稳定。现在别人要触犯一下他们的既得利益，他们就关心起稳定来了，认为天下要大乱了。他们这一鼓噪，软弱的道光果然就动摇了，他明明在先前的谕旨中说过，南方其他各省的漕粮海运事宜，"俟江浙等帮海运有所成效，再行归并筹办。"现在，成效明摆在那里，他却不认账了，反而下了一道言辞峻厉的谕旨，一开头便说："朕思海运，原非良策。"

道光六年下半年的皇上，否定了道光六年上半年的皇上，而且理直气壮，一点都不脸红。这就是当皇上的好处——他可以说话不算数。

在洋洋洒洒地陈述了一通海运之不可行之后，皇上居然恶狠狠地反问那些支持海运的官员："受国厚恩之人，其可不禀天良耶？"

究竟谁不禀天良呢？真是匪夷所思！

最后又是一番严旨切责："倘明年河运不能通畅，贻误漕运，咎有攸归。朕言出法随，决不宽贷。"

这就是说，从道光七年开始，河运又一切如常。

当然，道光毕竟不是个太刻薄的人，他只是资质太差，分不清好

歹。在停止海运的同时,他又想到对陶澍还是要安抚一番的,那就再发一道谕旨吧:

陶澍(在试行海运中)亲驻督办,深协机宜,著赏戴花翎。

一副花翎把陶澍打发了,也把一件利国利民的大好事给打发了,他打发得相当得体。

但这种打发所要付出的代价,我们在不久以后将会看到。试想一下,道光六年离鸦片战争还有十几年时间,如果当时就全面实行海运,并按照海运的要求着手中国的海军建设,那么,在十几年以后,英国人还能凭几条三樯战舰在我们的大门口横冲直撞吗?

一个平庸的时代是干不出什么有远见的大事的,道光本身是个很平庸的人,这就注定了他只能重用那些平庸的官僚,例如像谨小慎微而专坏大事的曹振镛那样的人。曹振镛的为官之道很简单:多叩头,少说话。他把仅有的一点智慧都用在揣摩皇帝的心思上。有一次道光上朝时穿了一条打补丁的裤子,曹振镛马上叫家人翻出箱子底下的旧官服,也打上补丁。此风一开,满朝文武竞相仿效,弄得京师估衣铺里的旧官服供不应求。道光六年左右,清廷内的河运派和海运派争论得沸沸扬扬时,首席军机大臣就是这个曹振镛,和他搭档的还有一个潘世恩,这个一脑子糨糊的老官僚同样因平庸而显达,从乾隆末年开始,居然一路青云,荣际三朝,到八十多岁时还赖在军机处不肯退休,连道光也有点讨厌他了,二十九年四月,一天大雨过后,皇帝下了一道谕旨:"本日又获甘霖,地面一片湿滑,潘世恩可毋庸进慎德堂,虽有扶掖之资,难抒眷念之意。"慎德堂在圆明园,是皇上日常召进军机的地方,皇上的这几句话说得很有人情味,但弦外之音却不怎么动听:你老潘这么一大把年纪,该致仕回家了。潘世恩知道赖不下去了,只得自请罢直,回苏州养老去了。苏州有名的大儒巷潘家,就是此公的寓所。

这样的臣子,这样的朝廷,这样的时代氛围,怎不让有识之士仰天浩叹!

道光七年秋季,江苏巡抚衙署的披房内,一位青年书生正在为陶澍赶写一篇鼓吹海运的大文章。秋容惨淡,秋声飒飒,那是天地万物在衰老中不甘寂寞的演出,不是为了谢幕,而是为了铺垫出来年又一个灿烂的生命季节。书生条分缕析,议论纵横,正反推演,雄辩滔滔,经世致用的思想风骨借助于汪洋恣肆的才情,文势如长河飞瀑,奔流直下。写到得意处,他自己也不由得为笔下的雄文劲采而击节赞叹。在文章的最后,他大声疾呼:

天时人事,穷极变通,舍海运别无事半功倍之术!

这篇文章就是后来被人们传诵一时的《复蒋中堂论南漕书》。

蒋中堂即两江总督蒋攸铦,他刚从军机处外放江南。军机处实际上是个很闭塞的地方,也是容不得思想锋芒的地方,他开始并不赞同海运。但这个人比较正派,也并不固执,在陶澍的游说下,对海运的态度有所转变。因此,上任伊始,便着手研究来年河运与海运孰者可行的问题。他把这份问卷交给陶澍,实际上是想借助于陶澍的答卷上书朝廷,对道光皇帝的决策施加影响。而陶澍把这么重要的问卷放手交给一位青年书生,亦足见对他的了解和信任。

这位书生也是湖南人,他叫魏源,字默深。这一年,他刚刚进入陶澍府中做幕僚,在未来的三十年中,中国的思想界将会不断听到他那振聋发聩的声音。

22　憔悴的老妇人

在入陶澍幕以前,魏源曾三入京师,其中有两次走的是运河水道,因此,他对大运河的了解就不光具有一个思想者的理性思辨,也泅染着人生经历中的感情色彩,数千里运道上的辗转之艰,艄公纤夫的风霜之苦和沿途关胥的盘剥之酷令他感慨良多。这条衰老的大运河实在已经不堪重负了,一个庞大的王朝拖累了大运河,大运河也拖累了一个庞大的王朝。

说不尽的漕运,欲说还休,却又不得不说。

那是怎样一种艰难卓绝的远征!每年数百万石的粮食(当然还有其他御前用物)从南方起运,千里迢迢地辗转北上,用以充实京师或供应军旅,抑或分储仓廒。漕船所过之处,江河大泽的风涛之险且不去说它,为了解决水位落差问题,光是沿途的那些堰闸就要费多少周折。像瓜洲和清江浦的那种磨堰,每一次通过时都要把船卸空,再用牛拉的绞盘把空船拽上去。木质的船底贴着石砌的堰坝,一点一点地向上"磨",绞盘牵引的粗麻绳不堪重负地呻吟着,有如巨大的弓弦,期待着把痛苦射向天空。健壮的牯牛——它们是农耕时代无与伦比的大力士——在重轭下也显得步履艰难,全不像在场头地边那般优雅。那真是惊心动魄的一幕,似乎每艘漕船都要以伤痕累累作为进入京师的印戳,都要体验一次绝望中的诞生。天空、太阳、流水、牯牛因用力而绷紧的后胯,还有船夫严肃的面孔,全都冷峻得有如生铁一般。这里几乎体现了那个时代科技发展的最高水平:绞盘的运用,人力与畜力的通力合作,杠杆原理与支点的转换,船底与石堰的摩擦系数如何控制在极限之内,等等。这时候,你可以闻到汗的气息,血的气息,甚至还有火的气息——是那种潮湿的、欲燃未燃的焦灼气息。木头与石头——它们都是阴阳五行中最古老的音符——之间的摩擦曾点燃了原始人类的文明之火。而在它们各自的生命中,它们也曾相依相偎过,那是在它们青葱饱满的年华,那时木头不叫木头,它因具有生命而被称为"树"。而石头也是原生态的,并不曾被人工砍削嵌砌成水坝。现在,它们却被安排在大运河上的一道磨堰前,让它们演示一出力学与美学的最高形式——在互相咬啮中痛苦,在痛苦中完成托举和升华。而这种咬啮一旦超出了极限,那艨艟巨舟就会在石坝上花瓣一般绽开,成为一堆积木漂流而去,最后又依偎在岸边的几棵老树根下——这种结局虽然带有某种宿命色彩,却并非大地的本意。

当年的瓜洲堰,用牛达二十二头之多。谁能想到,那最后云集在天子脚下的如林的帆樯,竟是负载在这些牯牛的重轭下,一艘一艘地"磨"上石堰的。

大运河最直接的功用在于漕运,就像牛的功用在于耕田拉车,骆驼的功用在于穿越沙漠一样,对于中华民族的历史来说,大运河就是忍辱负重的骆驼和牛。千百年来,人们对它的役使几乎到了贪得无厌的程度。历代的统治者无不把漕运作为立国之本,无论是雄才大略的明君还是抱残守旧的庸主,他们注视运河的目光都一样的殷切。漕运!漕运!这一惊一乍的幽灵时不时地就会出现在八百里快马送来的奏报中,亦时不时地闯入君王玫瑰色的梦境。北宋王朝定都开封,漕运仰仗汴河。每年夏季汴河发大水时,宋太宗赵匡义都要亲赴治漕工地视察。有一次车驾陷入了泥淖中,他就下车步行。九五之尊的帝王连同一班随行的近臣,一个个都弄得泥猴子似的。殿前都指挥使跪在面前叩头不止,恳请皇帝回宫,被他一番痛斥。其实,比之于后来的元明清几朝,宋代漕运的规模还不算很大,但已经弄得皇帝这样狼狈了。是呵,就这么一条纤

大运河中的漕运景象，《康熙南巡图》局部。

纤弱质的运河，却担负着泱泱京师的日用衣食。数千里运河线上，关山迢迢，风险莫测，再加之洪涝、干旱、盗匪、战乱，还有种种弊政造成的人祸，这些都是它生命中的不能承受之重，只要哪一个环节上出了纰漏，京师里嗷嗷待哺的百万生灵将何以就食？

漕运，这纠缠了中国历史数千年的梦魇，面对着你苍古的风尘和含辛茹苦的哺育之功，我们该说些什么呢？

为你唱一首古朴而深情的颂歌吗？用青铜编钟和大运河边的芦笛伴奏，讲述一条河和一个民族的历史，那当然是应该的。作为农耕中国的生命线，漕运对中华民族大一统格局的形成和巩固居功至伟。秦时明月汉时关，疆域辽阔的秦汉大帝国是以邗沟和鸿沟的开通为前奏的。而人们至今仍然津津乐道的盛唐气象，其源头应该上溯到隋代大运河的千里清波。元代最终形成的京杭大运河，则又无疑为明清两代的文治武功奠定了基础。长河千古，沧桑无语，从中我们却可以发现，专制社会有时确实可以办成一些大事，虽然那往往要以滔滔血海和累累白骨作为代价，但对于历史而言，那是值得的，因为我们赢得的是一个让整个世界都为之嫉妒的大中华。

但我们要说的不仅仅是这些。

我们还要说，大运河，你是不是对一个封建的中国过于娇宠了？你几乎把一切都准备得那么精细周全，然后焐热了，嚼烂了，喂到它嘴里。它用不着稍微运动自己的肢体，也用不着像原始人类那样不断强健自己的器官。久而久之，你突然发现，它虽然已经皱纹满面，白发苍苍，却仍然是个没有思想、更不会行动的软体动物。你那舳舻千里的供养太殷勤恭顺了，过分的溺爱和迁就使它在饱食终日中丧失了进化功能。这种爱的方式，福兮？祸兮？谁人曾予评说？

我们不妨看一看中国的漕运史。漕运大致肇端于春秋末期，那时正值中国的封建制开始挣脱奴隶制的桎梏，生气勃勃地走上历史舞台。而它的衰亡则是在清朝末年。清光绪二十七年（公元1901年），清廷正式下诏废弃漕运。此后不久，中国的封建社会也就寿终正寝了。也就是说，漕运是和中国的封建制度相始终的。这究竟是一种偶然的巧合，还是潜藏着某种深层次的历史必然性呢？

漕运对中国社会的渗透是全方位的，不仅仅是经济方式和政治形态，它几乎深入到社会肌体的每根神经末梢，决定着那个时代的情绪、时尚、视野、风俗，以至生活节奏和生命精神。当农夫们在春天的原野上播下第一把谷种时，当村妇们在古老的织机上抛出第一梭纬线时，当镰刀、牛车和碌碡在跃跃欲试中等待收获时，他们想到的除了自己饥肠辘辘的肚皮，就是那有如家族背景一般古老的使命：漕供。为了自己的肚皮，为了官府的漕供，他们世世代代地劳作，这就是他们简单而质朴的生活信条。而京师里的达官贵人们则要潇洒得多，举凡日用衣食自有漕船送来，他们几乎伸手可及。当他们憧憬着民间的某种美食珍玩时，也只要在给各州府的"红头文件"中加几行字，所需的一切便会沿着大运河源源送达。即使是皇上有所赏赐，也总是真珠彩帛或女乐什么的，让他们拿过来就可以直接受用。这种舒舒服服的受用甚至闹出了这样的笑话来，据说宋朝的蔡京一日偶然问他的孙子，煮饭的米是从哪里来的，孙子回答是出自席包。因为开封的米都是漕船从江南运来的，漕船装米都用席包。——这位纨绔子弟似乎并没有说错。另一则笑话说的是，明代北京的官员吃惯了通过"快马船"从江南进贡的鲥鱼，由于路途遥远，那些娇贵的时鲜货送到京城时都腐烂发臭了。一官员调任南京守备衙门，时值初夏，厨师天天给他做新鲜鲥鱼。此君虽然吃得十分开心，却始终不认为盘中美味是鲥鱼，因为在他看来：不烂不臭，怎么会是鲥鱼呢？这种黑色幽默虽然荒诞，但折射出的社会世情却是相当真实的，由于被漕运喂养得太久了，京城的衮衮诸公们已经丧失了起码的心智。

在这里，产品的商品属性消失了，市场作用被淡化了，无论是生产者还是消费者，一切都是以实物的形式提供的，一切都建立在自给自足的自然经济模式之内。历史上的大运河曾多次改道，漕运方式亦时有变革，但有一点始终没有变，那就是，把南方经济中心和北方的政治军事中心连结起来，让南方供养北方。这种实物供养式的漕运制度，客观上压制了农村商品经济的发展，维护了乡村中以土地为纽带的人身依附关系，也强化了中央集权的封建政治格局。在这种体制下，小民百姓们固然丧失了走向市场的欲望，就是官僚贵族们，他们聚敛财富也不是为了用于投资和发展再生产，而是把银子堆在仓库里，每年夏天搬出来晒晒太阳，寻求一种心理快感。或者用于购置土地，好在晚年致仕后有一块优游休憩的田园。在他们的心目中，只有银子和土地才是千年不败的

"铁杆庄稼"。漕运就这样把一个封建的中国紧紧束缚在土地上,让它在自给自足中陶醉、僵化,直至腐朽衰亡……

其实即使在"康乾盛世"那个时候,大运河也已经显出疲态来了。只不过那时国力强盛,舍得把银子花得流水似的,大运河就像一个用了激素的病人一般,还能勉强维持一种富态相。但这种富态不是雍容,而是虚胖,所谓娴静优雅已远离它而去了。康熙乾隆前后十二次南巡,主要目的都是巡视河工,游乐倒在其次。特别是康熙帝玄烨,早在亲政以前就把"三藩、河务、漕运"作为三件大事,亲自书写了挂在宫中柱子上,以备顾视不忘,这三件大事中,就有两件是与运河有关的。康熙二十三年九月,三藩既平,玄烨即首次南巡。这次因对治河心中无数,只能先为视察,故称"视河"。原计划先经山东祭奠泰山和拜谒孔庙,但当他祭毕东岳,刚刚在郯城驻跸,有河道总督靳辅向他奏报苏北大水,下河七州县一片汪洋。康熙闻报,随即改变行程,先行南下巡视河工,待回銮途经山东时,再拜谒孔庙。他不喜欢搞形式主义,在他的谕旨中,用得最多的一个词就是"实心任事"。他自己也是"实心任事"的,河务是基本国策,不实心任事不行。

康熙的这次南巡,还引出了一场关于治河方案的大辩论。辩论的一方是皇上自己,另一方则是治河名臣靳辅。这场辩论长达三年之久,其中有具体的方法之争,也有权力场中的恩恩怨怨。按理说,在专制时代,君臣之间是没有辩论可言的,更何况是康熙这样的一代雄主。之所以会"辩"起来,一方面是由于靳辅不屈不挠地据理力争,一方面也是由于康熙处得很审慎,他并不意气用事,以势压人,相反倒颇有一点民主作风。事情虽有些曲折,靳辅也曾一度被罢官,但实际上的治河方案还是按他的一套去实施的。在这场辩论中,有一个叫于成龙的大臣也颇为活跃。于成龙是有名的清官(前些时因为一部《清官于成龙》的电视连续剧，让他几乎到了家喻户晓的地步），但他对靳辅有成见，一直站在反对派的阵营里。这个人清廉是清廉，治河却非行家，而且既以清官名世，就处处有点求名的味道。康熙曾一度派他督理里下河工程，结果发现根本不行。这说明，清官不一定就是好官，在一个清明向上的时代里，人们需要的当然是好官；只有在吏治日坏时，人们才呼吁清官，这是一种情绪化的表现，也是不得已而求其次的意思。

那么，靳辅是不是清官呢？这个问题不大好回答，因为只用清贪二字来评价官员，实在是过于简单化了。正好，康熙也曾当面向靳辅提过这个问题，我们来听听他是怎么回答的。

康熙问靳辅："你手下僚属中有谁最为清廉？"

这是旁敲侧击的说法，名为打探僚属，实为打探你靳某本人。谁不知道"长河决口，黄金万斗"，总河是个肥得冒油的差事呢？

靳辅回答得很得体："清廉二字，人所难能，为大吏者必定要法己率属，然后才可责人。臣起家寒微，蒙皇上隆恩任总河一职，但如果说一文不取，一文不与，臣也难以做到。"

为什么"难以做到"呢？听着，因为他在这个位子上也要开销，例如对手下僚属的激励赏赉，例如方方面面的应酬交际，例如各种名目繁多的公务和摊派，等等。这些都没有正项支出，只能打到河工经费中去。

然后他又声明："不过若谈到贪图富贵，颠倒是非，贪赃枉法，妄取钱财，妨碍公务等事，臣则断然不敢做的。"

康熙听了，不禁哈哈大笑，对身边的侍卫和大学士们说："他说的都是实话。"又对靳辅说："如此足见你不骗朕了。"

也难怪康熙对靳辅的"实话"感到满意，因为他知道，河工向来是河官借以中饱私囊的好地方，要真正做到一文不取确实很难；河工又牵涉到方方面面的人事关系，要真正做到一文不与也很难。靳辅是聪明人，他知道皇上也是聪明人，还是实话实说的好。

像靳辅这样的官，不光皇上满意，老百姓大体上也是满意的。中国的老百姓向来是最大度的，他并不是一定要你两袖清风地当苦行僧。你多吃一点、多喝一点、多拿一点都是可以理解的。但你吃过了、喝过了、拿过了，要为老百姓办事。最可恶的是有一类人，他们什么本事都有——吹牛拍马，卖官鬻爵，包二奶，养情妇，花天酒地——却唯独不为老百姓办事。靳辅虽然不能算一尘不染，但他为治河鞠躬尽瘁，最后死在任所，这样的官员即使放到现在，也还是值得称道的。

可怜的康熙，几乎从他亲政的第一天起就忧心忡忡地注视着大运河，长时间地注视某一种事物，要么使人昏昏欲睡，要么使人歇斯底里。康熙是精神上足够强健的帝王，但他的雄才大略后来也被消磨得婆婆妈妈的，特别是苏北里下河那一段，大运河与黄河、淮河、洪泽湖纠缠在一起，剪不断，理还乱，年复一年的溃泛和修补，使那里成了大运河肌体上最顽固的病灶。康熙六次南巡，基本上都是冲着那块病灶而去的。首巡视河，二巡谋河，三巡治河，后来的几次则是检查治河规划的落实情况。他对河工太看重了，因为看重而容不得丝毫的拆烂污，一旦听说有在工程上弄虚作假或经济上手脚不清的，处置都很严厉，有时甚至免不了意气用事。例如曾有人告发某河官亏空库银三十万两，康熙大怒，让九卿议他的罪，大家都说要"大辟"（一种酷刑，将人拦腰砍断）。但当时的礼部尚书韩菼认为，亏空的银子是康熙南巡时花在接待上，并非贪污，这种情况应该让皇上知道。韩菼是康熙年间的名状元，很受赏识的，但自从讲了这句话以后，他就不再被赏识了，反而经常因为一点小事被皇上斥责，到了后来连有病想辞职也不准，终于死在任上。康熙对河工太看重了，他这是恨屋及乌。讲真话不仅要看对象，也要看时候的，韩菼的真话讲得不是时候，他只能咎由自取了。

经过康熙年间的治理，大运河似乎又有点容光焕发的模样了，这容光是"康乾盛世"的一道底色，清代上升时期那一百余年的盛世风华，都是在这道底色上打理出来的。乾隆是中国历史上福气最好的帝王，六十余年的太平天子，端的是天上人间，良辰胜景。他也曾六次南巡，而且打的旗号也是巡视河务，但他已用不着像祖父那样宵衣旰食、栉风沐雨了。他只是巡视，并不是去解决什么问题的，余下的精力都用在游乐上。帝王的出行本来就相当排场，若一旦与游乐有关，那排场就更加倾城倾国了。别的不说，光是御舟经过的地方给纤夫准备的便桶，每县动辄万千，而且都要是新做的。御舟一过，即破碎无遗。成千上万只破碎的便桶散落在运河两岸，成为乾隆南巡的一大景观，也成为康乾盛世最后的奢侈。感谢野史笔记中的这类记载，它让我们看到的南巡不光是流金溢彩鲜花着锦的香艳故事，也包括了一些不怎么起眼的小情节。

康熙的首次南巡是在1684年，而乾隆的最后一次南巡则是在1784年，这中间正好一百年。乾隆是不是有意在祖父南巡一百周年的时候来结束自己的盛典呢？我们不知道。我们只知道，在从十七世纪末到十八世纪末的这一百年间，人类世界发生了一系列深刻而巨大的变化。

例如：

1689年（康熙第二次南巡），英国国会通过了《权利法案》，宣告了英国的专制政治从此退出历史舞台。在这两年前，牛顿完成了《自然哲学的数学原理》，提出了具有经典意义的力学三定律和万有引力定律，开辟了一门崭新的学科——理论物理学。

1769年（乾隆第四次南巡不久），英国人瓦特发明了蒸汽机，拉开了"工业革命"的序幕。蒸汽机的轰鸣不仅打破了田园牧歌的宁静，而且将深刻地改变人类的政治和社会生活。

1789年（乾隆最后一次南巡后不久），法国大革命爆发，愤怒的巴黎市民攻陷巴士底狱，发表了著名的《人权宣言》。从此，"天赋人权"便成了我们这个星球上最鼓舞人心的一面旗帜，也成了让专制者最忌讳的一道符咒。这一年，距英国通过《权利法案》正好一百年。

在这一百年间，欧洲人干了那么多了不起的大事，中世纪的坚冰被打碎了，每天的太阳都是新的。变革的热情和智慧的风暴席卷欧罗巴大地，从探究宇宙奥秘到发明避雷针、温度计、煤气灯、蘸水笔之类的小玩意，到处是五花八门的创造和生气勃勃的宣言，科学发现的欢呼和王冠落地的哀叹此起彼落，革命、权利、定律和定理成了一个时代最神圣的词汇。那么在东方呢？中国历史上执政时间最长的两代帝王却把精力消耗在修补一条运河上，而修补的目的无非就是维持一个王朝的衣食温饱。相对于欧洲人轰轰烈烈的足音，他们精致的修补显得那样空洞而苍白，那一次又一次盛大的南巡也成了一种仪式化的滑稽表演。无论是雄才大略还是实心任事，他们的目光始终没有能越过大运河的堤岸和帆影，进入一个更广阔的境界。那期间，大运河的容光焕发实际上是一种回光返照，徐娘老矣，韶华不再，这是很无可奈何的，不管怎样强打精神巧梳妆都难以掩盖衰老的痕迹。而且这种强打精神恰恰加快了衰老的进程，乾隆以后，大运河如同那个危机四伏的盛世一样，从华彩的顶峰迅速跌落下来，从此一蹶不振，成了名副其实的老妇人。

还是开头说过的那两句话：一个庞大的王朝拖累了大运河，大运河也拖累了一个庞大的王朝。

23　道光十九年

道光十九年一月，钦差大臣林则徐离开京师驰赴广东。他没有走运河水道，运河水道是浪漫的消受，需要足够的耐性。林则徐是雷厉风行的人，他走的是旱路，随行的只有马弁一名，兵丁六名，厨丁三名。林本人乘坐大轿一顶，自雇轿夫十二名，所带行李自雇大车两辆。坐轿、大车等工钱均由自己开销。作为钦差大臣，这样的轻装简从本身就是一种姿态。林则徐在道光十九年的出场，是以一种开风气之先的另类姿态走向前台的，他也因此走进了中国近代史的视野。

他是奉命去广东查禁鸦片的。这一查，就查出一桩石破天惊的大事来了。

清朝的历史到了道光十九年，各种矛盾和苦闷已渐趋饱和，各方面的忍耐也达到了极限，这一年是注定了要弄出点大事情来的。

各种修修补补的改革当然也在进行，例如试行海运、整饬盐政、裁撤梨园、宽

林则徐像

弛文网等等。但所有这些都是隔靴搔痒式的，一碰到矛盾就赶紧打住。热闹了一阵子的海运早已偃旗息鼓，京师的漕供仍旧依赖运河，不为别的，只为保险。道光是个苛俭抠门的"老农"，四平八稳地守着一摊子家业。他的眼光也完全是老农式的，忧虑中带着几分苟且。他曾在给臣子的谕旨中打过一个老农式的比方，说国家目前的景况就有如一座破房子，梁柱已经大坏，只能修修补补地维持现状，断然动不得大手脚的。在这一点上，他似乎还比较清醒。于是房子一天天地破败下去，越破越

龚自珍雕像

补，越补越破，几乎到了风雨飘摇的地步。

林则徐离京三个月后，他的朋友龚自珍也离京南下，离京的原因是"因故罚俸"，这个"故"，就是他太狂傲了，不见容于那个时代。当时龚自珍在礼部当一个小司官，正六品，每年俸银六十两。一个才华盖世的思想家和诗人，在冠盖如云的京城厮混了整整二十年，才从从七品升为正六品，相当于一个为王府管家的"包衣大"，这实在是很寒碜的。冷署闲曹，俸入本薄，龚自珍又是朋友人，景况就更加窘迫。好友王元凤受谴戍边，又把家小托付自珍，寄居龚家。龚妻何氏为生计所迫，曾向王元凤的妻子潘氏借金钗当钱，再去籴米买盐，却久久无力赎回金钗，使自珍夫妇惭愧不已。罚俸后的景况自然就更加不堪了，房主叩门讨租，谩骂声不绝于耳。笔砚冷落，形影相吊，连心爱的藏书也难以保存，一个穷京官的潦倒之状，恐怕无过于此了。那么就回江南老家去吧，幸亏得到了一个同年好友的资助，他才得以离京南行，否则是连盘缠也无法筹措的。他的离京与其说是对官场的失望，不如说是对清王朝的失望。京师太压抑了，这里充斥着蝇营狗苟和敷衍塞责，还有权贵的呼喝和小人的谄笑。"牢盆狎客操全算，团扇才人踞上游。"在一种世纪末的病态气氛中，醉生梦死便成了最大和最后的挥霍。这里根本不需要思想和才华，思想和才华如果再加上正直的品格，在这里是最不值钱的，它只能加重你的生命负荷，让你成为不合时宜的独行客，在无声无息的贫困中慢慢地窒息。书生之累，世代皆然，而在一个满目荒芜没有生气的时代里，就更加令人触目惊心了。

他不携家眷，只身南下，雇了两辆骡马大车，一辆坐人，一辆装载文卷书籍，缓缓出城而去。京师的高楼檐角，连同街市的喧闹声，一同被远远地抛在身后了，到这时，龚自珍心里才猛然涌起一股惜别之情，在他眼里，京师的山山水水都是有情义的，翠微山目送他摇鞭东去，西斜的夕阳也像是增添了几缕愁绪。原来京师不光有专制与媚从，贪婪与平庸，还有我见青山与青山见我，一种苍凉悲壮的情感拍击着心扉，他又要写诗了。从道光七年开始，他几乎有十二个年头没有写诗了，这是他的第二次戒诗。为什么要戒诗呢？因为诗是性情之物，真正的诗情总是藐视法理的，而他又是生性狂傲的人，一旦诗情勃发，胸中块垒排闼而出，少不得要指点江山，抨击时弊的，这当然为官场的游戏规则所忌讳。戒诗是为了"收狂"，对于一个天生具有诗人气质的人来说，这几乎是一种残酷的自宫。现在既然已经弃绝官场，还戒它作甚？那么就写吧，他的诗原是写得极好的，一出手就不同凡响：

浩荡离愁白日斜，
吟鞭东指是天涯。
落红不是无情物，
化作春泥更护花。

别了，京师，少年的梦，青年的抱负和中年的勃勃雄心，都留在这里离他越来越远了。他已经四十七岁，此一去，以后恐怕就要老死江南了。但惆怅尽管惆怅，忧时济世的情怀并未泯灭，即便是飘零殒落，也要化作春泥催发新的生命。一路上，他每作一诗，便写在账簿纸上，搓成一团丢在一只竹篾中。写诗真是畅快——如果你是一位真正的诗人的话——告别了令人窒息的官场生活，他"狂言重起廿年喑"，再也用不着瞻前顾后看别人的脸色了。这一年岁当己亥,他涂抹在账簿纸上丢在竹篾中的那些诗,后来收为《己亥杂诗》。

车到通州,他又挽舟南下。在道光十九年那个时候,如果说有哪一种事物最能让你耳濡目染地体味到历史的苍老和无奈,那就是大运河;如果说有哪一种方式——或者说情节——最能让你切肤之痛地感受到国计民生的困窘,那就是做一个行吟诗人伴着大运河远行。现在龚自珍来了。真应该感谢京师官场中那一幕小小的"罚俸"事件,他让一个沉沦下僚的诗人走进了大运河,也走进了大运河痛苦的呻吟,从而留下了关于大运河的一组情辞并茂的诗行。清代中期的大运河有如一位不堪重负的苦役犯一般接待了龚自珍,它形容枯槁,步履蹒跚,无论自然界的四季如何转换,它褴褛的衣衫上都扑满了衰飒的秋风。行进在大运河上,诗人那宏远的抱负只能化作无言的歌哭和叹息,在他的笔下,大运河已剥落了风情意义上的审美愉悦,只剩下流不尽的苍生之泪:

不论盐铁不筹河,
独倚东南涕泪多。
国赋三升民一斗,
屠牛哪不胜栽禾。

他已经辞官了,没有资格再去谈论盐铁与河工之类的大事了。但国脉之艰,民生之苦,又让他忍不住泪洒青衫。在南下的一路上,这不是他唯一的一次流泪,在淮浦,纤夫们夜以继日的"邪许"之声也曾牵动过他的情怀,让他涕泪纵横。这里是大运河与淮河的交汇处,由于运道淤塞,水路狭浅,致使北上的漕船都得由人工一艘艘地挽牵过闸。前人在诗中曾描写过漕船过闸时那种"邪许万口呼,共拽一绳直。死力各挣前，前起或后跌"的艰难。"邪许"为纤夫的吆喝声，夜阑人静时，运河上的这种"邪许"声自有一种悲怆的伤怀之美，它在一个关心国计民生的知识分子的心头激起的波澜是如此强烈：

只筹一缆十夫多，
细算千艘渡此河。
我亦曾靡太仓粟，
夜闻邪许泪滂沱。

从一艘漕船需要十个人拉纤，想到一千艘漕船北上京师将需要多少人的劳动，又想到自己也曾在京师中消费过官仓的粮食，于是诗人由内疚而上升为对国事的忧患。有人认为末句的"泪滂沱"是为了凑韵，感情上不够真实，夜闻纤夫的吆喝声，可以使他内心感到惭愧，何至于泪雨滂沱呢？似乎太过分了。这样的理解实在过于头巾气，因为人的情感方式是不能用定理来规范的，有的人可能死了亲娘亲老子也照样谈笑风生，而有的人即使看到一片凋零的花瓣或一缕夕阳下的炊烟也会流泪的，这就是为什么只有少数人能成为诗人的缘故，以龚自珍那样的气质，亢奋激昂中又蕴含着低沉哀婉，这滂沱的泪雨既是一个诗人内心情感的个性化诉求，又体现了一个富于使命感的有识之士在大厦将倾时的苦闷和痛苦，一点也不矫情的。

五月中旬船过淮浦，过了淮浦就进入里运河了。

这里是大运河最多事的段落，也是最繁忙的段落。淮安是漕粮中途盘验的总站，各帮漕船过淮的日期都有严格的规定，超过了限期，不仅船主吃罪不起，而且沿途的官府也要被追究的。因此一路上胥吏催逼，如狼似虎。龚自珍乘坐的小船在漕帮的夹缝里且走且停，两岸是里下河凋敝的乡村。一个时代的衰败气象往往不是洋溢在上流社会的笙歌舞影中，那些人恰恰是最麻木的；而是渗透在平民生态的每个细部，例如灰暗的天空下荒芜的田野，破水车有气无力的呻吟，或者乡民们脸上的菜色和迷茫的眼神。五月的乡村本该是丰饶而欢悦的，但去年秋天的大水还没有完全退去，运河大堤上随时可以看到灾民搭建的临时窝棚，满目疮痍，万户萧疏，民众的疾苦有如乌云一般笼罩在龚自珍的心上，诗人禁不住又潸然泪下。

从饥民和纤夫的身影中，龚自珍又想到了去南方禁烟的林则徐。国势衰微，万方多艰，现在大清王朝面对的难题已不光是河务和漕运，还有那洪水猛兽般的鸦片。几个月前林则徐出京时，他曾写过一篇《送钦差大臣侯官林公序》，情辞慷慨地提出了自己对禁止鸦片贸易和杜绝白银漏卮的十项意见，对林则徐不仅托之以国家的重望，倾诉了惺惺相惜的挚友情谊，也表示了自己有风云际会、随之南下共商禁烟大计的设想。林则徐在南下的车轿中细读此文，深为感奋，在回信中认为"责难陈义之高，非谋略深远者不能言"，却又婉言谢绝了龚欲随他去广东的要求："弟非敢阻止旌旆之南，而事势有难言者。"有什么"难言"的呢？当然是政治斗争的险恶，像龚自珍这样的狂生，听听他的意见是可以的，带在身边顾问左右却容易给政敌以口实。而一旦自己在政潮中有所闪失，就反而对不起朋友了。他毕竟久历官场，考虑问题不会光从朋友意气出发的。龚自珍可能会有点失望，但他仍惦念着林则徐在广东的作为，他的目光每每越过纤夫苦难的脊梁，跃跃欲试地遥望南方：

故人横海拜将军，
侧立南天未蒇勋。
我有阴符三百篇，
蜡丸难寄惜雄文。

道光十九年那种山雨欲来风满楼的气氛，就这样弥漫在一对挚友的往来书札和诗词中。

当龚自珍思念着远在广州的林则徐时，魏源已经在扬州迎候他了。

这三位在中国近代史上具有承前启后意义的风云人物——林则徐、魏源、龚自珍——却同时又是挚友，这真是中国的幸运。现在，他们中的两位相聚在二分明月的扬州。魏源在这里有一处名曰"挈园"的住所，"挈"者，衡量也，衡量什么呢？以魏源的学识和志向，我想如果把这个"挈"理解为经天纬地是不会太错的。在这期间，龚自珍除了出游以外，就是和魏源探讨关于广东的"夷务"。这是两个最富于生命热情和性格魅力的男人之间的晤谈，龚自珍豪情似火，言辞风发，亢奋时每每声震屋瓦，甚至手舞足蹈；魏源则深沉宏博，见识高远，纵横捭阖中时时闪烁着智慧的锋芒。两人各有怀抱而又同气相求，巨大的民族责任感激发了他们巨大的忧患意识。在他们看来，成败的关键乃在于朝廷内部的种种责难和牵制。这些年来，因循苟且之习，贪财好货之风，欺蒙瞒骗之术，已软化了一个泱泱大国的脊梁。干的不如看的，看的不如说的，说的不如吹的，吹的不如拍的，如此官场，他们既洞若观火又深恶痛绝。好在林则徐是个有胆识的血性男儿，"海到无边天作岸，山临绝顶我为峰。"从他少年时代吟出的这两句联语中，就可见志向之不凡。以他那举重若轻的才干和大刀阔斧的气魄，在广州当会有所作为的。至于"夷人"方面，他们几乎都一无所知，也几乎都不屑一顾，似乎那不过是一群左道旁门的乌合之众，只要朝廷振作精神，拒之以堂堂之阵，正正之旗，彼等"蕞尔小夷"何足惧哉！

在扬州小憩后，龚自珍又举棹南下。绿杨城外芳尘歇，红板桥头香草多，古城风韵和故人的友情，使他的满腔悲酸得到了宽慰，他觉得自己就像时下的扬州一样，尚处于一年中最好的季节——夏末秋初。在与

扬州一江之隔的镇江,他写下了一首至今为人传诵、令人振奋的诗篇,发出了苦闷而又充满热望的呼喊:

九州生气恃风雷,
万马齐喑究可哀。
我劝天公重抖擞,
不拘一格降人才。

好一个"哀艳杂雄奇"的龚定庵!书生意气,声情沉烈,挥手风雷,石破天惊。这是滚过令人窒息的江天的雷声,是封建社会长夜之末,近代社会即将破晓之际的第一声春雷。万马齐喑,一马嘶鸣,他是何等的孤独;我劝天公,大气磅礴,他又是何等的顾盼自雄,一位思想先驱者的孤独感和自豪感——当然还有那个时代特有的愤怒、彷徨、期盼和痛苦——在这首有如《风雷颂》一般的诗篇中冲冠而起,化成了一座不朽的精神巨碑。

龚自珍不愧是中国古典诗史的殿军。

24　血色中的曙光

在世界战争史上,发生在1840年的中英鸦片战争实在只能算是"小菜一碟",因为这场缺少对手感的战争几乎无法从战略战术的任何角度加以评判。

战争的过程就不去说了,说起来让人伤心。人们总是想不通,一个有着五千年文明史和四万万人口的庞大的帝国，为什么在自己的家门口被几艘远道而来的三桅战舰打得落花流水。中国人历来总是习惯于把一切问题道德化，他们理所当然地把这场悲剧纳入奸臣误国的公式，用战和之争、忠奸之辨来演绎成败是非，于是便得出了这样的结论：清王朝的失败只是由于以琦善为代表的主和派占了上风，使忠勇而果决的林则徐难有作为。奸佞弄权，壮士扼腕，这只是一个古老寓言的重演。

那么，问题来了，如果道光皇帝在性格上不那么懦弱，让林则徐继续打下去，这场战争能打赢吗？

不可能！

因为从根本上说，这是一场中世纪与近代之间的战争，时间的权力是绝对的权力，无论是将帅的谋略、士卒的英勇，还是民众的鲜血、关塞的雄峻，都不足以填补这段时间的"代沟"。

电影《鸦片战争》中有这样一组镜头，在决定对中国用兵的内阁会议上，英国海军大臣趾高气扬地说：

昨天，有个传教士告诉我，一艘英国战舰能击溃十艘水师战船。我认为他说得不对，因为一艘英国战舰可以击溃全部中国水师。

电影中的处理是真实的，英国人一点也不是狂妄自大，他们有理由趾高气扬。

还是电影中的一句台词："大清国的灾星到了……"

说这话的是那个名声不大好的琦善，但他说得并不错。

是啊，大清国的灾星到了。蓝色的海洋文明呼啸而来，用坚船利炮打败了黄色的大陆文明，海风中带着一股野蛮的血腥气。在亚洲东部这块古老的土地上，黄河、长江——当然还有大运河——滋润了发达的农耕经济，这里是大陆文明天造地设的舞台，在它的北面和西面是连绵的高山和广袤的荒原，而东面和南面则是浩瀚无边的大海，一切几乎都是与世隔绝的，一切的哲学和生活方式也是孤芳自赏、固步自封的，千年不变的男耕女织，千年不变的春种秋收，千年不变的天朝上国，还有千年不变的之乎者也礼义纲常。由汉唐至明清，这种自给自足的大陆文明走过了它温润的青春和衰飒的中年，现在，它终于走到了十九世纪四十年代，进入了枯槁僵化的生命形态。与此同时，在世界的另一边，由殖民地财富所产生的资本积累对工业革命的刺激，以及对海外贸易的依赖，使得大英帝国的海洋文明正处于向外开拓的进取阶段。他们的三桅战舰带着先进的望远镜和滑膛炮，也带着开辟海外市场的扩张欲望和勃勃野心，在大西洋和印度洋上划出了一道又一道尖锐的弧线。现在，他们终于进入了太平洋。当东方的大陆文明遭遇到这股生气勃勃的异质文明时，就像马王堆汉墓中出土的美丽的锦帛一样，在新鲜的阳光和空气下顷刻间就破碎了，成为几缕令人惆怅的古典怀想。

道光二十一年六月，林则徐孤独地离开镇海，踏上了万里谪戍的征程。

这次走的是水路，小船先沿浙东运河迤逦西行。太平洋的呼唤越来越远了，只有运河里水声喋喋，绵绵忧思化作老人的几滴英雄泪：

不信玉门成畏途，

欲倾珠海洗边愁。

临歧极目仍南望，

蜃气连云正结楼。

"边愁"在东南，而自己却要往西北去了，那回首南望的目光中该有多少壮志难酬的无奈！

过了钱塘江再沿大运河北上，小船在溽暑骄阳下兼程前行。江南的风是纯朴而迷丽的，吹送着六月乡村燥热的泥土味，也吹送着一路细致的风暴。杭州过去了，嘉兴过去了，吴江过去了，大运河脉脉无言，它实在有太多的悲愁无以言说。真正的大悲愁总是不屑于诉说的，每年进入京师的漕粮，有一多半出自江浙，千船万斛，千辛万苦，都压在它苍老的双肩上。可是这种殷勤的供养却没有让王朝鲜活起来。林则徐突然觉得大清国就像运河两岸那田间的稻草人一般，远望时摇曳生姿，张牙舞爪，其实那都是吓唬人的；走近一看，只是一副风雨飘摇的空架子。想起来真是羞愧，自己当了大半辈子封疆大吏，也自视勤于王事，所谓日理万机无非是河务、赈灾、钱粮、刑狱，何曾想到外面的世界竟如此大变。他已经五十七岁了，对于他个人来说，这种羞愧是迟了点，但对于一个民族，知耻而勇，奋起直追还不算太晚。

林则徐的这种羞愧并不是官场失意之后浅薄的自嘲，也不是在万里遣戍的百无聊赖中偶有所感，而是一个富于使命感的封建士大夫带有根本意义的觉醒，这种羞愧将他生命中所有的智慧、才华、良知和勇气都凝聚成一种欲望。他觉得自己老了，大清国也老了，而站在对面的夷人却很年轻，连同他们年轻的舰船和大炮，甚至他们那些神奇机巧的小玩意——比如来复枪、龙尾车、量天尺、千里镜等等——都是自己做梦也不曾想过的。世道大变，天外有天，不睁开眼睛看看外面的世界不行了，尽管这样会很痛苦。但既然你选择了责任，你就不能逃避痛苦。敢于面对痛苦也显示了一个人和一个民族的质量，痛苦的过程就是涅槃的过程，不经过痛苦，你便永远只能在痛苦中沉沦，因此，拒绝痛苦的最好方式就是体味痛苦。当然，以林则徐的性格，看世界也只能站着看，决不会跪着看。站着看是一种比试，既要放下天朝上国的架子，又不失去炎黄子孙的尊严。那是一颗不甘屈辱的灵魂在和对手较劲，"江东子弟多才俊，卷土重来未可知。"咱们来日方长，后会有期。他抖擞身姿,把意气和激情埋沉在心底——如同夕阳满面羞愧地埋沉于西方的山海,为的是第二天更加辉煌地升起来——即使退却也不失丈夫气。而跪着看则是奴才对主子的仰视,懦夫对恶棍的乞求。跪着看的结果是永远看不懂,只会越看越觉得自己卑微,精神会不由自主地瘫软下去,只恨自己这辈子选错了爹娘。他们当然不会有痛苦,至少不会有大痛苦,因为大痛苦只属于坚挺的脊梁——当它被强行按下去时,那挣扎的愤怒和忧伤便酿成痛苦。没有脊梁的人,既不配体味痛苦,也无缘体味痛苦。

那是一个在痛苦中思考和在思考中痛苦的时代,从道光十九年三月踏上广州天字码头,到二十一年六月离开战云密布的镇海,在这两年多的时间内,林则徐的思考和痛苦超过了以往五十年的总和。现在他遭遇了遣戍,又在遣戍途中遭遇了大运河。大运河是柔性和诗意的,月色下的吴歌把夜晚拉得很长,几星雨点就打湿了所有的河埠头和石板桥,乡村的迎神赛会充满了浪漫情调,整个江南都飘散着新麦饼和土烧酒的香气。十八年前,林则徐曾担任过江苏按察使,后来又擢升江苏巡抚,江南的山水风情对他是有着肌肤之亲的。命运对他是如此苛酷却又如此多情,在他最需要宁静的时候,又把他从喧闹的官场解脱出来,并赐给他一段古运河上的孤旅,为的是让他将痛苦和思考沉淀为一种思想,野草一般在大地上疯长。思想如果仅仅是思想者个人的财富,那也就仅仅是"思"和"想",而不是思想。只有像野草一般在大地上疯长的思想,才有资格最终被称为思想。六月的江南运河如同一阕性灵派的诗词,在它的两岸,平原古典地铺展又古典地向后退去,苏州过去了,无锡过去了,常州过去了,这些江南名城都是倥偬消逝的风景。小船兼程前行,风也匆匆水也匆匆,急切得有如一个情窦初开的少女去赶一次盛妆舞会,那里的一切都是心仪已久的,她期盼着一次开天辟地般的牵手和托付。

到了镇江,终于泊船,起岸。

林则徐要在这里盘桓几日,无论对于自己还是自己的民族,现在都处于一个大生死和大抉择的紧要关头,这时候,他更加渴望与魏源和龚自珍的相会。什么叫挚友?除了心灵之间的倾诉和倾听,理解和慰藉,相濡以沫和相映生辉而外,他们在人格和精神上也大体是同一档次的,这样,他们的交往才能不断撞击出思想的火花和创造的快乐。当然,更重要的是,他们彼此都是生命的一部分,或者说彼此都是情感和意志的延伸,因此,在必要的时候,也不排除临难受命拍案而起甚至两肋插刀赴汤蹈火。他与魏、龚就是这样的挚友,这两位都是以天下为己任的奇男子,许身家国,快意恩仇,举世皆昏,唯我独醒。他们随口甩出的几句牢骚也远远胜过朝堂上衮衮诸公们的竟日高谈。现在,魏源在扬州赋闲,龚自珍在丹阳教书,林则徐选择了镇江——在扬州和丹阳中间,长江和大运河的交汇处——来完成自己庄严的托付。

镇江以它吞天吐地的胸怀迎接林则徐的到来。吞天吐地是镇江的位置决定的,运河在它臂间浩荡,长江在它脚下雄浑,一个力重千钧的"镇"字写出了它的壮夫本色。"地雄吴楚东南会,水接荆扬上下游。"这里襟带江海,提挈吴越,永远总是艨艟连翩的浩大景观。但吞天吐地不一定就表现为喧嚣浮躁,相反,只有浅薄的小溪才喜欢神气活现地大声呼喊。镇江恰恰是一座不事张扬的城市,它甚至有点灰头土脸的,全不似苏州和扬州那般招摇,因为名分都被它们占尽了,出头露面作人来疯的是它们,烈火烹油、鲜花着锦的也是它们。镇江只有劳碌的份儿,而劳碌者总是沉默的。但沉默的精神不在于享受沉默而在于积聚力量,如果把沉默惯性化恰恰是背叛了沉默的精神。于是便有了梁红玉击鼓战金山和辛弃疾"何处望神州"那样的大声音。镇江要么沉默,要么就发出振聋发聩的大声音,因为有了这大声音,它平日里灰头土脸的沉默才不是一种无奈，而显出了比喧嚣更有力量的大气。

道光二十一年六月，当主战派和主和派在金銮殿上沸沸扬扬地争论时；当清朝水师在沿海要塞收集妇女的尿盆和月经带，置放在木筏上用于御敌时；当道光皇帝和满朝文武都相信夷人没有膝盖，一打就倒，一倒就爬不起来时；当大英帝国的舰队连破厦门、定海、镇海、宁波，一路势如破竹时，几个忧国忧民而又肝胆相照的挚友相会在镇江。直到若干年以后，人们在翻阅近代史时才会注意到，在那个多事之秋，决定中国命运的巨擘其实既不在京师，也不在广州，而在镇江的一处不起眼的庭院内，几个朋友一次不事张扬的晤谈之中。风清尘不到，潮带海声来，那座小小的庭院，连蝉噪和茶香也是令后人怀想的。

这次聚会作出的一项重要决策是：由魏源执笔，编写一本介绍世界各国的百科全书。

北固山下，没有响起梁红玉那样驱策千军的战鼓，也没有发出辛弃疾那样壮怀激烈的豪语，只有几个朋友晤谈之后的执手一握，但中国的近代史却感到了那一握中的热情和力量，在蒙昧和苦难的中国，那热情和力量足以托起一颗新世纪的太阳。林则徐给魏源带来了他收集的大量关于西方、关于世界的资料，其中包括他在广州作钦差大臣时组织人翻译的西方地理书、地图册，以及澳门出版的英人报刊，还有关于鸦片战争的重要文件。在看到自己的民族面临着前所未有的危机时，能意识到需要知识和思想，而后才能言及战略和策略，这是那一代思想家了不起的觉醒。

长夜沉沉，大野寂寂，一派朦胧的天光射向镇江，一部划时代的煌煌巨著就要诞生了。

《海国图志》。

哦，海——国——图——志！

我们对大海本来是不应该这样陌生的，因为我们身边就依傍着世界上最浩翰的大海，历代的帝王也无不宣称自己"富有四海"。"长风破浪会有时，直挂云帆济沧海。"在诗人的笔下，大海从来就是激情的渊薮，充满了浪漫的诱惑力。可是我们走向大海的云帆却很

魏源绣像与《海国图志》书影

少升起，可怜的几次远航，一次是徐福，目的是为帝王寻找长生不死之药；一次是郑和，那只是炫耀国威的政治游行，顺带着为主子寻找一个流亡在海外的政治上的对手。除去自己手中的权杖和那一副贪得无厌的臭皮囊，他们还能关心什么呢？大海是帝国的屏障，幸甚，幸甚！至于大海另一边的世界，他们从来懒得去想。一个依傍着大海的民族，关于大海的激情和想象力却日益枯竭，这是一种怎样的悲哀！

我们对海外诸国同样不应该这样陌生的，因为我们曾失去了多少次与人家交往的机会。作为"天朝上国"，我们从来总是把自己以外的国家称作"蛮夷"，那是一种居高临下的不屑。本来嘛，普天之下，莫非王土，还要和人家交往什么呢？远的且不说，最近的一次，乾隆五十八年，英国特使率船队远涉重洋访问中国，带来了包括毛瑟枪和榴弹炮在内的六百箱礼品，要求与大清帝国签订贸易协定。但傲慢的乾隆不仅拒绝了人家的要求，还在敕书中老实不客气地把人家教训了一顿，说"中华万物皆备"，无需这些左道旁门的玩意。结果，才过了不到五十年，人家就带着当年作为礼品而不被主人笑纳的枪炮打上门来，把"天朝上国"打得一点脾气也没有。

那么，我们难道应该对一张展示外部世界的地图陌生吗？历史上的

张骞西行、鉴真东渡、甘英出使古罗马帝国（据说此行曾一直抵达巴勒斯坦），都曾是我们走向外部世界的大举动。但那些只是汉唐遗事，随着汉唐大帝国从历史舞台上的消失，中华民族那种雄视四方的气魄也逐渐衰退，连同当年留下的那些地理图册亦散佚殆尽。既然已经下定决心闭关自守，不再需要对外进取和交往，还留下这些劳什子何用？最后一批地图是被烧毁的，十五世纪三十年代，明宣宗朱瞻基下令将郑和下西洋的所有档案付之一炬，其中就包括航海图，目的很简单：为了防止后人仿效。我们当然也拥有不少勉强可以与地图沾边的东西，有些甚至被作为国宝藏之秘室，例如历代的《宫苑图》、《京畿胜迹图》、《江山万里图》等等，却唯独没有一张可以把东西方各国一览无遗的世界地图。

说到志，那就更加令人尴尬了。中国古代的志书真可谓浩如烟海，国家大事就不必说了，连道听途说的神怪符瑞之类都一一记录在案。自西汉以始，宫廷中还有一帮人专门负责编撰《起居注》，整天像特务似的盯着皇帝的日常起居，连哪天夜里"幸"了哪个妃子都写得清清楚楚。一部二十五史，每个朝代都列有《礼乐志》、《食货志》、《五行志》、《艺文志》、《地理志》等等，在那些汗牛充栋的记载中，也不能说没有一点关于外部世界的介绍，例如在明代的志书中，英吉利被列为"朝贡国"，要知道，对于那些"蕞尔小夷"来说，准许他们向中国进贡已经是一种"恩典"和"表彰"，只有进化了的"蛮夷"才能有这样的荣幸。在几乎所有的志书中，我们就是用这样近乎无知的目光打量外部世界的。

哦，海——国——图——志！

直到十九世纪四十年代，我们才发现，中国迫切需要一本了解世界的——《海国图志》。

镇江的约会聚散匆匆，林则徐的行期转眼就到了，挥别之际是最令人伤怀的，孤帆远影，青衫飘零，天各一方的离愁有如古运河上的晨雾一般缠绵。这几位中国近代史上的风云人物以后再也没有相期之日了——三个月之后，才华横溢的龚自珍客死于丹阳。"云梯关外茫茫路，一夜吟魂万里愁。"他留下的压卷之作是两首怀念故人的《咏史》诗。

时局越来越吃紧了，大英帝国的舰队步步进逼，而当时中华民族唯一能与之抗衡的只有扬州挈园里的一支书生之笔，《海国图志》的编撰与战争的进程几乎是同步的。道光二十二年五月，英军攻陷吴淞口，陈化成力战殉国；六月，英军攻陷镇江，切断了江南漕粮的进京运道；七月，英舰陈兵下关，中外第一个不平等的条约——《中英南京条约》签订，中国赔偿白银二千一百万两，并将香港割让给英国；九月，《海国图志》五十卷本完成初稿；十二月，完成修订及序言，不久即刊刻问世。

而差不多就在同时，在深宫里闭目塞听的道光皇帝在谕旨中提出了一系列很幼稚的问题，让大臣上奏：

英吉利距内地水程，据称有七万里，其至内地者，经过者几国？克食米尔（今译克什米尔）距该国若干路，是否有水路相通……该女主年甫二十二岁，何以推为一国之主？有无匹配？其夫何名何处人……该国制造鸦片烟卖与中国，其但欲图财，抑或另有诡谋？

这些现在看来都是常识性的极为肤浅的问题，竟然出自堂堂天朝大国的皇帝笔下。从道光那迷茫的目光中，我们可以想见当时整个中国对外部世界的无知达到了何种地步。

好在我们已经有了一本《海国图志》，并且已经发出了这样的声音：

师夷长技以制夷！

25　美丽的脆弱

这里有一个问题，英军为什么不直接从大沽口进攻北京，而要沿长江溯流而上呢？早在两年前，他们的舰队就曾北上大沽口，亦深知大沽炮台形同虚设。在晚清历史上，西方列强对中国的大规模入侵一共有三次：1840年的鸦片战争、1860年的第二次鸦片战争和1900年的八国联军进京。在后两次入侵中，列强都是从大沽口入津门，然后直捣京师，从军事上讲，这无疑是效率最高的。那么，在道光二十二年夏天，英国人为什么要迂回到南方，选择长江下游向清王朝发难呢？

答案很简单：他们是冲着大运河来的。

战争最基本的原则就是用自己最小的痛苦换取对手最大的痛苦，对于清王朝来说，还有什么比切断运河漕运更让他们痛苦的呢？果然，扼守在运河与长江交汇处的镇江一失陷，清王朝就如同被对手点中了命门一般，整个地瘫软了。在侵略者的战争指南里，大运河成了这个古老王朝肌体上的一条优美的软肋。而自咸丰中期开始，因河漕逐渐停止，大运河亦失去了作为清王朝生命线的价值，到了那个时候，侵略者便只能陈兵大沽口虎视京师了。

最美丽的往往是最脆弱的。大运河太重要了，它也因重要而饱经蹂躏。从隋炀帝开通运河那一天起，历代的封建帝王也就把自己像人质一般交给了大运河。一千二百多年来，有多少次战争是围绕着对运河的争夺而展开的，我没有统计过，我只记得唐代安史之乱中的那次睢阳之战——不仅因其惨烈，更因其留下的那些至今仍值得我们深思的严峻命题。睢阳当汴渠冲要，又是江淮门户，对睢阳的争夺实际上是叛军与唐王朝对运河和战略后方的争夺。唐至德二载（公元757年），安禄山之子安庆绪以十三万大军围攻睢阳，守将张巡、许远以不足万人死守。战事历时十个月，孤城碧血，惨绝人寰。到了最后，城中所有能下咽的东西——包括茶、纸、树皮、草根——都吃光了，守军的战马也吃光了，连麻雀、老鼠也吃光了，张巡就杀掉自己的爱妾，让士兵们分食。许远亦杀掉他的仆人。此风一开，守军从此以人为食，先是将城中的女人全部搜出来杀死吃掉，接着又杀死老弱病残的男子充饥。前后"所食人口二三万人"。睢阳最后还是没有守住，张巡、许远皆壮烈殉国，但他们为唐军的战略反攻赢得了时间。朝廷感念其功，除追封了一大堆金碧辉煌的头衔外，还下令将二人书图于太极宫凌烟阁，在唐代，这是对功臣至高无上的表彰。《新唐书·忠义传》中亦对睢阳之战大书特书，赞张、许二位为"烈丈夫"。

面对着这两位气薄云天的"烈丈夫"，我心里总觉得不是滋味。张巡、许远的生命精神无疑有着相当的震撼力，但他们那种生命精神的实现，却是以蔑视生命作为代价的。这是真正的人吃人，三万多个无辜的大活人被另一群以正义自诩的大活人宰杀分食了，而且这种"吃"并不是手起刀落地一次完成的，而是零打碎敲细水长流，有如分批分期地宰杀大棚里的牲口一般，眼看要断炊了，就拉几个出来"做"掉。我们很难想象，那种场面中的吃人者和被吃者是一种怎样的精神状态。一群以食人为支撑的将士，在浴血奋战中张扬着报效国家的忠勇——我实在不愿用"忠勇"这个词，怕玷污了它应有的圣洁——这就是睢阳之战。也许有人会说，那些妇女和老弱病残如果不被守军吃掉，城破后也要被叛军杀掉。这话从逻辑上讲并不错，但我们怎么能用逻辑推理的方法来发落高贵的生命呢？就正如说既然人来到这个世界上总是要死的，那么又何必来到这个世界上一样。生命的价值就在于过程，生命过程的每一步都是神圣的，对生命的尊重和爱护，应该是一切美好的情感——包括正义和崇高——的底线。也曾有人为张巡、许远辩护，说吃人这种事，"为己则不可，为国何害？"意思是说，为自己的口腹之欲而吃人，不应该；为了国家利益则无可非议。又说，"图大事者，不顾其小。"为了"伟大的事业"，死几个人算什么？可是我们不禁要问，如果你们所说的"伟大的事业"最终不是为了保护生命，反而要以吃人为代价，那它又有什么"伟大"可言呢？"革命革命，多少罪恶假汝之口而实行。"这是法国大革命时的一句名言。君不见，那些独夫民贼们不就是借口某个"主义"，某个"原则"，或者"国家利益"，把人民当作垫背，来实现一己私欲的吗？

睢阳之战只是争夺大运河的诸多战事中的一幕，类似的情节一再演绎，成为中国战争史上独特的篇章。我想，迟早会有人把那些战事编成一本大书，题目就叫《美丽的脆弱》。大运河的历史无数次验证了这种美丽的脆弱——在中国传统的政治经济格局中，大运河的鲜活与亮丽，苦难与无奈、血雨腥风与忍辱负重。经历了鸦片战争的道光皇帝就目睹了这种脆弱，夷人只要用几条兵舰在运河上游稍微晓以颜色，京师里就惶惶不可终日了。已经步入老年的道光经此变故，精神上已完全垮塌了，像许多老人一样，他变得越发胆小怯懦，终日里只图耳边清静，"恶闻洋务及灾荒盗贼事。"但他心里还是有数的，在临死之前，他曾力图有所振作，又一次下诏试行海运。一条衰老的运河是不足恃的，在万方多难的时局下，不能把一个庞大的王朝总是拴在运河上。

但这次试行也仅仅是试行而已，道光的生命精神已不可能再承载一次对祖宗成法的变革，最后自然又是例行故事，不了了之。

道光死于1850年，他还是有点自知之明的，其遗嘱词气谦逊，也透着浓重的悲凉情绪。清朝祖宗有规定，丢失国土的皇帝死后不得建神功碑，因此，他的墓陵是清代帝陵中规模最小的一个。斜阳惨淡，墓陵萧萧，一个自感愧对祖宗的庸懦之君瑟缩在龙泉峪的一隅，孤独地注视着清王朝走向最后的谢幕。

道光帝旻宁去了，咸丰帝奕詝来了，他接过了老爸手中的那一副烂摊子。作为一个既雄心勃勃却又才识平平的十九岁的青年，他只得倚重自己的恩师杜受田。杜受田是一个信奉"半部论语治天下"的传统士大夫，虽然他在帮助奕詝谋登帝位的宫廷角逐中显示了对中国政治的深刻理解，但他最大的缺陷恰恰是缺乏对当今世界的了解。鸦片战争时，这位老先生曾上奏建策：用中国传统的木簰，火攻突入长江的英国舰队。这是书生论兵的典型，表现出对前线战况以及近代军事技战术的无知。他那些源自儒家经典的治国方略，也基本上是与"木簰火攻"相类似的食古不化的一套东西。但咸丰没有办法，他只能倚重杜受田。这里且说一桩小事，道光帝死于圆明园慎德堂，按照清代制度，新皇帝奕詝当日下午护送大行皇帝的遗体至紫禁城乾清宫停放，而这位新君作出的第一个决定是：

以上书房为倚庐，席地寝苫。

这道谕旨很有深意。"倚庐"是居父母大丧时所住的房子，紫禁城里有上万间房子，奕詝为何不选择别处，偏偏选择上书房呢？他显然不是为了房子，而是为了向杜受田讨教的方便。因为杜的身份是"入值上书房"，每天均可到上书房值班，但不能去宫中别的地方。奕詝若选择别处为倚庐，召见杜受田须由御前大臣带领，不仅手续烦杂，而且十分招摇。以上书房为倚庐，师生见面就顺理成章很平常了。

杜受田是山东滨州人，出身于官宦诗书之家。为什么要强调这一点呢？因为我觉得，中国到了十九世纪中叶，需要的不是被传统浸泡得烂熟的齐鲁大地和孔孟之乡的山东人,而是思想更开化的广东人和湖南人。在每次社会变革的大潮涌动时,总会有一些带有地域特征的风云人物走上前台,晚清和民国历史上的广东人和湖南人就是这样的群体,从十九世纪中叶到二十世纪中叶的一百年间,在中国政坛上起主导作用的几乎都是他们的湖广方言。从曾国藩、左宗棠到康有为、梁启超,再到孙中山、毛泽东,湖广方言成了这一时期最富于号召力的声音。有时候,某个历史人物之所以走进了这个房间而不是那个房间,在冥冥之中决定他命运的仅仅是他那带着乡土味的方言,他一生的蹦达其实都没有超过故乡村头那棵最高的老树。例如像袁世凯那样的一代枭雄,你不能说他没有才干,也不能说他没有干过一些顺应时代潮流的好事。但他最后为什么一定要穿上那件丑陋的龙袍呢?他那个大总统其实已拥有了和皇帝差不多的绝对权力,他通过操纵约法会议通过了《总统选举法》修正案,不仅将总统终身化了,而且实际上也世袭化了。在这样的情况下,他如果让残存的一点"共和"、"民主"的形式存在下去,当一个西装革履的"皇帝"岂不很好?可他不干,偏偏为了一个皇帝的名分弄得身败名裂,这样的昏招似乎与他的智商相去甚远。现在看来,根子就在于他的方言,他是河南人,那个自古以来的帝王之州,帝王思想对他的影响就如同那一口红薯腔一样,几乎是与生俱来根深蒂固的,这就是传统的力量。

　　咸丰初年的政事仍然在一条暮气沉沉的旧航道上运行,虽也时有雷霆之声、风云之色,但落到地上总是毛毛雨。本来,社会的各种弊端皆源于已失去了活力的儒家学说和祖宗制度,而咸丰和杜受田现在又以此去配制救世药方,这样能有什么效果呢?按照祖制,杜受田让咸丰接连三次下诏求言求贤。一般来说,求言求贤固然显示了君主的开明,但以中国当时的国情,什么事情到了大事张扬地提倡的地步,往往说明这件事本身已不大妙了，就正如提倡廉政，恰恰说明了腐败成风，提倡民主，恰恰说明了专制横行，提倡安定，恰恰说明了盗贼蜂起一样。中国的封建帝王是不见棺材不掉泪的，若公开求言求贤，则标志着统治已有些问题了；若到了公开下"罪己诏"的时候，那么也就差不多要亡国了。这期间，杜受田自己也推荐了两位老人：一个是林则徐，六十六岁；一个是周天爵，差不多八十岁。林则徐是众望所归，就不去说他了。周天爵是前漕运总督，作风苛猛果敢，在任期间很做了几件厘清恶弊的大事。重新起用周天爵似乎是一个信号，使人们预感到朝廷又要大刀阔斧地整治漕运了。

但还没等到朝廷动手，运河就出事了。咸丰二年夏季，黄河在丰县破坝决口，水漫山东、江苏，漕运亦为之阻断。大运河总会以它那美丽的脆弱，不失时机地提醒人们对它的注意，新皇帝的屁股还没有坐热，它就以这种特有的方式上了一道奏本。

咸丰几经踌躇，只得在奏本上下了一道朱批，派恩师杜受田亲自去处理。

也实在难为杜受田了，这么一个庞大的王朝，这么一副百孔千疮的烂摊子，都压在他书生的双肩上，而他偏偏又是个不肯拆烂污的人。他太累了。

盛夏溽暑加上心力交瘁，这一年八月，杜受田死于河工。

噩耗传到京师，咸丰声泪俱下，用朱笔写下了一段在谕旨中极为少见的富于人情味的话：

忆昔在书斋，日承清诲，铭切五中。自前岁春，懔承大宝，方冀赞襄帷幄，傥论常闻。讵料永无晤对之期，十七年情怀付于逝水。呜呼！卿之不幸，实朕之不幸也！

杜受田死于河工，这样的结局极富于象征意义。杜受田老了，他为之身体力行的那一套治国思想老了，大运河也老了，这些走到了历史尽头的事物，最后悲剧性地聚汇在一起。衰老是一个可怕的词，任何别的词一旦和它沾边，便立即失去了生命的鲜活。憔悴是可以恢复的，衰老却无法恢复。既然如此，那么死亡就是他们必然的归宿，他们聚会在一起，以死亡的形式完成了一次悲壮的告别。

杜受田的灵柩，通过大运河运往京师，沿途的地方官亲自照料护送，所有的漕船都为当今皇上的恩师让道。自山东向北，这也是杜受田当年进京赶考的路线，大运河见证了一个书生在古老航道上的奋斗和追求，最后又通过这条古老的航道把他送回京师去接受祭奠。从淮安到北京，千里运河线上灵幡似雪，哀声入云，这样盛大的丧仪，大运河以后再也看不到了。

咸丰二年的秋天，大运河已感到了几分带着寒意的孤独，这不是什么好兆头。但作为一个伟大的生命，即便是死亡，也要和它的诞生一样伴和着纷飞的血雨，弄出惊天动地的大声音来的。

那惊天动地的大声音说来就来了。

26　长河悲风

杜受田死于河工时，"长毛"正在江南闹得沸反盈天。"三十刀兵动八方，安排龙马接洪杨。"自道光三十年开始，"长毛"起事已进入了第三个年头。咸丰二年十一月，太平军由湖南挺进湖北，一举攻克华中重镇武昌。第二年三月又挥戈东指，沿长江顺流而下，五十万大军征帆浩荡，旌旗蔽日，一路势如破竹。三月二十八日，天王洪秀全在万军簇拥下进入虎踞龙盘的南京。南京是多好的地方啊，这里有世界上最华丽的绮罗和最香艳的脂粉。洪秀全不想再走了，他要定定心心地在这里住下来。京都的华冕又一次降临在石头城上，这座曾叫过建邺、建康、金陵、应天和江宁的古都，这一次的名字叫天京。

大运河最先感觉到了天京城里天翻地覆的声响，因为在天京下游不远，就是扼守运河要冲的镇江、瓜洲和扬州，历史的智慧告诉它，一场血战正在向它逼近，而这场血战也许将从此终结它的使命，把它从与生俱来的精神特权和世俗劳碌中解脱出来。它老了，是到了该解脱的时候了。但它生命中的每一次重要仪式都是以尸山血海作为铺垫的，这一次当然更不会例外，它已经闻到了刀光剑影中那股欲望的血腥味。

围绕着这几座运河重镇的攻守战惨烈而持久，从咸丰三年开始，太平军与清军在镇江争夺五载，在扬州三进三出，在古渡瓜洲更是杀得昏天黑地。清军的江南大营驻扎镇江，江北大营驻扎扬州，形成对天京的合围之势，而林凤祥所部的一支孤军却死死地钉在镇江与扬州之间的瓜洲。为了这座弹丸小镇，攻守双方都打红了眼，清军的攻势如同江涛一般潮起潮落，太平军的坚守如同磐石一般落地生根。双方都志在必得，也都抱定了孤注一掷的信念，他们像两只死死地撕咬在一起的巨兽，招招都是冲着最致命处去的，却又总是不能置对方于死地，于是他们在淋漓的鲜血中喘息、对视、怒吼，然后又开始新的一轮撕咬。他们仿佛不是为了胜利而战，而是为了死亡——怎样死得威猛、死得壮烈、死得让对手战栗——而战。瓜洲血流漂杵，尸骸横陈，经历了小镇历史上最痛苦的洗礼。战争有时是没有理性的，瓜洲何辜？从军事战略上讲，瓜洲的得失对天京的攻守战是没有多大意义的，何至于遭此荼毒？但战争说到底又是绝对理性的，瓜洲的不幸在于它太招摇了，它不仅依傍着运河，而且是大运河四千里航程中最重要的渡口，无论是死缠滥打还是困兽犹斗，攻守双方都因那个古老且娇贵的话题——漕运——而热血沸腾，亢奋不已。漕运是清王朝的天庚正供，漕运一断，偌大的一座京师就没有日子过了。因此，对于太平军来说，守住了瓜洲，就等于扼住了对手的咽喉。为了这真正体现了战争精神的一扼，他们在江北的据点尽数失手以后，仍不惜代价死守瓜洲，在遍体鳞伤中也享受着让对手血脉枯竭的快感。而对于京师里的达官贵人们来说，升平岁月对那座南方的渡口并不怎么看重，至多只不过是关于闺怨和离愁之类的诗意想象。可一旦刀兵动地，瓜洲就像一座不吉的符咒压在心上，不把瓜洲揽在怀里，即便是玉堂金马，高枕锦裘，做的也全是噩梦。

太平军在瓜洲的坚守取得了相当的成功，自咸丰三年以后，江西两湖的漕米只得改折征收，折合成白银就地拨充军饷；而苏南浙江的漕米则改由海运，具体做法仍然是当年陶澍擘划过的那一套，在上海雇用商船海运至天津。从嘉庆年间开始，争论了将近半个世纪的海运问题终于尘埃落定。在这将近半个世纪的漫长岁月中，三代帝王的殚精竭虑，六部九卿的慷慨建言，船工纤夫的痛苦呼号统统都白搭了，它们在太平军呼啸的刀剑下全都显得那样苍白无力，这真应了一位伟人的名言：革命是历史的火车头。不管对太平天国的革命性该如何评价，但沿袭了二千多年的漕运制度的最终废止却是由他们促成的，这一点毋庸置疑。

在大运河的历史上，邗沟（里运河）和江南运河是最早形成的，现在，它们也理所当然地最先卸下了历史的重轭，回复到一种平民风格。它本来就应该是一条平民化的河，那些贵族化的光环是权势者强加给它的，就像他们把华贵的冠冕强加在一位民女头上，同时也强加给她无休止的屈辱和劳役一样，那无异于是一种巧取豪夺。解脱了漕运之累的大运河把优越感和使命感也扔给了历史，现在它是一条自由的河，仍然有江枫渔火的诗意，仍然有帆樯如林的壮观，也仍然有船工号子和纤夫的呻吟，却没有了运丁胥吏的呼喝和鞭挞，因此也就用不着总是那么行色匆匆。好风好水，并不都是为了皇室的差事而推波助澜，它们想吹送哪片风帆就吹送哪片风帆，甚至想滋润哪块农田就滋润哪块农田，用不着看权势的眼色。在生命的晚年，它落尽铅华，也洗却了总是被驱使的喧嚣浮躁，迎来了一段有如秋容一般的自在光景。

只有在京畿附近的山东河北一带，大运河仍然瑟缩在王朝的淫威之下，那里的漕粮仍然要通过大运河牵挽北上。

但太平天国的北伐军已经逼近那里了。

北伐意在"犁庭扫穴"，林凤祥和李开芳率领的北伐军从扬州出发，一路望风披靡，五个月之后，兵锋直抵天津郊区的静海。京师里的王公贵族已经悄悄地收拾好细软开始逃亡了，咸丰帝的情绪低落到了极点，他甚至想到了煤山下的那棵歪脖子老槐树。在华的外国人几乎都认定清王朝行将垮台。北京城里逃亡的脚步声和无可奈何的叹息，连远在伦敦大英博物馆里埋头著书的马克思都听到了，他写道：

最近东方邮电告诉我们：中国皇帝因预料到北京快要失陷，已经诏谕各省巡抚将皇帝的收入送到其老祖宗的封地和现在的行宫所在地热河，该地距万里长城东北约八十英里。

其实马克思是过于乐观了，参加北伐的太平军总共只有两万人，孤军转战四千余里后，已成强弩之末，到了天津附近便无力继续向前，只能在静海县独流镇固守待援。时令已是严冬，往年的这个时候该张罗过年了。独流镇的战事除了见诸于那期间羽檄交驰的奏章和谕旨，还刻印在溢彩流光的杨柳青年画中，例如我们现在看到的这幅被称为"长毛年画"的《猴拉马》。作为这一历史大事件在艺术中的反映,猴拉马究竟是什么意思呢?今天的太平天国史家和民俗专家们众说纷纭。有人认为,民间俗语中有"猴拉马山石遛"的说法,"山石遛"的谐音是"三十六",隐喻"三十六计走为上",是太平天国撤退的信号。也有人认为,传统年画中的猴都是暗喻"侯"的,这幅年画无异于太平军的安民告示:我军到达,立即封侯。这些解释都说得过去,也都有点勉强。在我看来,猴,就是太平军,因为林凤祥和李开芳刚刚被洪秀全封为"靖胡侯"和"定胡侯"。而马则是他们的对手满清王朝,在南方人眼里,马原本是属于北方的,"胡马"向来代指北方的少数民族。你看,一支小小的北伐军,把清王朝搅得一惊一乍的,就像画面上那个顽皮的猴子拉着一匹不肯驯服却又无可奈何的大马一样。猴拉马,有玩的意思,他们是在玩自己的对手,玩得清王朝顾此失彼,昏头转向。如果认为这幅年画中的猴子和马是一种有意味的形式,那么,这种意味就在于,正是一股自豪和乐观的精神力量,托起了太平军将士笑指沙场的使命感,让我们在回顾这一段历史时,所体味到的就不仅仅是悲怆和沉重。

在独流镇,太平军最大的对手不是"清妖",而是气候。如同四十年前拿破仑在莫斯科城下的遭遇一样,这些习惯于在温暖的山岭中赤足奔走的两广兄弟,在北方的冰天雪地中既没有保暖的衣被,也没有御寒的知识。再加上与南方的稻米相比,北方的玉米和高粱简直让他们难以下咽。他们在饥寒交迫中固守了三个多月后,只得沿运河向南突围,一路退却,一路遗尸。最后退到东光附近的连镇,以数千残兵面对僧格林沁最精锐的蒙古铁骑,居然坚守了十个月。战事的残酷,让连镇地方志上的那几页至今仍令人不忍卒读,据说夏日里尸壅运河,尸臭熏天,数十里之内乡民无敢用水者。太平军最后弹尽粮绝,全部壮烈战死,他们用自己飞扬的热血，在运河沿线这座不起眼的小镇上，写下了近代战争史上悲壮的一章。

咸丰喜出望外，为僧格林沁举行了盛大的凯旋庆典。乾清宫前的广场上卤簿如云，金声玉振，黄罗紫盖，翠华摇摇，庄严的礼仪中洋溢着开天辟地再造乾坤般的欢乐气氛。大清国已经二十七年没有举办这样的庆典了，上一次是道光八年平定新疆的张格尔叛乱，那时候，当今皇上还没有出生。按照清代制度，这种庆典是只有在大获全胜之后才可以举行的，当此南方军务吃紧之际，咸丰却铺排出这样一招一式皆如祖制的盛大仪式，实在有点强打精神的味道。长江流域的战局扑朔迷离，呈现出令人不安的胶着状态，将士无能，师老无功，据说江南大营的兵勇已娶了当地的民妇，过起了抱子赌钱做买卖的小日子。但咸丰已无力去顾及这些了，南方还远着哩，只要京畿无事就好。

孤军北伐的太平军覆没了，历史学家们说，这是太平天国的战略错误白送给咸丰的一个战略胜利，这我们不去说它。但历史学家们同时也注意到，封建的漕运制度也由此而终结，清王朝现在不得不接受这样的事实：北伐军兵锋所至，大运河北段的漕运也整个儿瘫痪了，黄河以北的漕粮也只能改折征收。改弦易辙其实也没有什么不好，朝廷现在要的只是银子，至于京师军民的日用衣食，尽可以交给那些无孔不入的商人去操办。有了银子什么不能买呢，何苦总要自己揽在手里，成天为饭碗操心？这个简单不过的道理，他们想了这么多年都没有想通。无论是鼓励商船海运漕粮，还是将漕粮改折征银，虽然都是清王朝为摆脱困境而实行的权宜之计，但在客观上却促进了赋税的货币化进程，有助于加强农民同市场的联系。漕粮的商运或鼓励民间商人运销粮食，更直接有利于社会商品经济的发展和自然经济的分解。有意思的是，这一巨大的历史变革却是在太平军急风暴雨般的打击下，迫使清王朝在无可奈何中最终完成的。

大运河现在被冷落了，这种冷落中透出一股历史的悲凉感和势利味，它已经不再是一个庞大的王朝须臾不可缺却的生命之河，京师里的衮衮诸公也不再会因为它的决口或堵塞而忧心如焚，以至奏牍如云、申斥如雨了。但冷落有时只是为了促成某种角色的转换，它虽然不再是一条神圣的河，却仍然不失为一条有神采的河。失去了权势的青睐，也还是有热情的目光注视着它，那是来自民间的。民间的热情不像权势的热情那样云蒸霞蔚一般辉煌，它是家常式的、温润平和的。接连几年汛期过后，有些地方的河道开始淤塞了，但各级官府已根本不把这当回事，因为到时候自会有商人凑份子拿出钱来，请附近的民工来捞浅。捞浅不是疏浚，那是得过且过的意思，但通航总是不成问题的。商业的法则悄悄地取代了权势的法则，大运河最先感觉到了。在河北山东一带的运河两岸，传统的田园色调也在不知不觉中发生异化，铺天盖地的青纱帐中间，摇曳着棉花和烟草娇嫩的叶片。到了秋后，小镇的运河码头上，收获的棉花和烟草被打成包，装上高桅深舱的航船。而以前，这些船舱里装载的却是漕米、青砖和各类奇货可居的手工艺品。

航船开走了，码头上空寂下来，只留下一个孤零零的女孩子，提着一个小小的布兜，那里面是一捧鸡零狗碎的残花。秋风过了，棉叶落了，那遗留在棉秸秆上一瓣两枣的残花人家不要了，女孩子用心细细地剥下来，积在一起，想卖掉扯一块花布褂子哩。航船远去了，女孩子仍然站在深秋的晚风中，目送着大鸟似的白帆和航船后面"人"字形的波浪。

在那个季节里，河埠头上每天都会看到这样的女孩子，在她的身后，秋色在遍野的霜叶中冷寞地老去。

27　最后的绝唱

　　咸丰六年秋天,六十三岁的魏源离开兴化,沿古运河前往杭州。这是在一个苍老的季节里,一个老人向另一个老人的告别之旅。

　　是的,魏源老了,大运河也老了。三十年前他在陶澍幕中鼓吹海运时,那种以天下为己任的意气是何等豪迈。如今,在他生命的最后一个秋天里,他又行进在这条因漕运终止而显得冷冷清清的旧航道上。孤舟寒水,天低云暗,芦花萧萧,满目凄凉,这景况正暗合了他的心境。尽管一本《海国图志》使他名满天下,但名气有时是不能当饭吃的,特别是在势利的科场和官场,名气更是一文不值。"蕙抱兰怀只可怜,美人遥在碧云边。东风不救红颜老,恐误青春又一年。"这是何绍基为他鸣不平的诗,他就这样在屡败屡试中误了一年又一年,直到道光二十五年五十二岁时,才中了个三甲九十三名,这样的名次,对于一个名满天下的大学者来说,简直是一种耻辱。我查了一下道光二十五年的登科录,那年的状元是一个叫萧锦忠的湖南人,此公是个平庸无为的孝子,夺魁后,在翰林院当了两年修撰,便回家奉养老母去了,直到在一个冬天的夜里,因喝醉了酒不慎被炉火烧死。但就是这个怎么看也不起眼的萧锦忠,当年在科场上的排名却要让魏源踮起脚尖才能看到。其实,就是把清代所有的状元加在一起,也肯定比不上一本《海国图志》的,仅从这一点看,科举的游戏规则也应该改一改了。

　　魏源在苏北的小县衙里坐了几年冷板凳,就辞官避居兴化,把佛经作为自己的精神家园。大凡皈依宗教的智者都是有大痛苦的,魏源的痛苦或许在于他已经看出了清王朝不可救药的大趋势,既然无力回天,便索性横出三界,寄望虚无。于是,他把人生的最后一座驿站选在灵隐寺下的杭州。

小船从内河绕过战火中的瓜洲和镇江,在谏壁附近进入江南运河。北风吹送着孤帆,省却了一路上纤夫的辛苦。漕运的终止加上连年战乱,古运河上一片萧索,原先狭窄的航道也显得宽敞多了。船到苏州,魏源登岸小憩。苏州是人见人爱的地方,从表面上看来,这里仍然一如往常,小桥流水,幽静如梦,老圃秋香,金桂出墙。阊门的市肆仍然繁喧,山塘的仕女仍然靓丽,桃花坞的年画也仍然充满了俚俗和喜庆。但魏源已经感觉到,这座东南地区最重要的商业中心正在走向衰落,随着漕粮改行海运,它的地位正在被邻近的上海所取代。从此以后,苏州只能作为上海的后院而存在了,这里精致的园林可以让冒险家们纵横四海的雄心得到休憩,这里的深巷小楼里为他们调教出一茬又一茬色艺可人的姨太太,而这里温丽的山水间则为他们准备了一方死后的墓地。一座曾在中国城市史上勃发出经济和文化原创力的苏州正在消失,它正在变成供人们休闲把玩的一把团扇或一曲评弹。秋风惆怅,美人迟暮,魏源叹息一声,重又登舟解缆。艄公扳动橹桨,搅碎了姑苏城苍老的倒影,旧日的繁华有如流水一般悄然逝去……

几个月以后,魏源病殁于杭州。

就在这之前不久,武英殿修书处奉旨将《海国图志》修缮贴锦进呈,但对于咸丰和他的清王朝来说,一切已经太迟了。

魏源的感觉没有错,不光是苏州,中国东部那些比较纯粹的运河城市都将无可奈何地走向衰落。所谓纯粹的运河城市,是就它们对运河的依赖程度而言的,它们当初的繁荣就是运河滋润的结果,它们和运河是瓜儿离不开藤的关系,也是一损俱损,一荣俱荣的关系。把这些运河城市和衰落联系在一起是很让人伤感的,这不仅因为它们的繁荣曾展示了在一个农业社会里城市发展的骄傲,而且因为它们在历次战乱后所体现的那种令人惊叹的再生能力。例如扬州,铁血之剑曾一次又一次地把它犁为废墟,著名词赋家鲍照的《芜城赋》就是在这里写的,那种"饥鹰砺吻"和"崩榛塞路"之类阴森森的描写让无数后人不寒而栗,芜城也因此成为扬州的代称。可战乱一过,扬州从血泊和瓦砾中站起来,轻描淡写地理一理衣衫,将息好身上的创伤,照样平头整脸的,该做什么还做什么。一段时间以后,便又出落得丰容盛鬋,仪态万方了。扬州的故事属于大运河的历史范畴而不属于权力争逐的历史范畴,决定他命运的是大运河而不是任何一位帝王,即便是最残暴的将领和最平庸的帝王,也不能阻止扬州那凤凰涅槃般的再生,就如同饥寒交迫和风尘垢面不能阻止贫家少女出落得饱满鲜活一样。这些不因为别的,就因为它依傍着大运河,有艨艟连翩的漕运大观作为它生命的背景,从那里,它获得了生命中所有的色彩、思想和文明的声音。但现在不行了,随着漕运的终止,大运河已被冷落在一边,它生命中一个漫长的冬季降临了。

同治初年,随着太平军和捻军的相继失败,清廷内又发出了恢复漕运旧制的呼声。这似乎是顺理成章的事,因为当初改制只是在太平军兵锋之下的无奈之举。但同治初年已经不是咸丰初年,更不是道光初年,虽然当皇帝的还是爱新觉罗氏的子孙,但在剿灭太平军的过程中,以湘军和淮军为代表的各方诸侯已纷纷坐大,并分享了地方财政收入,其中很重要的一项就是在正项漕粮以外的浮收部分,称之为漕折。这是一笔很大的财源。恢复漕运旧制的呼声理所当然地遭到了各方诸侯的反对,这中间以曾国藩风头最劲。清王朝到了这个时候,中央政府的权威已大打折扣,现在他们不得不看地方军阀的脸色了,既然各方老总们的脸色不好,那就只能不了了之。

北京的舞台开始式微,上海那边的好戏却迫不及待地开场了。同治十二年十一月,上海轮船招商局建立,这在当时并算不上一件大事。

但如果联系到这一年发生的其他事情，你就会隐隐感觉到这至少不是一件小事。同治十一年发生了一系列具有终结性和开创性的大事。年初，曾国藩病死于两江总督任上，这位以镇压太平天国起家的中兴名臣的死去，也标志着一个时代的结束。仿佛为了印证这种论断，这期间，由恭亲王奕䜣领衔修撰的《剿平粤匪方略》四百二十二卷和《剿平捻匪方略》三百二十卷相继告成，那一幕让清王朝不堪回首的历史将从此被封存在厚厚的典籍之中，但愿不要被重新提起。不久，容闳率领三十名留学生踏上了开往美利坚的海轮，这是中国政府向西方世界派出的第一批留学生。三十名拖着长辫子的青年才俊中，有一个叫詹天佑的，后来被称为"中国铁路之父"。再接着，就是上海轮船招商局的成立。

招商局起初只有三艘轮船，后来又陆续收买了几艘外国洋行的旧船。尽管貌不惊人，也不那么张扬了，但黄浦江上喧闹的汽笛声中，毕竟有了属于中国人自己的声音，这开天辟地的大声音立即改变了航运界的竞争格局，过去一直是美国的旗昌，英国的太古、怡和几家公司之间互相倾轧，现在他们全都抱成一团，齐心协力地要挤垮招商局。招商局倒也不怎么怯场，凭借着清政府给予的漕运专利及回空免税的优惠政策，在竞争中反倒渐渐地显山显水，羽翼丰满起来。而且，从这里还陆续走出了一批近代中国的实业巨子，其中包括那位后来名满天下亦谤满天下的盛宣怀。在早期中国的洋务实业中，轮船招商局无疑是办得较有成效的，而在它那巨大的轰鸣声背后，则是大运河日甚一日的冷落。

大运河在冷落中流过十九世纪的后半叶，它目睹了那几十年中一个古老民族的屈辱和痛苦，也见识了一些崭新事物在它的身边次第崛起。如果说招商局海运的汽笛声离它还相当遥远，那么，另一个更大的声音却离它越来越近了——那是火车的轰鸣。

光绪二十七年，是中国传统的辛丑年，也是公元二十世纪的第一年。

慈禧太后带着光绪从西安回来了，他们是去年夏天被八国联军赶出京城的，走的时候蓬头垢面，仓皇辞庙，一路经河北、山西再到关中，惶惶如丧家之犬，丢尽了皇家的脸面。去年经过的那些伤心之地老太婆这次不想再走了，回銮走的是南路，浩大的皇家车队沿着黄河南岸的古驿道进入中州大地，然后再折向北行。銮驾到达保定时，刚刚接替李鸿章出任直隶总督的袁世凯给了太后一个意外的惊喜，他特地为老佛爷安排了一段火车上的行旅——让太后和皇上乘坐豪华的"龙车"回京。虽然铁路出现在中华大地上已有了好几年，但这个守旧而又虚荣的老太婆却一直犹抱琵琶半遮面，从来不肯赏光。现在看来，她似乎有意是为了等待逃亡返京的这一时刻，来完成这个历史性的盛大典礼。火车开动了，车站上跪满了花花绿绿的顶戴花翎，西洋乐队呜里呜拉地奏起了进行曲。这一对母子君臣在风驰电掣的火车上都想了些什么，我们无法揣测；我们只知道，銮驾回京不久，清廷就发出了一道谕旨：裁撤东河总督，自本年始，各省河运一律改征折色。至此，延续了二千四百五十余年，建筑在自然经济基础上的漕运制度，终于最后退出了历史舞台。

不久，朝廷又发布了一道谕旨：废除科举。于是，大运河上最后一道令人神往的风景消失了。

二十世纪的最后一个冬天，一个书生背着行囊全程考察了大运河。在很多时候，我就这样站在古运河边，而且大致总是在黄昏的时候。我不知道这是为什么，也许因为眼前的衰飒气象和古运河有某种相通之处吧。是的，我得承认，这当儿看大运河最能看出情调，因为目下的运河（主要是北段）已不再属于诗人笔下的艳词丽句，很有些没落的了。

大运河是衰落了，又恰逢枯水季节，便愈见出衰飒中的戚容。所谓浩荡和明丽自然都说不上，那浅浅窄窄的一脉，自然也失去了往日流畅的叙事风格。水边结着薄冰，是脆弱的苍白，有的地方呈现出类似于石砚上"眼"的那种花纹。水很小,又不时被沙渚割据开来,便有些袅娜的意味。但两岸的河堤却很雄硕,器宇轩昂有如仪仗一般,虽显得有点过分隆重,却以其萧索的河床证明着当初的浩阔。河滩上长满了说不出名字的蒿草,一蓬一蓬的,一直铺展到与薄冰的交接处。还有几棵孤零零的柳树,都有了些年头,很难令人怀想那柳丝拂地的轻盈和春风快意。夕阳的余辉从那树梢上散漫过来,带着温存的伤感,抚摸着古运河边的一切。它渲染出一种尘埃落定的安宁,也使得那表情呆滞的河水有了片刻的瑰丽。

火车的汽笛声就是这时候传来的。

那几乎是一种惊心动魄的震撼。于是我看到,就在不远处的旷野上,那庞然大物正呼啸而过。它张狂、傲慢、旁若无人,那斩钉截铁的金属撞击声仿佛来自地层的深处。我这才意识到,铁路和大运河其实是平行地向前延伸的,在我这一路上,它一直若即若离地跟着我,有时它贴近过来,近得几乎能感到它那灼人的鼻息;有时又冷着面孔扬长而去,一甩手跑得无影无踪。现在,它又过来了——这次是在山东的德州。

翻开地图,看一看铁路和大运河结伴同行的轨迹,是很可以看出点意思来的。

无论是从北京向南还是从杭州向北,它们起初都是一起上路的,那两根并行不悖的线条也曾维持了好长一段。但铁路其实一直就很不安分,这种不安分源于它与生俱来的优越感和工业文明对农业文明的倨傲不恭,它是新世纪的骄子,它的名字就打着铁与火的烙印,它有自己的思维定势和价值取向,为什么要跟着这位老态龙钟的"老祖母"亦步亦趋呢?于是它开始走自己的路。从地图上看,铁路和运河两根线条大致扭结成一个阿拉伯数字的"8",但头尾又各自拖了一条小辫,那是双方并行的部分,在北端,是从德州到北京;在南端,是从镇江到杭州(其间铁路又经不住上海的诱惑,从苏州向东拐出去一段)。而那个"8"字中间的纽结点则在徐州。如果再看看它们分道扬镳的那几段,我们甚至可以闻到那延伸的铁轨有几分趋炎附势——用现在流行的说法叫"傍"——的味道。你看,在镇江,大运河渡江北上,汇入了古邗沟。铁路则驰心旁骛,拂袖西去,因为那里有六朝金粉的古都南京。在德州,大运河汇入卫运河,而后经临清循会通河南下。铁路则独断独行,兀自兜搭上了风光旖旎的泉城济南,而后又想去圣人故里的曲阜观光,因为圣人看不惯它那种新贵的骄矜,只让它擦了个边。大运河和铁路就这样从北京起步,到杭州结束,它们数次牵手又数次分袂,其中的纠葛和龃龉真是一言难尽。这是一次不平等的结伴同行,一次忠厚与倨傲,朴实与轻狂,忍辱负重与趾高气扬的同行。

如果说大运河和长城的对比显示出一种空间性,那么,它和铁路的对比则更多地属于时间。一个是二千四百年,一个是一百年,时间的权力是绝对的权力,当蒸汽机车的烟雾飘散在古运河上时,后者便无可奈何地走向了衰落。

这种衰落是如此触目惊心。在从镇江到德州的每一座运河城市中,你都可以看到这种衰落的痕迹,感受到历史老人悠长的叹息。只要看看他们的名字:扬州、高邮、淮安(清江浦)、济宁、聊城(东昌府)、临清,稍微有点历史知识的都会想到在明清以至更早的时代,它们那独特的美学风貌和文化个性。现在,这些城市几乎都在大兴土木,筹建古运河公园和古运河博物馆,不少城市还成立了古运河研究会,这种收拾打点本身就透出一股没落贵族的味道。是的,大运河已成了它们昔日的光荣与梦想,它们曾因运河而丰韵鲜活、亮丽照人,成为农耕中国的商务重镇。无论是文人、商人、女人,还是皇帝、官僚、仆役,都曾在这里体味过生命的风神和热力。但衰落似乎只在一夜之间，它们好像中了什么巫师的魔法，一觉醒来突然发觉自己灰头土脸、韶华不再，成了不入流的三等都市，只在古运河边留下了几条街巷的名字（例如大市口、皮坊街、瓷器巷之类），羞羞怯怯地诉说着当年商贾云集的繁华。当然，随之衰落的还有那诗化的生命。而所有这一切，仅仅因为在大运河与铁路纽结的那个"8"字中，它们成了被铁路遗弃的一群。

起初，它们并没有怎么把铁路放在眼里，它们认为拥有运河就足够了，犯不着去攀附那轻狂倨傲的异教徒。清光绪三十年（公元1904年），当津浦铁路修至山东曲阜时，为了线路的走向问题曾打了一场官司。诉讼的一方是有"天下第一家"之称的孔府，主诉人是七十六代衍圣公孔令贻；另一方是德国驻青岛的铁路公司。案由是：测量铁路的洋员竟将标杆插到了孔林附近，距西围墙只有五十丈。孔林是圣人寝息之地，岂能容忍那飞扬浮躁的洋玩意？为了这次诉讼，衍圣公曾亲赴山东巡抚衙门打通关节，并咨会清廷的津浦铁路大臣痛陈利害。面对着孔府这样背景很硬的家族，洋人也很知趣，他们同意拔掉孔林前的测量标杆，但孔府方面仍不肯罢休，坚持必须把铁路修在十里以外。这场官司的最后结局是孔府胜出，铁路只得乖乖地改道兖州。在那个时代，这恐怕是极少有的中国人盖了洋人一头的事。但曲阜却从此与铁路失之交臂，小城的衰落也自不待言。

但过了几年情况就不同了。1916年，围绕陇海铁路的东段走向又发生了一场争论，争论的双方都是当时实业界的名流，一方是前清状元张謇，一方是海州耆宿沈云沛。所不同的是，这次双方是为了"争"铁路而"论"理。当时，陇海铁路通至徐州，沈云沛主张向东修至他的老家海州，终点放到大浦港码头。而张謇则主张从徐州向东南，在徐淮一线与大运河并驾齐驱，终点是他的老家南通。中国的士大夫向来总是以

"尽瘁桑梓"为标榜的,但在涉及这个敏感话题时,两位老先生都摆出了一副高姿态。请看张謇在《为陇海线致张、解二君函》中的一段话:

南通者,中国之南通;海州者,中国之海州,非一省、一县、一人之所得私也。

话说得很冠冕堂皇,但也仅仅是冠冕堂皇而已。到了民国初年那个时候,铁路已成了有识之士眼中的"香饽饽",谁不想往自己怀里搂呢?

最后沈云沛的主张占了上风,于是在陇海铁路东端,一个叫老窑的小渔村开始在中国地图上显露头角。但老窑这个名字太土气,当时的报刊上称之为"陇海铁路终端海港",这大概是中国地图上字数最多的地名了。又过了十七年,当这个因铁路而崛起的城市正式命名为"连云港"时,作为运河中枢的淮阴已经衰落得不成样子了。

从孔圣后裔到实业巨子,他们一个个都在铁路面前奔走呼号,无论是驱逐还是延揽,也无论是争讼还是争论,那声音中的感情强度几乎是同等的。而大运河却被冷落在一边。历史的脚步势利地踩过它衰老的脊梁。时间,在名流显贵们的慷慨激昂和宏论滔滔中战栗,抖落下梦的羽毛和语言的碎片。它成了孤独的守望者,默默地流淌,默默地苍老。

火车驶过来了,打破了运河沿线牧歌式的宁静,它喷吐的蒸气超过了所有农家屋顶上炊烟的总和,那动山摇的喘息中隐含着一股不由分说的霸悍之气。它是真正的庞然大物,也是一个关于钢铁与火的宣言。在它突兀的路基两侧,水车在干旱的土地上唱着古老的歌谣。女人的头巾掩映在庄稼地里,仿佛盛开的野百合花。农夫们赶着毛驴优哉游哉地走过村路,他们目送这钢铁的怪物轰然远去,目光中满是迷惘。偶尔,他们会看到司炉打开炉门加煤,火焰在炉膛里舞蹈一般跳跃着,正是那被驯服的火,化作了奔跑的力量,如同高扬的帆驯服了风,化成航船前进的力量一样。有时候,他们为了验证那怪物的力量,会在铁轨上放一枚铜钱——同治通宝或光绪通宝,火车过后,那铜钱被碾成了纸一样的薄片,淡化了原先的字迹和花纹。他们把那薄片钉在农具的把手上,成为一种装饰。若干年以后,农具的主人已经逝去,他的后辈还会从那铜饰上辨认出"同治"或"光绪"的字样。但他们赶着毛驴经过铁路边时,目光已不再迷惘,毛驴上驮着土地上收获的棉花、蓖麻、烟草或女人的手工艺品,在前面的小镇上,它们也将被装上火车,送到更遥远的地方。火车正在悄悄地改变着他们的生活,而这一切都是在不知不觉中发生的。

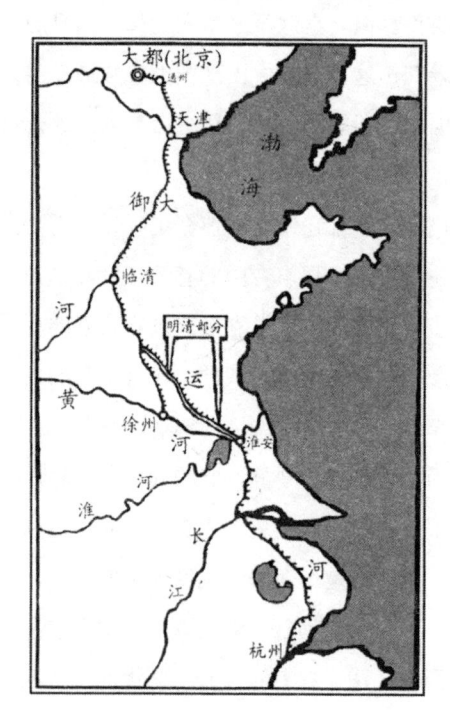

京杭大运河总图

但大运河流程中的大多数地段是没有铁路的,在苏北和山东的广大腹地,火车的声音,大运河实际上只是感觉到的,这种感觉中浸透了无可奈何的失落和孤寂。世道似乎并没有什么变化,只是运河上的航船——特别是远方来的大船——越来越少了。于是码头上日见清冷,市镇亦日见萧条,连扬州那样风光的所在也有如弃妇一般形销骨立,在古运河边默默地顾影自怜。大运河渐渐失去了它的商业功用,更多地回复到农业社会的原始形态。农夫们在运河里捞取淤泥,但那不是为了疏浚河道,而是为了用于肥田,那些沉淀了千古繁华的淤泥覆盖在庄稼地里,催生出一茬又一茬的小麦、油菜和玉米。每年的早春季节,古运河上繁忙的罱泥船成了里下河一带最富于风情意义的景观。在余下的那些季节里,运河上最繁忙的是打鱼船。大一点的船用鱼鹰,鱼鹰栖在船舷上,神采奕奕地注视着水面,打鱼人的竹篙一挥,鱼鹰就跃进水里,一个猛子扎下去,眨眼工夫,说不定就叼上来一条活蹦乱跳的鳜鱼或鲵斑。打鱼人解开鱼鹰脖子上金属的箍,奖给它一条小鱼,鱼鹰就兴高采烈地又跃进水里去了。小点的船,一家两口,婆娘在船头上敲击船板,声音清脆而空旷,那是为了把水底的鱼惊动起来。汉子在船尾慢条斯理地用扳罾作业,板罾起上来,十有八九总是空的,即使有货,也只是鳑鲏一类的小角色。那夫妇脸上毫无表情,一副宠辱不惊的样子。小船不紧不慢地一路响过去,古运河上越发清冷了……

大运河老了,一个衰老的生命总是喜欢选择沉默的。

它或者就这样老去,直至死亡,像世界上绝大多数中世纪的伟大建构那样湮没在岁月的风尘之中,成为后人永远的追忆与凭吊;或者在冷落中等待——等待一个更加强有力的崭新时代,那个时代不仅会给大运河带来新生,也将给中华民族带来史无前例的腾飞。

那么就等待吧,对于一个经历了二千四百多年的伟大生命来说,这次的等待大概不会太久的。

又一个黄昏莅临了,木叶萧萧,衰飒如诉,古运河上弥漫着美丽的伤感。帆影从远方驶来,一群燕子殷勤地追逐着桅杆,几千年以前它们就是这样追逐的,从江南追逐到蓟北,又从蓟北追逐到江南。夕阳的余辉下,你渐渐看清了航船的每个细部:油亮发黑的船板,被磨出了金属般质感的舵柄，高大的帆篷上缀满了补丁，有如一位浪迹天涯的独行客，破旧的衣衫上扑满了秋风。在这条古老的航道上，它驶过了数千年的神话和传奇，哲学和史诗，现在它又无怨无悔地向你驶来……